駱以軍◎著

西夏旅館

上冊

目次

西夏旅館 上

Room26-41 下冊目次

Room

01

夏日旅館

那時他那麼年輕，年輕到孤自一人登記房間，獨臥一室

那是在那個恍若擱淺的年代裡，無比靜美的一幅圖畫。但他們欠缺對自己的了解，無能翻弄嬉耍那僵硬羞怯的細微禮儀之間，巨大的可能。

那時他那麼年輕，年輕到孤自一人從登記房間、獨臥一室，到第二日清晨在那廉價旅館醒來，一切皆新鮮而無有客途陌生床鋪之瘦疼疲憊。那淪浹了許多別人體味的暗紅薄被、灰舊的塑膠殼水銀膽僧帽熱水瓶，小几上不鏽鋼盤倒扣著幾只印了紅字黑松汽水的玻璃杯，或那台權作擺設的螢幕隨轉台展演不同液態流動模糊人形的小電視，沒有中央空調而出風口葉片積滿白蟻屍骸的歌林一噸冷氣……這樣塵蟎滿布的寒酸小閉室，亦能朦朧召喚他「在一陌生地召妓」的旖旎想像。主要是他太年輕了，沒有記憶的垂纍，他到一陌生小城的空曠街景，馬上能成爲那樣一幅水彩畫的構圖元素；他置身在一無有身世歷史、無品味無講究的旅館房間，亦能安愜融洽地將自己的體味混在那一屋子陰涼霉舊的氣味中。

清晨他醒來時，赤膊著推開那新刷上松節油的厚木框格窗，突然被如此貼近樓下又像人家後院又像村里民眾活動中心的水泥空地上，一個八家將打扮臉用油彩繪得赤豔妖厲的少年嚇了一跳。那少年恰正抬頭用一種翻白眼的角度望向他這邊，他於是向後退縮回那個充滿自己身體氣味的房間。不會吧，這麼早就出陣頭。他百無聊賴地坐在那彈簧已鬆壞的床沿，從小冰箱裡拿出他昨日從公路局車站買的易開罐台啤，啤酒是溫的，他才發現小冰箱的插頭根本沒插。像是欣賞自己在這爆幹處境猶能保持幽默感，他模仿著電影裡那些成年男子，搖頭苦笑地拉開拉環灌一口溫啤酒下肚，然後點了一根菸，整個人空蕩蕩地抽將起來。

這時他聽見門外走道傳來一陣小孩的尖銳哭聲，接著是一個女人壓低嗓子恫嚇加撫慰的斷斷續續聲音。他蹬著旅館的深咖啡色皮拖鞋走到門邊，聽不清楚那個女人說話的內容。那個嗓音是所謂的「沙嗓子」，低沉而性感。在他成長經驗通常是母系親族這邊一兩個像離群孤雁的阿姨有這樣的嗓音：她們通常是從家族照片漂流脫離的吉卜賽，少女時光即「學歹」出走，加入康樂隊巡迴駐唱或在林森林北路伴阿凸仔跳恰恰。吸菸，酒量很好，不，應說是酒精中毒，高粱白蘭地玫瑰紅坐著撐著手肘一杯接一杯自己乾。他遭遇到這些阿姨時她們總已倒了嗓，用那樣乾枯中帶甜膩的特殊腔口和他身旁的長輩說話，「阿尼基……」她們的臉廓極深，膚色暗沉，頭髮焦黃，肩背寬闊不論年紀多大小腿弧線都極瘦削優美極適合穿上黑絲襪配細跟高跟鞋……。到他過了一個年紀後開始認眞思索這類女人的人種混血之隱密源頭，那些「阿姨」們突然就從後來的那個金屬感未來感女性時尚雜誌上全是漂白纖體嬰兒肥稚臉的女體革命中消失了。

那時房間裡的電話響了，在他那個大哥大手機未普及的年代，人的存在感尚未被那些如影隨形的電磁短波編織進別人任意侵入的關係之網，在一個陌生城鎭陌生旅館的閉室內，一通電話的響起確實令他困惑而忐忑。什麼人知道他正在「這裡」？他記得前一日他住進這間旅館之前，他是無目的地地徒步漫走了很長一段路，一身大汗臨時起意，「好吧，就在這間小旅館待一晚吧。」他是隨機的移動體（某種時空定義下的「幽靈人口」），他們是如何準確地追襲著線路而切進那個靜候在這個房間的電話？

他拿起聽筒，不敢出聲。

對不起。電話裡，一個女人的聲音說。

電話線路潮濕或接觸不良的嗶剝雜音，充滿了捂住他一邊耳朵的那整個另一端的世界。他以爲那只是一個發語詞：對不起，請問這是某某的房間嗎……對不起，我找一位什麼什麼先生……對不起這裡是櫃檯想確定先生你今天要續住或退房……對不起你要不要找小姐……

但是對方只是又說了一遍：對不起。

什麼？他迷惑地問了一句，但電話已經掛掉了。

那似乎便是，這通電話所要傳遞的完整訊息，對不起，但那是什麼意思呢？

在他住進這間旅館的前一天，他和他的朋友W，還有另兩個女孩，住在那條，他一路走來像蒸熟的豬血糕、冒煙腴軟變形的海岸公路，那一端有火車停靠的濱海城市的另一間旅館裡。不，不是現在這年代所臆想的「兩男兩女開房間」種種淫亂狂歡的畫面，他們的年代在男女這回事上，拘謹忸怩到即使是閉室內的兩對男女，仍會被看不見的每一細部分解的舉止言談間之躊躇謹慎，壓抑到喘不過氣來。旅館內的兩張單人床，他們是男孩和男孩擠一張，女孩和女孩擠一張。在那樣的旅途中，他們會不怕笨重地揹著一把尼龍弦吉他。白天他們坐著公路局到無人海濱，他們會像那些青春電影演的，男孩撿岸上的薄削卵石對著大海打水漂；女孩們則看似無憂其實充滿自覺地提著洋裝裙裾涉水走進潮浪裡，互相潑水然後嘩嘩笑著。入夜困在旅館房間，男孩便拿出吉他演奏其實也就會那幾首的古典曲子：〈望春風〉、〈綠袖子〉、〈愛的羅曼史〉、〈史卡保羅展覽會〉、〈Yesterday〉……。女孩們會支頤聆聽，似乎靜穆下來，但很快即在她們的那一張床上咬耳朵，然後笑著滾在一起。

那是在那個恍若擱淺停頓的年代裡，無比靜美的一幅圖畫。但他們欠缺對自己的了解，無能翻弄嬉耍那僵硬羞怯的細微禮儀之間，巨大的可能。男孩擔憂著第一個晚上便將所學的幾支曲子演奏完畢，那接下來的幾個晚上呢？他的朋友W和他一樣，完全沒有和女孩交往的經驗。女孩們則較他們稍世故些。她們之前各自有一段不愉快的戀情經驗。而那兩個偶爾在她們自憐自艾口中閃瞬即逝的男人形象，年齡明顯大了她們一截，於是對他們來說，那亦是一遙遠陌生而難以理解之「成人世界」的隧道另一端。他們完全不理解成年男人對自己女人的躁煩不耐；他們亦不能理解（許多年後他們將置身其中的）男人可以一邊揶揄地冷眼旁觀自己的女人和一群雌性同儕爭奇鬥豔，一邊面不改色地欣賞那些她的敵人的小腿弧線或狐媚眼睛或裙底風光……

禮儀和教養。在他們置身的那個年代，在那間昏暗而無事可做的旅館裡，他們只能用誇奇描述自己身世的說故事方式，遮掩他們在這方面的空白和心虛。女孩中叫鳳的那個較其他三人大上三歲，也因此她似乎較其他三人更廁身沒入那個「吃人不吐骨頭」的、近距離、輕暴力劇的眞實世界，而較心不在焉地似休憩狀況和他們共處在這種天眞無知的停頓時光。鳳長得很美，骨架大，手長腳長，眼梢很長，皮膚黝黑，某部分可以說是前面所說那種近乎絕跡的「沙嗓子」滄桑美女的前身。她在還未蛻脫到那樣將不幸淪肌浹髓進靈魂的曖昧時刻遇見了他們。她有一種他們這種台北長大孩子不熟悉的、女孩在群體中對男性的寬容和耐性。男人的好吹牛、男人的好結黨結社、男人的好色、男人的愚蠢冒險衝動、男人的天性好賭……她總是像警識又像挑逗地對他和W說：「你們兩個很好……可是有一天一定是一樣的。」她總是不那麼認眞、慵懶而善聆聽。事實上兩個男孩背地裡是將鳳當作他們共同的假想情人。但似乎又隱約認識到鳳之所以和他們混在一起，其實是處於一種舊傷未癒、情愛引擎熄火的狀態。他們像幼獸憑氣味分辨邊界一般，知道鳳有一日要找男人，定是即使又扮演情婦或被遺棄者，也必然是「正常世界」的事業成功男人。

另一個女孩叫貞。貞是他的同班同學，本來和他鮮少交集，因爲W退伍後準備重考大學寄住在他的宿舍，有一日和他到學校附近女孩打工的便利超商買菸，在櫃檯和女孩半鬥嘴半調笑了半天，算是認識了。後來倒總是W提議說我們去貞的宿舍混混，我們買些滷味和啤酒去找貞打屁吧……

鳳即是他們在貞的宿舍偶遇幾次而慢慢熟識起來的。

那樣的年代。很多年後他回想起貞，或在那個旅館房間裡表情變換如夢中人的他們四個，不禁會想：如果是在另一狀況、另一時空切面認識貞，或許她原該是個較美好境遇的一個女孩吧？貞是一個從臉蛋、頸項、肩膀乃至整個身體，皆充滿一種紡錘曲線印象的年輕女孩。她其實遠較鳳擅長描述他人。他們對鳳的朦朧理解，對鳳那哀傷靜美的身世的片段，都是從貞那兒聽來的。他相信他和W的事也是她用一種說故事人的姿態說給鳳聽的。他們且斷斷續續從貞那兒聽來一些認識或不認識人們的故事。貞講故事，很像他們那年代矸仔店裡的古早玩具：不複雜、沒有錯繁累聚的背景鋪陳、有趣而簡短。譬如說，她會說：那個某某（那是他們共同認識的一個班上的男生），其實他噢，他有一年多的時間被鬼壓，你們知道他整天在睡覺，慢慢分辨不出眞實和夢境的世界。或者她會說一個他們皆不認識的學長小時候在河邊撞見一位山神的故事……

貞且具有鳳或是他們那個年紀所認識同年齡女孩鮮見的喜劇天分。但或許在他們那個過度單薄如紙摺的四人相處閉室裡，貞無機會將她的這些天賦立體長成一個迷人女孩的完整形象。她變成了鳳的影子或插科打諢的配飾角色。她像是依偎著鳳那流動又濛曖的女性氣氛，而扮演一個較明快麻利的和他們打交道的交涉者。有時她會不動聲色告訴他們一些鳳的缺陷或陰暗面，但又像對自己生氣地替鳳辯解起來……

他後來是怎麼離開那個他們四人如膠粘蒼蠅愈想震動翅翼將個人的特殊性掙跳出來，卻被愈來愈黏稠、喘不過氣來的某些暗示——性的暗示、青春的暗示、某些陳舊故事或電視劇裡四人關係的套式——的旅館房間？他記得前一晚他和W、鳳和貞男女分據擠睡一床。那只是他們四人旅途的第一個晚上，但貞似乎被這樣類似小學生畢業旅行的親暱氣氛召喚著某種情感。即使他們講了一晚上故事和笑話後躺臥在黑暗中，貞仍亢奮無厘頭地說些滑稽逗笑的句子。偶爾靠近她們那側的W回敬了一兩句嘲謔的玩笑話，貞會將腿自薄被伸出，懸空過來踹他們的床側。

後來他在巨大的乏倦下睡去，朦朧中仍斷斷續續聽見鄰床兩個女孩喊哧耳語聲。半夜時他被一種房間裡有巨大禽鳥拍擊翅翼的幻聽驚醒。黑暗裡他先聽見鳳的低微啜泣聲，待他的瞳孔收縮至能簡略分辨暗室中的灰黯線條，他發現貞背對著鳳，臉面向他們這邊垂頭坐在床沿。他聽見貞用一種枯燥厭煩的老婦口吻說：「我痛恨再這樣一直當妳的老媽子了。」

他復昏睏睡去，但在夢境中他似乎明瞭所發生的一切事情。第二天早晨，貞完全變了一個面貌。原本紡錘意象的年輕緊繃臉龐突然變得陰暗模糊，且一改前晚的聒噪變得沉默冰冷。W小心翼翼地陪笑了幾句，她卻扯著臉不回話，最後她突然用唇音輕輕地說：「閉嘴。」

W當即炸開，他聽見W咆哮地說出一個遙遠年代搖曳生姿的戲詞，W說：「妳不要愈扶愈醉！」

貞站起，搖晃著身體，有一瞬他以爲她的臉會像傾灑了過多酵粉的麵糰那樣膨脹變形，但她只是像喝醉酒一般搖晃著拉開房門走出去。他成了旁觀者。鳳對W說：「我昨晚都對她說了。」

後來他才發現自己亦被浸泡在一種強酸腐蝕內臟般的生理不適。原來那就是嫉妒。等許多年後他才更理解那是無意義並非由愛或感性能力所莫名熾燒的黑暗情感。原來在他們這看似無憂的四人嬉遊，鳳和W已瞞著他和貞在一起了。原來貞也一直隱抑地暗戀著W。他發現他在這四人關係的交集遊戲中成爲眞正的剩餘者。他告訴鳳和W，他去勸勸貞，也許他能搞定，然後他便也推門出去。他在旅館門口一個公共電話下面找到蹲著哭泣的貞，他站在她的上方，看著她枯褐頭髮中央的髮旋隨著抽噎而抖動。那時他心裡想：她真是難看哪。他聽見自己說：「不然就我們兩個在一起好了。」

貞抬起頭來，用看見什麼不可思議的怪物的憎惡眼光瞪著他。然後便是他離開那間旅館，走過那一段熾燙到將鞋底融化成麥芽糖的漫長濱海公路，走到這個邊僻小鎮，住進這間旅館。

那天近中午時分，他離開他的房間，走到甬道轉角樓梯間旁時，發現一個小男孩抱著膝蓋坐在牆角。他猜想那是否就是之前隔著門在外頭哭泣的孩子。那男孩似乎發著高燒，滿臉通紅。男孩的身旁有一台投幣式自動擦鞋機，他很迷惑在這樣一間什麼設備皆簡陋破舊的小旅館，爲何會放置這樣一台時髦的機器？他從口袋掏出零錢，投幣時男孩也站起身好奇地觀看。那是一個用馬達牽引轉軸讓三只滾筒狀毛刷不停打轉的機器，毛刷上分別注明了：「除塵」、「深色」、「淺色」三種功能。那一次投幣而讓毛刷旋轉的時間出乎意料地長。他分別將兩隻皮鞋伸進那孔洞裡撣灰上油，再好玩地攢掇。那男孩把他穿著布面童鞋的腳也伸進去，逗得那男孩咯咯直笑。

後來他們兩人便一直站在那個陰涼的旅館走廊，看著那三個不同顏色的鞋刷，不停地空轉。

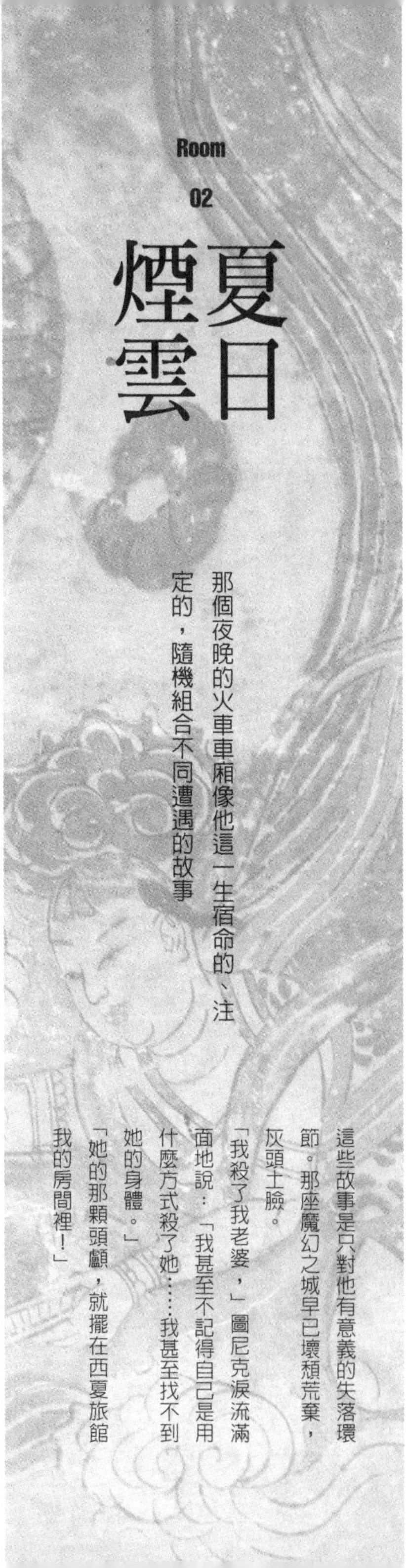

Room 02

夏日煙雲

那個夜晚的火車車廂像他這一生宿命的、注定的，隨機組合不同遭遇的故事

這些故事是只對他有意義的失落環節。那座魔幻之城早已壞頹荒棄，灰頭土臉。

「我殺了我老婆，」圖尼克淚流滿面地說：「我甚至不記得自己是用什麼方式殺了她……我甚至找不到她的身體。」

「她的那顆頭顱，就擺在西夏旅館我的房間裡！」

那個夜晚的火車車廂像他這一生宿命的、注定的，不論發生了多少隨機組合不同遭遇的故事，那必然的——如果它是一部看似流水帳其實刻意剪接過了的電影——ending 鏡頭。最後一個畫面。強曝光成版畫般的瀝青人臉，拉得長長的影子，昏黃的煤氣燈，車廂裡的橫的縱的座椅或扶桿的消失點縱深。陰慘的，像孟克的畫面。但不是定格。畫面仍在搖晃著（持攝影機的手不穩地晃動），時間仍在流動，但那是最後一個畫面。

那大約是在一九七〇年代，他和他那群日後成爲陌路的青春同伴，在那煙霧瀰漫的夜車裡晃搖著。他們的臉孔帶著一種無知的猙獰，或是對抗這種生命何其漫長凶險而自己何其單薄孱弱的不祥預感，強自打氣的模糊笑意。他們穿著高校生制服（完全仿日式高校的黑色高領外套），叼著菸，喝啤酒，配一人一只沾鹽的水煮白雞蛋，如此悠悠晃晃隨那巨大鐵皮車體穿過最深沉的黑夜。那種緩行列車的動力猶是燒煤球，火車頭會有列車工人一鏟一鏟將煤球扔進烏黑生鐵的爐膛烈燄裡。他們在那串連成列的密閉空間裡給搖晃折騰一整夜，清晨下車後，唇上短髭茬處會結兩塊黑不溜啾的鼻涕冰塊，車廂空氣裡全飄浮著煤煙渣子！

他們一夥人總是搭最末一班夜車從光州出發，天亮時就到漢城或是釜山。在其中一人領路下（永遠不是他），趕在朝會前，在校門口堵人，一群醉醺醺眼帶血絲晃了一晚上硬板靠背座椅而胸縮腰斜的癆病鬼，像從夜河對岸偷渡來的幽靈，圍著對方落單小貓兩三隻，一頓死揍。打完了，再用回程票疲乏欲死地搖晃回光州。

那個搖晃的畫框。畫外音。匡噹匡噹火車本身在那種慢速運動中撞擊著自身金屬關節的異常溫柔的聲音。那種寬軌慢車，慢速到對向軌道有車來，即像鬆解鏈條骨頭散垮地「乞」長嘆氣煞車停下，乃至於時光悠悠似乎他們在那車廂裡鬍子蔓長身體抽高。車廂裡總靜默地散坐著那些底層人。那些韓國人。許多年後，回想著在那昏暗氤氳、穢臭不堪的車廂裡，那些似乎作爲夢境背景各自陰慘縮睡在座椅上的「底層人」，究竟是哪些人？拎著雞鴨的老婦？疲憊的馬路工？流浪漢？妓女？竟無一各自可辨識身分之外型，僅就是一集體的、憂悒不幸如影子般的塡滿在他們周圍座位裡的，「底層人」。

那個印象像溶劑蝕進了他的一生。他永遠在「經過」。置身其中，隱約感受一種背景的不幸或冤怨之氣，卻又將心思放在更小一撮人其實毫無意義等時間流去的期待裡。即使現在，他常從獨自一人的旅店房間驚醒，仍爲時空錯置地幻覺著自己在一緩慢、有著孤寂金屬節奏，且款款搖晃的火車車廂之中而想不清楚自己是在生命的哪一段，「我這是在哪兒啊？」

他記得在那無數個慢車穿行黑暗曠野，所有人全昏睡著像冥河渡船上的無助鬼魂的夜晚，其中一次他們遇到了一個和他們一般醉醺醺的中年人（眞難得！），那傢伙完全沒被這群小鬼凶神惡煞的氣勢唬住，主動和他們攀談，話匣子一開便停不下來。他一眼就認出他們全不是韓國人，他告訴他們他因爲酒後失手殺了自己的妹妹一家（包括妹夫、妹妹的公公婆婆，還有一個小女孩），所以正被通緝中。他記得那個男人在描述這些事件時，帶著一種酒醉者說話前言不搭後語無法將邏輯串起的矇朧感，他們似乎也沒把他說的話當眞。主要是那傢伙看起來也不像帶著槍枝或刀刃之類的狠角色，他們完全沒有一種對前輩的畏敬懼怕（比他們更是地獄無從赦救的罪人），反而有一種客途遇投緣陌生人、幾句攀談便結爲知交的亢奮和熱情。

他記得那傢伙談起他們的國度，眼神突然變得柔和濡濕，彷彿充滿憧憬：「啊，那可是個奇妙的國家，可惜我被通緝出不了海關，不然哪，此生能去一趟中國，死也瞑目了。」

那時他們哪知他口中的「中國」是大陸或台灣，那從來不是他們這群迢迢少年理解或感興趣的國度。但他們爭相拍胸脯，好像他們在那個自己其實從未去過的地方無比熟稔，「沒問題，只要哪一天我們想個辦法把你弄出去，到了那裡，你放心，所有事情我們全罩你！」

這個畫面當然要過了好幾年後，他自己操著那口咬字不清的韓國腔加山東腔國語，來到這個島上，像薄紙鬼魂恓惶混跡在那些說著他聽不懂話語的人群裡，才變得無比好笑。簡直太好笑了！「我們罩你。」那像是在他童年小鎭那間小戲院裡，偶爾穿插在韓國片檔期間播放的國片

《獨臂刀》、《獨臂刀王》、《金燕子》、《一夫當關》……那樣一個白光霧影，人形窄扁、孤獨的主人翁永遠背負著含冤莫名、被人誣陷、遭大家圍殺逐獵且斷肢殘臂的暴力世界。他記得就在他和那群搭夜車尋釁的少年同伴在不同城市間軌道來回晃行的同時，他曾看過一部愛國戰爭片《英烈千秋》，為那裡面那個奇異古怪的世界驚駭莫名。飾演張自忠將軍的柯俊雄，在全軍遭日軍圍殲，自己身中數彈後，頹坐在曠野中一處凸起的土丘上，對著軍旗獵獵、層層包圍的日本軍說：「回去吧！中國太大了，中國不是你們吃得下去的蘋果。」然後拿出刺刀開始切開自己的肚子（他錯幻增殖著自己附加的瑰麗特寫：那些顏色鮮豔掙擠著流出的大腸小腸）。然後一位日軍司令下令全軍「向支那戰神敬禮！」

也許，也許那個韓國人，那個夜車車廂裡偶遇的殺人犯，走進那個人人殘殺自己身體、卸手砍腳拉開拉鍊把內臟一串串掏出來嚇人的世界，那個「中國」，他們這群唬爛少年，或真的可以設法「罩他一下」。但事實是，當他像闖進別人夢境裡，身形瘦削地，「真的」置身在這個街景招牌全寫滿中國字的城市裡，他卻像被放鴿子失去聯繫忘了通關密語的情報員，他找不到可以理解所有人在想些什麼（怎麼樣不會被人瞧不起？怎樣說話讓人覺得自己是自己人？怎樣讓人覺得自己上道、懂行道？）的祕徑。

有一次，他踅晃至西門町（那些戲院看板、那些滷味攤色情書報攤、那些黑玻璃的理容院和門口梳飛機頭髮蠟嗆鼻的擦皮鞋皮條客、那些穿著拖鞋熱褲黑眼眶的南國女人……對他而言，這個五彩繽紛的遊樂園，就是「中國」的夢幻核心），驚見騎樓邊一個老人靠牆掛板上擠著一包一包洋菸。Marlboro、Winston、肯特，五十五元一包。雪茄六十塊一根。心底一個低音鼓響了一響。是了是了，接近了。韓國沒有洋菸，他少年時曾陪父親到火車站送人，走出車站大廳時，他父親突然在一架菸灰缸前停住，亂七八糟揉捏倒栽的小菸屁股之中、插著半截冒著煙的黑大物事。他父親既土氣又慎重其事地拿起那猶濕沾著前人口水的怪東西，銜進嘴裡，美美地噴哧噴哧吸吮著：「這是雪茄，好東西！」

雪茄。他知道他父親是見過世面的。到韓國之前（在那個「中國」）他父親抽過三炮台、大前門、三五這些菸絲細醇濾嘴燙有金箔印字的上等菸。而今他花六十塊就可以得到那樣一根完整的「好東西」。他向老人買了一根，懷璧其罪地走在人群裡。現在我在你們之中了，或者是，現在我和你們不一樣了。他搭電梯到萬年大樓十三樓的「邁阿密西餐廳」，躲進角落一個小沙發單人座，點了一杯插了小紙傘且用塑膠海盜小刀串了一顆醃櫻桃的蛋蜜汁，不理會舞台上濃妝豔抹老女人的抒情歌演唱（對，是國語歌），望著頭頂上一串串葡萄藤般錯織交纏的電線七彩閃光小燈泡，映在環場黑色窗玻璃上，像燈海一片延伸到外面的城市上空。他拿出雪茄，點了幾次火，斜著身子歪靠在座位，誇張地咬著噴煙，顧盼自雄。許多年後才羞恥地確定，當時包括服務生，那些從其他座位投來的罕異眼神，絕對不是豔羨，他們看著一個疲不啦嘰、服裝過時的小鬼，獨自誇張像對看不見的觀眾打招呼地抽著雪茄，肯定心裡發噱：「哪來的土蛋進城。」

這些故事是只對他有意義的失落環節：他跑進去（且遭到屈辱）的那座魔幻之城早已壞頹荒棄，灰頭土臉。且所有人都心不在焉不再理會這些闖入者得不得體土不土氣了。他們忙著改名，摘掉「不是」他們的名字，拆掉那些電影裡飄飄搖搖的中國布景，「回去吧，中國太大了，不是你們吃得下去的蘋果。」他們忙著改掉街道商標上的名稱，並且在一種純潔的情感下堅持用更古老的漢語說話。「滾回去！中國！」當然他或比所有人更感到那種整個世界的構成元素全被一小格一小格抽遞換置的暈眩。他那口學了十年仍咬字含糊的國語。他好不容易讓自己的顏色、氣味趨近，隱匿於其中的整幅背景，突然嘩一下又全幅換過。他又孤伶伶，突梯古怪地浮出（套句時髦話：「激凸」）前景。哎，那些獨臂刀，那些荒漠裡的客棧北方的響馬鏢客，那些父輩冤仇顛倒的身世，那些失傳的武功祕笈，那些玩腸子刮骨疽的魔術遊戲，那些雙截棍、血滴子，還有那個臉部表情永遠固定成貓科動物恫嚇敵人時額頭前頂眼珠上翻脖子內縮下顎齜裂露齒的李小龍——啊就像那個手機廣告，那個他懷疑臉部每一條小肌肉都被注射了凝固劑的一千零一個表情的李小龍，一如往常在一個畫框螢幕裡搖頭晃腦擠三頭肌且嚎叫著亮pose，突然，上下四方的畫框如機關啓動銅牆鐵壁，朝著他縮擠，愈來愈小，愈來愈小，最後把他狼狽擠扁在一條小小的窄縫裡。或者像同一時期他看過的一部古怪透頂的好萊塢電影《聯合縮小軍》（同樣地，那樣陳舊、便宜、粗糙的科技狂想和爛特效，深深迷惑了那個困居在第三世界小城裡的少年）：一個人身體裡感染了一種無藥可醫的病菌，奇怪的是以當時對特殊病菌束手無策的生物科技，卻發展出一種縮小燈，一票醫療團隊縮小成一劑注射針水滴裡的懸浮物，注射到人體裡。然後這群人像許多年後的「異形」系列電影，在漂流太空艙的各隔艙裡拿著火焰噴槍、重機槍、曳光彈對付那些不斷繁殖且匿藏在各種空間障蔽後的黏鼻涕怪物。只是這群科學家的冒險是在一具人體裡的胃囊、動脈、有石灰岩洞般腸絨毛的小腸、鍋爐房般的心臟、無重力室的肺泡……在這樣的迷宮裡對抗邪惡的病菌怪物。且他們之間亦發生了叛艦喋血之類的情節，他們分裂成兩派，互相狙殺、猜疑、背叛同志、慢慢失去人性……。最後倖存的那一兩個人（那一對男女主角）終於找到一處出水閘口，從洶湧激流中被沖出來……原來那是那個巨大病人的一滴眼淚……

哦。眞是夠了。但那確是屬於他的那部分的那個國度（他答應那個夜車韓國通緝犯，有一天如果偷渡進去，他會「罩」他的那個「中國」），年輕時他縮坐在戲院黑魅的座椅上，瞠目結舌全身發抖仰視著白色光霧裡的那些巨大人影，那些不可能在現實世界複製的飛天遁地，人體的極限，人生際遇的悲慘、冤憤、虐待或復仇快感之極限，還有那些稀奇古怪的幻術和魔性兵器……到了這時全被縮小燈照射，混在淚滴鑽進他的身體裡，他們歡譁搗蛋，像那些吵吵鬧鬧的小人兒，在他看不見的他自己體內翻觔斗、長短兵器對打、殺了父親仇家的兒子然後等著他的兒子長大來尋仇，或者，切開肚子喝令那些追殺自己的敵軍立正向他行軍禮……那些小人兒像斷了繩控的戲偶，在他的腸胃肝膽心肺腎臟膀胱裡窸窸窣窣唸著他們的戲詞。當然有一些台詞，因爲擠在那黏糊糊不透光不透氣的小世界裡的人物太多，而斷裂遺忘了它們在原來電影情節的邏輯，使得那些小人兒，常得苦惱地對著許多不同類型片不同情境的其他不搭軋角色們，像對抗自己變成泡沫被遺忘，精神抖擻地重複（使他們成爲電影經典之橋段的）那些台詞或動作……。時日久遠，他總掛惦心憂著他身體裡的這些小人兒，像那部小說《蒙羅醫生之島》（也許那又是一部曾造成他少年時心靈風暴的怪電影？）：一個瘋狂科學家想把一座孤島上的動物改造成人類，沒想到最後反遭恢復獸性的動物人襲擊而喪命，他奇異的實驗也就此成爲泡影。但那些豬人、猴男、鹿人、豹人、美洲獅人、鬣狗人、雌狐人、聖伯納人、馬人、犀人、牛人……，在終於殺了把牠們變成如此怪物的變態造物主之後，言語喪失了明晰和意義，不再用雙腳走路，裸體趴著舔地上的水，獵殺其他動物人果腹。以相當快的速度退化成動物。他擔心在他裡面的那些小人兒，因爲畫框毀棄布景被拆曠日廢時地困在他身體的幽黑臟器裡，忘了逃難之路，久而久之，他們成為一些片段，然後，開始退化，長出動物毛披，嘴巴發出哇哇嗚嗚非人的哀鳴，並以獵食同類為樂。

當他和這個叫圖尼克的青年並行走在這座城市入夜後的街道，當他們兩人皆陷入沉默只聽見彼此皮鞋踩在柏油路面的單調聲響，他忍不住豎耳傾聽這城市像藏在霧中風景後面的聲音：遠處垃圾車帶著一種核爆廢墟後孤獨機器人的忠實固執氣氛，轟隆轟隆用膠皮扇葉的電動水車旋轉翻攪著它自己肚腹裡的垃圾。一些金屬塑膠容器被輾碎的聲音，一些紮好的垃圾袋被擠壓乃至裡頭的空氣終於爆破的聲音，一些瓜果果瓤爛青菜雞骨和在湯汁裡攪爛的零星細響。偶爾則是改裝過排氣管的重機車引擎吞食油氣嘶吼著扯破空氣而去的，電音吉他將擴大器開到最大、音箱卻破了那樣的一團聲音的彈射。

他忍不住想對這個圖尼克說，啊，即使是那麼的不像，人們還是喜歡，喜歡懷念，喜歡將那個已然回不去的無害場景重建，移放到眼前這個你眞正置身其中的世界。他想說；也許你只是在觀察我，也許你只是在唯唯諾諾，用你們理解世界上任何事物的方式去想像我所說的，像你的那個西夏旅館。一個宛然的世界。一個縮影或拼貼重建的世界。一個遊樂場。一些會在所有的小城故事裡出現的套式人物：小學校長、老醫生、妓女、警察或消防隊、火車站站務員、一間旅館的老闆娘，當你們的軌道車經過它們站立的那處轉角時，會壓到按鈕啓動機簧讓它們（穿著制服）從寫上它們身分的小屋推門出來，微笑揮手或作鬼臉或拿噴水壺澆花或拿棒子逐打小偷之類的，重複齒輪關節動作。或許你可以加一些細節，一些移動的事物（翻牆跳過酒瓶玻璃裂片的黑貓、簷下的紙招風鈴、落葉、巡邏警員騎的老舊腳踏車和街燈下飛舞的蛾群），這些人物各自的心事和往事……那會使它們像真的一樣。但我要說的是，回憶不等於虛擬回憶，旅店無法取代旅人在漫漫旅途中親眼所見的一切，故事是無法歸檔管理的，經驗不像那些郵局櫃檯上打包綁繩磅重蓋戳等著和其他一包一包郵件寄送出去……

但當他這麼說的時候，他腦海裡已像有好幾雙手，估量琢磨著如何將他記憶裡的那個童年小城，不傷原貌又能摺疊進一個故事包裹裡……如何描述那成十字交叉的主幹道和那條河流……

那條河流叫大田川，穿過這個小城，之間橫跨了大小七、八座橋梁，夏天的時候，一些撿紙的乞丐在橋下搭棚子窩聚著。白天時他們背著一個大竹簍，手拿一個長鐵夾到處收紙。各種紙：在灰土中翻飛的報紙、醫院外被隨手拋棄的收費單、小學生摺成紙飛機的日曆紙、噓趕走貓狗垃圾堆中沾著油醬的薄油紙、草紙……有一個卡嚓卡嚓的節奏，像火車站閘口的剪票員，手指自動持續地按著剪票夾——他小時候只要聽見街上那撿紙人長夾子卡嚓卡嚓的金屬輕擊聲突然靜止，就表示他瞥見街上一張廢紙，夾住，放進背後的大簍子。

傍晚時他們點起篝火，在橋下水邊把那些蒼蠅飛舞臭烘烘的各式廢紙壓成一坨一坨紙塊，等著有人來收走。然後他們會優哉地靠坐在那些堆疊成小山的臭紙塊堆上，喝啤酒唱歌（都是一些鄉音很重的韓國土俗民謠）。他始終不理解這群人冬天時都跑去哪裡了？

那同時，他父親會拉一把木頭板凳在中藥行門口，一邊押著他背古詩，一邊搖著蒲扇乘涼，然後，像某個精準的報時設計，每天七點時，從河的對岸冒起一團白霧，並伴著一種造成人群騷動的低吼，由遠而近跨橋而來。小時候他以爲那是騰雲駕霧的神獸妖物。但其實那是一輛繞著小城街區噴灑殺蟲劑的小型黃卡車（他亦永遠不知道這表演噴雲魔術的報時車是從遠方的哪裡來的）。當那車開到他們門前時，所有人都興奮地把門窗打開，讓那雲蒸霞蔚的一團一團刺鼻芬芳的白霧湧進屋裡。「殺殺蟲，殺殺菌，」大人小孩全一臉歡樂浸沐在那舞台乾冰裡。只有在很多年後，他回想起那個近乎幸福且難得讓街景人物晃動起來的魔術時刻，心底會有點冒雞皮疙瘩地想起，那卡車上拿著噴槍對大家噴吐白霧的人，在那個畫面裡，為什麼是穿戴著一種近乎防毒面具的面罩？（那亦像是他父親那一輩人悲喜劇的核心意象，陰暗的中藥鋪廳堂裡一袋袋飽吸了化學毒劑的各色中藥材。）

十一月底，秋天過後，河面快結冰時，會有一群穿迷彩制服的韓國軍人，用軍車運來一袋一袋的沙包，在他們家門口那條橋再往下沒有兩百公尺處纍堆築攔水壩，那種沙袋是用一種草稈交織編結極厚的米袋裡填沙製成。河水一被攔斷，幾乎一個晚上就結成一個冰湖。於是那變成一個溜冰場，等河床冰面厚度結實了，上頭便翩翩迴旋或追逐撲打著一些穿冰刀鞋的少年少女。當然一整個冬天下來，總會有十來個溜冰客從靠岸薄冰不結棍處，像被一雙自那冰面下伸出的妖怪之手攫抓下去，極快的一瞬間，從冰面裂口栽跌下去。從來沒有人試圖從那裂洞裡搶救或打撈他們——那幾乎像冰原上成千上萬的海豹群，在其中某一隻被北極熊獵殺，鮮血噴灑嚎叫時，其他近距離的同伴面無表情，也不驚惶竄走，已將眼前的撕裂掙跳視為一定配額的死亡牲祭——主要是那河床冰壁結得非常厚，一直要到春天冰裂融化時，一具一具完好如初的屍體，才會或栽仰或趴伏地掛列在攔水壩上。

另一個大人們用靜默無動於衷態度面對的死亡場景，是每逢夏季暴雨，黃濁大水幾乎漫淹過堤防，待洪水退去，有時會在那轟隆水聲背景裡，爆出一聲細微的哭聲。然後人們會在湍急河岸邊，看見哪兒擱淺著一個死嬰，較遠對岸又一個肚子朝天鼓得好大打轉浮沉的，一個又一個，他父親說那些是從婦產科後門丟進河裡的，來路不明尚未成人的夭死鬼。有的是難產死胎，有的是妓女的，有的是當地不良少女被美軍弄大肚子再去打掉的……

他不知道他父親當初爲何會帶著他們一家，匿居在這個近乎靜止的小鎮，而沒有選擇漢城或釜山那樣的大城市。也許有一個縮藏在臟器裡面的恐懼：「共產黨會來。」他們的城唯一一條主幹道的盡頭就是鐵路（圖尼克想：每一個故事的暗影角落都藏著一條鐵路）。每天清晨，他父親會把他搖醒，帶著他在事物尚未從夢境中浮現清晰輪廓的灰濛中，像要讓他此後一生永遠回顧追憶時不要錯漏細節地，一老一少把那整個小鎮巡走一遍。那時全城的人幾乎仍在熟睡，偶爾天際低掠過兩個螺旋槳的巨大黑影，是附近駐軍機場運送美援物資的美軍直升機。他們靜靜地沿河岸走著，經過拉下鐵柵欄、地面鋪滿鮮豔嘔吐物的戲院，拐一個彎走進低矮日式房舍挨擠著的風化街，他父親閉唇低聲叮囑他：「閉上嘴巴，不要呼吸。」似乎那裡飄浮在空氣裡的髒病菌吸進肺裡也會傳染梅毒或淋病。那裡偶爾會停放一輛擋風玻璃被砸爛的美軍吉普車。小旅館二樓窗台上晾著他們那個年代在他處根本見不到的、女人的新式內褲或胸罩。他總也不明白他父親爲何不把這一段區域從他們每日清晨漫走的路線刪去。

當他們汗氣蒸騰將那小鎮走完一圈回到家裡，門口總擱放著兩瓶玻璃瓶牛奶。他們父子倆一人一瓶，將紮束瓶口的透明紙拆去，將一枚小圓紙蓋掀開，祕密地，將這家裡的貴族享受從鼓突的喉頭送進肚子裡。

他總是試著用全城韓國人的眼光，看著這一對形似祖孫的父子，在每個清晨安靜而好奇地巡視他們的城鎮。也許他可以把故事變成他們是一對猶太父子，也許那個老人不斷低聲告訴那孩子什麼是人類適當行爲，什麼是猶太良知，他用無人聽得懂的希伯來文誦念著那些古老的祈禱文。也許他還告訴那孩子大屠殺的歷史……

等一等。他想，我終於還是受到這個圖尼克小子的影響了，他的那些該被送進精神病醫院的譫言妄語：那些海市蜃樓中的古帝國，世界邊緣之島嶼，那些如煙消逝的古地圖上的漫長旅行動線，從撒馬爾干到長安、從羅布沙漠到敦煌，所有幻覺的匯聚地，能吸住船舶的磁力島、哇嘎．哇嘎島的處女之國與騎馬女士之國，已知世界的邊界……，他的那座（瘋人院）「西夏旅館」，一支盜用被他們祕密處死的旅人遺骸和毛髮作爲文字，因此被詛咒全族將在亂倫、血腥復仇、遭馬匹踐踏祖墳脈穴、且全族男子將被敵人騎兵自後抓住後髮辮砍下頭來的大屠殺場面中集體滅族的部落。他記得他第一次和這小子在那間居酒屋喝酒，他便兩眼血絲、酒氣撲鼻地湊近他鼻前，像交換一個巨大祕密地低聲說：「老哥，我不是這整個鋪天蓋地的漢人所描述、建構的世界裡的人種，我不在這個時間裡，簡單告訴你吧，我是這個世界上僅存的，最後一個西夏人。」一開始他由著他胡說。那座旅館，賃住在那裡頭各式各樣靠呑食彼此身世故事維生的人們（也許正因如此，圖尼克口中的那座旅館裡的男女廢材們，一個比一個擁有那些罕異離奇的身世）。他在心底告訴自己：我還挺喜歡這個小子的，所以任由他在這些酒後胡說中一層一層搭建那座幼稚、金碧輝煌、不斷增殖變大，像血燕用隨處叼拾而來的謠言、詭計、那種頭尾銜接反覆循環的爛故事（「從前有一座山，山下有一座廟，廟裡有一個老和尚和小和尚，有一天，老和尚對小和尚說：『從前有一座山……』」）和著唾液蓋成的建築，簡直比他小時候聽的阿里巴巴與四十大盜還要殘失漏闕，但因此添加更多空洞無法交代事件緣由的恐怖感、一個或許多個陰謀將要發生的不祥預感、躲藏在帳幕衣櫥家具後面手持刀斧的敵人的影子被月光拉長伸進你床下的地板……

「我殺了我老婆，」圖尼克淚流滿面地說：「我甚至不記得自己是用什麼方式殺了她，我找不到凶刀、血衣，或其他任何沾血的鋤頭、扳手、球棒……我甚至找不到她的身體。」

他安慰他：「找不到屍體，那或者你並沒有殺了她，也許她只是離家出走罷了。她只不過是跑去這個世界上某一座我們不認識的雞巴城市罷了。」

「我是說我找不到她的身體。但她的頭，她的那顆頭顱，就擺在西夏旅館我的房間裡！」

瘋了。他警惕地想，這小子瘋了。

他想告訴他：根本就不存在這麼一座旅館。每天晚上，我們在那間居酒屋喝了個爽，相信我，像我這樣的酒精中毒者，要重回那個時間連續、光度不過亮或過暗的真實世界，是何其艱難痛苦之事。但你看看我們現在的腳下，那是一塊一塊拼連在一起的人行道地磚，我們正在這座真實的城市街道上走路，經過這座城裡唯一一座清真寺。你看那投影燈打光的火焰狀綠琉璃瓦圓頂，像飄浮在幽黯夜色中的神燈巨人帽氈。然後我們會鑽進那樹蔭扶疏的巷弄裡，經過那一幢幢頂著孤寂街燈的日式老房舍，然後在一處岔口互道拜拜，各自回家。

沒有你說的那座旅館。

但那天晚上發生了一件小事——並且之後許多個晚上他和圖尼克喝完酒離開那間居酒屋，兩人搖搖晃晃步行走回家的途中，都會發生，或該說是經過，一些像電影畫面的超現實事件現場——他原不以為意，等到了這一切駭異暴亂的事情全發生過後，等到他原本的生活被摧毀揉掉，像小廢紙團扔進圖尼克那個黑洞般的敘事裡，他才恍然大悟，那像是一張巨大掛氈邊角不引人注意的一條脫綻的線頭，他原可以不去理會，但還是禁不起好奇心伸手去拉拉看，這一拉，線頭愈扯愈長，拉成一條五顏六色的長線，他充滿恐懼但停不下來地繼續拉繼續拉，於是原來那幅掛氈上織繡的栩栩如生的風景開始從各處細部剝落，乃至慢慢消失。

最後剩下他不能置信地，手中纏著一大團彩色廢線，還有那遮蔽的畫面盡褪去後，裸露出來的，圖尼克所描述的那座千變萬幻，發白故事屍骸纍堆其中的，虛無與流浪者後裔的世界盡頭。

那個晚上，他與圖尼克，醉醺醺地走在那個無須引證便眞實無比的街道，他突然對身邊這個陷溺在自己幻想國度的不幸青年浮現一種近似父愛的溫柔情感。有一瞬刻他幾乎脫口而出，幾乎向他鉅細靡遺地描繪他這幾十年來深藏心底連妻女也不曾提過的童年小城：那條河流。那些跌進冰裂口裡穿著冰刀鞋的人或噴灑殺蟲劑的小卡車什麼的。他想起他和他父親一起在那模型小世界般街道上走著的辰光（像咱倆現在這樣）。他且記得在他們家那條「醫生街」上，隔兩間店家的一家「柳東均外科」，醫生是個陰沉自負、傳聞每天打老婆的中年人，執照總放在小診所裡最暗的地方。他父親說此人一定是助理出生，幫大醫師開刀開得好，弄了一張假執照來我們這小地方開業。他記得小時候，一次他爬家裡的中藥櫃抽屜，摔下來跌碎下巴，就在嘴下方幾公分處另裂開了一張嘴，那裡頭鮮血淋漓掉出來的肉條竟像那第二張嘴裡吐出的舌頭，他母親被駭呆了（「那就像，上半張臉分明是一個孩子哇哇在哭，下面卻長了另一張嘴吐舌頭做鬼臉！」）。後來即是瞞著他父親，找那個「柳東均」，花兩小時把嫩肉推進去，再縫合起來。奇怪的是這件事像魔術一樣他父親從未詢問像是從未發生過一般。

他那時不知怎麼突然想對圖尼克提起這些亂糟糟的遙遠往事（「因爲我也是個遷移者啊」），但幾乎是念頭才起便被圖尼克衝著他一個充滿笑意的眼神給硬生生打斷了。那個眼神充滿了一種屬於預言者、戰爭中曾目睹人吃人慘劇的退伍軍人、或某些幽浮俱樂部裡堅持自己曾被外星人擄走用一些金屬管線插入他身體的瘋子……的高燒意志。

——你就要發現我說的全是真的了。

然後他們轉進清真寺旁的巷子，他們的眼前出現一個彷彿電影中的立體場景（像那些好萊塢警匪黑幫片的開頭：電吉他的滑音配著背景慢慢由弱轉強的饒舌歌，反戴棒球帽的黑人小孩從那撞在街角引擎蓋冒煙的爛二手車裡偷拔裡面的音響，破掉的噴水柱的消防栓，一個把半身都探進垃圾小輪車裡的流浪老婦）；兩個戴著全罩式安全帽的黑衣人（準確地說是穿著黑色防風運動夾克和深色運動褲），分別拿著撬釘起和一把長尖刀，對著已滿頭是血倒臥在地的兩個人體猛擊，一旁摔倒的機車引擎嘶吼著帶著冒著白煙的後輪高速空轉。那樣的巨大聲響，使得那兩人在揮臂舞動刀械朝下方微弱掙扎的人體重複做一些什麼的動作，變得極像在游泳池水面下攝影一般慢速不真實，像只是爲了對抗水中那充滿介質物的光的阻力。

他和圖尼克經過他們。他原以爲躺在地上只剩下抽搐的那兩人是學生（幫派械鬥？），後來才發現那是兩個警察。圖尼克目不轉睛地看著他們，甚至停下腳步站在他們身後（那兩個戴安全帽的，會不會回頭，「看啥ㄒㄧㄠˋ？」然後持那些刀械朝他們攻擊？）。但那兩個傢伙竟像是Discovery 頻道上好不容易搶到了一具羚羊屍骸的土狼，拱頭專注地撕扯嚼食骨頭筋肉，背對著不理他們，持續自己的動作。

他們正在支解那兩具，並未死透的人體？

他不知過了多久才從震天價響的引擎巨吼中領會：這是一個襲警案現場，那兩個幻影中像千手千眼觀世音菩薩手執各種法器金光閃閃往眼球掉出來牙齒被打碎成一個空窟窿鼻梁不見只剩兩個小洞還汩汩冒出鮮血的泥漿人進行「大法輪」旋轉；其中一個停下毆擊之動作，蹲下來想把那警員用手掌攏護伴腰帶的槍套打開，但那個條子似乎在無意識中緊扣著槍不放。於是他們四個（他，圖尼克，那兩個戴全罩式安全帽之人）同時聽見：一根接著一根將手指骨扳斷的，像折斷壞掉日光燈管，那種結構中尚有結構，同一時刻聽見壞毀及其回音的複奏聲響。

拿到槍，那兩個黑衣人（終於回到眞實？）迅速地跳上稍遠處另一台停靠未熄火的機車，催油呼嘯而去。

他和圖尼克互相沒有對看，繼續往巷子裡被距離遠近的街燈和樹影明暗錯置得幻異神祕的巷弄更深處走。

那晚回家後，他的妻子正看著電視夜間新聞，美女主播蹙著眉頭播報一則「一位空姐在美容中心使用一種『幻光磁電儀蒸氣太空艙』做Spa時，被太空艙排氣管擊中額頭，致眼球水晶體脫落彈出地面」的新聞，但一旁的跑馬燈字幕則打上：「殺警奪槍案！噤聲殺警，兩名凶嫌犯案時完全不發一語，不排除瘖啞人犯案。」

他想：這件事的時序、眞實性，或是他是否恰好捲入一個必須和那讓人頭大避之唯恐不及的偵訊、筆錄、法庭種種警察體系打交道（他好歹算目擊證人？）的退縮厭倦感，全像充滿破綻的好萊塢片。有一些關鍵細節似乎咬合得太準確了，但他又說不上是哪兒不對勁。

第二晚，他到酒館去，喝得醉醺醺，繼續聽圖尼克描述那個時光靜止的滅絕國度。

「……有一位喬治・馬戛爾尼勛爵（Lord George Macartney），一七九三年代表東印度公司及喬治三世，前往中國。他帶了許多禮物給乾隆，包括望遠鏡、天象儀、地球儀、一大塊透鏡、氣壓計、鐘、氣槍、西洋劍、德比花瓶、瓷像，以及一輛馬車……。當然他要交換的並非那些犀牛角、金線刺繡或上頭有山水風景的扇子或屏風……，而是要增開港口、關稅協定、設立英國領事館。但有趣的是，這位在當時算對中國充滿善意觀察眼光的外國人，最後卻被中國瑣碎的生活細節、陽奉陰違的修辭話語、層層監視的人際關係，或大部分是吹噓、胡掰的僞知識僞歷史弄得筋疲力竭。當他初抵中國時，有人讓他看一張在天津油印的單子，上面以中文羅列著他準備呈獻給皇帝的禮物。但沒過多久，城裡流傳的他帶來的禮物，卻變成了『好幾個高不及十二吋的侏儒或矮人，身材比例及智力都不輸英國兵；一隻比貓還小的大象；一隻老鼠大的馬；一隻母雞大的雲雀，以木炭爲食，每天約可吞五十磅木炭；最後是一只奇幻枕頭，任何人只要將頭枕上，立刻就可熟睡，任何夢中出現的遙遠地方，諸如廣東、福爾摩莎、歐洲，均可在彈指之間到達，毫無旅途之困頓。』……」

「我讀過這本書，我知道，」他興奮地說，「是一本描述幾世紀來一大狗票去過中國幾年或根本沒去過中國的西方唬爛天才，如何憑空編造出一個他們恐懼、憎惡、著迷、意淫的靡麗國度。我想起來了，那是 Jonathan D. Spence 史景遷的書。其實那個充滿激情的唬爛河流起源更早，早到馬可波羅，邪惡的國王和他的暗殺隊伍，主人死後火焚家僕和女眷、獨角獸、可汗眾多嬪妃的感官樂園……」

「或者更早，早到《亞歷山大傳奇》或《辛巴達歷險記》，絲綢之路上的想像力：馬其頓的軍隊越過了阿契美尼德王朝的波斯行省，向印度河流域推進，越過了安息、大夏、康居和犍陀羅諸多地區。青春之泉、會講話的島、獨眼巨人、太陽樹或半人半鳥者、化裝成使者進入一極難進入的國家，卻被皇后從花瓶上的畫像識破認出……」

「還有一種專吃牛、羊或人類的巨大羊蜱蠅，牠們不會講話，但叫聲像狗狂吠。有一個故事還講到，亞歷山大和士兵們抓到了一隻食人獸，他命令他們把一個裸體女人推到牠面前，當牠開始吞噬她時，士兵們衝上去把那女子從牠嘴裡拉出來，於是這怪物便以自己的語言嘰哩呱啦地饒舌……」

他心裡想：我還以為你是「外獨會」的成員呢。

但圖尼克說：「你知道我怎麼想嗎？在我們這個西夏旅館裡，那些洋玩意兒，什麼望遠鏡、天象儀、地球儀、西洋手銃、手搖大喇叭電唱機、石蠟唱盤（還是華格納的呢）、手搖電話機、有西洋女人裸體畫的鏡箱幻燈片機……這些全都有，它們或收藏在某一條走廊某一個房間裡，或成為我們那些客房裡的擺設。但是，我要說的是，那個馬戛爾尼當作笑話的，他認為被竄改成荒誕不經的物事：那些侏儒、貓大象、老鼠馬、吃木炭的大雲雀、像哆啦A夢『任意門』一般的枕頭，那些東西才是，才是我的、我的西夏故事的入口。它們不是空調房間裡的靜物。我必須爬進去，老哥！即使是從防火梯或攀牆索，我都必須爬進去！」

那之後幾天，他皆提心吊膽注意著新聞。有一天的新聞裡出現一則小小的消息：一個戲劇系大學生在無人深夜帶著一綑繩梯去攀爬天母的大葉高島屋百貨，可能因為繩滑失手，那男孩從六樓高空摔下，到第二天近中午百貨公司開門時才被警衛發現陳屍於B1樓的大水族箱前地板。據說男孩家世極好，警方初步排除他侵入之動機是爲偷竊，死者家屬亦極低調，僅就「是否在攀爬過程中被警衛發現，追逐而失足摔死」提出質疑。而百貨公司亦調出當晚監視器錄影帶，證實整個過程（從攀爬到失手，掙扎懸掛，終於力氣放盡摔落），全只有男孩獨自一人。另外××大學戲劇系亦出面證實，死者當晚攀爬用之繩梯，是該系上學期畢業製作公演《亨利四世》中之舞台道具，日前於工作間遭竊……

他連著好幾晚都擔心著：是不是圖尼克啊？但他的年紀應不止是個「戲劇系學生」。不過他在梅雨結束的那個星期二晚上又在那間居酒屋遇見圖尼克在對著一屋子人夸夸而談。那天晚上有另一個酒客講到一件事令他印象深刻：他說前一陣他帶著一個team到高雄旗津拍廣告，裡頭有一個學弟是會弄布袋戲的，他們帶著戲箱，黃昏時搭渡輪到半島那裡，搭篷上戲。那裡的居民看熱鬧了幾天，也懂狀況了，導演一喊開麥拉大家全安靜下來。人群中有兩個人鶴立雞群渾身發臭非常惹人注意，其中一個是黑人（是那種長脖長腿長手族的），另一個是當地流浪漢，從小就憨的。後來他們問當地人，說那黑人是非洲某個小國的，原是跑船的船員，大概是沿途港口嫖妓得了愛滋，他們那條船的船長不道德，恰好某次停泊在高雄港，把他放鴿子船就開跑了。他又不會講英文，身上也沒有證件或多餘的錢，遂在港口一帶流浪晃蕩，當地管區也知道有這麼個「流浪黑人」，卻都不知如何處理，遂不予理會。後來不知怎麼和那弱智的兩人混在一塊，兩個都高個兒，平常就作夥睡在公園、公廁、小學校園或寺廟。酒客中不知有誰提起我們台灣現在眞是愈來愈多外來侵入者了，據說現在每八個新生兒就有一個是外籍媽媽生的……云云。他聽了非常刺耳，心裡想：老子不正就是個外來侵入者？

那天深夜他又與圖尼克相偕走路回家，當他們走過一條人行天橋時，橋面上一個行乞的老頭，收音機開得非常大聲，那是一個電台主持人用一種賣膏藥的流暢台語夾評夾敘地播報新聞：今天早晨有一位小姐出門上班時被一位男的強拖進公寓鐵門裡，那個男的掏出他的水泥管叫伊幫他吹喇叭，那位小姐不肯，這個男的就拿出電擊棒來給伊電昏電得全身灼傷然後強姦啦……

他不可思議地左顧右盼，確定這是眞實的場景，或只是圖尼克移形換位的魔術？這座天橋是眞的，橋上的老人是眞的，橋下讓人暈眩偶爾駛過的夜車也是眞的……圖尼克在他身旁走著，臉上帶著一種神祕的微笑。他期待他會告訴他什麼？「是的，這些都是胡人。他們全是西夏旅館的房客。」

他停下腳步，轉身對圖尼克說：「聽著，圖尼克，我不知道這是不是你的詭計或魔術？或是你的同伴們動的手腳？但我要告訴你：那是不對的。你不可能搭建一座改變自己血液裡神祕基因圖譜的旅館。你不可能用別人故事裡的破碎材料（像廢棄車廠裡的零件）去拼裝一個獨一無二無法繁衍後代的你自己。你不可能做你自己的父親。我知道你們在一些你們無力負擔其全景或縱深的殘虐畫面前訓練自己無動於衷，那使你們挑釁又嘲諷，那使你們失落自己的純眞。那使你住進那個你自己一手打造的歪歪斜斜的世界：那裡面的人，歪鼻塌嘴，沒有影子，只有半套染色體，也許你憎恨用憂鬱症量表或百憂解來替代描述那種想自殺、想哭泣、心臟要爆破的感覺。也許你討厭被羞辱的感覺，你討厭別人越俎代庖用他們自以爲是的語言描述你，但那並不代表你要對自己動手腳！你要把在你裡面的那些眞實東西變成不相信的！圖尼克，小心噢，你和你的那些旅館故事就像 SARS。一整套被幻術和自我想像欺騙的防禦免疫系統，它被它自己編造的那整個龐大完整的海市蜃樓敘事給唬住了，於是它啓動了全部最劇烈的殲滅火網，把自己的身軀、內臟、血管、頭顱、四肢，全卡吱卡吱地吞噬咀嚼了。小心你將要展開的那個敘事，不是你以爲的包羅所有魔法、色情故事、所有戲中戲或極限經驗的旅館；那只是一粒搖頭丸就可以達到的全部歷程，捏一下就全變成粉末……」

他說得感傷又急切，然後他發現自己竟脫口說出一句羞愧欲死的通俗劇台詞：

「如果沒有愛……」

但眼前那個無法還原自己究竟爲何事物所傷害的青年，擺出一副人間失格者或卸下十字架的灰白屍身耶穌的失魂落魄模樣。他知道他的魔術已經啓動了。圖尼克說：「我只是想……脫漢入胡……」他已經走進那座他自己一手搭建的虛妄世界，像那些年輕人在城市裡所有的KTV包廂一邊喝著罐裝啤酒一邊對著晃亮白光的螢幕嘶吼：脫掉！脫掉！脫掉！脫掉！

那時他已知道：他和圖尼克正站在兩個世界裂開的最後連接之瞬，一座仿擬之城將載著圖尼克漂浮遠去，那裡所有時鐘鐘面的指針都停在不同的刻度，除非他在那一瞬痛下決定跳進他的結界。他同時已預知：明天一早，他會帶著鎖匠，循著他留給他的地址，找到圖尼克的公寓，撬開鎖破門而入，他知道他會是第一個看見那景象之人。圖尼克的雙腳會懸空垂掛在他眼睛水平等高的位置，像他年輕時寫過的短篇小說結尾，他看不見他的臉，像神龕上煙霧縹緲的神偶的曖昧笑臉。搖搖晃晃。像操作攝影機器時不穩的手臂。他知道那即是他啓程之始，他必須（比少年時在夜行列車上承諾那個殺人犯陌生人要艱難一萬倍）去找尋那座旅館。他必須去找回那個眾人皆以爲離開人世（或根本從來就沒這號人物）、其實已 check in 住進那間「西夏旅館」裡的圖尼克，胡人圖尼克。

Room 03 洗夢者

不知為何，房間裡的燈都不會亮了

生活本身像一隻不斷蛻皮的蛇。後來的記憶像找不到歸鄉路的鬼魂，漂泊不知今夕何夕，不知置身何處，不知自己原來的面貌該是啥模樣？

有時候你臉上有一種表情，讓我想起我父親過世以前的樣子。有一點朦朧模糊的感覺，好像是拍照時攝影師的手晃了，就像羅賓威廉斯在那部電影裡一樣，一直都是處於失焦狀態。我有一次問我爸爸那種神情是什麼意思，他跟我說那是一個人花太多時間跟其他人類相處才會有的神情。——魯西迪，《憤怒》

不知爲何，房間裡的燈都不會亮了。

他清楚地去按那觸碰式開關，開關旁的開關。房間在黑暗中如水銀瀉地一閃即逝它全部的輪廓。但又瞬間消失。見鬼了。他想。他專心地調控其中一個旋轉式開關，像多年前揉弄他那因憂鬱症而變得冷感枯槁的妻子乳房。「我的身體壞掉了。」他總在恐懼著，下一個瞬間，這樣溫柔細膩的試探動作會帶來天崩地裂的結果。歇斯底里。慟哭。捶打頭部。傷害自己。穿著性感細肩帶絲綢睡衣的，曲線畢露的身體，上面掛著一顆披頭散髮的，眼睛鼻子嘴巴全顛倒移位的頭顱。

一張破碎的臉。

光慢慢地出現。像黑色畫布上的白色粉彩畫。光暈的技法。月光穿過風中搖擺之薄紗窗簾。無人巷弄裡的街燈。光像積水那樣敷在柏油路面。

光慢慢地出現了。他妻子的臉懸浮在這個房間的正中央，不懷好意地衝著他笑。哦，不，也許是同樣複雜卻相反的情感，她的眼皮浮腫，眼瞳無神，上唇略向外翻，臉色慘白——讓他想起兒時廟會市集攤車上，那些插在竹籤上，用麻糬一般的黏濕白麵糰在攤販手中捏扁揉圓的白臉小人——一種倔強性格之人，乞求原諒卻擺出倨傲神色的臉。你不能不承認那是一張美麗的臉。曾有一位深諳顱相學的長輩，見過一次他妻子後，篤定地告訴他們：她的祖籍是泉州。那個城市可是十四世紀的紐約。世界中心之都。您夫人的祖先肯定有阿拉伯人的血統。那個眼珠（淡褐泛綠）、膚色、高鼻粱絕不是漢人的特徵。

他記得他童年時每見那些白麵糰在捏麵人的手指間翻來覆去逐漸成形，總是憂心這樣奇異的小細節：最後那張臉，那張描上胭脂插在竹籤上的臉，不是印滿了那個師傅不同手指的螺紋？

一張密密麻麻印滿他人指紋的臉？

在他妻子那顆美麗的頭顱下方，連接著一具，像深海螢光水母、近乎透明的胴體。即使在這樣微弱的光照下，仍可透過那玻璃般的皮膚，濛曖影綽地看見那裡面奼紫嫣紅像那些煮熟的薄皮湯圓裡，呼之欲出的紅豆芝麻抹茶內餡。

怎麼回事？不對，在那顆頭顱下方，眞的是一只仿希臘陶壺造型的綠玻璃花瓶。他想不起這房間裡是在何時出現這麼一只巨大玻璃瓶。玻璃的厚度改變了折光的效果，霧濛濛的，瓶身腰腹上的幾何紋浮鏤全泛著一層流動的綠光。他把妻子的頭顱拎起（那一瞬他有些踟躕，不知該抓她的鼻子或耳朵，或像抓美杜莎的頭那樣一把抓起她的亂髮），望那瓶身裡看，原來那些花花綠綠的物事是一些大小面額的鈔票，有成疊的百元鈔，有捏縐成一團的千元鈔。

他隱約想起，似乎是在南亞大海嘯那陣子，這個旅館的大堂，不知怎麼福至心靈，學人家便利超商或三十五元咖啡店的小捐獻箱，在櫃檯上也擺了這麼一只大肚花瓶，一旁擱著一張小卡片：「送愛到南亞。」瓶底銀光閃閃堆著一些十元、五十元的硬幣。怎麼跑到他房裡來的？想不起來了。記不得。像雨絲斑斑點點落在車子的擋風玻璃上，他正要，快要從那逐漸成形的輪廓中分辨事情的眞貌，嘩喇一下，雨刷便把所有的成串的水珠和它們周邊的蛛絲網絡全抹掉了。

發生了什麼事？

他妻子曾和他玩過一個遊戲，即她唸了一本書裡的一段故事給他聽。「你聽清楚喔，我一個字一個字慢慢地唸，有聽不清楚的地方可以叫我再重唸一遍。」逐字逐句，眼前清楚地浮現那個故事的場景，人物在裡頭說的話。過了約兩個月，她要他把故事重述一遍。然後翻出那本書裡的故事原文比對，發現他從記憶裡撈摸拼湊出來的版本，和原來的情節有著許多出入。一些細節被省略了，原故事裡一些歧突古怪的邏輯也被重新修改變得合理了。故事中一些不起眼的小物件

（類似橡樹籽、獨木舟、獵海豹的特殊刺槍），他反而沒有誤漏地記得。「這是什麼怪書？是在測繪你的記憶幽谷下面隱藏的人格特質嗎？」

他的妻子一直咕噥著他的記憶形式和書裡分析的完全不同。那些遺漏、替代、修改，或圖像移轉的方式，完全不同。「也許你是個殘忍的人。」你記得的全是那些別人不以爲意的部分，別人記得的你卻用一種滑稽的方式將之修改……

什麼意思呢？他記得那時他妻子要他兩年後提醒她再對他作一次測試。看看那時他對這故事殘存的印象。但後來他們根本忘了這件事。生活本身像一隻不斷蛻皮的蛇。他覺得他的記憶像一個浮滿爛葉的淤塞沼澤，裡頭每天有成千上萬的蜉蝣生物在進行著朝生暮死的繁殖和死滅。一代替換著一代。如果他這個人的本身是由這些在時間流中浮起又殞逝的記憶蜉蝣聚落組成，那其間代謝抽遞之快，現在的這個「他」，和多年前的那個自己，早已是兩個完全不同的星體。

許多年後，他努力回想當年的那個故事，好像是兩個青年，原本要去獵殺海豹，其中一人卻在途中被一群人拉去參加一場印地安人的戰役。他記得那場戰役似乎是沿著一條河流，雙方死了非常多人，場面相當慘烈。不知在哪個關鍵時刻（他不記得了），年輕人悟出他正參加的是一場幽靈戰役。後來他回到故鄉，誇耀地把戰爭的經過描述給他的族人聽，沒有人相信他說的。但當天晚上他就口吐黑汁死了。

後來的記憶像找不到歸鄉路的鬼魂，漂泊不知今夕何夕，不知置身何處，不知自己原來的面貌該是啥模樣？

他試著回想：那天夜裡，還有沒有別人進過他的房間？一些近距離的、像撕破的人皮裡再跑出一具新嫩光滑的身體，或是像少年時爲了觀察「太陽黑子」，和同伴耐心一根火柴接著一根火柴燻燒敲破的啤酒瓶底那樣的悠緩時光。他記得女人的身體像浮潛時遭遇的魚群在他周身穿繞迴游（所以畢卡索畫裡的那些女人絕對是處在作愛時刻的女人，非如此不可能在短暫瞬間翻動，移形換位，變更那許多不同角度的近距特寫），在那近乎冥修的恍惚靜默時刻，女體的每一部位每一角度盡皆秀色可餐。無所謂之敏感帶。他有時俯瞰著觀察，有時置身在其中，有時竟像用肩脊在馱揹（女人強烈的氣味從他頭顱上方傳來），因爲他們皆不斷在變動、移換著各自身體的造型。在那持續的、像牛奶河流（從各方來的水流朝著同一方向匯聚，但又有表面的急流覆蓋住底層的緩流，或是在較陡深的河床地形處形成漩渦）一般的沉醉時光，只有一些突兀的、銳角切割的動作打斷了整件事的完整性。有一幕是，女人幫著他，兩人一起費勁地剝下那緊束在她胯骨和臀突間的「塑身褲」，但那件褲子像章魚吸盤一樣怎麼樣都脫不下來，女人喘著氣說：「我自己來好了。」她先把絲襪脫下，再努力地扯下塑身褲，再把絲襪穿上，現在她又變成那個輕覆蟬翼，可以一層一層輕輕揭開的柔弱花朵。不會在過程中怵目驚心出現強力塑膠觸感的水蛭吸盤或蚯蚓的韌勁生殖環帶了……。另一幕是，女人被他弄到整個身體都發熱融化的時刻，把她那白皙的喉頸仰起，一隻手拉著他的手，順著乳房上翻的弧線，讓他撫摸她的鎖骨、後頸、耳際、唇間，最後停在她那撐緊的喉頭。

手指殘存的記憶。一晃即逝的念頭。那時他似乎摸到一個類似喉結的硬物。

所以那個女體並不是他的妻子？

有這樣一種說法：這名哈扎爾使者死在哈里發的宮廷裡，他的靈魂被顛倒過來，像一只裡子翻轉向外的手套。他的皮被剝下後，經過鞣料處理和拼縫，好似一大張地圖，鋪在薩馬拉哈里發宮廷裡的貴賓座上。另有一些史料這樣說：那名使者曾備受摧殘。還在君士坦丁堡時，他就不得不讓人砍去一隻手：希臘宮廷裡的一個大人物用黃金買下了紋在使者左手上的哈扎爾年表的第二部分。除此之外，還有其他一些說法……使者有如一部活著的哈扎爾人百科全書存在於世，爲了獲得豐厚的錢財，使者徹夜佇立著，全身一動不動。他凝視著博斯普魯斯海峽沿岸宛如煙霞的銀白色樹頂，徹夜不眠。與此同時，希臘的文書錄事等人在一旁從他背部和腿上抄錄有關哈扎爾人的史料。……使者言辭確切地說，哈扎爾文的字母是由各種菜肴名稱組成的，而數字則用哈扎爾人眾所周知的七種不同的鹽來表示的。他還留下這樣一句話：「哈扎爾人在他們自己的都城備受尊重，來到君士坦丁堡亦優待有加。」其實，他還說了許多與紋在他皮膚上內容正好相反的話。

——帕維奇，《哈扎爾辭典》

我之所以能在半世紀後，仍能背誦出那本童年令我痛苦不已，拗口贅舌漫篇不知其意的晦澀故事書裡的其中這一小段，或許就因那一段既孤寂又空曠的視覺性句子深深觸動我懵懂年紀心底的哀愁預感：「使者有如一部活著的哈扎爾人百科全書存在於世……徹夜佇立著，全身一動不動。他凝視著博斯普魯斯海峽沿岸宛如煙霞的銀白色樹頂，徹夜不眠。」那像是我的寫照。

也許在我父親的意志裡，那是他的，或我爺爺的故事。在那些顛倒迷離、欲睡不能的夢遊之夜，他傾身就著暗澹的燭光，將我爺爺睡在長方形棺木裡的白胖屍身作輕微的挪移，在腴軟的皮膚局部上紋刺「我們這一族的」，如煙消逝的，暗影層層聚集的，編織著謊言和誇大的孤兒哀感的遷移記事。我到長大至足以暗中將「我的記憶」與世界之事區隔分離、不致驚惶恐怖的年紀，才發現我的同儕們，他們幼年時期的枕邊故事或童謠背誦教本，不外乎一些狐狸、熊、小鹿、睡美人或天鵝王子之類的簡單情節，或是「人之初性本善……」、「子曰克己復禮……」等等；無人如我在父親的嚴肅懲罰下，背誦一本「辭典」。我曾被夾手指、用燭油滴腳背、臀部被藤條打得皮開肉綻、寒冷長夜端坐在父親書房的小板凳不准上床……只為了背誦這整本——後來我才知道那竟不過是一個不為人知的外國人異想天開、唬爛、滿紙荒唐言地描述一個「從來不曾存在過的國度」的——小說。我父親曾在以他父親為羊皮卷軸而他自己為刺青工匠的濛曖時光，挫折地轉身看見我，而轉念想讓我當「使者」嗎？傳信息給誰？那些未來世界的他的後代子孫？傳什麼信息？他的那部、耗盡晚年全部艱苦獨處神祕時光以便祕般的西夏文書寫，無人會想去翻翻碰碰的小說：《如煙消逝的兩百年帝國》？或如某些據稱持有部分殘稿的冷僻學者宣稱，小說裡的內容完全與那個十二、三世紀在中國西北河套平原上如鬼魅般出沒的黨項人王朝一點屁關係也沒有，如果以解譯出的部分情節、時空背景、故事人物的服飾、飲食和對話來判斷，眞正的書名應正名為：《如煙消逝的致遠艦》。他們發誓那是一部關於幽靈船的小說。

關於西夏，有更多的證據證明我父親當年為了支架起那個時空異端的「另一個國度」，他大量偽造、錯誤連結了一些不相關的北方民族史論文與考據，作為他小說裡那些痛失祖先記憶，在滅族的恐懼中摧殘坐騎，狂奔突走穿過沙暴、海市蜃樓、枯草河道以及穹頂極光的無臉孔人物們，某種實體靜止物件的造景。譬如說在他小說篇章裡歷歷如繪描寫的，關於西夏人墓葬中發現的皮子、毛皮或粗糙絲織品，陶質紡輪，染色的毛織物和毯子，或是貴族木槨中的昂貴外來織物（我差點粗心寫下：舶來品。舶？在那個無由想像海洋為何物的極旱之地？），如各色呢絨、綢緞、布帛，或精緻繡花之織物；或是戰爭場景裡，他寫到他們的戰弓是複合組成的，帶有骨質或角質的扣環，因此具有很大的堅固性和彈力。每張戰弓長達一點五米，有很大的殺傷力。所用的箭，帶有骨質或鐵質的箭頭，青銅的箭頭則很少見。鐵或青銅的箭頭大部分為三稜形並帶有鋌。另有一種所謂「鳴鏑」——固結在箭頭，安入部分的骨質鑽孔小球，飛行時能發出使人害怕的嘯聲。弓裝在專門的套內，背在左邊，箭裝在右臂上的箭筒裡。

另有一些段落寫到鐵製馬嚼環，馬、牛、羊或狗這些畜類，或橐駝、驢贏、駃騠、騊駼、驒騱……這些罕奇坐騎，或是他們的黍粒或如鐵鋒、鐵鐮刀、石碾這些農具，還有保存穀物的窖。另外還寫到他們的殯葬、流行病、作為取暖系統的煙道爐灶。還有他們的「寡婦內嫁制」之類的父系種姓制度……

總而言之，這部小說想把那個宛若的世界，描寫成一個「活著的世界」，卻不知在哪出了差錯，給人一種「用個人DV拍攝一座出土的活埋古城遺址」的死灰印象。那像是一個因歷史的誤差而被集體滅絕的國度，他們在一個文明極盛期，生氣蓬勃、繁文縟節、對未來猶充滿美好憧憬的擴張時刻，被突然降臨猝不及防的災難（瘟疫？北方強國？火山灰？首領的貪婪誤判？）給滅族滅種。確實這部小說寫的正是這個王朝覆滅亡國前夕，充滿張力，像紡錘宿命地將預言、巫術、魔法、屠殺前的戰慄、偽降詐術、男女顛倒狂歡……種種奇景旋轉包裹於其內的神祕時光。

我手中有一份父親遺留的手抄稿，用古典漢文書寫，並未收入小說章節中，我在一次私人性質的小型研討會中將之當作第一手資料發表，以推論父親的小說藝術其實潛藏著不爲人知的魔幻創意，卻在席間被一位父執輩的嚴厲學者（這位白髮蒼蒼的老人有極濃的南方口音，據說他曾以一批私密材料寫了一部華麗的論文體小說，證明原先的台灣地圖是像一隻豎立的蠑螈幼體，而非如今旋轉九十度橫躺的湯匙狀）指斥爲「無知」。他舉證出我手中的那批「父親手稿」，不過就是包括《蒙史》卷三〈成吉思汗本紀〉、《蒙古源流箋證》、《元史》卷一〈太祖紀〉、《蒙史》〈脫欒傳〉裡的一批有關西夏的資料。

71、歲次丁亥，三月十八日，行兵唐古特之便，於杭愛之地方設圍。汗以神機降旨云：「今圍中有一郭幹馬喇勒，有一布爾特克沁綽諾出，此二者毋殺。有一騎青馬之黑人，可生擒前來。」遂諭將郭幹馬喇勒、布爾特克沁綽諾放出，將黑人拏至汗前，汗問約：「爾係何人所屬？因何至此？」答云：「我乃錫都爾固汗屬人，遣來哨探者，我名超諸，唐古特素號善馳之黑野豕，今殆我黔首將滅之時乎？束手就擒。向並未轉動，遂爾被擒！」汗降旨云：「此人果係大丈夫。」遂未殺。又問云：「人言爾汗向稱『呼必勒罕』，彼果如何變化？」答云：「我汗清晨則變黑花蛇，日中則變斑斕虎，晚間則變一童子，伊斷不可擒。」……

……

77、六月，……是月，夏主李晛請降，遣脫欒扯兒必往撫納之。汗次清水縣知西江。

78、丁亥，從征積石州，先登，拔其城。圍河州，斬首四十級。破臨洮，攻德順，斬首百餘級。攻鞏昌，駐兵秦州。

79、進逼中興。是時，李德旺已殂，從子睍嗣位，度國勢已去，遣使乞降。謂不敢望收之爲子。時行在清水，汗不豫，僞允之。

80、至唐古特地方，將圖爾默格依城圍困三層，有善法術之哈喇剛噶老媪，在女牆上搖動青旗，施鎭壓之術，倒斃騸馬二群。蘇伯格特依巴圖爾奏汗曰：「吾主，今軍中騸馬將盡，是今哈薩爾出，射之。」汗以爲然，將備用之淡黃馬給哈薩爾乘騎，令其發矢，哈薩爾即指老媪之膝蓋射之，應弦而斃。錫都爾固汗遂變爲蛇，汗即變爲鳥中之王大鵬；又變爲虎，汗即變爲獸中之王獅子；又變爲童子，汗即變爲玉皇上帝；錫都爾固罕，勢窮被擒。遂云：「若殺我，則害於爾身；若免之，則害及爾後裔。」汗云：「寧使我身被害，願我後裔安善。」因用箭射、刀砍，俱不能殺。錫都爾固汗云：「任爾以諸般鋒利之物砍我，無妨。惟我靴底藏有三折密薩哩剛刀，方可刺砍。」遂搜取其刀，又云：「爾等殺我，若我身乳出，則害於爾身；若血出，則害及爾後裔。再，古爾伯勒郭斡哈屯，爾若自取，可將伊身邊詳細搜看。」遂將彼之密薩哩剛刀砍其頭，殺之。乳出。即取古爾伯勒郭斡哈屯，並占據密納克。唐古特人衆。汗欲在彼阿勒台汗山之陽，哈喇江岸邊過夏。

其古爾伯勒津郭斡哈屯甚美麗，衆多奇異之。古爾伯勒津郭斡哈屯云：「從前我之顏色尚甚於此，今爲爾兵煙塵所蒙，顏色頓減，若於水中沐浴，可復從前之美麗。」於是令其洗浴。古爾伯勒津郭斡哈屯前往哈喇江岸邊沐浴，時有其父家中豢養一鳥繞空飛至，因獲住，向隨去人曰：「吾爲爾等羞，爾俱留於此，吾獨往沐浴。」言訖，遂往，寫書云：

「我溺此哈喇江而死，毋向下游尋我骨殖，可向上游找尋。」因將書繫於鳥頭而遣之。出浴而回，顏色果爲增勝。是夜就寢，汗體受傷，因致不爽。古爾伯勒津郭斡乘便逃出，投哈喇江而死。從此稱爲哈屯額克江云。後其父因寧夏趙姓女子沙克札旺節所寄之信，來尋骨殖，不獲，僅得純珠緣邊襪一隻，令每人擲土一撮，遂爲鐵蘆岡云。

81、秋七月壬午，不豫。己丑，崩於薩里川哈老徒之行宮……

後來這位老學者託人將一套名爲《黨項與西夏資料匯編》（編者是一個叫韓蔭晟的人）的破爛古籍轉交給我，那書頁一翻開，撲鼻便是混雜了腐潮紙漿、臭水溝、一種叫釋迦的古早水果爛熟後的甜腥味，加上餿掉的精液……不可思議之惡臭。我按他用書簽標記處，眞的找到和父親那批手抄稿完全相同的原文。但是讓我意外發現另一層趣味的是，父親的手稿只抄到這本書「散見資料編年輯錄」（公元一二二四—一二二七年）裡的第81條：成吉思汗出征進兵圍城靈州時駕崩。但這本書裡在這部分繼續的幾個資料輯錄揭示以不同形式描述成吉思汗之死：

82、秋七月壬午，不豫，己丑，殂於靈州。是歲，宋寶慶三年也。

汗臨殂前顧命曰：「……且以身在敵境，夏主降而未至，爲我死勿令敵知，待合申主來，殺之。」言訖而殂，在位二十二年，壽七十有一。諸將祕不發喪。無何，夏主睍來朝，托汗有疾不能見，令於幄殿外行禮，越三日，脫欒扯兒必遵遺命殺之。並滅其族，西夏亡。

83、睍又使人來，以備供物，遷民户爲辭，請踰月束身來朝，汗已疾甚，又允之。命脫鑾馳驛往安撫其軍民。及期，夏主朝靈州行在所，奉金銀器皿，童男女及騸馬等爲摯，數各九九，而先之以金佛。時汗已昇遐，群臣祕不發喪，托言汗病未愈，引晛幄殿暗處行禮。越三日，脫欒奉遺詔，手刃夏主，並赤其族。且命蒙兀人每食必祝言：「唐兀惕滅矣。」庸志成吉思汗遺憾。脫欒以功承賜夏主行宮器皿，視諸將爲多。

84、夏主李晛降，執之以歸，遂滅夏。

85、豬年八月十五日，帝崩。

86、丁亥，滅其國以還。

……

複式的特寫。那形成一種奇怪的效果。彷彿使用可旋轉角度、倒帶、停格、細部放大的監視錄影機群組，交叉拍下了兩個王最後的死亡時刻。據說這種在我父親那個年代確實存在的高科技儀器是一個普遍安裝在便利超商、暗巷上方之電線桿、錄影帶店或銀行天花板之監視工具，當時有一派的小說美學受到了這種監錄機器之影響，而稱之爲「監視錄影機寫實」。我懷疑這本《黨項與西夏資料匯編》的小說，其風格就是介於曾在極短暫時期流行的「僞史料派」、「僞年鑑學派」與這種「監錄機寫實」之間的混合體。成吉思汗的死。夏主李晛的死。他們變成兩個面孔僵硬分坐長桌兩端的賭徒，等著對方叫牌。幻術、僞詐之術、垂手而立、稱對方爲父親。「奉金銀器皿、童男女、騸馬……數各九九，而先之以金佛。」這邊則是無法推測表情臉容，頭顱被帳幔暗影、藻井垂灑下之光塵給遮去的成吉思汗。你看不到被封凍時刻的，已不在的，眞正能記錄斷裂之瞬：驚怒、哀慟、滑稽、不捨或痛，或是微笑寬容的任何歷史特寫鏡頭。他們兩人坐在那兒。他們帶著他走過列隊衛士，那些胄甲的鐵器摩擦聲和馬靴前刺刮地的刺耳聲響皆令他險險失禁，他們讓他站在幄殿的闇處朝內行臣子禮。他聞到裡面湧出一股濃郁檀香壓不住的，羊溺死在河灘上，浮漲的內臟臭味。他在那時便心中雪亮：包括他在內的他們這整個族，將難逃被血洗滅族的命運。滅族。他腦海中一片空茫召喚不出一絲可供想像的記憶。那代表這個世界上將永遠不再存在這支名為「黨項人」的部落了。如煙消逝。這樣一支有自己文字、瓷窯，在馬騎虐殺和權謀合縱間，如肺葉之鼓搏瞬息變換著疆域和糧食動線的游牧帝國。像在西北幻影般底沙陵黑水間盛裝而出的難纏狡婦，他的祖先，在與北宋糾擾不清互換無數次的靈州、銀州、夏州這些西北咽喉之地的拉鋸過程，忽而委身稱臣，忽而奇襲屠戮北討之宋大軍。他太熟悉那樣的變貌和反覆無常了，像是他們以母系圖騰巨乳蹲踞的石俑，嘿然而笑，表情變換難測。整個民族在舞擺著自己的存在姿態時，那麼難纏、那麼伶狡殘忍，那麼孤寂而不容猶疑地，在環伺四側更男性化的蒙古、遼、金、宋諸帝國間，潑辣貞節，工於心計地和它們周旋。他太習慣二、三十萬人的屠殺了，屍骸塞堵好水川，冬天時黃河河面積上一整層輕輕搖晃、腴軟晶瑩的人血凍和脂肪凍。但是滅絕，那超逸出他想像邊境外的不存在感，那是怎麼一回事呢？事情是在哪出狀況的呢？像他的父親錫都爾固汗在漫天星斗下奮騰彈躍變成黑花蛇，成吉思汗卻人臉朝前銳尖變成鳥喙，肩背覆羽成翅變成撐爪之大鵬；天體旋移，太陽變成一熾白強光體時，他父親額頭撕裂從裡面鑽出一隻斑斕巨虎，不想那成吉思汗一抖身變為雪白大獅；日落天幕一片嫣紅，他父親嘻嘻笑著變做一手腕足踝皆圈著銀鐲，肚兜繫一紅巾的小童趺坐在沙丘上，成吉思汗卻抹臉變成滿天仙佛簇擁、霞光萬丈的玉皇大帝。事情就這樣玩完了？他以爲他不過是他某一個祖先在孤寂游牧時光作的一個幻變遊戲之夢。但夢境外那些蒙古騎兵隊以更男性更結構嚴謹更不容磋商的帝國法則，衝撞摧毀他們以牆弩測試之堅硬土磚牆；將他們天圓地方，偏西北角度七層浮屠守護之歷代王陵鑿穿刨開；曠野上他那些前額雉髮如此易辨的黨項武士們，悶著聲像黑鳥群朝四面八方漫散逃逸，卻成爲蒙古騎兵玩興大發以馬刀或弓弩進行屠獵遊戲的移動靶標……

我突然想起幼時父親叫我背誦的那本怪書的另一個章節：

可汗夢見一名天神，後者對他說：「創世主看中的是你的意願，而不是你的舉止。」他立即召見哈扎爾教信徒中一名最出色的捕夢者，請他詳釋此夢。那個捕夢者笑著對他道：「上帝並不認識你，也看不見你的意願、你的思想及你的行爲。那個天神之所以入你的夢，是因爲他不知道何處可以過夜，外面想必在下雨吧。他入夢的時間甚短，那是因爲他受不了臭味。下回，得清洗一下你的夢……」聽到這兒，可汗勃然大怒，隨即決定請外國人來爲他釋夢。「是啊，人的夢會散發出惡臭。」哈扎爾使者以這句話來作評注。他已瀕臨死亡，因爲紋在他身上的哈扎爾史料讓他覺得奇癢難忍，最後，他如釋重負地、幸福地嚥了氣，因爲他最終使哈扎爾史料得以流傳開去，從而也獲得了他自身的淨化。

是啊，清洗一下你的夢。天神短暫入夢只因避雨。但你的夢實在太臭了，那裡頭塞滿了蛆蟲自各孔洞擁擠鑽出，黏附了暗紅屍肉髑髏。長期啃食羊肉不吃蔬果乃至腸道分泌出一種強烈惡臭的發酵黴菌。你夢裡的那個西夏男孩，不停地在光禿禿草莖焦枯的乾燥沙壤挖坑埋屎。後來你發現他不只是埋自己的羶腥排泄物，而是近乎偏執妄想地在那空盪乏味的地表上，想出各種埋葬屍體的方法。那些方法異想天開充滿創意，並總依附其執行現實面而發展出奇技淫巧之工匠藝術。總之是不願意讓那大量增多的屍骸堆滿曝晾在那個夢境的視線可及處。他研究乾屍的製法。他用一種艾草熏灼的羊脾骨，以其兆紋、跋焦精密計算一個屍坑和另一個屍坑的距離。他甚至模仿他的祖先李繼遷，爲了怕宋人刨了祖墳破壞風水，「尋葬其祖於洪石峽，障水北流，鑿石爲穴。既葬，引水其上，後人莫知其處」這樣神經兮兮的葬法。他且在那乾旱無霧無霜的淡黃曠野，安排一小群人，想像他們是死者的家屬，他們在喪柩經過之道建一木屋，覆以金錦綢緞。柩過此屋時，屋中人（他置身其中扮演祭司的角色）呈獻酒肉及其他食物於屍前，蓋以死者在彼世享受如同生時。他讓他們將屍骸裝入一木匣，匣壁厚有一掌，接合甚密。施以繪畫，置樟腦香料不少於匣中，以避臭氣。施以美麗布帛覆於屍上。他扮演星卦者替他們擇算停屍時日，有時停至六月之久。他讓他們將先行預備紙紮之人、馬、駱駝、錢幣，塞入木屋中，然後令那群被他哄得哭哭啼啼的小人們，不得從門出喪，必須破牆而出。再堆柴放火燒了那棟「死者的小屋」。

空蕩蕩的夢境中，常孤零零地遠景燒著一團紅如胭脂的大火。

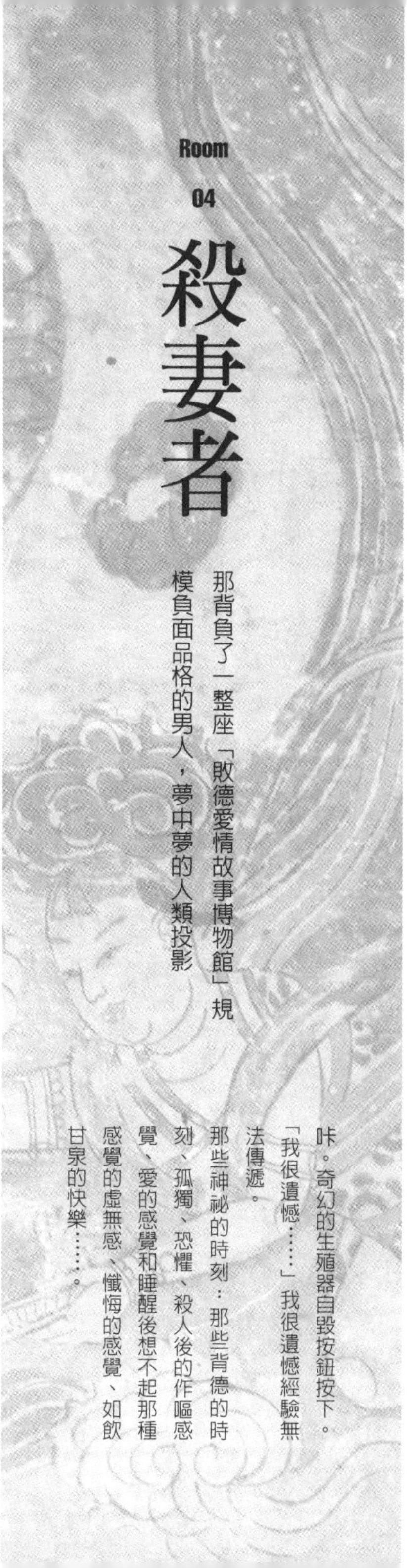

Room 04

殺妻者

那背負了一整座「敗德愛情故事博物館」規模負面品格的男人，夢中夢的人類投影

咔。奇幻的生殖器自毀按鈕按下。

「我很遺憾……」我很遺憾經驗無法傳遞。

那些神祕的時刻：那些背德的時刻、孤獨、恐懼、殺人後的作嘔感覺、愛的感覺和睡醒後想不起那種感覺的虛無感、懺悔的感覺、如飲甘泉的快樂……。

關於女人，圖尼克說，關於愛情，或者是嚴格定義下所有與這個詞悖反的負面品格：見異思遷、喜新厭舊、遺棄、嫉妒、面對被遺棄者之歇斯底里而心虛佯怒，乃至於暴力相向、因嫉妒而起的謀殺、造謠、借刀殺人、對情敵一家的滅門血案、淫人妻女、殺了最忠實的哥們然後上他的嬌滴滴的老婆（你該稱呼她嫂子的那個）、殺掉情敵及她的兒子、上自己兒子的女人（你該稱呼她媳婦兒的那個），或是送自己妹妹上哥們的床教她如何張開雙腿以媚術弄得哥們神魂顛倒最好讓那精液一蓬一蓬地打進她的子宮懷上他的野種好整個謀奪他全部的家產……林林總總、眼花撩亂、應有盡有，簡直可以開一間「敗德愛情故事博物館」，圖尼克說，所有這一切，居然全發生在一個男人身上，我的西夏故事的源頭，那個矮個子卻英氣逼人，喜穿白色長袖衣、頭戴黑冠、身佩弓矢、乘駿馬、從騎雜沓、耀武揚威的大鼻子男人，那個陰鷙殘忍、血管裡流著大型貓科動物獵殺、多疑、爆發力量的神物。種馬中的種馬。像我們這種僅靠著腹脅下方袋囊裡兩顆蠶豆大小的東西分泌一丁點兒萃取物確定自己男性意識的可憐兮兮傢伙，一旦見了這種腔體裡奔流的、皮膚汗毛揮發的全是純質雄性荷爾蒙的烈性漢子，恐怕也會情不自禁從喉頭發出一聲女性的哀鳴。這樣的男人，如果放在現代，肯定比切．格瓦拉還要浪漫，比史達林還懂得誅殺異己，比賓拉登還飄忽神祕還充滿宗教詩篇的魅力讓追隨者在恍惚迷醉中為他送死……。那位西夏兩百年王朝的開國者李元昊。也只有他，可以使這幅織縫著眾多女人仇恨、殘忍、狂情蕩慾各種痛苦表情，或是玉體橫陳白皙肚子下方陰毛叢聚處掛著彩繪猙獰食人獸怒張獠齒綾兜，各種噴散著男女生殖器芬芳卻在暗影中絞殺、下毒、凌遲、剁去手腕足脛的暴力默劇、這幅罪惡之花爭相簇放的地獄變、肉體森林，只有他使之如此瑰麗，如此蕩氣迴腸，如此令人恐怖、畏悚、忘了人類倫理貼伏地面的建築秩序而產生出近乎神殿悲劇的崇高之慨（像我們多次目睹太空梭升空在頭頂上方爆炸成一團火球）。

這個故事從李元昊的七個妻子開始，然後以他被削去鼻子，正中央一個空洞鮮血不斷湧出的一張滑稽鬼臉作為結束。

圖尼克說，補充一下，這群人在這個故事裡的服裝是這樣的：李元昊在受宋朝封為西平王後，他穿得像他殺祖父仇讎吐蕃贊普：「衣白窄衫，氈冠紅裡，冠頂後垂紅結綬」（這是否亦顯示他人格中某些自虐憤厲成分？把自己打扮成自己想去砍掉其人頭的仇人？）；他手下的朝臣們：

「文職官員戴幞頭，著靴，穿紫色或紅色衣服，執笏；武職官員戴幾種不同的帽子：金帖起雲鏤冠，銀帖間金鏤冠、黑漆冠，以及間起雲的金帖、銀帖紙冠；衣著紫色旋襴衫，下垂金塗銀束帶，垂蹀躞，著靴，佩帶解結椎、短刀、弓矢韣，坐下馬乘鯢皮鞍、垂紅纓，打跨鈸拂。」至於女人，那些后妃們的衣飾，則沒有詳細記載，不過當時西夏地處絲綢之路起點，且宋朝年年有「歲賜」，李元昊的幾個老婆，在興慶府的巍峨宮殿，花園苑囿裡，自然是繡花翻領、錦綺綾羅。

圖尼克說，補充這個，只是為了讓那些在故事裡拿刀互砍、捧著乳房色誘主公，或在暗室裡嘈嘈私語巧設毒計的男男女女，不要太平板空洞缺乏想像力（圖尼克說：不要把他們想像成漢人的宮廷喋血！更不要出現妮可基嫚珊卓布拉克梅爾吉勃遜這些好萊塢臉孔！），不要像一張一張只見關節擺動，枝瘦髑髏般的皮影戲偶。

圖尼克說，元昊的第一個老婆叫衛慕氏。這是一個沒有性格的角色，她出場的時候就是一個不能說話，在舞台上飄來飄去的鬼魂，她是過去式，像灰姑娘死去的生母或哈姆雷特的老爸。她代表這一整個宮殿之人和魔鬼交易而不能自拔集體夢遊走進血腥屠殺之前的柔弱良知。史書上說她「賢淑通禮」，雖然沒有任何性愛細節描述，但她還是懷了元昊的兒子。她的家族本是銀夏黨項部落裡的大族，衛慕氏同時是元昊生母的部族（所以她和元昊是表兄妹了？），不幸的是，這個部落一位首領衛慕山喜謀叛，元昊震怒之餘——也許不是真的動氣，而是一種帳幕部落以酋豪貴族動員各氏族部隊，半射獵半由首領歃血為盟集結武力的戰鬥動員型態，元昊所代表的拓跋氏（後被他改為嵬名氏）和衛慕氏兩大氏族間慘烈而精密的鬥爭——不僅誅滅衛慕族人（血洗全族），甚至鴆殺他自己的親生母親（想像這樣的畫面：他的阿姨們渾身是血地躲進他母親的帳幕，掩面哭泣著，妳那頭小狼，那個從小我們替他洗澡玩弄他小雞雞的男孩，帶著人提著鐵刀把外頭殺得一片血海。多像愛斯奇勒斯的「奧瑞斯提亞」：父的意志與母之罪。封閉血緣之間的謀殺、復仇和悔恨。將死的母親和殺她的兒子對峙而立，幾乎可以聽見歌隊在他們背後，憂懼且懷疑地唱道：他將要殺死他的親生母親、九個月的痛苦懷胎、齒痕累累的乳頭。這件事眞的會發生嗎？這件事眞的會發生嗎？）。

對了，衛慕氏就扮演著那個殺母慘劇的歌隊，史書上說她「以大義責元昊」，但元昊恰正是那個砸碎三個乳頭大母神石像、抖擻身子帶領黨項族人從母系社會走向男性暴力歷史的第一人。他轉身讓背景熄燈消音，殺了衛慕氏，也殺了那個混了他們二人之血的嬰孩。

第二個妻子耶律氏，是遼國的興平公主，遼興宗耶律宗眞的姊姊，是夏遼聯盟抗宋，三國合縱權謀的政治聯姻。史書說「生與元昊不睦，至是薨。」圖尼克說，設想：這個滿腦子高燒著爾虞我詐、建國霸圖的獨裁者，白日裡在營帳和他的驍將謀臣們在疆界兵圖上，像和兩個看不見的殘忍對手下棋：進貢、稱臣、虛與委蛇、遷徙我族流民滲透邊界、派出小股部隊襲殺對方巡防士兵、爭奪城砦、遣使入獻駝馬同時偵探兵力虛實、鼓動遼國境內的黨項部族叛附……，這一切耗竭心力、高速運轉著雄性獵殺驅動引擎的靈魂暴衝，入夜後卻要鑽進「公主」的香帳，像個入贅的駙馬爺，一邊操她的「鳳屄」，一邊回想著那些寫給她老哥的「奏章」（即使全是假意屈卑）上那些文謅謅的馬屁話，怎麼可能不湧漲著交歡時刻乾脆把她勒殺了的幽黯憤怒？據說這位不幸的公主是難產而亡，元昊從未看望探慰。這個公主死得有點燭搖屛影、啓人疑竇，史書上寫「契丹遣北院承旨耶律庶成持詔來詰其故」。也許我們可以想像一幅畫面：元昊滿頭大汗，赤膊著對那一具女屍猛力搖晃，一旁扔著窒息的嬰屍。「這下慘了，眞的搞死她了。」他一生殺人無數，第一次出現對一具屍體（或應該說：對一個生命的消失）之恐懼。伐弔之師。遼興宗的鐵騎兵旌旗飄展，浩浩蕩蕩向邊境開拔。當然這只是他心中的恐懼投影，但在這個故事裡，這個女人的屍體是眞正的「傾城之戀」：她是不能被弄死的，元昊卻逆反物種求生存的本能，只因爲性的屈辱（那些用複雜精密引線繁錯交織綁在他老二上的炸藥），他便一個衝動還是弄死了她。

這就是我們西夏男人！圖尼克嘆氣說。

第三個妻子野利氏，啊那是眞正可以和元昊匹配的眞女人，據說她長得體態修長，美貌妖豔，連元昊對她亦畏憚三分，野利氏愛戴金絲編絞的「起雲冠」，全西夏貴族女子便無人敢戴此冠。她的兩個叔父野利王野利旺榮、天都王野利遇乞分統元昊山界戰士左、右兩廂重兵，是元昊手下心腹大將。野利氏……圖尼克說好吧，她眞的讓人想到玉腿長立到男人胸口，高大的妮可基嫚，我們想像著陰騺剽悍的矮個子梟雄元昊（啊忍不住想到藍寶石眼珠的阿湯哥）在她的香閨紗帳裡，不止一次氣急敗壞地怒叱她：不准在那個時候把我舉到空中（尤其在他倆皆赤身裸體時，妮可基嫚，不，野利氏的金毛閃閃的玉腿把裸元昊頂在半空，像踩水車那樣翻滾他的肚子，讓他有一種小嬰孩被母親玩弄，慌張想哭的陌生柔情），且爲了印證他的帝王威權，元昊總氣喘吁吁地舉著那即使作出柔順嬌弱，卻長手長腳比他大上兩倍的野利氏，在帳幕裡旋繞著圈子。

這樣的描述好像離元昊和野利氏的眞實面容愈來愈遠，而愈像狗仔雜誌偷拍的阿湯哥與妮可基嫚私密舊照片。圖尼克說，這裡先插入元昊第四、第五個妻子短短的生平記載，以提醒我們：元昊是個沒有感性能力，時間感像爬蟲類一般無法連續，所以永遠只活在現在的漂浮片段裡的，殺妻癮重症患者。而用自己的美色、身體與他周旋，交換權力，像母鱷魚狡詐、機警卻又帶著力不從心的哀傷保護著自己的幼鱷不要被這個以殺自己血親自虐取樂的變態父親看見，這樣的野利氏，其陰狠殘忍、手段犀利、頭腦清楚，絕非那些枉擔毒辣虛名，其實只是無知軟弱婦人之仁的王熙鳳、葉赫那拉氏所堪匹敵。

第四個及第五個妻子的記載皆極短，分別是西夏廣運三年（公元一〇三六年）：「妃索氏自殺。始，元昊攻貓牛城，傳者以為戰歿。索氏喜，日調音樂。及元昊還，懼而自殺。」以及西夏天授禮法延祚八年（公元一〇四五年）：「咩米氏，元昊第四娶，生子阿理，無寵，屏居夏州王庭鎮。阿理年漸長，謀聚眾為亂。其黨臥香乞以先，元昊執阿理，沉于河，遣人賜咩米氏死。」

殺殺殺！殺光那些曾經歡愛銷魂的女體，那些握在掌心的白色乳房，用勁時她們會發出難辨是恐懼、歡爽或單純是疼痛的哀鳴。他總不知拿那些像牛奶河流不斷變化河道的美麗身體怎麼辦？她們總和那些珠搖珮珞的聲響、綾羅綺緞的觸感，或麝香檀木的氣味混淆了，弄亂了他的官能秩序。她們總在他下腹腫脹如火炙的難受時刻以纖纖玉指、以蜜唇、以溫潤的女陰乖覺地掏空他，讓他爽。但他腦袋裡面那些鳴金擊鼓的小人弄得他頭疼欲裂，她們卻只能疑懼陌生地盯著他看。這就是物種的限制。她們，他們，都只是他意志的幻影。他創立西夏文字，用他的符號重新描述世界，建連雲塔，以五十匹戰馬向宋請賜《大藏經》。有天竺僧人赴宋進奉梵文經、佛骨及銅牙菩薩像，抵興慶府時，他向他們求賜梵文《貝葉經》，他們拒絕，他就把他們拘禁在塔寺裡。那些宋朝裡的白臉君臣們不是笑他是「羌人」嗎？似乎他的族人是從高原攀降到沙漠的羊群，在風沙礫石中慢慢褪去羊毛兩腿直立變化成人形。那他元昊便是這些半人半羊的骯髒族落裡第一個覺知到無常世界只是幻覺投影，只是夢中夢的人類。只有他，只有他一人完成了進化，可以讓趙家的大宋和耶律家的大遼，斂衽以對，不敢輕慢。整個西夏王朝像海市蜃樓從幻影中矗立而起，那全是他嵬名元昊一人的意志。他的橫山羌兵每攻掠一城寨，隨便就燒殺數百帳，斬首千級。遇伏、被殲，平原的騎兵會戰，亦是動輒傷亡以萬計。但那些盔甲下面的人臉很快就會替換新的羌人。像烈日蒸散了水珠不久又會遇見滂沱驟雨。他殺自己的女人，有時殺那些藉著女人身體繁殖變貌的他自己，那些歪斜不全、孱弱畸形的小人兒。

圖尼克說，回到野利氏──這個女人，在讒殺了之前說的衛慕氏後，被封爲憲成皇后──我們只要印證她的兒子們，在元昊這頭會撲殺幼獅並吞食之的雄獅的巢穴裡的遭遇，便能隱約捕捉到她以玉腿酥胸，以女性荷爾蒙和君王交涉，捍護他們在父之罪的殺戮遊戲中倖存之慘烈。

事情一開始挺順利的，他的大兒子寧明被封爲太子，寧明像從元昊的暗黑沼澤意外倒影出來的光的形貌：他生性仁慈、天資聰穎，在定仙山向一個神祕道士學「辟穀之法」（元昊會不會常狐疑地看著這個完全是自己的相反的年輕人，心裡想：這眞的是我的種嗎？）。有一次，元昊問他，什麼是「養生之要」，寧明回答「不嗜殺人」；元昊問「何謂治國之術」，寧明說「莫善於寡欲。」元昊震怒之餘（「此子語言不類！」），下令父子不准再相見。寧明又驚又氣，氣忤而死。

寧明之死，元昊深受打擊，以太子禮隆重安葬（他這時又像個哀痛的老父了？或是他恐懼地知道，上天原給他一次種的進化之機會，在萬千機率中竟從這個黑暗邪惡的自己身上分芽出一顆文明的露珠，竟也讓他踩破了）。野利氏立刻向元昊請立次子寧令哥爲太子。這孩子就比較像元昊了，飛揚跋扈，殘忍多疑。

圖尼克說，請原諒我，故事至此變得有些古怪晦澀。幾個不同界面的人物扭絞在一起，成爲這個恐怖結局的共犯。男人、女人、父親、兒子、媳婦、嬸嬸、姪女……像一個家族之人關在密室裡吃了迷幻藥，所有人都瘋了，他們發生了集體起乩家族轟趴互相施虐互相姦淫的不倫恐怖劇。元昊變得不像元昊了，某部分他變成像一個多疑、軟弱、好色的老人，像一個傀儡任人擺布（雖然他死時才四十六歲），他已無法控制自己體內狂暴衝動的野性作爲帝國擴張領土之資本，變成了自己的癌細胞，在一個鏡廊迷宮裡發狂呑噬著自己的投影乃至自己的本體。

這個加速的悲劇尾巴該從他的第六任妻子沒㖡氏說起，怎麼說呢，這個可能混有維吾爾族血統的絕世小美人原先是元昊賜婚給寧令哥的太子妃，該死的是她實在太美了，可能就是在大婚前皇帝召見並賜贈皇家寶物的儀式上，元昊見識了原來可以讓他一生兵馬倥傯、震動宋遼大國、且在金碧輝煌中起宮殿、納百官、建城市的帝國霸業全變成得了炭疽病的整片曠野牧草，一片死灰且虛無的毀滅之美。他看到她的第一眼就決定要殺自己的親生兒子了。事情有點複雜，還得殺那個善妒的野利皇后（和眼前這發光的神物相較，她簡直就是一匹穿著繡袍的母騾子），噢，等等，還有她那兩個手握重兵，「爲朕肱股」的驍將叔叔……。沒㖡氏的胯下似乎噴散出一種濛曖暈白的香氣，像鼻涕蟲鑽進他的鼻腔，蠕爬進他的腦額葉，那個濃郁的香味愈來愈濃，在滿殿朝臣大庭廣眾下祕密地、持續地從她的裙胯下繁花簇湧地朝元昊包圍而來。

上諭：「太子納妃之事暫停再議。」

咔。奇幻的生殖器自毀按鈕按下。元昊宣布納沒㖡氏爲妃，稱爲「新皇后」，並於天都山建行宮，日夜從遊宴樂（這個貪玩的小姑娘。老元昊寵溺地想）。大臣們陷入一種不祥的疑懼中。

天授禮法延祚十一年。春正月朔，日赤無光。元旦行朝賀儀，群臣相顧失色。

原該是媳婦的成了情敵，原該是枕邊人的成了皇姨娘，姑且不細述野利氏和寧令哥這對母子強隱殺氣的悲憤臉孔，圖尼克說，容我插入一段正史，看元昊怎麼拔去野利氏那兩個擁兵自雄的叔叔。

殺野利旺榮及遇乞

元昊性忌刻，多詭計，左右用事之臣，有疑必誅。自王嵩間入，忌旺榮有二心，因事誅之，滅其家。其弟遇乞，常守天都山，號「天都大王」，與元昊乳母白姥有隙。遇乞嘗引兵，深涉漢境數宿，白姥乘間，譖其欲叛，元昊疑而未發。鍾世衡誘得西酋蘇吃曩，厚遇之。吃曩之父，得幸遇乞。世衡許吃曩金帶、錦袍、緣邊職任，使盜遇乞寶刀，刀乃元昊所賜者。世衡倡言：「遇乞內投，以刀爲信。今爲白姥譖死，乃越境設祭。爲文書于版，多述野利兄弟有意本朝，並敘涉境相見之，歎哀其垂成而失。」入夜，令人持其文，雜幣焚之，照耀川谷。西人走視，悉取所委祭具、金銀千餘兩，並得所賜刀，及紙火中版，其文尚未滅。以獻元昊，元昊見刀信之，遂奪遇乞兵，賜死。

好萊塢電影裡所有科學怪人的故事：喝了實驗室裡玻璃試管冒著白煙的化學試劑；改變基因組序；在後腦植入晶體電路系統連接上整座城市的電腦控制中樞；肌肉在失控憤怒的腎上腺素分泌時會變成可把坦克、攻擊式直升機扭成稀爛廢鐵的超人；或是被自己精心設計的智慧機器人狙殺……所有的進化故事，最後都是從人形的內裡，失控長出一個智能、力量、意志遠超出人類的怪物，它掙破撕裂那個創造它的人體，把變成碎片的人皮像捏紙團那樣一把吞進口中。人類只是它的一枚蛹。圖尼克說，這個故事裡的西夏王李元昊，就像一個吞食著自己的人形之蛹而變態進化的未來人。一個抽象的精神意志，一團白煙，它困惑地撫摸自己肌肉糾結的頸子和手臂，不可思議看著自己的力量竟可以輕易摧毀一整支包圍它的機械化部隊，讓一座城市瞬間夷為廢墟。在不斷吞食憤怒和力量使自己愈膨脹巨大的過程，作爲人類的那個存有意識愈來愈遲鈍且微弱。它的線路開始故障走火。於是（電影裡都是這樣演的）原先被它像螞蟻隨意踩死的人類，找到了一個殲滅它的方式：他們把它誘引進一個錯誤情境、一個自毀程式、一個邏輯悖論而使它不斷攻擊自己的迴路陷阱……

於是元昊，忌刻多詭，殺了知兵能戰，三川口之役及好水川之役以伏兵襲殺宋軍近十萬的悍將野利旺榮、野利遇乞——殺了馬上知道中計了——野利皇后，我們那位妮可基嫚，自然是驚懼悲慟，以這兩個冤死的叔父爲那慘烈生殖鬥爭最後翻盤的鬼牌。她一身縞素、梨花帶雨、悲抑抽噎。以元昊一怒即誅殺全族的習性，野利家男女老幼從此滅族的慘酷場面必定正在上演。領地裡帳幕燒成灰燼、屍骸遍野，野利家男人的頭顱一顆顆插在其他氏族的槍矛上。圖尼克說，野利氏一定發著抖，對太子寧令哥低囑：血債血還，我們野利家全族的血，一定要你那個沒過門的媳婦，要她們沒哆氏全族的人頭來指乾。只要你即了位，我要那個臭屄被自己將要經歷的折磨活活嚇死。我要你派人去中國打聽他們最能讓人痛不欲生卻可以拖延最久不會立即斷氣的精緻刑殺有哪幾種，我要你一套一套在那賤人身上玩過……

其實元昊那時也後悔了，他下令尋訪大屠殺後野利氏出亡的倖存者，有關於沒哆氏的記載至此亦完全消失。也許那個裙胯下噴散出致命香氣的小美人植進他腦袋裡的蠱蟲生命週期過短；也許誘姦少女的亢奮激爽在他殺了下意識恐懼會懲罰他的兩個野利家男人後瞬即煙消雲散；也許是與青春女體纏鬥耗盡的精力突然讓這氣弱老人孤寂回憶起和那些部落首領飲酒盟誓，逐騎射獵，黨項武士之間佩刀耳環嘩啷響，挨湊坐在一起時皮靴皮盔混著「羌腋騷」的男子體味；也許是兩個女人之間在各自帳篷暗處的巫術、詛咒、反詛咒、殺鬼招魂……。總之，沒哆氏不見了，那個造成父奪子妻醜劇的美麗尤物，像天女下凡在眾人猶目眩神搖一片花雨光霧中，就徹底從這個故事裡消失了，她簡直像是荷馬史詩特洛伊戰爭裡的海倫，從天而降，釋放出讓所有男人眼光變直腦波混亂的強烈荷爾蒙，由是所有的英雄豪傑們皆瘋狂地拔刀互砍。有一天她突然像被外星人的飛行器用一道光束照射，輪廓愈來愈透明，香氣慢慢自空氣裡消失，也許就那樣騰空而去。所有曾砍殺自己親人摯友的人們這時大夢初醒，全帶著迷惑、羞慚，有一種殘餘的幸福情感卻又不記得發生過什麼事的傻笑……

沒哆氏的消失，發生在對野利家的血洗屠殺之後，那多少令人有點感傷。但在這個悼亡、傷逝的時刻，元昊的第七個妻子，不太適恰地從一片黑暗迷霧中古怪陰惻地浮出臉廓。圖尼克說，我知道接下來的情節，會讓許多忍耐著聽到此處的人們拂袖而去，他們會說，沒什麼好分析的，這元昊就是匹禽獸罷了！但我還是要請你們稍安勿躁，故事已近尾聲，血腥的人倫悲劇就要發生。如果你習慣於好萊塢那近乎SM的冤仇必報正義必張的道德觀，那這個故事的結尾可算差強人意。且正如希臘一位哲學家所說，我們如果不勉強自己盯著天體上那些乖異、不尋常、讓我們驚異陌生的天文現象：那些流星雨、日全蝕、彗星、天蠍座逆走、白矮星……我們如何能真正體悟一個更大範疇的，宇宙運行的神祕秩序呢？

　　這第七個妻子沒藏氏，她原是野利遇乞的妻子，也就是長腿美人野利氏的嬸母。建國初期元昊與天都王遇乞兄弟在砍殺了上千個宋兵的首級，他們各騎一馬，談笑彎弓一人一箭輪流將跪在土丘上的宋將任福、桑懌射成血刺蝟；或是殺吐蕃王屠城高昌斬回骰兵砍掉那些手無寸鐵綠眼珠的景教徒之後，在那樣肉體猶亢奮顫抖、靈魂深處像鬼火飄浮著一種和敵對宗教背後憤怒神靈對決的恐懼的夜晚，他和野利遇乞眼睛對著眼睛擊杯狂飲（將來誰背叛誰，就殺了誰），一旁屏去侍婢，親自持刀削切烤羔羊肉，低頭服侍的，「嫂子」。在元昊下令血洗野利家族寨時，這個女人倉皇逃往三香家尼姑庵出家爲尼。元昊在野利皇后悲憤泣訴兩個叔父枉死的愧悔情感下，將這位故人遺孀迎回宮中。

　　我們不太能重現當時的場景，這一對男女在見面時複雜激動的情感：一個是殺夫仇人，活在猜忌、隨時被自己至親之人謀叛的地獄之境裡的瘋子，方圓千里內唯一可以隨意判人生死的殘忍神祇。她從子宮深處發出一種揉混了恐懼、仇恨，以及雌性動物繁衍後代面對生殖優勢雄性時本能排卵的訊息，她羞辱地發現裏在黑色僧袍下身體的波瀾起伏，她的乳蒂腫脹、陰部濡濕、腸子咕嚕咕嚕響、全身的敏感帶全發燙泛起一種薔薇色潮紅。另一個是眼下唯一能讓他在虛無之境抓住自己猶活在人世的浮木，他殺了她丈夫，某部分來說是殺了他自己最珍愛的那部分（據說野利遇乞受戮前嗥叫著說：「我是大王絕不能殺的那個人哪！」）。眼前這個女人或是收攝著那冤死摯友某一部分亡魂的載具，另一部分在他這裡。他半是作戲半認真地告訴身邊人：「從此，直到我赴冥界和那些故人鬼魂重遇，此生我再也不可能快樂起來了。」這個穿著黑色僧袍的光頭女尼是禁忌中的禁忌。她是個活物，但起伏的胸膊吐出的鼻息全是他曾發狂展演的死亡圖卷裡的血液的辛嗆味和那些他無法下令他們活回來的屍臭味。後來他下令她卸去僧袍，握著她的乳房，摸撫她受驚的腰肢和絲緞般的大腿，感覺到這具奇異的女體就是埋藏著死神祕密的幻化神物。他像和一隻豹子交尾。那發光腔體裡的劇烈抽搐令他恐怖，像是由他體內射出的力量在她體內卻變貌成比他強數十倍的力量。史書上僅三個字：「與之私。」但那其中的狂歡極樂、悲傷絕望、恐怖敬畏豈能以人間話語形容？元昊與沒藏氏，他們互相用力抓著對方的身體，想把它塞進自己性器的最內裡，兩人皆淚流滿面喉頭發出動物的哀嘷，卻互沒有感性，各自孤獨，完全不理解對方腔體裡比死亡還巨大、所以停不住顫抖的冰冷。

接下來的發展似乎不那麼出人意表了：像是在無垠太空漂流了上千年的孤寂太空艙，終於，終於進入了某一顆星球的引力圈，終於朝向一個進入時間定義，或必須付出代價的高速、艙體外殼的烈焰燃燒，或重力壓迫造成身體各處關節脫臼裂開的實體墜落。野利皇后發現了她死去叔父的寡婦，取代她成爲這場殺戮牲祭最後被叫上君王床上的SM女王（什麼？被殺光的不是她野利家族人嗎？關她沒藏家什麼事？），她震怒之極，難道這是一個拼字遊戲？她必須捧著乳房追在那矮個子屠夫身後，並且把所有親屬網絡上的女眷全部殺光？她把沒藏氏軟禁在興慶府的戒壇寺，並用盡謀算，讓這個沒有廉恥的孀孀不准脫去僧衣，保持出家人的身分。

元昊則完全進了那個穿花撥霧、和現實世界悄悄剝離的偷情時光。他心不在焉地敷衍著臣下們焦慮驚恐以隱晦辭藻勸阻的進奏。他意興闌珊地說謊，微服夜巡戒壇寺，安排出獵假意帶著沒藏尼燒羊髀骨看兆紋卜吉凶，或是徹夜辯證佛法經文，其實皆是在那荒地行營裡，像和死神幽會，像中了毒箭的孤狼用一種錯誤的方式自我療傷，驚訝地、痛苦地捏塑著那個乳房發燙子宮卻冰冷不已的女體。「原來這就是文明。」說謊，不能從心所欲。在一種被監視的緊張關係裡體會爲惡的刺激。連那女尼在黑暗中用焦炭般的手握住他的陽具都讓他興奮不已。

第二年，沒藏氏便在出獵途中駐紮河邊的營帳裡生下一子，那條河名爲「兩岔洞」，於是這嬰孩便取諧音名「諒祚」。其實元昊已將國事全交給沒藏氏的哥哥沒藏訛龐手中。野生子諒祚亦寄養在沒藏訛龐家。圖尼克說，我聽過不少栩栩如生的傀偶在月圓之夜睜眼變成活人，滴著淚用匕首將那個以出神入化手法操控它身上繩索的偶戲師傅刺死；或是畫中美女點睛之後得了魂魄，提著裙裾走出絹紙，將那個賦予它生命的畫師絞殺的故事。這時，元昊其實已成爲他陽具射出的蒼白稠液、灑豆成兵變成人形的男孩們獵殺的神獸。他不能言語。失去時間流動的意識。困在他曾濫殺的那些幽魂們藏匿其中的濕潤女陰裡。有兩組人馬：悲憤的野利氏和被自己老爸戴綠帽的寧令哥太子；以及沒藏氏，野地裡誕生的小男嬰諒祚，和手握兵權的沒藏訛龐。他們都想殺了對方，或是說，他們都必須在元昊變成一隻貓（或一隻狼、一隻麒麟、一隻野駱駝，或他們美人的原形：一隻山羊）的魔術時刻將他襲殺，用華麗的刺繡綾緞覆蓋他的屍身，「僞詔」，在全部黨項人發現他們的領袖已變貌成非人之物之前，奪占那個「進化大機器」的駕駛座。這兩個本來只因元昊色情時刻而具存在意義的男孩，這時必須爲母系的部族姓氏而屠滅對方，只爲了竄奪父之名。披上父親的人皮龍袍。變成父親。

西夏天授禮法延祚十一年（終於到故事的尾聲了），太子寧令哥持劍直入宮中，有一些史料說元旲那時早喝得爛醉如泥，總之他的臉因無法專心而變得柔和。圖尼克說：我很難不想到許多好萊塢經典科幻電影或西部片裡父子對峙、決鬥、殺掉對方前的靜止場面。那時寧令哥或只簡短說了一句：「我將要做一件令人困惑的事了。」元旲這時或艱難地想不起來，這個持劍向他衝來的兒子是從哪一節故事裡冒出來的？他把手舉起來像要阻止，像一位導演在演員脫序演出的一個荒誕動作裡，卻百感交集地想起許多和這幕戲無關的靈感，他想喊：「NG！」卻怕打斷那個動作同時會打斷突然湧現的心緒如潮。他說：「我很遺憾……」我很遺憾經驗無法傳遞。那些神祕的時刻：那些背德的時刻、孤獨、恐懼、殺人後的作嘔感覺、愛的感覺和睡醒後想不起那種感覺的虛無感、懺悔的感覺、如飲甘泉的快樂……。我很遺憾這樣一來，我們將成爲各自孤立的個體。所有我向死神酬換來的經驗，都來不及傳遞給你了……

寧令哥也許說：「你把進化變成你一個人的故事了。」但其實那一切在靜默中發生。下一瞬間，元旲覺得自己的臉的正中央像暗室突然打開一扇門，強光湧進，一群頭頂圓光、臉敷金粉、戴著寶冠、臂釧、耳璫、項圈、手鐲、瓔珞的小人兒，吵吵嚷嚷地從他裡面掙擠出去。他的鼻子被寧令哥的劍削掉了。安靜了許久，然後聽見極遠極遠的地方有女人的尖叫。他想阻止他們：「不要殺我的兒子。」但他眼前被一片汩汩冒出的紅色雨幕遮蔽，嘴巴也被那此生最熟悉之鹹腥味道的泥漿塞住。他立刻知道他的兒子寧令哥已在轉身逃亡的一百公尺宮門外，被沒藏訛龐埋伏的衛士剁成肉醬。

Room 05

美蘭嬤嬤

沒有人確知這間旅館的完整形狀
但你可以想像……

沒有她，這些人只是旅館數十年如一日來來去去沒有面目的旅人。美蘭嬤嬤久待室內而暈白的身體，至少替旅館留下了一句一句像備忘錄般的簡短故事。

沒有人確知這間旅館的完整形狀。當你置身其中，穿過那些縮小一號的，刻意變得庸俗或貧鄙的巴洛克風或洛可可風的前廳、鏡廳、通往花園的中間拱門和通風的小走廊，當你走過那些古里古怪、眼歪嘴斜的複製外國裸女大型雕像、那些灌鉛的金漆獅子、石膏灌模假象牙雕佛陀涅槃圖，或那些鶯歌窯的仿清乾隆猴子蟠桃大花瓶……這些細節和繁複重疊的建築設計意志，確實令人想到那些藝術史課程黑不見五指的視聽教室裡投影槍打在屏幕上的凡爾賽宮，它發白妖幻的幻燈片膠卷上的影像——當然這座旅館像是那座幻燈片宮殿投影向醜惡之池的怪胎倒影，被鹽酸腐蝕之後的一坨廢棄物——但你可以想像當初這個旅館的主人，在構造這座建築物時，一定狂譫妄想不顧自己財力限制地把太陽王路易十四的「重複與管轄」、「將貴族剝奪身分、囚禁在繁華之中」、「在國王臥室上面的天空飛翔」這樣的巴洛克建築狂想烙印在腦中。至少我們走在那些迴廊，或走廊再通往的走廊，總有一種迷失其間、無從推斷建築物外貌輪廓的渺小之感。旅館的老客人們甚至謠傳著這是一座像「霍爾的移動城堡」，不斷在夜晚入夢後，自體增殖、長出新部位的，「活著的一隻被魔法詛咒成水泥化石的巨獸」。他們發誓說在那些迷宮般迂迴穿繞的走廊網陣中，有一個房間裡鎖著的就是「這間旅館的心臟」。當然這種女子高校畢業旅行式的，「旅館有鬼」之類的低層次妄想，並無法勾引那些旅館老皮條的好奇心；有些甚至有房費長期未繳之糾紛；或帶著一位外籍看護和一箱胰島素、注射筒、急救DIY便住進來的神祕老頭，直到有一天殯葬社的人員推著擔架輪車將酸臭的屍體運走（他們認出他：「那不是那個眾多美女爭當乾女兒、女弟子的……」）……這些人的一生見過多少金粉王朝、樓起樓塌、顛沛流離的大場面，誰會去猜臆這座在他們晚年擱淺於此，將他們拘禁於此的蹩腳建築，有著一顆什麼樣的雞巴「心臟」？

有道是：

最是倉皇辭廟日，教坊猶奏吉魯巴。

旅館故事最大的悲劇即在於：當它在全盛時期，恰就是那第一批流亡者大舉遷住進來的混亂年代，那時候，人來人往，搬進遷出，每一個人的行頭、氣勢、排場全像那些敦煌壁畫裡的經變圖（漫天飛花、百樂齊奏、琉璃花樹、金銀瑪瑙樓閣、飛天、伎樂天、孔雀、火焰環繞四周），每一個神色倉皇的主子，他們身邊的鴉片鬼身段風流的旗袍夫人，那些管家、奴傭、副官兼司機、太太的牌搭子清客、自己帶來的廚子，還有那一箱一箱扛進電梯樟木衣箱蝴蝶櫃裡神祕兮兮的家當……哪一個不是讓人眼花撩亂大有文章的傳奇故事。但那時誰有工夫去記下他們的故事啊？主要是那些老爺們低調到不行。他們的夫人們每天打扮得花枝招展、金絲銀線黑天鵝絨湘繡蘇繡緞面旗袍，衣香鬢影，把這旅館的大堂、咖啡廳、各層樓的走道，還有她們另開房間當麻將吸菸館的包廂，全當作爭奇鬥豔別苗頭的競技場；他們的豪僕管家們，把旅館的正廳弄得雞飛狗跳（那是眞的雞飛狗跳：那些廚子每天一臉殺氣倒拎著那些特殊管道拿來的白羽黑骨雞，掀翅尖叫地穿過繡了大牡丹的紅地毯走進來；而夫人的哈巴狗兒則翻瓶倒架、隨地便溺，後頭跟著一群大呼小叫的副官）；可這些老爺們呢，戴徐志摩眼鏡的、留魯迅鬍子的、長袍馬褂的、穿中山裝的，緩慢沉默地挾著禮帽拿著拐杖，在大廳立軸掛畫下（通常是張大千的水墨青綠《臨趙孟頫秋林載酒圖》）相遇，僅略舉手中帽作為招呼。他們的臉總是藏在暗影裡：室內南洋盆栽的樹影，白日熄滅的立燈盞的暗影、迴旋梯扶手的暗影、帽簷的暗影，或直接從他們臉孔中拉長出來的暗影。所以總是面目不眞、輕聲短句。

「噯。不想昨日一別，今天是在這種地方相見。」

「聽說閻百川在廣州組閣了。」

「有什麼用？這樣的局勢，大勢去也。」

「聽說果公的身子也不行了。」

「噯。」

「噯。」

混雜在這些鮮衣怒冠，像從洋畫片裡跑出來栩栩如生的美麗人兒中間，當然也進駐了不少可疑的閒雜人等：替夫人們量製旗袍、洋裝乃至束褲、洋女人胸衣這些貼身衣物的娘娘腔中年裁縫；為解鄉愁應召進旅店表演說書、評劇、單口相聲，甚至大鼓、折子戲的流亡藝人；竄貨夾包袱替夫人轉賣首飾、字畫變現的單幫客、倒售水泥公司、糖廠債券的騙子……於是環繞著那座入夜時分燈火如畫、繁弦高屐的旅店故事，又像鑽石切割衍生出許多不同的變貌：某個澹妝素淨的年輕夫人跟著臉上有顆胎痣的胖裁縫跑了的故事；或是某一個房間被查抄出整組電訊發報機原來租房在此的一對談吐不俗的年輕夫妻竟是敵人的情報人員……

這都是那個年代的故事了。

他們被警告面對死亡發生時要保持安靜。

但美蘭嬤嬤見過、聽過太多這個旅館全盛時期進駐，然後搬走的那些鬼魂幽靈的幻異故事了。她變成了這座旅館的回憶。所以她說起故事來像是失去了「房客離開房間便是永遠離開了」的時空認知，後來住進來的故事無法將原先占據房間的故事趕走，永遠不會有讓空出來的舊房間，這也是這間旅店得像蜂巢一般持續增殖長大的原因。它被它吞食的故事撐著脹著。其實美蘭嬤嬤像那些隱居於駭人複雜之熱帶林生態系底層的畏光動物，她靠那些季節遞換無止無盡由上方飄落的雜色葉片構成她全部的世界，那些葉子層層堆疊，腐爛發酵，有時有雀鳥或狐猴的屍體筆直墜下，但她永遠不知道上方的世界發生了什麼事。她囓食的故事永遠是那些脫離生命本體、掉落在她這個幽黯小世界的腐敗物。或許她比那些在這靜態旅館外經歷真實生命的人們更精確地掌握那些墜落物的本質。

死亡的本質。在這間旅館的靜置暗影中一層一層剝去木乃伊纏布條的乾焦本質。網狀葉脈。死禽的硬喙和小小骷髏上兩個小空洞。那些老人隔著房門聽見旅館大堂那些校正全球各城市不同時差圓鐘的混亂指針、齒輪滴答交響樂時眼瞳裡淡褐色的恐懼。或是塞堵在這個水泥建築體不知哪處角落，哪些互相連通的管道，當初從各房間的馬桶出口沖下去的，那些年代久遠像深海烏賊發著螢光的保險膠套。

美蘭嬤嬤的故事（她自己的）總是隨興而無有時間意義。那常像是一句話便可講完的，沒有起承轉合或逗人懸念的戲劇性。譬如說：

「我少女時代就是因爲聽說台北車站有一個黑人牙膏的巨大看板廣告，那個黑人會張嘴讓一支電動大牙刷在半空幫他刷牙，我就是爲了看那個，才離家出走跑來城市。」或者

「有一段時光是一個美國老先生在包養我，他很溫柔，而且會在房間裡吹口琴給我聽。有一次他在浴室摔倒了，整個地磚上都是血，旅館的經理和服務生很著急等在門口要送他去醫院，他卻堅持要換好西裝，把灰頭髮用髮蠟梳成波浪狀才肯出門。」或者

「有一年我和一個瑞典年輕人住在七樓，他是個蟈蟈狂。每到下過雨的晚上，就提燈帶竹筐到瑠公圳旁田地或三張犁墓地間抓蟋蟀，那時我的房裡床下地板全是振翅鳴叫的蟋蟀。後來他在旅館樓下的晚宴廳，開了一場五百隻蟈蟈的演奏會。」

沒有人能理清美蘭嬤嬤的故事和這棟旅館之間交互累聚的身世或關係。似乎是，一個年輕的美少女，靠著出賣肉體得以賴住在這建築物裡不同的房間（那昂貴的房費，紙醉金迷的生活），然後她在此遇見，一個換一個，從遙遠他鄉暫居這座城市，關上門後有著奇怪故事或癖好的客人。

他們的身世規模有時甚至遠超過這個旅館，或這座城市。沒有她，這些人只是旅館數十年如一日來來去去沒有面目的旅人。美蘭嬤嬤久待室內而暈白的身體，至少替旅館留下了一句一句像備忘錄般的簡短故事。當然後來她也在這間旅館裡慢慢老去。她有自己固定的房間，她自己付長期房客另外計算的房費。她受到全旅館上至經理下至房務部歐巴桑或酒館裡像小芬小芳這種年輕姑娘一致的尊重。

一開始你或會用電影《麻雀變鳳凰》裡那個茱莉亞羅勃茲的形象來想像她的年輕時光。大飯店裡的灰姑娘傳奇。從學會正式晚宴全套刀叉如何使用的餐桌禮儀開始，一個年長的權勢者重新打造她，讓她在飯店的精品街任意瞎拚那些昂貴華服。上流社會的談吐。走路的端莊模樣。一切魔術都在這個旅館裡發生。她的身體像發光的水母，無法止抑地款款擺動，愈變愈透明。即使她有那些年輕時當阻街女郎的粗俗遺跡：抽菸的模樣、罵髒話的習慣、一兩個不入流的姊妹淘。但她眞的可以一個蹺腿斜倚沙發的身段，就高雅且風姿綽約地進入那個角色。她裝著假睫毛擦了濃黑眼影，母牛一般善良的大眼會專注地盯著你。她會像改不掉某些羞於啓齒壞習慣的少女，吃吃笑著告訴你這麼多年來，她就是戒不掉（比戒酒還難）貪吃那一聽一聽、昂貴的純鵝肝醬抹烤吐司。她比那些含金湯匙出生擁有自己的大玩具（那些法拉利藍寶堅尼蓮花）和地下酒窖的企業家第二代還懂得品鑑紅酒。他們常常只是皺著眉頭裝腔作勢夜闌人靜時痛苦地在自己的房間對著一只高腳玻璃杯，像學生時代被逼迫著背誦化學元素週期表。「這個……大概是……」而美蘭嬤嬤卻樂在其中。她似乎能召喚那些被蠟封禁錮在玻璃器皿中將果實腐爛永恆靜止在某一近似人血的繁複味覺層次，像通關密語，在虛空中一一揭開那嚴厲工序或神祕魔法的幾何學咒語，回到它們所來自的、而她其實從未曾去過的異國風景。她能平靜如背誦詩篇般說出它們的身世，它們的家族系譜，它們之所以變成今天這個模樣的哀傷大歷史。一如她能對所有在她房間裡裸裎相對時對她略有不敬或任何傷害她輕蔑她的後生晚輩，娓娓細數他們老子的，或他們祖父的，某些不為人知的、脆弱感傷的、徬徨無措的生命某一時刻。

那是她在時光長河中持續被姦汙所交換來的贈禮。她是這個世界（在旅館外活跳跳仍在發生、進行的）和那些墓穴棺槨般的故事之間交叉隱喻的神祕中介。

美蘭嬤嬤說：一整個文明，覆滅之後，如煙消逝，如夢幻泡影，如海市蜃樓，什麼都不記得啦。圖尼克以為她說的是現在之城，不知她說的是一個曾經建築在時間針尖上的幻術帝國。興慶府，那裡曾經城郭高牆矗立、宮殿如雲霞、寶塔樓閣，銅盾上鍛燒著他們的騎兵妖豔又勁悍，甲冑上掛著墜飾鈴鐺，馬鞍上帶著鎏金銀飾；半男半女、五彩繽紛的彌勒佛像，對那些被他們踩破幕帳，在啕哭中人頭滾落的敵族部落來說，他們就是越過冥河搶在死神或瘟疫之前趕至的怨靈。他們的鐵鷂子，百里而走，千里而期，倏往忽來，若電集雲飛。他們是騎乘阿彌陀佛死亡經幢鑽天入地的接引使者。他們所經之地，百里內生靈塗炭，屍骸遍野，他們的身材高大，脫下盔甲後，背光時你只看見一個個帶角公羊的頭形。他們的野蠻和力量使他們可以和死亡開玩笑。他們在蛇皮酒壺互摔的賭咒中任意切下敵人、朋友或自己的手腕、足脛、鼻子、眼睛或生殖器。因為他們是死亡之佛的麾下，除了那些深奧經書裡以玄祕之咒以龍鳳藻井寶相花藻井以交枝卷草圖案以菩提華蓋以聯環寶相花圖案繁密禁鎖住的死亡謎陣，最核心的那個無從究竟的，既無限又虛無的時間源起，那個繁衍變貌出娑婆世界億萬種幻象的精神意志，突然被破解，如刺破的水袋，如流產的死嬰，從宇宙的某一個裂口淅瀝流盡、枯瘦萎癟。那時他們或會如收回灑豆成兵法術的剪紙人形，在一陣沙塵暴中消失於無形。否則他們是殺不死的。

誰能殺死死亡本身。

可怕的是，美蘭嬤嬤說，這一支文明（這一個帝國、這一族），為了避免掉入那歷史的週期（那些興亡覆滅的週期輪替），他們硬生生地，舉族橫移出歷史所能覆寫的國度之外。他們進入了一個眼中塞滿遠古水藻、鼻腔結滿貝類化石的漂浮時空。他們自創一種非人類抽象思維或藉以連結眞實世界之表意系統的古怪文字。那套文字至今並未被那些天才語言學家眞正破譯。據說那套文字發明出來的眞正目的，不在於記錄他們曾正在經歷的當下，而是一種對幻術的隱喻或字謎。不是為了讓意義彰顯反而是為了遮蔽。那些字的線條造型，不是從靈長類的形體或垂直視覺位置發展，反而像高原上一隻一隻離群迷路的犛牛。它們披滿毛髮，隨風獵獵，彷彿排在一起成為句子或文章時，作為個體的字形仍會自顧自衰老或蔓長著那些鬃毛。

他們或以為可以藉此而逃避人族（漢人）的復仇撲殺。若有一日滅絕時刻來臨，意義的被抹消，歷史的被竄改。他們像占夢者一樣清晰地預言有一日，他們的男子會被屠戮殆盡，婦女被姦淫混血生下（漢人的、蒙古人的、藏人的、回紇人的……）臉孔變貌語音扭曲記憶重新植入的雜種。千百年後他們的後代會說著人（漢人）的語言，雖然常在夢境中插片般被一些光影顚倒，殺戮者與被殺戮者角色互換的神話殘跡所祟擾。但族裔的血脈終究會被那些基因噴鎗（那些漢人白皙短小的雞巴）所消失。

這個巨大的不幸是，他們的後代，恆只能從仇敵的書本中去理解自己怎麼被描述。「羌人。夷狄。黨項羌。」他們的喉頭咕嚕發出聲帶結構不易共振的僻音，他們在被當作賤民、奴隸、罪民大批遷徙的過程，從那些髒兮兮戴著狼牙項圈陰道發膿長瘡的老媽媽們口中，語焉不詳（因爲恐懼或哀慟）地聽見一些他們母系父祖輩集體死亡的超現實畫面，一些被肢解的身體，漂浮在他們自己腔體流出匯聚成的血流之河。那些飛滿蒼蠅的紅灩灩的鐵劍、馬刀、字跡模糊的敕燃馬牌。那些被自己的河流載浮載沉漂流向天際不可知之處的男人頭顱們，每一個都帶著嗑藥後暈茫茫的癡傻陶醉神情，嘴空空地張著。這於是使這些後代在理解自己所從出的昏曖歷史時，總比一般漢人多了一個奇異贈品般的角色：一個鬼魂。一個死者。母親本來的男人。它們的存在使他們的母親永恆成爲不貞的雜交賤貨，使他們的父親成爲殺人者同時是強姦者。雖然他們的父親恆是漢人部落裡的低下階層：窮漢、殘廢、白癡、老邁的下級軍人——否則他們怎麼可能婚娶這些身體發出牲畜刺鼻臭味的異族女人。這樣紊亂屈辱的隱匿母族故事，使這些僞漢人，這些倒影或鬼魂的後代，在祭祀這件事上養成了見神偶必拜的多神信仰習慣：他們怕錯漏了祭拜自己那繁枝錯接、荒煙蔓草的家族系譜裡，某一位可能眞正的祖先。

美蘭嬤嬤嘆口氣說，所以你看，他們什麼都拜，漢人的神祇也拜、胡人的先祖也拜（神農氏？寒單爺），無主的孤魂野鬼，或是陰曹地府的城隍鬼判，或是用另一套系統去敲開冥門的地藏王互爲仇敵的，當初在兩軍對決時，祈靈以殲滅對方的，各自扶乩上龕的仇對神明，如今他們巧妙各不得罪地在同一座城不同廟裡一起祭拜（延平郡王祠和天后宮）：現在他們且遠渡重洋赴日本去參拜靖國神社裡的日本軍魂。

像 Yahoo 奇摩拍賣網站的那句廣告詞：

什麼都可以拜，什麼都可能（是你老爸），什麼都不奇怪。

在那由一只被拉長成壁虎乾一般的雙頭象銅綠斑斑臥香爐所冒出的整室看不見的白煙裡，圖尼克淚眼汪汪輕聲抗議著：您所說的那些，一個如煙消逝的亡滅的帝國（我必須承認它非常好聽），前半段像那些聳動卻不負責任的野史考據癖者的故事（《1421——中國發現世界》？一個會繪製航海圖以重解古地圖的潛水艇船長。或是「大同書」？一本前清遺老寫的科幻小說），那確實聽得我血脈僨張，我靈魂裡的那顆心臟，那異族的多一個竅孔或心室的萎白心臟又怒意勃勃充血腫脹地跳動起來了。您似乎在暗示我就是那最後一個西夏人，我是那許多流亡版本的流亡者後裔，我也許有一點點想起那些暗紅底片光度極差的快閃畫面裡我可能眞的（在這城市裡）殺了一些人。正因爲我是專業殺人者的後裔，我也有一點點理解爲何不論在什麼樣歡樂、善意的人群裡，我總是難抑那種自我鄙視、無法聽懂他們最簡單、無害笑話的孤獨感，因爲我是您說的那些長了毛的文字所書寫的歷史、算術、天文學、帳冊、族譜的回文詩鏤經塔上的一個單字。我一直被用錯誤的方式閱讀，於是總像別人故事馬路上的一顆鐵蒺藜，風琴鍵上一枚永遠調正不了的登音。因爲我是ㄉㄤˇㄒㄧㄤˋㄑㄧㄤ。但您最後說的那些「逢神必拜」，那些拜媽祖拜延平郡王拜三官大帝拜註生娘娘拜觀音拜土地公拜呂洞賓拜關雲長（那都是他們漢人）最後甚至拜靖國神社裡的殺我父祖姦我妻母爲鬼雄……那並不是我的故事，那並不是我的故事，那並不是我啊……

黯黑中美蘭嬤嬤的喋喋笑聲像受了驚嚇擊翅忽東忽西的夜梟。「你以爲……你以爲……流亡者後裔的故事，是像絲緞那麼平滑純粹？」圖尼克的眼瞳幾乎可以分辨那些原先影影幢幢近似死人頭顱的一件件擺設，甚至那些玩意上的細微紋路：工字綾、茂花閃色錦掛氈、彩繪木塔、黑釉剔花牡丹紋瓶、雙耳瓷扁壺、灰陶鴟吻、力士塑像、泥塑雙頭佛像、把頭縮在肚臍處的，有三個乳房的大嬤嬤母神石座……

一陣眼瞎目盲的強光，所有黯黑中無比清楚的線條也像被光之風暴吞噬掩蓋至一片平面後。是美蘭嬤嬤打開了她那盞至少有十枚白燭光燈泡的水晶流瀑垂墜吊燈。圖尼克的心底同時出現了棒球場外野照片燈打開及祕密偵訊室裡對著全身淋濕的犯人打開貨櫃車那樣的強力遠光燈——一種「什麼事要開始了」的暴力宣示，他甚至出現一種幻覺：下一瞬間，會有一群穿著制服的傢伙（什麼制服都好：戴橄欖球頭盔護胸墊肩的壯漢、手執短棍小圓盾的鎭暴警察，或是她那些黑色幻影裡穿著漆黑鎖甲腰繫黑鐵刀前額薙髮的西夏武士），破門而入，壓制他、痛毆他、剝下他的褲子用短棒肏他的屁眼，圍成一圈小便在他臉上，羞辱他，用靴子旋轉著踩他的痛穴讓他滿臉鼻涕眼淚跪著求饒，把他的手指一根一根扳斷，或是拿老虎鉗一顆一顆把他的牙拔掉……

但是美蘭嬤嬤只是戴上老花眼鏡翻讀一份薄薄十行紙手稿。圖尼克在那種被強光硬生生撬開扇貝或蟹殼，某種柔韌內裡撕裂著強迫裸裎之生理不快裡，卻不爭氣地，面紅耳赤地盯住美蘭嬤嬤那一雙修長性感如三十歲少婦的小腿（那絕對不是漢族女人的脛骨長度）。一個老女人竟然有那麼一雙性感如牝鹿的腿，透明泛著薄光的皮膚像那些包著凝滑水羊羹的薄紙，這樣被神寵賜的美麗弧線可能終其一生都不需穿那些絲襪、高跟鞋之類修改線條的人工贅物。圖尼克哀嘆地想，這個旅館裡的許多傳說眞是百聞不如一見，那許許多多不同年代被困在這旅館裡的男人，不惜代價只求和這個美豔妖婦一夜風流，他此刻才恍然大悟他們爲的是被魘咒住的，在自己的色情萬花筒各種稜切角度，這雙不可思議的美腿或平展或直立或倒插或像投降手臂高舉的旖旎風情。他想像著美蘭嬷嬷用這雙長在人身上的鹿腿，撥光梳影地滑過那些男人的髮際、耳朵、鼻前、繫著領帶的脖子，穿著襯衫的胸膛，像奧運地板操那些精靈少女反剪身軀用足趾、踝部、腿側弧線耍玩著那顆彈力球。不知爲何他充滿了一種幾乎失控的嫉妒之情。

美蘭嬷嬷說：「讓我唸這段文字給你聽……這個叫余闕的傢伙……」

元末唐兀（西夏）人

余闕，世家河西武威，父沙剌藏卜官廬州（今安徽省合肥市），遂爲廬州人。他曾參加過修撰《遼史》、《金史》、《宋史》的工作。曾在《送歸彥溫赴河西廉訪使序》中說：

「……予家合肥，合肥之戍，一軍皆夏人。人面多黧黑，善騎射，有身長至八九尺者。其性大抵質直而上義，平居相與，雖異姓如親姻。凡有所得，雖簞食豆羹不以自私，必招其朋友。朋友之間有無相共，有餘即以予人；無即以取諸，亦不少以屬意。百斛之粟，數千百緡之錢，可一語而致具也。歲時往來，以相勞問，少長相坐，以齒不以爵。獻壽拜舞，上下之情怡然相歡。醉即相與道其鄉鄰親戚，各相持涕泣以爲常。予初以爲比異鄉相視乃爾，及以問夏人，凡國中之俗，莫不皆然。……」

美蘭嬷嬷斜睨而笑，一種女性化的放肆和尤物自覺像某種巫術上身（圖尼克想：她發現我窺看她雙腿的色情眼神了嗎？她發現我難堪地勃起了嗎？），那穿著毛巾浴袍的老婦，一室糜爛花香和檀煙蓋不去的藥水氣味、痱子膏氣味和老人房間裡特有的筋骨藥膏或其他亂七八糟的中藥湯渣的腥味（圖尼克且擔憂地發現：她正喝著烈酒），在那一刻，突然都無法攔阻她在自己的性感自覺中發著魅惑人的強光。這個老女人在放電，這個有著一雙讓人魂奪意搖超級美腿的老妖精在引誘我。但她嘴裡講的那些故事卻像通電的刺鐵絲網勒綁纏繞在圖尼克微血管密布的睪丸囊袋上，那是他祕密身世的黑暗之心，殘虐又悲涼，他像被某個變態科學家在身上各處接滿了亂七八糟電線的可憐實驗動物，只要荷爾蒙不照規矩亂釋放，便從那空蕩蕩、涼颼颼、眼睛看不見的下方，傳來如錐刺，如火燒，如撕裂的劇痛。

「安徽人，是吧？」美蘭嬤嬤笑著說：「雖異姓如親姻。凡有所得，雖簞食豆羹不以自私，必招其朋友……你有沒有覺得奇怪：是什麼樣的遭遇——在遷徙的漫長時間河流裡，他們怎麼陰惻沉默，爲了生存，頭形變貌成魚錐、下巴長鰓、皮膚痛楚地綻裂成鱗、手指足趾的末端蜿蜒蔓長成一叢一叢的水草——使得這群呼嘯策馬殺人不眨眼的幽靈戰士的後裔，那次大滅絕的倖存族人，變得那麼可愛？那麼慷慨？那麼嚴酷信守且代代相傳一個『義』字？」

因爲這個族類花了一代又一代被滅絕的代價，痛苦地體會到一個眞相：他們永遠在歃血爲盟的誓咒後被背叛；他們永遠在歷史的毀滅前夕作出錯誤的狂賭下注；他們永遠顚三倒四，背叛這個投奔那個，然後被背叛者的仇家再一次出賣；他們永遠看不到歷史如泥潭群鱷互咬的混亂全圖，需要以樂曲賦格的理性對位，或高段棋手無有任何意義承受時間空耗之重量的意志，才得以倖存。

圖尼克想到他的祖父，想到他的父親。

「從前我要輕視他們是如此容易，卻花這麼長的時間才理解他們的痛苦！」

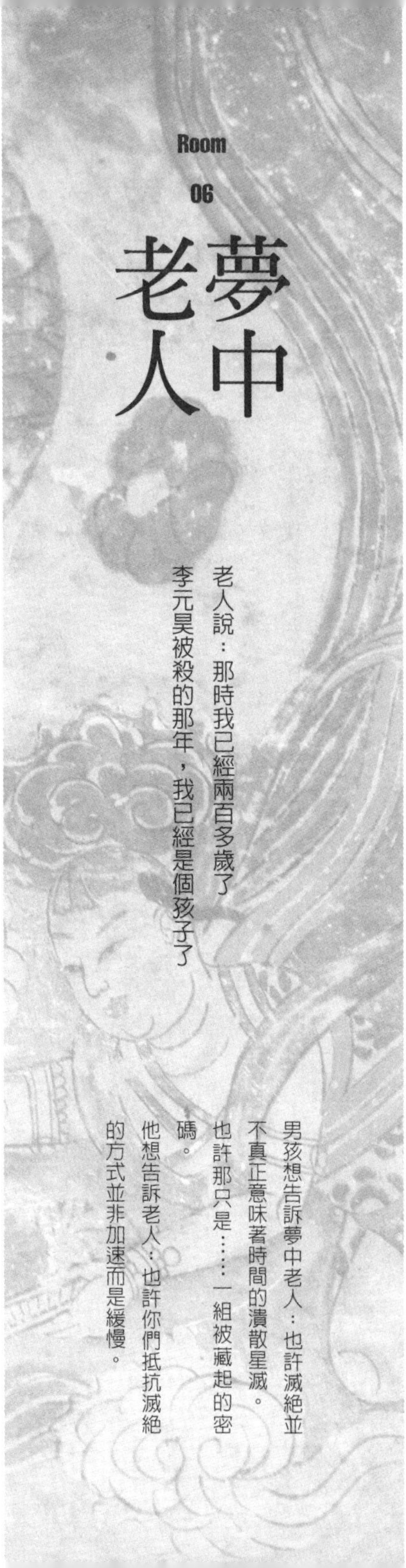

Room 06

夢中老人

老人說：那時我已經兩百多歲了

李元昊被殺的那年，我已經是個孩子了

男孩想告訴夢中老人：也許滅絕並不真正意味著時間的潰散星滅。也許那只是……一組被藏起的密碼。

他想告訴老人：也許你們抵抗滅絕的方式並非加速而是緩慢。

山谷裡的風把他們的衣服吹得沙沙作響，馬尾也揮趕著蒼蠅，連日的疾行讓他們的頭髮盤住了。風沙和汗水調出的泥漿，結成張牙舞爪的硬塊，他們的眼珠通紅，向外突出，像要掙脫那微血管布下的蛛網，整丸眼球滾落下來。

恐懼在背後追趕，奇怪的是他們每一個人想像的追兵，都是一隊穿著白衣的蒙古騎兵，好整以暇優雅輕鬆地駕馬趨近他們。

老人說：那時我已經兩百多歲了。

李元昊被殺的那年，我已經是個孩子了。

幻覺的大船穿行其間。

那些船上載著銀鐲玉珮，赤足但腳掌紋路比手紋還要複雜且可預卜命運的肚皮舞女郎；還有一群屁眼會分泌愛液所以比女人陰道還要濡濕溫暖的少年；一些手長腳長可惜陰蒂已被切除的黑女人；額頭發光的幼麒麟；還有從傳說中的「極南之境」捕抓到的，一種肥胖、雍容、像穿著華服的皇帝的直立步行巨鳥。

他分不出是夢境中大船的搖晃造成他的暈眩，或是那一整船載著不可思議神物往波光水影，一片蛋白色強光的騰空柱狀水氣衝撞的死亡預感令他悚慄欲狂。

那些被衝上空中的螢光烏賊、像刺蝟的海膽、抽搐的水母、馬頭魚雙髻鯊，或是漁人的舢板，像夜空的星辰飄浮飛翔在他們四周，閃閃發光。

這就是死後的景象吧？

老人在夢中問男孩：這就是海洋的模樣吧？他終其一生未曾親眼目睹過海。

許多年前，他在元昊手創的「蕃學院」見過一位陷於造字苦思困境的老學者，野利遇乞？他說：世界那麼大，我替皇上造出來的字，根本覆蓋不住那每天滋生冒出的新事物。

就以新發明的殺人方式來說吧？

就以遙遠的海邊，那些我們不曾見過，名目繁多的魚類來說吧？

就以男人的嫉妒、女人的嫉妒、老人的嫉妒、帝王的嫉妒、對才華高於己者之嫉妒、對較己貌美者之嫉妒、對財富之嫉妒、對青春之嫉妒……這些不同的字，漢字裡都沒有的，我該如何自虛空中亂撈亂抓發明呢？

他們趁夜間疾行（正午烈日時跑馬只會弄死牲口），常看見地平線那端同時一輪未落盡的慘澹紅日瞪著天頂巨大像要墜落到地面的輝煌月亮。他們被一種沉默的暴力控制著，不知道是從誰開始，當一路南逃到第七天時，馬隊中有較年幼者受不了那飢餓口渴及全身各處肌肉被疲倦擊潰輪流抽筋，而發瘋般地狂叫著，馬隊中便有人抽鞭加速，從後面用馬刀割斷他的脖子。這時全部的人馬會安靜下來，似乎所有的人皆同意這麼處理，似乎那發瘋者被割開的喉嚨裡洩出的幽魂，可以均分吸入他們乾裂冒血的鼻腔，變成他們的力氣。

老人說，有幾度我的腔體裡有一個瓷器摔碎的尖叫，「我走不動了。」那不是我在說話，是我的肝臟在說話。我捂著嘴巴駭怕那聲音被聽見。最初幾天，我們通常是坐在馬鞍上一顛一顛兩腿失去知覺地溺在褲子上，那種風乾成鹽粒的騷臊加上馬背身上的牲畜汗味，我知道即是不久後我自己屍體被丟棄在這焦枯草原上發出的氣味。連兀鷹都不想吃我兩百歲的肝臟哪。但後來我們幾乎都沒有尿了。有尿我們得勒韁停馬，珍貴地捧著自己喝下去。

我知道我們這幾個人都會死。我們的死意味著西夏黨項的全族覆滅。像汗珠滴落在被烈日曬得赤紅的馬刀刃上，化成輕煙。

長生天哪……

難道長生天要用這種方式收回祂寄放在我兩個眼眶裡兩百年的火種？我們這最後幾個西夏人，竟在沒有城市，沒有歷史記載，沒有經文頌咒，沒有女人的眼淚和顫晃乳房的吼叫，沒有草原白酒的快速移動中，騎在馬背上，顏色愈來愈淡地變成鬼魂？我們快馬跑進某一個人的夢境裡，然後被懲罰地永遠不准下馬地在那兒跑啊跑著……

男孩想到一個畫面：在一個黑幽幽的封閉房間裡，孤寂地置放著一顆皮膚包裹住顱骨的長毛象象頭。灰棕色的額頭肉褶上布了一層像凍原苔蘚的毛髮（像一個熟睡在藤椅上，臉上布滿醜陋老人斑或褪色疤癬的老人），眼袋周圍是一圈漩渦狀皺紋，有一些鐵鏽色的色塊分不清是微生物在其上侵蝕並代謝的痕跡，或永凍土之色漬沁染。美麗弧彎的巨大象牙則像跳著印度舞的少女曲拗手指翻向天空的兩條白皙手臂。那房間裡的空氣非常寒冷，像是大型冷凍櫃裡那種可以讓嗅覺失靈的零下低溫。

男孩想：這是在這間旅館裡的某個房間嗎？

他想對那夢中老人描述他曾看過的這個畫面，卻發現自己沒有足夠的語言表達他腦海中的這個記憶存檔。

他想起來了。那是在這個鋪著厚地毯、像迷宮般的走道之中，其中一間放著電視的閱覽室。

那時那個男人正專注看著那個節目。

電視上，是翻譯成中文但背後像嘩嘩雨聲一般沒被覆蓋住的日語訪問。他聽到那個電視裡的老頭說：「時間永遠不夠用。」那是什麼意思呢？旅店的閱覽室裡放著一副核桃木雕的、精緻小巧可摺疊收藏的磁鐵跳棋，男孩和自己走了一回跳棋，也跟著那男人注意聽起螢幕裡的日本老頭說話。

似乎是一個關於愛知博覽會的專題報導。老頭提到他和他領導的團隊，試圖將死亡、受損的長毛象細胞核，植入現代象的卵細胞內。因爲以他們目前找到的，從北極圈冰原下挖出的長毛象遺骸，大抵皆損害嚴重，難以找到仍具活性的長毛象精子。但他仍相信這個近乎科幻小說的遺傳工程狂想有可能實現：即讓一萬八千年前即滅絕消失的古代長毛象和現代亞洲象重新配種，反覆篩檢重配，而培養出一隻和古代長毛象極接近之混血種。或者，用桃莉羊的生物複製術，借現代亞洲象的卵細胞，以品質較佳之長毛象體細胞的細胞核植入，有一天可能讓這種消失的巨獸，穿越時空復活……

他想告訴夢中老人：也許滅絕並不眞正意味著時間的潰散星滅，消失於太虛。也許那只是……一組被藏起的密碼。

他想告訴老人：也許你們抵抗滅絕的方式並非加速而是緩慢。老人或會問他：有多緩慢？

他說：緩慢到像那隻冰原下的長毛象，感覺著一代一代的微生物在牠的臉頰上用餐、排泄、跳社交舞、繁殖，然後在一種「我這樣過了一生」的感嘆中死去；接下來是它們的下一代，下下代……一直到億萬代。他說，緩慢到對往事的回憶都像煞車不及撞擊後充脹而起的安全氣囊，但回憶竟超越你們正在進行的「現在」。他說，緩慢到你們自覺變成草原上靜止不動的鹽柱，但後面追擊你們的蒙古騎兵以一種看不見的方式超過你們，他們無功而返，但每一個的印象中皆在眼皮一閃間曾掠過你們這一隊人馬的視覺印象。但他們活著的那個世界的轉速使他們無法鑽進這細微分格其中一頁你們藏身其中的時光之隙。且隨著他們持續老去的往後歲月，那快閃翻過的記憶畫面會隨時間比例擴大，他們會無比懊惱地反覆看見你們在那他們錯過的那一小格時間裡，仍在緩慢地逃著。

高掛在城牆上的長竿，每一支的末端像捕魚人把帶血羊頭垂進黃河濁浪中誘捕水蛇，垂著一顆一顆灰不溜丟剛砍下的人頭。有男人的頭，有女人的頭，有怒目圓睜像死前一刻猶在罵人的，有沉靜閉目嘴角帶著一抹殉教者神祕微笑的，掛鈎有的穿過那些頭的鼻梁軟骨的，有的則粗率地從嘴裡進從腮幫子刺出，也有不用鈎直接用草繩像懸湯鍋那樣繫著兩耳提吊著，或像綁皮囊把頭倒掛用繩一圈圈繫著裂口中可見一些粉紅白色的管道橫切面的頸子。……就那些砍斷的頭顱長相來判斷，可說是什麼人種都有：回紇人、契丹人、漢人、粟特人、吐蕃人、蒙古人（但這城裡的蒙古人極少）、高昌人……這些密密麻麻從城牆內伸出牆頭的竹竿人頭串除了製造一種和四周空曠場景十分不協調的恐怖感之外，實在並沒有造成對圍城的蒙古騎兵有任何打擊士氣之影響。如前所說，那些悲慘滑稽的頭顱裡只有寥寥幾顆是蒙古人的頭，且因是早已遷居融入西夏國境，和那些蒙古韃子們非親非故，更何況那更多的人頭其實皆是成吉思汗要將他的鐵騎推往世界盡頭，所有已經或將要屠城的民族人種。蒙古貴族們在馬陣前詫異地看著城裡人忙碌著舉起這些頭，且天空被上萬隻盤旋飛來啄食的烏鴉弄得烏雲罩頂，有一瞬確實整個戰場靜默下來，他們以爲那是黨項人的某種詛咒巫術。但等他們看明白後，沙塵裡傳來數以萬計蒙古武士的哈哈大笑。這使得城裡的西夏人更感到絕望而屈辱。那些人頭串只是洩漏了他們的焦慮。城裡布滿奸細的傳聞甚囂塵上，人心惶惶卻找不出一個辦法抓出叛國者。於是他們開始在市集、民居、作坊甚至部隊裡搜捕那些異族之人（非黨項人者），辨識的工程開始容易後來即愈來愈艱難。那些回紇人、粟特人或漢人一被認出，立刻拖至大街上像宰騾子那樣一刀把頭剁下，圍觀的百姓則陷入瘋狂的歡樂裡，主要是全城被屠的預感讓所有人皆不知如何發洩那種集體倒數死亡時刻的恐怖。後來要在大致長相差不多的人群裡糾出那些混血過的黨項—漢人，契丹—羌人，吐蕃—黨項人，或契丹—漢人……則非常困難。有一位博學之士發明了一種檢視究竟是不是純種西夏人的複雜公式。那是一種要男子站立觀察其肱骨到脛骨之長度與肱骨至肩胛骨的長度比之科學技術。但等到官方頒布這項公式的第五天，才從宮中緊急更正，原先的公式出了差錯，所以極可能一開始屠殺的那批「外族人」，反而才是真正純種的黨項人。

事情在這種混亂的局面下進入一種時間異常緩慢，所有人如在一種酩酊夢境中不知該做些什麼的真空時光。

有一個黃昏，在那座圍城裡，那種街廓、城樓、院落建築、寺廟佛塔、摩尼教寺院、清真寺，以及沿街一眼一眼派士兵戍守怕人下毒的水井……全被一種蜜蠟般的濃郁金黃膠狀光影困住，彷彿全城的人們皆要在這無望的等死時光裡集體睡著。突然這一切稠狀的疲憊與對疲憊的反抗（像蒼蠅群被麥芽糖黏住時的掙扎），被一個婦人的厲聲哭叫給撕裂：

「頭被砍掉了……但是身體呢？身體都到哪去了？身體總該留著吧……」

一開始那哭聲像從很遠的地方傳來，但奇怪的在那全城竟全然靜默的辰光，那乖異的一句話，竟像被全部人聽見那樣造成整座城嗡嗡轟轟的騷動。是啊……身體都到哪兒去了？似乎所有人都不約而同抬頭看著橫七八豎亂插在城牆上的那些懸掛搖晃的頭……

這確實造成一種比圍城更難以言喻的恐怖：沒有人看見那些劊子手把頭砍了之後如何處置那些沒有頭的身體。城牆上懸掛了那麼多顆頭，與之相配的身體應該是一批極大數量的屍體啊？但大家的注意力全集中在衛戍士兵們怎樣像開玩笑把那些皮球般的，上頭有著死亡張力之強烈表情的頭顱，繫在繩索上，然後像拋甩魚竿那樣將它們彈射到竹竿的上方。甚至有一些傢伙拿一支擎舉的長杆上裝了個網籃，一群人拿著一家被砍頭的漢人男女老幼七八個頭朝上投擲比賽。但是，竟然沒有人有印象，士兵們曾有任何處置無頭身體的公開行動……

那些數量上堆疊起來起碼像一座小山丘的身體都到哪兒去了？

沒有一輛一輛的馬車或騾車來載運；城裡的磚道或鋪石路或任何空地，皆沒有大量挖坑的痕跡；也沒有堆柴火燒那些身體的濃煙和焦肉香味；一些陰鬱邪妄的畫面潛進人們的腦海：那些身體們，承平時不可能這樣慷慨地被暴露的女人的奶子、手臂、大腿、肚臍或陰阜，或那些異族男人的胸膛和睪丸，還有它們肌肉結實的臂膀和臀部！沒有人敢說出這些瀆神的猜疑，但這些失去了頭部的身體竟像一大批馬賊巢穴裡的可疑珠寶，集體發出它們各個部位、各種姿勢，誘人且封存著巨大狂歡能量的光輝。有沒有人（那些國之將亡的黨項貴族）趁亂把這些身體們偷運進皇宮裡的密室，在那進行著大家無從想像，卻朦朧被那極限狂歡所發出之強光瞎蔽了雙眼的可怖淫亂場面？

那些純粹的身體——沒有嘴可以親吻或以穢語罵你或哀求告饒，沒有眼珠可以流淚或怒目相視，沒有鼻子可供囓咬，沒有脖子的上半部可供調情的近距欣賞那浮起的疙瘩，沒有耳朵可以對之輕語猥褻、恐嚇或吹香送暖——讓人不知如何是好的像最珍貴的私人收藏品。靜態的，可反覆不同角度品鑑觀賞的，可以任擁有者之間比較、爭勝、挑選出精選極品的，像絲綢、和闐白玉、寶石、金飾佛像那樣的收藏品。只剩下造物令人嘆賞之匠藝，卻逸失了從那些身體上端孔洞跑走了，生命，靈魂，或力量。

當然這些身體之後總會腐敗、發臭、塌陷變黑變醜（像它們懸在城牆上的那些頭顱），於是猜臆裡這大量的資產一定在一種嚴格控管的保鮮時限內，由色情狂歡的功能轉移到另一組專業人士以自尊守護其藝術性的房間：廚房。

男孩日後回想：老人在夢中那晝夜互相侵奪、娓娓細訴忘其疲勞的敘述中，鮮有曾巨細靡遺回憶他曾見識過的，亡國之前的西夏王朝的宮廷宴席場面，有多豪奢？有多巧奪天工？有多讓人光聽聞即垂涎欲滴嘆爲觀止？只有在那次，他提到那批像在夢中沼澤洄游的、像一群錯失了繁殖期的螢光烏賊，那群沒有頭的身體時，才靈光瞬現地講了幾種應當是從「全羊宴」發展出來的西夏烹飪工序。

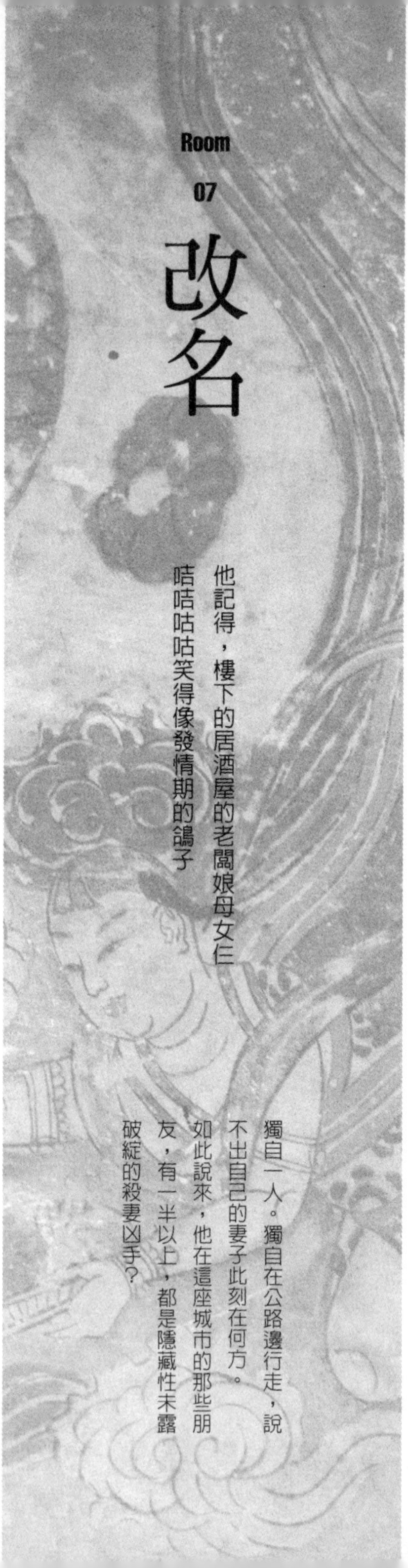

Room 07

改名

他記得，樓下的居酒屋的老闆娘母女仨
咭咭咕咕笑得像發情期的鴿子

獨自一人。獨自在公路邊行走，說不出自己的妻子此刻在何方。如此說來，他在這座城市的那些朋友，有一半以上，都是隱藏性未露破綻的殺妻凶手？

他記得，在他回房前，在樓下的居酒屋，老闆娘，和她花容月貌的兩個女兒。母女仨，咭咭咕咕笑得像發情期的鴿子，小安，你這個朋友，是個老實人吧，來我敬你，怎麼稱呼？

煙視媚行。醉態可掬。黑洞洞像母牛一樣良善的眼珠。妳可以叫我圖尼克。

圖尼克？好怪的名字。玻璃杯斜傾過來，輕敲了他的杯沿一下，自顧自乾了。然後不可思議地盯著他，天啊，安少爺，安公子，您是從哪兒打燈籠找來這麼一個絕種生物。你看他臉都紅了。家羚、家卉，快過來，給妳們看看這個好玩的，天啊，整個耳根都紅了。

吧檯裡面，一個穿著帥氣少爺襯衫打啾啾領結的；另一桌酒客那邊，戴著兔毛鴨舌帽穿著V

字開襟毛衣露乳溝抓著一手撲克牌的；煙霧瀰漫中，像失聰的魚，低臉或側臉，停在自己恍惚離場的表情裡。對喊喚著自己名字的聲音沒有反應。

家羚。家卉。作母親的嘆了口氣，噴了口煙，站起來。小芬。小芳。

女孩們不約而同地回過神來，擎著酒杯跑到這桌。一人先仰喉各罰了一杯。不記得自己的名字了。

咂嘴吐舌，笑時鼻頭都輕輕皺起，母女仨都有一雙焦距渙散的美目。挑剔點說就是鬥雞眼。趕過年前一個通靈異的師父給的建議，一家人，全改了名，家ㄌㄧㄥˊ，是羚羊的羚喔，家卉，是花卉的卉喔。母親也改名，還有一個哥哥，吧檯裡繫著馬尾，一臉陪笑弄小碟滷牛肉豆干的瘦男孩，也改了名。

一家二百五。母親帶著大姊轉到另一桌，把這記不得自己名字的笑話當勸酒材料。安金藏壓低了聲音說，像是最小的那個女兒並未坐在一旁。一個老娘，五十好幾了，兩個女兒，也都過三十了吧，這個時候改什麼名？人生到這時候，該是怎樣也已經是那個樣了。

是吧？小芳，哦，是家卉吧？小卉？乾脆叫妳小奔好了？什麼鬼大師？這麼彆扭的名字，小奔奔？

女孩把帽沿壓至鼻梁，一雙眼睛藏進暗影裡，疲色盡露。有一瞬間他心裡晃動了一下，可惜了，這麼年輕漂亮的一張臉。做母親的完全忘了剛才把姊妹倆招來這桌的原因。他預感著這年輕的女孩正在轉換角色，酒館裡生張熟魏，不同的旖旎調情，不同的靈魂點唱機要在投幣空檔換唱碟的空歇，快速地將身體裡面的房間裝置拆卸重建。像宮崎駿卡通魔法師霍爾的那幢奇幻城堡，裡頭的房間全如超現實主義畫作可以隨意念變形，換光氛風格擺設，最後定格在此刻需要的那個房間。

你多久沒來了。或是今天好累，那一桌奧客，一直欺負人。或是你不要理我媽，她今天心情不好，今天是我爸忌日。

所有他能想像的，這類酒館女孩（且她知道自己是個美人）用來佯嗔僞妒，弄小撒蠻的精準台詞。但女孩只是持續地將自己藏埋在那帽沿的陰影裡。有一度他以爲她累得睡著了。

不會做生意，腰桿子恁硬，喫不下客人的臉色。安金藏仍在叨絮說著。一家好人，也是不容易，父親早死，頂著這個店，就是不會做生意。之前還是我告訴他們，廁所無論如何要清潔乾淨，一個廁所髒得像公廁，誰想來？還有，硬得要命，不肯打折，我說你們可以浮報帳目，然後再打折，那裡頭才有點意思。不肯，硬得要命……。儼然像是自己人在說話了。

最糟糕的是，不記得客人的名字，來一個忘一個，來一對忘一雙，每一次來都要問一次：怎麼稱呼？每一次都得重新來過，這樣怎麼做生意？看是不是？今晚連自己的名字都記不得了，啊？

女孩拿起酒杯漱了口酒。安哥，不是的……轉過臉來看著他，黑裡臉像抹了那些揮發酒精溶劑一樣沸沸扎扎。他想起一些古老的讚美女人容貌的俗濫套句：啊，這女孩的臉，讓潮汐改變月球全蝕，讓花園裡的花全得了白化症一夕間全枯死，讓池塘浮滿了翻白眼的魚屍，天上降下了禽流感的死鳥之雨……暗影裡的那張臉在自己的輝煌光照裡浮現出來。

怎麼稱呼？這位大哥？

圖尼克。

啊？好怪的名字，你是土耳其人嗎？對不起冷笑話。自顧自罰了一杯。

眞的，安哥，圖尼哥，我的腦袋出了問題。

不要胡說八道。

眞的，禮拜天才去台大照了腦斷層掃描，我擔心我是得了腦瘤。

胡說，妳是酒喝多了啦。

多棒的開場，連他都被這樣戲劇性的自我描述方式給感染著迷。

打了根菸叼在唇間，他替她點火，一晃而逝有點詫異的眼神。眞的，我是個恨死醫院的人，但這次我是乖乖地去作檢查，你知道我是先從耳鼻喉科掛起，內分泌科、腦神經內科、腦神經外科……，有好幾個客人勸我去看精神科……

我看妳眞的是該去看精神科，我告訴妳怎麼回事，妳就是——酒喝太多，騙客人感情的謊話說太多，還有，名字取太多了，哈哈，這樣子誰能不變成神經病？

是啊是啊。三個人亂七八糟舉杯清脆地碰撞著。

他們說我是憂鬱症。有的人說是恐慌症。

從前宿醉，睡一個白天就恢復了。現在不行，整天都昏昏沉沉的，意識無法集中。很奇怪喔，一點都不想出門，只想躲在家裡睡覺。之前我媽一個朋友還說我被鬼煞到了。無來由的就一直流眼淚、心裡一點悲傷的感覺也沒有，但眼淚就是一直流一直流。

腦袋裡像有個錐子一直戳啊戳的。

還有，什麼事都不記得了。昨天才發生的事，才和什麼人說過什麼話，去過哪裡，買了什麼……

轟一下什麼都不記得了。像電腦中了病毒一樣。

最恐怖的是，好像把自己的一部分給弄丟了。

他想起這幾天的新聞，那個殺妻分屍案的丈夫。案發後，附近的鄰居說，這個男人外表斯文，待人十分溫和客氣。但在那段時間急著搬家，卻總是獨自一人扛東西，問他，則回答：「要老婆幫忙，不如自己來。」且將家中書桌、鞋櫃分送鄰居。事後他們聽說這些家具來自凶宅，嚇得想拿去丟掉，警方卻查封作爲證物。

報上且繪出地圖和路線，仔細標出這個丈夫從北二高交流道下，沿途丟棄肢解成不同部位之屍塊，「屍塊遍及桃、竹、苗」。據說警方從二千多條可能的人、事線索過濾，輾轉追查到凶手時，他正形容憔悴，神色恍惚地在公路旁遊走。警方自後拍他肩膀：「X先生，我們是警察，請問你太太目前在哪裡？」

調查指出，這位丈夫因不堪長期與罹患躁鬱症的太太一起生活的壓力，自己也罹患了憂鬱症。獨自一人扛東西。獨自在公路邊行走，說不出自己的妻子此刻在何方。如此說來，他在這座城市的那些朋友，有一半以上，都是隱藏性未露破綻的殺妻凶手？

主要是，記得的與不記得的，或者是你記得的和其他人記得的部分，完全是兩回事。

他這樣，成日和這些人那些人，在不同的酒館鬼混，從來沒有人問起：你的妻子到哪去了？時間到了他們總是醉得東倒西歪各自回房，從沒有人起疑爲何他總是形單影隻。

沒有人知道，在他的房間裡，有一只巨大玻璃花瓶（裡頭擱著數目不大不小的各色鈔票），上面擱著他妻子的頭顱。在暗室缺少變化的光源下，你分不清它是隨著時日持續膨脹或持續萎癟。

後來他再一次去那居酒屋時，女孩和她的母親不在，只有那個穿著直條紋襯衫打啾啾領結並削了齊耳短髮的姊姊獨自坐在吧檯前的高腳椅上抽菸看晚報。那時還是下午四、五點，外頭天光猶亮，但在這個幾乎阻絕了所有自然光源之窗洞的空間裡，所有物件像從一體塑造的模型裡掉出來那樣，穩穩地，一件嵌接著一件坐落在那闇黑裡。

「咦，這麼早，我們還沒開店哪，」但她還是友善地走進吧檯裡，俐落地幫他抓了罐啤酒。「我差點說：早晨別喝烈酒，說起來，現在還算是我的起床漱洗吃早餐時光咧。」

他注意到女孩眼角的笑紋，所以各有各的在這裡頭討生活的配件，棕色的瞳仁，像所有酗酒宿醉者在白日裡無法將光的折射切割或懸浮色素緊縮在夢境時刻那樣的濃黑精純。他說謝謝，但想不起這女孩的名字，小芳？小芬？某種動物或雀鳥的學名？或像那些芳香精油療法專櫃裡黑褐色的小玻璃瓶：龍葵、黑莨菪、顛茄、山茶花、玫瑰、洋甘菊、薰衣草……相對於都市裡被損辱傷害變形的人體，暗示著那些針對性的器官（肝、心臟、呼吸道、生殖系統、泌尿系統、血液循環、腦）之中鬱結囤積的汙穢之物，可以被消解釋放。甚至屬於精神或心靈層面的故障——憂鬱、恐慌、躁鬱、心悸、沮喪——也可以隨著那些美麗名字的萃取物以煙霧形貌滲入體內，而得以修補。

有沒有可以治癒失憶症的香草精油或某種珍貴動物之分泌物？或這些年輕的女孩們，把自己命名爲吸吮傷害或將累聚在這些靈魂歪斜的旅店過客內心汙油擠出……的療癒藥材？他的腦袋又開始混亂了。近距離的，那些女子光滑如緞的大腿，被他捏得一道道紅瘀痕的乳房，她們溫暖如山澗小溪的腔體。近距離的，眼神迷離，不嫌惡地銜著你那醜怪物事的，讓人心碎的美麗臉……

「所以嘍，你也是安徽無爲人？」

他險險嚇了一跳。他不記得上一次他們曾提及此事，她的身世。她們一家的身世，或他自己的身世。

其實我是……酒館裡交換著的，在滿口混酒揮發的惡臭和煙霧繚繞間炫耀的怪奇故事。但我們這一代還能從自己身上採集出什麼嚇人身世呢？不外乎是報紙、電視新聞、八卦雜誌……

——我跟你說噢，前幾天，有個北歐女人在一瓶產自土耳其的番茄醬裡發現一個疑似男人「那話兒」的東西。不過她比她的丈夫和小孩幸運多了，她可以在招呼他們吃完後，自己開始用餐，把番茄醬塗在麵包前，才發現這個器官。

——天啊，眞夠惡心的！

——眞的，不是我亂編的。報紙上連那土耳其番茄醬的牌子都寫出來，你看，叫做 G-o-d-e-g-a-a-r-d-e-n，看我還拼得出來。

——前兩天，還有個新聞，兩年前，美國不是有一艘哥倫比亞號太空船，在重返大氣層時爆炸，七個太空人當然全炸成焦黑碎塊，裡頭不是還有一個以色列太空人拉蒙？前幾天，他們德州的田野，發現了這位拉蒙先生的日記手稿，居然沒被烈火燒盡，從六萬公尺高空飄落下來，經過這許久的日曬雨淋才被人發現，你說這奇不奇了？

——媽呀，那不是天書下詔？不曉得他那手稿上寫些什麼？

其實我是……，他說，不曉得爲何淚眼汪汪，其實我是一個西夏人。噹一聲，女孩面前半瓶威雀十二年份威士忌翻倒。奇怪的是那像是一個沒有完成的仰頭大笑的動作。但她的臉上平靜沒有任何表情。對不起對不起，他們倆同時站了起來，女孩俐落地拿抹布擦去那暗黑中僅像影子晃動其實並無實體的深湛物事。他們的四周瀰散著一種強烈刺鼻的氣味，像小學保健室裡，護士將針戳進他手臂前，用酒精棉花塗抹在他皮膚上那種冰涼又不眞實的氣味。一種細小又尖銳的恐懼，有一管怪顏色的液體，被眞空唧管慢慢、慢慢推送進你的身體裡。圖尼克，你叫圖尼克是吧？女孩的嘴角這時才上揚輕輕拉出一個意味深長的笑容。在這個旅館裡，來來去去進出我們店裡的客人，可以說什麼稀奇古怪的人都有：有日本黑幫老大和台灣小歌女一夜情的私生子；有華青幫的ABC，有台巴（巴西）混血；有從母姓的外省老兵和年齡小五十歲的原住民小母親的第二代；有假婚或被人蛇偷渡來台卻躲在我們店裡陰暗角落瞄客人的哈爾濱姑娘湖北姑娘或川娃兒；有一次還有一個港仔勾著一個讓整屋子女孩全黯然失色的美麗貴婦進來，她的手臂上掛著正牌的LV，後來問起，女孩說父親是新疆維吾爾族，母親是香港人，七〇年代愛國從軍熱遷回祖國，後來她是以烈屬身分申請赴港；極難得極難得會跑進來一兩個穿著瘪腳西裝，混充大人買酒喝的，我們那些越南新娘印尼新娘寮國新娘生的英俊男孩……我的意思是說，在這個店裡，不乏這些不同年代不同原因胡亂遷徙東突西竄的人們，像不負責任的花卉（對不起我妹妹的新名字叫家卉不叫家卉）專家亂實驗各種花粉傳播後，留下的叫不出名字的新品種，我們這裡多得是他們生下來就和這個世界格格不入的悲傷故事，像好萊塢電影裡那些亂組合廢棄零件的拼裝機器人墳場。有時我覺得我是在上地理課哪。世界大不同，我眞的去買了一張大地圖。一九三〇年代，我外祖父就是搭香蕉船從高雄港到橫濱港，一九五五年我父母從大陳島一江山隨撤守國軍來台，一九六〇年代我母親從馬來西亞跳機到台灣來打工，或是祖父是反共義士外祖父是台灣國總統，從這裡到那裡，他們眞的地圖上比給我看那些眼花撩亂的遷移路線和航道呢。

總之我並不討厭這些超現實主義的胡說八道。但你知道我剛剛怎麼想的嗎？我想這難道是一種最新的時髦玩意嗎？比刺青，在你的私處嫩肉打洞，或在那些MSN視訊網路上對著攝影機紅燈向一個陌生人淫聲浪叫地自慰，甚至，好吧，比削去下巴骨、墊軟組織在鼻梁、隆乳、抽脂這些整形手術，甚至把男人的老二切掉塞進一條人工陰道和塑膠尿管……都要時髦的遊戲嗎？我們這些老靈魂，這些被詛咒天譴嘗遍人間激爽卻死不掉的橡皮人，玩膩了自己的身體，開始玩起祖先的精液和經血了嗎？

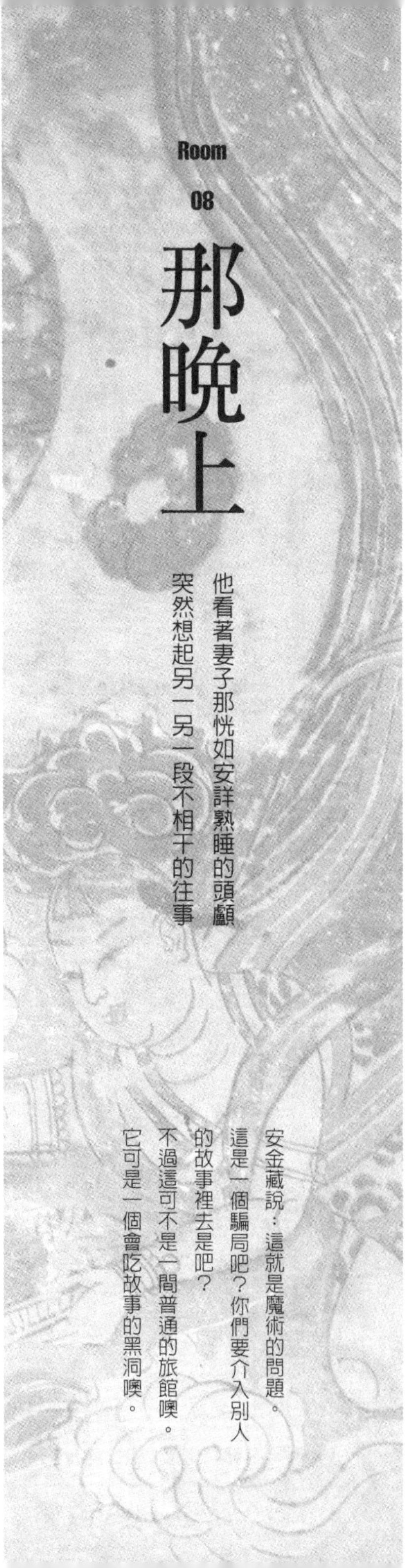

Room 08

那晚上

他看著妻子那恍如安詳熟睡的頭顱
突然想起另一另一段不相干的往事

安金藏說：這就是魔術的問題。
這是一個騙局吧？你們要介入別人
的故事裡去是吧？
不過這可不是一間普通的旅館噢。
它可是一個會吃故事的黑洞噢。

那晚上，他要離開那間居酒屋時，經過一張桌子，發現那個自斟自酌的老人在盯著他看。當他回看時老人卻裝作若無其事地將視焦收回。等到他走進電梯時，一股巨大的憤怒像觸電讓他聞到自己嘴裡的焦臭味，他幾乎在按了房間樓層電梯開始朝上升之同時，又躁鬱地按回剛剛的G樓。他想走回居酒屋，走到那老人面前。是你呀，范老頭，原來你也住在這家飯店哪？但他還是開鎖走進自己的房間，他站在黑暗的空間裡，看著窗外下方空蕩且愈來愈暗的公路。整個身體因爲一種像結晶在胃裡成爲薄冰的孤獨感而微微發抖著。他看著妻子那恍如安詳熟睡的頭顱，突然想起另一個不相干的人，另一段不相干的往事。

老人是他父親的舊識。

據說在老家是他父親的姪子輩，年紀差不上十歲，卻得喊他父親「叔叔！叔叔！」小時候過年來家拜年，蠟白的一張臉，喊他母親嬸嬸。母親還是叫他們喊范叔叔。後來似乎是炒作期貨，發了。便和這一群當初一塊從南京逃難來的弟兄疏遠了（不全都混成一些高中教員或銀行職員？），再碰面時便改口叫大哥大嫂了。他父親晚年阿茲海默，難免老拿這些陳年爛嚼穀事出來嘀咕：「什麼大哥？什麼大嫂？他父親昌齡，在老家論排序還在我之下，當年一把鼻涕一把眼淚，像託孤一樣把他帶到我們家，說二先生，我就這麼根獨苗，您把他帶出去見見世面，若他不成材在外頭給您丟臉，您就一棒子打殺者了，我當沒這兒子！」四九年，等於是父親帶著他逃到台灣來。反而是父親自己的親兒子親姪子都給留在那兒，這一輩子就廢了。後來有一年，父親喝得醉醺醺從同鄉會回來，心情非常激動，對母親說小范今天用大賓士車載我回來。妳知道他在車上對我說什麼？他又喊我二叔，他說：「二叔，我一輩子，沒有您也就沒今天的我。這把年紀了也不作興磕頭，這麼說吧，您若是缺錢用，二百三百萬的，儘管跟我開口。」母親說，怎麼啦？老來茹素學佛啦？父親說，不是，他要競選同鄉會會長。母親說，他眞就喫定你不敢跟他開口？我去跟他開口！借個一百萬把我們的貸款償一償。

後來趕第一批到大陸作台商，事業好像比他們想像的來得大。據說還回安徽老家蓋小學，蓋汙水處理廠，還弄了個獎學金把孫輩能念書的全送去上海。比父親他們這一輩的淨帶些金戒指金鍊子或一兩千美金回家鄉要風光、傳奇多了。據說也和地方的縣委書記、公安局長像換膽交心的好兄弟。有一回，父親要隻身回南京，那時父親跛得厲害，腦子也不太清楚了，前一回小中風讓舌頭給歪了，母親怕他連通關換機票都講不清。恰打聽出這個范也要回南京一趟，便把父親囑託給他一路在機場在飛機上都能有個照應。那次是他載父親去機場，在出境大廳看著范——他竟也變成一個徹頭徹尾的外省老頭了，頭禿眼黃，臉上布滿老人斑，連外套都穿著那種邋遢的老兵夾克——像個急躁壞脾氣的哥哥在訓誡著已痿垮成一個鬆皺胖大孩童的他父親，把機票、證件交付給他，並提醒他是放在哪個口袋。這時還發生一個狀況，他們辦好機票時，范把一只看起來頗重的牛仔布旅行袋交給他父親，他父親亦乖順地揹著。他心裡想：有沒有搞錯！我娘拜託你就是一路幫我爸提重東西，結果你讓他來幫你揹行李？結果他們要入關時，范突然發現他父親的臂膀上空蕩蕩並沒揹著那只旅行袋。他震怒異常，狂奔著跑回（他和他父親跟在後面跑）剛剛的 check in 櫃台，那只旅行袋仍靜靜擱在原來那排玻璃纖維座椅上。范衝過去將袋子抱進懷裡，拉開拉鍊，裡頭讓人眼瞎欲盲地是一疊一疊紮好的人民幣百元鈔。范口齒不清地咕噥著（用他和父親的家鄉話）：「開什麼玩笑，這裡頭有一百萬人民幣，你一個起身就給忘在這裡了！」

那時他很想牽著那一臉傻笑為著自己如此善忘而赧然的父親轉身就走。一百萬人民幣！難怪你不交給輸送履帶託運。原來是把我父親當作走私的人頭。他太可以想像，一旦在哪個環節這袋錢被海關人員認出攔下，范一定是摸摸鼻子灰撲撲地沒入人群中消失，扔下他父親一人孤伶伶不知如何是好地站在那群武裝檢警前。

再就是那次，他父親最後一次去大陸，把當初留在南京自生自滅的一干老兒子老姪兒召喚到廬山腳下的城市飯店裡，像一次神祕的交代後事，然後就在徹夜長談後的第二天清晨，小腦裡的血管爆裂，據說在房間裡發出一聲整幢旅館人都毛骨悚然聽見的、非人類的巨大嗥叫，然後轟然一聲倒下。

他和母親氣急敗壞地搭機轉機趕去那座陌生城市，原以爲是收屍，沒想到他父親變成一具屎尿失禁全身插滿管線的植物人。他們完全不知該如何和這座內陸城市的醫院官僚系統打交道，遂想起其時人在大陸的范。范在電話中顯得非常激動（他稱他爲范叔叔），他說：「老哥實在太看不開了，這裡是內陸，窮山惡水的，醫療系統又落後，你犯不著大老遠跑來這兒激動啥啊。」他交代他可以去當地市政府找「對台辦事處主任」，或者找市長，告訴他們你們是台胞，出了這些問題，需要你們的協助云云。他且問了他們母子所在的飯店和房號，那態勢像是要從南京趕過來。但是第二天他再撥那個號碼時，對方把手機關機了。而且一直到他們終於百般艱辛打通關節把父親運回台灣，這人始終沒有出現過。

他的父親又繼續在家、癱臥了三年才過世，葬禮過後，他的母親有許多組關於這類人情澆薄的故事。有一班學生，據說是父親當年最寵愛的一班，葬禮那天忽然三四十人穿著黑衣黑褲出現，其實也都是一群頭髮花白的阿吉桑小學老師、訓育組長、教務主任，跪在靈堂前唏唏欷欷不肯起來。他母親冷笑說：現在全出現了？過去這三年沒有一個人來家裡看過，沒有一通電話來探問過。現在人死了，消息倒眞靈通啊。

奠儀中有一袋白包寫著范某某敬輓，可能是託同鄉會的哪個老輩代包的，他拆開一看：三千塊。

那是他重建對這個分崩離析的世界之認識，最艱難的時期。

不想會在這個旅店裡遇見他。

他獨自坐在黯黑的房間床上，面對是他妻子那顆離群索居的頭顱，他耳邊突然浮現一段某一個人曾經高姿態滔滔對他說的話：

「……讓我這麼說好了，漢人是完全不懂什麼是愛的。漢人實事求是，恐懼得罪人數眾多的群體。他們勢利又狡猾。擅於使用一種氣氛上的壓迫讓落單的你屈服。他們講究門當戶對。他們不講義氣。只講家族倫理。你無論曾如何對他們挖心掏肺忠肝義膽，他們都會在最關鍵時刻出賣你。但他們絕不會出賣他們的，即使視同寇讎的家人……」

這樣的話語，會是許多年前，K在他那些個不眠深夜的宿舍裡說出的嗎？他想起來這段話是安金藏在某一次的酒後胡扯中對他說的。但此刻他卻錯亂地以為，這必然是未來的某一天，那個偶遇的父輩老人，會像個心靈導師那樣諄諄告誡他。

但是第二天當他又下樓，再見到那個老人仍坐在昨晚那個位置，他心裡難免還是浮晃了一下那種久住旅館之人在這密閉空間裡巧遇故人的快樂。老人一旁坐著安金藏。這倒令他大感詫異。這兩個傢伙湊在一起？那真是奇觀了。看樣子這旅館裡要有一番大亂子了。兩個壞蛋倒是互補拼圖了他所能理解認識的關於騙術的娑婆世界。不外乎女人、金錢、他人的身世或情感。

他在他們的桌位坐下，不說話，靜靜看著他倆。

老人說：世姪？沒想到眞的是你？

他直直看著他，心裡想：小范老頭兒，我操你媽的，要是在古代，你還算是我們家世襲的家奴呢。不過他淡淡地對他說：上回在大陸眞謝謝您了，多虧您幫忙。

但老人似乎心不在焉。他和安金藏似乎不太在意一旁坐著他這麼個人這件事。他們兩人憂心忡忡，眉頭深鎖，彷彿正被一盤僵局之棋給困住了。

這兩個傢伙不會恰好是父子吧？

仔細瞧瞧臉廓眉眼還眞有幾分神似。

他們倆菸一根接著一根抽著，桌上的公羊頭浮雕水晶菸灰缸裡捺擠著至少一百枝菸屁股。

安金藏說：難！難！眞是難！

遠遠的吧檯那邊，家羚（或者是家卉？）正在逗弄著一個戴古菲狗頭罩的小男孩。等一等，他想：這個男孩我認得。好久好久以前，他住進這家旅館的第一天就曾在走廊遇見過這個男孩。一個黏稠狀牆壁的缺口。他記得那時他心裡曾起了個惦念：這是哪個迷糊（或歇斯底里跑掉）的女人遺棄在這旅館的孩子。那孩子將吸著這整棟封閉建築裡空調扇葉和管道排出的乾燥空氣長大的印象深深地烙深他腦裡。

家羚（或是家卉）用著她那宿醉所以較平時夜裡和成年男子調情打屁顯得平板乾燥的嗓音，讀著一本童話故事書：

姆米托魯睜開眼睛，茫然地盯著頭上的天花板，好一會兒之後，仍不知自己身在何處。也難怪，他已經連續睡了一百個白天與黑夜，現在還彷彿停留在夢中。托魯瞇起眼睛，似乎又想要再度沉入夢鄉。

正當托魯在床上轉動著，再次將身體蜷曲成舒適的球狀時，某個景象突然吸引了他的目光，亮晶晶的大眼睛霎時睜得好大——好朋友司那夫金的床，怎麼突然空了呢？

托魯立刻跳起來四下一看。不錯，司那夫金那傢伙的帽子也不見了。

「完蛋了！」

托魯三步併做兩步衝到窗邊，推開窗朝外張望著。

「啊哈！司那夫金這傢伙是爬繩梯溜到外面去的！」

有一瞬間，他覺得他的左右耳像是兩組獨立運作聽覺建構互不干擾的系統。他可以同時收聽並且維持好奇兩個故事的發展：范老頭和安金藏究竟在搞什麼鬼？以及姆米托魯的好朋友司那夫金到底跑去哪了？

但是安金藏接下來說的一段話，讓他的腦袋像上百個凹窪孔格的蜂巢，每一個格子裡都有一條白糊糊的蜂蛹在扭動著。安金藏說：魔術不存在。許多傳說中極高境界的魔術，如今證明只不過是一些純度極高的海洛因吸食後的幻影。譬如那個「杜子春」的故事：一個潦倒的窮鬼，你給他一大筆錢，他一個禮拜就花光；於是你再給他一大筆錢，他又一個月內狂嫖濫賭它用得一文不剩；於是你又給了他最後一張巨額支票，這次你和他簽了魔鬼的契約。好極了。他是個白癡，買車然後上酒店請每一個喊他大爺的人喝酒，買愛瑪仕柏金包送某個長得還不賴的酒店公主。這次他心甘情願地回頭找你，願意幫你販毒。但你怕他嘴巴實在太大了，於是給他一次震撼訓練。你給他最純的K他命，讓他吸個爽。然後警告他無論看到何種幻象都要記得那是幻象，絕對不要出聲（不要像條毒蟲那樣一臉鼻涕眼淚地亂哭亂叫）。這傢伙超出你想像得能捱。他在爛漫幻影中看見穿著特種部隊制服的一群軍人對他施虐——用鉗子拔他的牙齒他的指甲，用電擊棒電他的卵蛋，用刺刀割他的乳頭，用沙袋甩擊他的腎臟，用十幾個夾子夾他的眼皮一起拔掉——我們看到他的眼珠因恐懼而凸出，但他卻咬著牙關一字不吭。後來他在自己的幻覺中被打死了。他以為他見到閻王爺和牛頭馬面。他還見到了受難的基督和垂淚的聖母瑪利亞。祂們全哀傷地問他這毒品是誰給的？他還是死不張嘴。於是那快克時光機讓他被跩進某一個婦人的子宮，讓他重新被生出來。（這時他滿臉是淚）因爲他投胎成一個女嬰。這個女嬰成年之後變成一個啞巴美女（天啊這毒品的幻境還眞漫長）。一個變態傢伙娶了她。他每天搞她（他在幻覺中被操得像個女孩那樣哀嚎），翻來覆去的搞，終於她（夢裡的他）被搞大肚子，也生了個兒子。有一天，這個變態丈夫倒提著那嬰孩的腳對她說：告訴我這毒品是誰給你的？她抵死守密。於是那傢伙把那嬰孩摜摔在牆上，腦漿迸流鮮血噴到她的臉上……

這時他突然睁開眼說：那毒品，是安金藏給的。

安金藏說：這就是魔術的問題。它繞了一個大圈子還是無法控制人爲了他所愛而出賣你。

安金藏說：至於另一個魔術經典是《牡丹亭》。FM-2 強姦丸加古柯鹼。現在不流行這個？但那個時代還滿受上層社會喜愛。迷姦。強力春藥「生者可以死，死者可以生」，欲仙欲死，形容枯槁。其實全是子宮收縮機制亂了套。

老人說，算了，別想那些毒品廢話了。你知道他不吸毒的。我們必須讓他在清醒的狀態下相信他眼睛所看見的一切。我們必須找一個人來演他兒子。

圖尼克想：原來不是將要大亂。事情已經開始了他們在若無其事地誘我入彀。他突然像一隻夜梟置身在黯夜森林，因爲瞳孔裡虹膜的懸浮色素改變，使他竟可以神經質地轉動脖子，盯上每一處密藏在暗影中的更黑暗事物。那些事情之間似乎隱隱皆有關連。像旅館走廊上陳列的一間一間房號的猜謎遊戲。他突然頭痛欲裂地想到他妻子的那顆頭顱（現在還擺在他的房間裡）是否跟這兩個傢伙有關……

這時安金藏放在桌面上的手機響了。他站起身，用一種像站在空曠戶外劇場沒帶小蜜蜂麥克風的表演者氣勢，大聲地對著電話那端的人吼著：

「喂……我們在電視上看到了……脫線透頂……妳是白癡嗎？范爸交代妳幾次了，梨花帶雨，欲語還休，只能哭，不能說。妳居然還在機場大罵記者。噢 My God，妳那邊有沒有電視？妳看看特寫鏡頭妳那是什麼嘴臉？妳翻不了身了妳知道嗎小姑娘？十幾家有線電視每一個整點新聞會反複重播妳那張猙獰的臉……啊？妳現在哭有什麼用？妳他媽把眼淚留著到記者會再流好不好……」

不會吧？他心裡嗤之以鼻卻又對他們這樣誇張賣弄背後的眞實性深信不疑。那個前一陣子鬧得沸沸揚揚的一個老牌喜劇演員在荒山一棵蓮霧樹上上吊自殺的新聞。他記得接連著十幾天他一回房打開電視，新聞全狗血淋漓像翻攪屍體內臟般追蹤這件死亡之謎的「線索與內幕」。死者的前後任妻子陸續（她們穿著黑色套裝戴著黑墨鏡在鎂光燈曝閃下低頭疾行的模樣簡直像孿生姊妹）帶著各自兒女回國奔喪，演藝界的老中青三代全一個個跳出來爆黑幕，箭頭全指向這位和安金藏通電話的女主角。第三者。不倫之戀。喜劇演員暮年跌進的一場年齡差距甚大的激狂戀情。重點是這個女主角不是台灣女人。她是個童年經歷過文革抄家，輾轉赴美來台灣發展的上海姑娘。當初崛起也是因爲在喜劇節目的串場時間以一種和台式綜藝節目無厘頭惡搞風格非常不搭軋的形象出現。

仔細想想，她眞像是大陸某些年畫裡剪紙剪出的假人兒，疏眉淡影、小眼小嘴，孩童般的個頭，總是一臉正經對那些男主持人一臉涎饞黃色笑話反應不過來。出了事，媒體上繪聲繪影。好像說「圈內」的大哥們普遍對她的不上道不爽啦，經歷過文革人喫人的世界所以比台灣女孩厲害剽悍許多啦，據說這位喜劇演員就是被她一步步算計著逼著人財兩失最後才走上絕路……

但是，那一切不是發生過了嗎？圖尼克模糊記得這整件事連續劇般的發展：女人在喜劇演員風光葬禮後幾天由日本返台，在機場對著十幾支伸向她的麥克風和攝影機前語無倫次地發飆。他記得當時他坐在電視機前詫異地看著女人擠眉弄眼忽笑忽怒忽泣，心裡黯然哀傷地想：「這樣子在漢人的社會，只有死路一條。」結果不到二十四小時，女人又召開記者會，痛哭流涕（幾次哭得昏厥倒下）向死者、家屬、演藝圈、所有媒體記者、全國同胞懺悔道歉。第二天的報紙評論一百八十度逆轉。所有的輿論全一面倒同情她為她叫屈。女性主義。替罪羊理論。《聖經》裡的丟石子故事（「你們之中有誰自認絲毫無罪者，儘量拿起石子來丟她吧。」）甚至有人提到阮玲玉或陸小曼（另兩則上海傳奇）。

事情已經過去頗一陣子，但安金藏講電話的神情像是此刻正在事件的風暴中。只有這個時間感的落差讓他納悶起疑。

而安金藏改用上海話急切地交代著電話那一頭一些瑣碎的什麼……

他故意用一種帶著懷舊情感的口吻對老人說：整理父親遺物的時候，撿到一個怪東西，一個礦石彩木雕的人偶，木頭被蛀蝕得很厲害，那個人偶像個外國馬戲團裡的小丑，是笑臉，兩手上舉像在扛什麼重物。母親說那是您的東西……

老人像是被他挑起的話題打動，而跌進回憶的時光之流裡。哦，那玩意還在。沒錯，那是我給你父親的。那東西叫「憨番」（台語）。據說是台灣獨特的雕刻人物造型，原是用來扛廟簷的。也不曉得這種人物原型是從什麼年代、什麼歷史典故流傳下來的。一個流離失散的外國人，也許是個跳船的海員，被漢人視爲癡傻之人，或僅僅因爲恐懼，便在塑像上懲罰他。他命當被整座廟宇壓的「扛負者」。沒想到你父親還留著這件東西。

改天我帶來還給您吧。

不了，不了。這一類的東西，我屋裡多的是。

家羚（他這時確定她是家羚）走過來替他們的空杯裡加水，並且幫他們換了個菸灰缸。他發現她似乎對老人充滿敵意地板著臉，但側過臉對著他時卻友善地眨了眨眼。他轉頭發現吧檯那邊那個小男孩已經不見了。

安金藏換了另一桌，和一個女人交談著，女人背對著他們這邊，看不見她的臉。

決定了。他說：你們說要找一個人演兒子。那麼是誰來演那個父親呢？

老人露出非常詫異的神情。哦？不，不用找人來演那父親。那父親本來就在的。

這是一個騙局吧？你們要介入別人的故事裡去是吧？不過這可不是一間普通的旅館噢。它可是一個會吃故事的黑洞噢。我不知道你們打算進行到怎樣的程度？只是普通的歛財、一個惡魔遊戲、一個玩笑、一場報復或懲罰？不過如果你們的這個計畫，這場魔術是建立在演戲這件事上，我要奉勸你們……

他說：或許你們可以考慮找我演那個兒子。

老人非常專注地聽著他說話，直到他冒出那最後一句，老人才整張臉皺紋漾開地笑了起來。

他用一種意味深長，類似父親的感性說：昨晚我就看見你了，那時我心裡擔憂著，你可能是個麻煩人物。現在我確定我錯了。你比我想像得要麻煩許多。

不過，老人說，那不是一個計畫，那是一整組龐大複雜的，許多計畫。

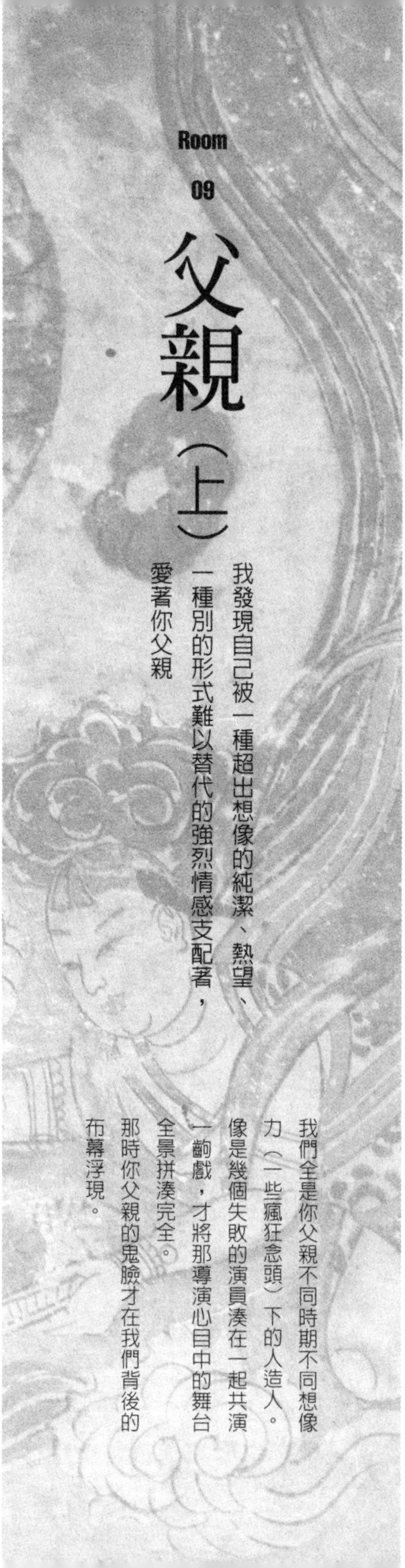

Room 09

父親（上）

我發現自己被一種超出想像的純潔、熱望、一種別的形式難以替代的強烈情感支配著，愛著你父親

我們全是你父親不同時期不同想像力（一些瘋狂念頭）下的人造人。像是幾個失敗的演員湊在一起共演一齣戲，才將那導演心目中的舞台全景拼湊完全。那時你父親的鬼臉才在我們背後的布幕浮現。

只剩他們一起待在那房間裡的時候，范突然像繼續著一個之後聊到一半被打斷的話題，也許他精密計算過該在這樣若無其事的時刻，一場激烈球賽或腎上腺素飆漲的專注演出的中場休息時間，體熱尚未冷卻，注意力開始渙散的「退駕」時刻，告訴他這些，他說：

「你父親是個獨裁者，你以爲我不恨他嗎？但其實當我到了這個年紀，『隨露珠而生，隨露珠消逝』，虛度一生，充滿悔恨知道自己早就被搞壞了。我卻發現自己被一種超出想像的純潔、熱望、一種別的形式難以替代的強烈情感支配著，愛著他。」

什麼？圖尼克以爲自己聽錯了。這個一臉老人斑，皮膚乾枯如火烤橘皮的老人，用濁黃的眼球瞪著他，告訴他，他愛他的父親。

「在我們這個文化裡，從來沒有一個學習機制去體驗愛這種東西。少數曾經經驗過的人，也沒有一套話語去形容它。迂迴與進入，完全相反的陳述，累贅的修辭、委婉的隱喻，模糊含混，試探與猜度……。總之，那是一個用集體的控繩網路不讓所有人裡面的其中一人失控，變得不成人形的高度理性，一種高度文明，像你那個朋友所說的那些魔術，其實全是我們這個文明的排泄物，一些相反的東西，一些不該存在於這個人世秩序裡的癌細胞，一些流竄的壞東西。他講的那些東西：狂情蕩慾、失心瘋、欲仙欲死、爲畫中美人神魂顚倒、憤怒與嫉妒、杜麗娘、杜子春、杜十娘……這些東西，其實全被一種高度控制的複雜技術，收斂、包容在一個不動聲色的層層宇宙裡。日升月落，四季交替。保持距離。不被那些強烈的激情所吞噬。

「所以嘍，作爲經驗的全景（某些『通人』的野心：知曉全部人類所可能發生的全部經驗），他們一定發現這種控制體系的缺陷：無從了解愛是怎麼一回事？顏色？氣味？聲音？出現時刻的陰陽寒熱或節氣？合宜的分寸？關係或權力對位的儀仗、套語、類比的典故？他們發現那是一片空蕩蕩的鬼域。沒有人曾進去過，經歷過，而能全身而退記載下那『金匱要略』、『海國圖志』、『黃帝經』……於是他們必須發展出一套奇技淫巧之技術，一套仿眞的機關，一座能將流動幻影重現的園林建築。那像是一種拿活人作實驗的龐大工程。他們像寫草藥百科或農民曆或武功拳譜那樣專注而嚴謹地記載下各種情境下被實驗者的反應：各種膚色、毛髮、五官形貌、性器特徵的男女，在不同之設定情境時的典型反應。這是一種僞科學，一整套關於愛的、錯誤的、與事實相反的『經學』……

「你父親就是這樣的一個魔術法師。

「我這裡將要描述的那個人可能和你記憶中的那個父親像完全不同的兩個人。有些情節可能會激怒你。但請相信我：那許多個不足爲外人道的場面（除了你），至今他仍像恐怖夢魘不斷回頭纏祟著我，即使以我這樣的年紀，每回想著你父親一手造成的，我和其他幾個和他緊密相關的人，那些不幸的、無法拗扭回正常人生的事實，仍被一種激動的情感騷擾著：他爲什麼要那麼做？爲什麼要把別人的一生弄成那個局面？待我年紀漸長，我才理解我是他的意志所設計的人造人，這句話很像你習慣用的隱喻。不過，當我後來陸續在生命不同階段遇見那幾個人：你父親的元配，他留在大陸的那個兒子，我後來的這個妻子，還有一些較不重要的人……我發現他們全和我一樣，像是身體的某個隱密地方印戳著你父親的簽字，我們全是你父親不同時期不同想像力（一些瘋狂念頭）下的人造人。我們的人生都大不相同，卻又有一他人極難辨識的共同點：靈魂裡皆殘留著你父親的意志，但他卻早將我們驅離出他繼續流動的生命時光之外了。那使我們活著比死還要痛苦，我們各自暗藏著那奇怪的、斷肢殘骸的不完整意念苟活著。有一天相遇時，像是幾個失敗的演員湊在一起共演一齣戲，才將那個導演心目中的那個舞台全景拼湊完全。你父親的鬼臉才在我們背後的布幕浮現。直到我現在遇見了你。你和我們不同，對我而言，你是一個完整的，你父親的複製，縮小一號的你父親……」

范說：「你父親在加爾各答的那八年時光，究竟發生了什麼事，我不很清楚，也許他曾經告訴過你更精細的版本（雖然我打從心裡相信他即使對你，也什麼都不會說）。總之，他在那個陌生城市裡從少年長成一個青年，據我後來在台灣遇見他時，他一句印度話或英語都不會說，可以想像，那座城市或那八年時光對他而言，只是一場封閉又孤寂的夢外之夢。你祖父那段時間在當地開了一間規模不小的洗染廠，並且當上當地華人僑領。你父親的後母又替他生了三個女兒（你父親的三個同父異母妹妹）。不過這段前傳，你父親二十歲之前的身世，從他口中說出，像一個諜報人員僞造謅編一般可疑、平板而無感情。也許可以這樣猜測，你父親在加爾各答的那段時光就已經瘋了。有一些我們無法重建的場景、事件驚嚇或傷害了他，使他變成一個冷酷的人，他的靈魂裡有什麼東西被掏空了，那使得他日後來到這個小島，恆可以以一種漠然旁觀無感性的方式面對後來眞實發生的下半輩子。有一段故事有點像連續劇：在印度時期的那個華人社區裡，有一對母女，她們也是在四九年之後逃難過去的，她們並不是隨著你祖父那批國民黨西北官員或技術人員逃到加爾各答，她們是後來去的。那個女人原本在大陸的身分、家世究竟爲何，無人清楚，在那個人人皆倉皇漂流到一塊陌生浮土的亂世，可能也無人感興趣去打探他人之身世。總之那個母親是靠著出賣身體而暫附在那個華人聚落裡，並以這樣差恥、被暗影遮蔽的形式將女兒撫養長大。那個女孩也許和你父親年歲相當，我不確定你父親是如何被牽引進那對母女陰濕、醜陋、疊印著那許多絕望男子氣味的模糊臉孔的房間。也許你祖父和那個不幸的女人也有一腿？難不成是你父親在少年時就養成了逛窯子的荒唐習慣？但如此一來便不可能有後來的情節發展：你父親喜歡上這個女兒。總不可能混亂到嫖母親卻又和女兒談戀愛吧？或者是這個母親竟然也讓女兒接客？我不知道，無法想像，無能重建歷史現場。可以想像的是，你祖父爲此震怒異常。也許你那位二祖母早就對這個始終對她翻白眼並散放幼獸敵意的非親生兒子欲除之而後快，但我以爲一切該回到我之前稱的那個，我們的文化對於非理性、不成人形的恐懼和仇恨。在一個灰撲撲，人人遮臉相遇佯作不見的私娼寮後巷裡，聞見自己的精液和自己兒子的精液混在其他男子們的精液陰溝爛泥裡，這或可以任其自生自滅，在那曲折蔽遮的路徑裡漫遊亂闖。但是一旦出現了中魔的話語，『我愛上了』，非如此不可，形成這個小華人圈裡的醜聞和耳語，那便是和整個他們相信的均衡世界爲敵。即使是親生父親也不得不震怒而撲殺之。我不知道你父親的這段戀愛維持了多久（以一個少年的熱情和他父親的毀滅意志對峙了多久）？幾個月？半年？一年？總之這件事最後以悲劇收場。當時國民黨政府和中共的鬥爭熾烈地延伸到當初像拋灑穀物般散落流亡南亞、東南亞各國的僑居地。女孩響應紅色祖國的號召，回大陸參加『革命建國』。你父親也想跟去，但在和你爺爺激烈的抗爭後，才得到一張飛往台灣的單程機票和國民黨政府安排的師大入學許可證，以一個不到二十歲的年輕人來說，他根本分不清自己將要去的地方形同和心上人一輩子永別（他以爲台灣比加爾各答更靠近中國大陸）。說起來你爺爺也眞夠狠的（也許是你二奶奶在幕後操作），除了機票，他們只給你父親隨身帶上三百塊美金，就把他扔到一個未知異境。一直到你爺爺臨終前一年，他們父子才又相見。就你父親而言，或許那即是一個刻度，意味著他從此被宣判逐出人的世界。」

范對圖尼克說：

「我認識你父親的時候，他已經是個『通人』了，一身性病，什麼樣的女人都玩過。我這樣說的時候，請你不要用那些現在滿街亂跑不愛穿衣服的女孩們去想像；或是那些到處出現，其實卻失去全部的存在場所的漂亮女孩的臉蛋、胸部、頸子、臀弧、腿……各部位的視覺世界：MSN的色情網交、手機裡的自拍裸照，每一枚指甲上都畫上鮮豔的色情浮世繪、肚臍或乳蒂上的穿孔金屬環、在私密處或神經叢密布的敏感地帶刺青、約會前的少女孤伶伶地站在便利超商的貨架前痛苦猶豫皮包裡僅剩的一百多塊零錢是要買保險套附贈威而柔的情人旅行包或買超涼口香糖除口臭。友伴們交換著汽車旅館貼心贈送的一次使用裝了電動器的保險套……如果我們把人類色情史時光視爲一個完整連續的場景：一座森林最隱蔽中心的一個池塘，周邊林木環繞，落英繽紛，你們這一代恰巧置身在這樣的一個色情位置：略高於水面的打撈位置，你們被水面上覆滿各色各樣新鮮初落的漂浮花瓣弄得眼花撩亂、貪歡恨短，那個色情體驗的焦點集中在視覺，以及一種快速打撈的時間緊迫感。太多種五顏六色的年輕女孩身體之浮面印象聚擠在同一平面上，你們必須手眼協調，找到一種獵豔公式以快速提高效率。有一些未被打撈的，一過了新鮮期限便幽緩翻轉沉入水中，有一些則混在那水平面上不幸地腐爛發臭。但我和你父親的那個年代，是個慢速、苦悶的年代。我對於那時隨你父親巡奇獵豔的記憶，常是暗巷曲折的穿繞，突然驚嚇地看見人家圍牆伸出一株明亮照眼，人臉大的盛放曇花；空氣裡夾竹桃、月季、含笑、茉莉、白茶花……各式各樣甜膩幽郁像螢光劑黏附不去的香味；帶著微細鈎刺的花粉；青白路燈下一整叢撲簌飛舞一邊無明瘋魔狂歡一邊將自己身體拆卸墜死的白蟻；紗門摔上的聲響；宵禁時刻憲兵的靴蹬在隔壁巷道規律踩踏伴著瘋狂狗吠聲；小旅舍結帳櫃檯裡黑白電視播放的《聖劍千秋》主題曲；或是偷情後寂寥不堪搭著漫漫長途（中間還要轉車）只有三兩乘客的區間公車搖晃著在闇黑空城裡行駛……。你父親的色情故事是在一個眼瞎耳盲的默片年代。以那個林中池塘來說，他比較像一個泅水者：池底爛泥、蜉蝣生物，緩慢的季節變遷，死去的動物屍體、腐爛的時光，他可以咂嘗池水中的懸浮液以品鑑玩味那整個池塘周邊生態的全景。你可以說那是一種更變態的色情狂。有一度我也以這樣畏懼旁觀的態度看你父親：我以爲他在進行的正是魔鬼的工作。一個一個玉體橫陳、臉色潮紅、乳房蹦露的女人，她們情迷意亂，喃喃說著一些羞辱自己的可怕話語；他卻無比清明理性，撫弄她們，弄歪她們的身形，嗅聞她們噴出的鼻息，嘴唇湊在她們耳邊像對垂死之人誦禱經文，未覺你發現她們狂亂說出的正是他要她們說的。我感覺他像在那空氣中永遠飄浮著腐爛沼澤氣味的靜止時光裡，將那一個一個被他引誘背德的女人顱蓋骨溫柔撬開，陶醉地品聞，然後優雅吸食她們的腦漿。也許我講得太抽象了，不過你可以先看看這個……」

范在房間一排檔案公文櫃其中一個屜櫃裡拿出一本厚厚的剪報簿。圖尼克這時才注意到在那一格一格擺放著陶罐、青銅牛頭骨、非洲面具、藍鵲標本（簡直像一隻活鳥）……難分辨價格貴賤的收藏品之間，竟如許熟視地端坐著一尊（像持攝影機的手不穩而搖晃了一下），和當初在他房間裡撐放著她妻子頭顱的，一模一樣的希臘陶壺造型綠玻璃瓶。怎麼回事？確實後來，不記得從那一晚開始，他妻子的頭顱被擱在電視機上，那個綠玻璃瓶從他房裡消失了。他在一種夢遊般的自棄恍惚中理解：有人可以自由進出他的房間。且那些人一定是同樣在這旅館裡的宿客。

不想就在這裡。

玻璃瓶肚裡影影綽綽地堆著那些不同顏色的鈔票。

「你看看這個……」范將翻開的剪報簿湊到他面前，房裡比之前想像的都要暗。

姿勢涉仿冒　6大體下架（記者陳金松／台北報導）

由教育部和中部五縣市政府共同掛名指導的台中市「人體大探索」台灣巡迴展，其中六具人體標本的「姿勢」遭德國原創者指控涉嫌仿冒；台中地檢署昨天下令六具「大體」下架。

人體塑化的技術是由德國醫學博士馮哈根斯發明，去年四月率先來台展出「人體的奧妙」。這次被指控仿冒的是由大陸引進的人體塑化標本，馮哈根斯委任的美國律師強調，他們看過台中的展覽，發現六具或站或坐或蹲的人體標本，雖然在外貌及姿勢上不見得完全相同，但表達的意念已跟申請專利的原創精神是一致的，涉嫌仿冒。

人體構造眞實標本展覽這兩年盛行，台北、高雄都曾舉辦過類似展出；台中市的「人體大探索」巡迴展是今年一月開展，預計展出五個月，宣稱有卅具男女人體及三百餘件人體構造眞實標本，包括懷胎孕婦，以各種不同姿態展示內部器官、肌肉、骨骼與關節的微妙關係，具有高度教育價値。

不過這項由多個官方單位共同列名指導的展覽，日前卻遭指控涉嫌仿冒。曾經在台北市展出「人體的奧妙」的德國業者認爲「人體大探索」展出的部分人體解剖標本，與該公司已經申請世界專利的創作相仿，而委託美國律師進行調查；經過兩個月蒐證，德方認定六具「大體」已侵害他們權利，委由律師向警政署外事警官隊提出告訴……

圖尼克想，有一些相關的、不相關的東西，在這個小小范老頭的房間裡被串聯在一塊了。此刻，他好像想起了一些什麼，不具體的，像暴雨臨襲的夜裡在遠光燈束、搖擺雨刷和強光描出的公路護欄之模糊畫面中行車，突然被強光撐開的黑暗裡一晃而逝什麼……壓到了什麼……他想起了什麼……但那實體感馬上被不屬於他的金屬車殼、輪胎和避震器給吸收了……他的身體記下了那高速輾過一瞬的實體感……但他想不起來了。是和他父親有關的？或是和他妻子有關的？和眼前這個老人有關的？或是和這幢旅館有關的？

「你再看看這裡，」

大連　人體標本最大基地（本報記者賴錦宏）

一九九九年德國生物學者哈根斯在大連投資一億多元人民幣，成立「哈根斯生物塑化公司」，成爲全球最大的人體標本生產基地。此外，上海、廣州、南京、青島、深圳和泰安都陸續成立生物塑化標本廠，大陸已成爲世界人體標本的最大加工出口國。

被稱爲「人體塑化標本之父」的馮哈根斯，每年都要自國外「進口」幾次屍體，每一次幾十具，最多的一次有一百多具。這家在大連的公司，要從進口的幾百具屍體中，製作成至少四十具各種造型的人體塑化標本，再將標本拿到全球各城市巡迴展覽營利。

自稱爲馮哈根斯「嫡傳」弟子的隋鴻錦，曾在大連馮哈根斯公司任總經理一年，後來自創「大連醫科生物塑化有限公司」，也開始大規模生產塑化人體標本，並在北京、廣州、長沙、上海等地作商業性展出，每一次展出都打著「科普教育」的名義，實際上卻是大把大把的鈔票入帳。看到有利可圖，於是，自稱是哈根斯弟子、再傳弟子的人，紛紛在大陸各地建起一座又一座的「生物塑化標本廠」。

去年四月，隋鴻錦接受本報記者採訪時說，屍體的來源一部分是用於醫學教育的遺體捐贈，還有「合法獲得的無主屍體」。「是否是槍斃的死刑犯？」隋鴻錦沒有回答。

人體標本展覽商業前景被業者打開後，「誰才是正宗」的爭議開始浮現。馮哈根斯曾向媒體出示他在歐洲展出的「人體世界展」，畫冊封面，一個手拎自己人皮的男性標本。去年四月，隋鴻錦北京的展覽，就堂而皇之展出一模一樣的標本。

由於大陸「生物塑化標本廠」林立，原來被哈根斯稱爲「獨步全球」的屍體塑化技術成本也大大降低。一具完整的人體標本在哈根斯工廠做，必須花費二十二萬五千元人民幣，而在大陸各個「弟子」廠，要便宜三倍左右。

「主要是，那六個引起爭議及仿冒訴訟的，『大體』，人體標本、塑化屍體，究竟是哪六個姿勢？」

「我必須要說的是，他們全弄錯了方向，包括那個德國人。我可以肯定你父親和這個哈根斯絕對是舊識，而且他在一九六〇年代就和哈根斯進行著祕密但大量的屍體交易。當然沒有證據顯示哈根斯在三〇年代開發並投入量產的這種『人體塑化標本』可以成爲公開展示之商品，是得自你父親的原創概念。但我相信哈根斯一定在掌握技術和商業目的之間的想像瓶頸，得到了你父親的某些靈感啓發。但把人作成無臭無菌之乾屍，把它們變成酒店大廳的中型展示收藏，或某些塑化乾燥之部分（手掌、肋骨架、脾臟、乳房、耳朵、心臟或子宮）被壓扁漿硬製成書架、CD架、掛飾、滑鼠墊、紙鎮或鍋墊……這就完全將你父親『凍結時光——暴力化達到狂喜、極限、神祕經驗——解凍、體會、讓醚醇釋放以再現那美麗時刻的活體感受』之教義走偏至一條旁門左道的路上去。我不否認你父親在那段時期確實把他尚未成形的奇觀妄想像種籽亂撒在每一個可能的學科、技術上尋找可能性。他用特殊管道進了許多當時屬一級違禁品的書籍：裡面有許多是世界各地各古老文明或野蠻部落保存神聖屍體的技術：乾屍、蜜蠟、木乃伊、金箔密封法、劇毒防腐劑、水銀屍……，他亦收藏了許多不知在什麼情況下拍攝的紀錄片大膠卷匣，內容盡是一些畫質極差的大屠殺（無聲）場面：奧斯維辛裡那工廠景觀一般等著被送進死亡輸送帶的一群灰撲撲的人群；中國東北的農村裡一群穿著豬臉防毒面具的日軍部隊夢遊般地走進寂靜無活人，屍體皆伸長手臂將手指摳進土裡的空村；一些哥薩克騎兵八人一組騎著戰馬將馬刀挎在腰間，沿著一條鐵道，舉槍射擊一列塞滿逃難婦孺的火車，那些臉孔正中被打爛一個窟窿或腸子被卸出來的傢伙，像吸附在一頭大象身上的蠅蜱群裡其中一兩粒黑點飄然墜落；或是按年代考據應該是在攝影機發明之前所以影片畫面虛實難分非常可疑，那是一小隊穿著緊身褲、軍服、戴著劍俠帽、鬈髮翹髫子的荷蘭士兵，持長槍在射殺一群用石頭反抗的小琉球土著，較遠處是其他部落的台灣先住民，配合荷蘭士兵將仆倒在地的土著俘虜的頭顱一一割下……

「我相信你父親在那段時間，祕密賣給哈根斯的各種死亡姿勢的屍體，可能像挖松露叢或找鰻魚窩一樣，在那個白色恐怖、清鄉、流行失蹤與祕密槍決的年代，只要有一副狗鼻子，很容易在荒僻的山裡或無人河床邊的芒草叢裡，一掏摸就找到上百具各種表情、姿勢、穿衣服或沒穿衣服的，堆疊在一塊的屍體。

「但是這不是重點。重點是：你父親，他到底想要什麼？

「我記得大約就在那個年代，有一次我聽你父親提起，一次他搭夜行列車南下（那個年代鐵路上跑的全是慢車），結識了一位長了一副『貞靜少女臉孔』的日本老人（因爲他這樣的形容非常怪異，所以我印象深刻），你父親便用一口生澀蹩腳的日語和對方攀談起來。大約是那段夜行列車的路程相當漫長吧？或者是那位日本老人本就是個有絕佳聆聽能力的聽眾，他們倆竟可以在這樣雞同鴨講的狀況下，讓你父親完整闡述了他內心底層的，一個最隱密、色情、變態但高度文明的烏托邦。你父親告訴那個異國老人，他最大的心願，就是在一個荒郊野外，蓋一幢旅館（你父親說『．ㄏㄡ ㄊㄟ 魯』），這個旅館呢，不對一般人開放，每夜只讓參加這個祕密俱樂部的會員寄宿，這個俱樂部的會員資格，必須是沒有前科、身家清白、沒有傳染病或猝死危險之重症病歷——最重要的，是必須在七十歲以上的老人。爲什麼呢？因爲他計畫以這個旅館爲中心，召募周邊大小村落裡的少女們，每晚來這家旅館，各自躺在其中一個房間的榻榻米上，給她們服上適當劑量的安眠藥，等入夜後這些老人們就可以任意進入一間昏睡著一個獨立的、和其他女孩不同的少女的房間，他們可以對她們做任何事，上下其手、瀏覽全身、流著眼淚聞她們身上的嬰兒香或舔她們的腳趾……。基本上那是他和她獨處的夜晚。但最重要的是（這也就是爲何要規定年齡必須在七十歲以上），他不能破她們的貞操，這是合約上會嚴格規定的，因爲每天天亮後，這些美少女們睜開眼之際，老人皆早已離去。她們可以歡喜又純眞地離開這個屬於無夢之夜的旅館，回到農地裡去幹活兒，被小夥子調戲時羞紅了臉，時候到了還可以清清白白地嫁人……

「你父親說那個老人聽了，兩眼簡直像那種裝電石的腳踏車前燈，在一種奮力踩踏後從晦暗的內裡灼灼燃燒地發出強光。大約過了二十年後吧，我才在台灣這邊買到一本翻譯的日本小說，書名叫《睡美人》，內容和你父親告訴我的，那個火車之夜他比手畫腳對那日本老人所說的，竟大同小異……

「你父親可能至死都不知道，那個晚上，他遇到的，可是獨自一人，帶著肺病來台灣島旅行的川端康成先生哪……」

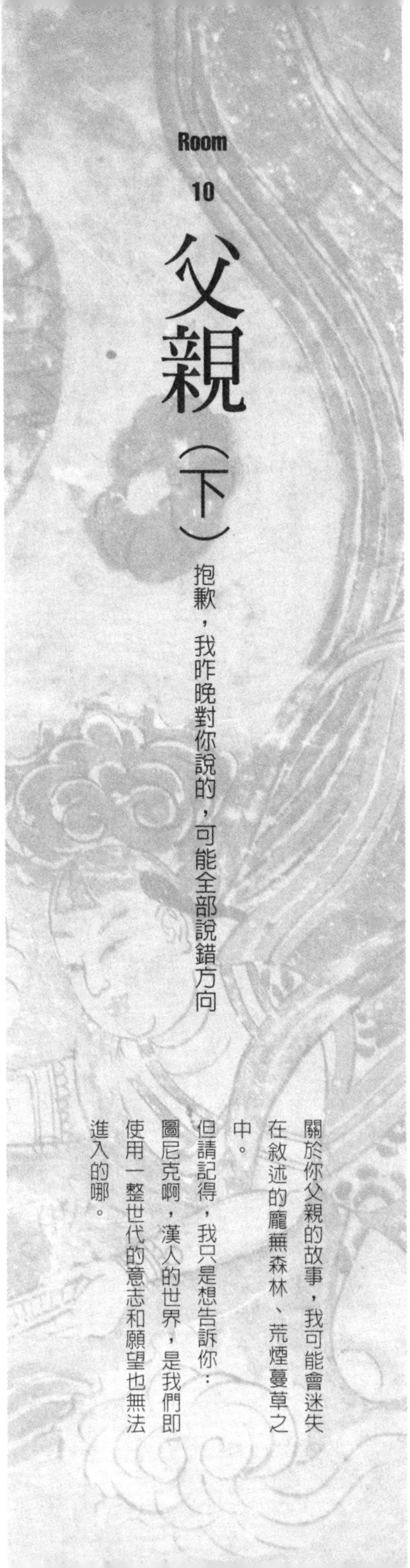

Room 10

父親（下）

抱歉，我昨晚對你說的，可能全部說錯方向

關於你父親的故事，我可能會迷失在敘述的龐蕪森林、荒煙蔓草之中。

但請記得，我只是想告訴你：圖尼克啊，漢人的世界，是我們即使用一整世代的意志和願望也無法進入的哪。

「抱歉，我昨晚對你說的，可能全部說錯方向，我想要說的，是你父親爲什麼，怎麼會，從一個活生生的漢人，進入到一個痛苦萬分，恍如夢中脫去人皮，背叛自己的族裔，以一種悲劇化的自我想像，將自己放逐進一個黑暗蠻荒、換血、換臉、換名字、換睪丸、毀棄父祖的牌位，慢慢將自己描述成『另一種人種』的恐怖過程。

「當時，所有的『外省人』都處於一種『有一天老先生終要帶我們回家鄉』，一種引頸企盼，一種置身於『球賽中場休息時刻』，歷史的暫停時間裡。他們魂不守舍，像在沒有倒影的夢境中焦慮度日。他們把自己想像成漂流在一座荒島上的魯賓遜。但大部分的『外省人』都被誤解了，他們都是一些軍隊裡的士兵，後來變作公務員或老師的文職人員。他們同樣沒有土地，沒有自己的家族，他們被安置在軍營、眷村、宿舍裡，但跟著一個在夢遊狀態、夢中場景的隊伍規矩行動著。他們失去時間感，等著一年又一年大同小異的總統文告。不幸的是，在現在的這個夢境裡，他們發現他們原先以爲只是夢中場景的那些說著他們聽不懂的話語的路人，原來才是這個夢的主人。說的話是眞正的漢語。而他們才是這個夢境的道具、闖入者、想把眞實世界弄成像他們安心觀賞的黑白電視、播放的那個夜間時間到了就準點關掉的世界。但是在原來的那個夢裡（他們自己的夢），他們發現，像所有遷徙者在多年後重回故里必然發現的事實：他們早已是死人。

「你父親便是置身在這樣一群『外省人』之中，像在沼澤中眼耳鼻嘴全塞滿淤泥那樣苦悶地過了幾年。師大畢業後，他在『蒙藏委員會』待了一段很短的日子，職務大約也是那種聘顧性質的文書。後來他便自己申請到台東的成功漁港一處中學當老師。沒有人注意到這個年輕人有什麼特別之處，他給人的印象是沉默、不易相處、孤僻、沒有朋友。爲什麼他會把自己放逐到那麼偏遠的一個漁村，可能是這個島嶼最背對著那整個中國大陸的角落？

「事實上，你父親可能在一起無自覺的狀態下，並不認爲自己是那些『外省人』中的一員（當然他並不因此而被別人或自己當成『本省人』）。這在今天看來，很像你們這一輩人非常熟稔的『身分認同遊戲』。但你父親的內心狀態十分複雜，我也難窺其全貌。不過，他並非隨四九年那一整批潰敗撤退的國民黨軍隊來到台灣這是其中一個原因，他走了一條和大家不一樣的曲折的路線。第二他在印度和你爺爺及繼母之間的衝突可能是另一個原因。再來呢，他在當住宿學生或至『蒙藏委員會』上班的期間，可能受到一些來自各省的流亡學生或外省長輩的排擠甚至欺負。那個年代嘛，人心浮動，這群逃難者猶驚魂甫定記憶猶新他們各自的戰火浮生錄，難免都帶著一種求生本能的自私和流氓氣，結黨結社，搞小圈圈，惡整不是自己這一掛的人。像一個大燜鍋裡慢火煮沸的一大群青蛙，全在一種滅亡的恐怖預感下吞食著別的青蛙。你父親又是那麼一個落落寡歡，不與人親近的人。自然就很容易在一種互相猜忌（可能只是在宿舍走廊相遇裝作不見這一類小事）的氣氛下被排除出他們的小圈圈之外。

「那時你父親在台灣，可能就只有我這麼一個朋友。大約一個禮拜我都會有三、四個晚上到他的宿舍找他。兩人輪流出錢搭伙。不過大部分是我出的錢。因爲你父親那時已背著人祕密展開他的獵豔冒險之旅。有時他會跑去買一張愛國獎券，總之那時我對他的印象是：這是一個一時潦倒的夢想家。他總是穿著非常體面，頭髮梳油，皮鞋鋥亮，褲管燙得筆直。但每回我去找他，他總帶著一種慌慌張張、心不在焉的神色——當然等我後來自己有所體驗後，我才明白這是一個成天要哄騙不同女子掰不同故事的心靈，內心活動必須恆保持一種汽車引擎不斷運轉不得熄火之狀態，所以自然無法對現實裡任何一件事專注——我記得有一個黃昏我去找他，敲了半天門卻無人開門。過了許久，同一層樓另一個寢室的門打開，伸出來一個鬼鬼祟祟的頭，說：『他不在了，出事了，被帶走了。』

「被帶走了？被誰帶走了？其實這在我們那個年代問這根本是多餘。走廊上那扇門砰一下又關上。當然是被警總的人帶走了。月黑風高的夜裡，吉普車急停在巷口、樓下，或大門邊，一群四、五個灰色或黑色西裝的傢伙，在附近狗吠聲中敲門，甕聲甕氣地告訴你某某某嗎，請你跟我們走一趟，被找的大多都心平氣和，好像知道自己總有這一天，他會說可否讓我進去換個衣服再和你們走，但通常被拒絕。說只是去問幾個問題，一下就回來了。

「鮮少有還能回來的。

「就像你父親在哄那些女人一樣。

「第二天我再去宿舍敲門，並且在門下塞了張不署名但他一看便知是我的字條。第三天第四天都跑去，但房裡依舊空無一人。就在我相信你父親應該是和所有被帶走的人一樣，從此自人間消失，有一天，你父親竟然被放出來了。

「那大約距他被『帶進去』過了一個月左右，你父親絕口不提他在『裡面』受到什麼樣的待遇（如大家口耳交傳的：坐冰塊、不辨日夜地寫自白書、用強光對著瞳孔照或眼皮上夾夾子不讓睡覺、每天換一個不同的人偵訊以疲勞轟炸、脾氣好的和顏悅色、脾氣壞的拳打腳踢，甚至更殘酷的拔腳趾甲或電擊睪丸……），從外表看不出他遭受任何暴力之傷害。當然整個人瘦了一圈，但反而顯得有一種從不曾有的亢奮和神采奕奕。他也不提自己是如何能被放出來的。那時我心裡難免暗想：『難道他是把那些平日裡對他不友善的傢伙們全攏道當共諜「供」了出來？』因爲他一副無比輕鬆的模樣，完全不像印象中所有被帶進去而又僥倖能被放出來的人該有的形象：簡單說，應該是『蔫了，廢了，垮掉了。』

「如何能在那套已發展成一部機器運轉的，冷靜而理性將你的人類意志一小塊一小塊拆卸壓扁的世界全身而退？其中最便宜的一條選擇就是出賣、誣告，如他們所誘導的在身心承受極限崩潰下，進入一種瘋魔狀況，把你黑暗底層有不爽的、不喜歡的、對你不友善的傢伙……像在暗黑的深海底下虛幻不眞地想起他們的名字，脫口而出，之後所有的痛苦就會消失了。

「不過事後似乎也無法證明，你父親周遭的各層關係之網，有哪些人是在他『出來』之後祕密失蹤的。倒是你父親來找我的那個晚上，他讓我看了一樣他身上的東西，那個東西，隔了這麼幾十年，我現在想起來還是會覺得恐怖又噁心。

「當時我追問了他『他們』在裡面怎麼對他？他是靠什麼方式讓『他們』把他放出來？這之前我當然先把宿舍四周巡了一遍，且把窗戶關上燈弄暗了，但你父親卻眨著眼睛示意我別問下去了，好像在場有一個第三者隱藏著在聽我們說話。我用眼神詢問他這是怎麼回事，誰知他就在那昏暗的屋裡窸窸窣窣地把他的長褲給脫了下來。

「那時我看見了那個東西，那是一枚手掌大小，長在他左腳膝蓋上的『人面瘡』。那個瘡上的隆起和凹陷，活活像一張五官分明的，一個閉目老人的臉。上端墳起的兩塊眉骨（那裡頭絕對各自有四十五個膿頭，像蜂巢瘡，膿瘡上結痂，痂上再密布一粒一粒小膿頭，我年少時曾見過家鄉裡老人背上長這種『癰』，那就像現在美軍炸伊拉克的子母彈，彈頭炸開是一集束的中彈頭，中彈頭各自裂開下無數的小彈頭。人身上長一個這東西就完蛋了，精血都被它吸乾了，多則半年少則個把月，膿頭轉成醬紫大概就一命嗚呼了。問題是那些膿頭也擠不得的，一擠絕對會傷口感染），下面則是眼凹、鼻梁、臉頰和嘴。一張臉像是不耐煩又像是打噴嚏打不出來那樣，一張像抽鴉片的清國奴那樣，骯髒、討人厭的臉。我第一瞬間心裡想的念頭是『他們還是對他下毒手了，哎，那肯定是烙燙燒爛的』。但你父親在介紹那玩意兒的時候，語氣溫柔得像在介紹一隻寵物似的。『它膽子很小。』他告訴我，一開始這傢伙的個頭沒那麼大，他在拘禁室裡孤獨又恐懼，難免每晚從它臉上擠些膿血出來找樂子。但後來發現它枯瘦下去的那張臉，愁眉苦臉的樣子讓他想起自己的父親（你爺爺），就不忍心折磨它了。然後你父親告訴我，這傢伙愛吃生的青的香蕉，或是牛肉乾（這在我們那個年代可是貴死人的東西），他問我房裡有沒有什麼現成可喫的。我心裡想：這位老哥眞的被他媽的警總那些人給弄瘋了。那時我的電鍋裡還剩了一塊之前房東太太送的紅豆年糕，遂拿來放在你父親的桌上。請你相信我下面講的話：

「那個傍晚，在我那間陰暗沉悶的宿舍裡，我目瞪口呆地看著你父親掰下一塊年糕，湊進他膝蓋上那個人面瘡的「嘴」邊，像要餵食一隻獾。那時，在那團擠在一塊的膿泡皺褶間，突然硬生生地撐開，露出一雙骨突轉動的眼球，『它』疑忌地瞪了我好一會兒，然後在下方的那個孔洞擴裂，那張嘴像有下顎支撐從膝蓋朝前伸地一口將那塊年糕吞了下去。

『它餓了。』你父親無奈地對我說。

「那段日子對我確實並不好過。我竟然對那張臉產生了一種複雜的排拒情緒。它似乎比我更能博取你父親的信任。『天啊，我竟然在對一個膿瘡吃醋？』我並不曾親眼目睹你父親膝蓋上的這個怪物開口說話，但是你父親確乎和它無話不說。當然你若冷靜下來仔細想就知道：那樣一張有模有樣的人臉，其實廓形的後面全是滿滿的髒膿。那種東西能取代腦子思考嗎？所謂的『對話』，不外乎你父親對著自己的膝蓋自言自語。而它充其量只能鸚鵡學舌罷了。不過你父親告訴我那「老頭」會唱乾旦腔貴妃醉酒，還會唱當時最紅的連續劇主題曲〈晶晶〉。另一次，你父親在我的房裡，向我要了一根「寶島」菸，自己吸了幾口，便撩起褲管將紙菸插進那張臉的嘴裡，而那五官皺謎成一團的人形瘡，居然也就呼哧呼哧，美悠悠地吞雲吐霧起來。」

范說：

「圖尼克啊，此刻我和你這樣坐著說話，彷彿進入一種顛倒的時光，像是回到多年前我曾多次想像的場景：我正和你父親膝蓋上的那個人面瘡長夜漫談。雖然那個畫面顛倒了過來，我如今的外貌像那膿頭挨擠著眼耳鼻嘴的一張老人的臉，而你正如當年的我，至少是我那時的年紀。不過你和那個人面瘡都是一樣的（希望你不要誤會我在侮辱你）：你們都是你父親身體上直接長出來的，他的心靈和意志的延伸。而我無論怎麼愛他、效忠他、模仿他，直到終老，都不過是一個他的幻影。關於你父親的故事，我可能會迷失在敘述的龐蕪森林、荒煙蔓草之中，但請你定要記得我說的這段話，我說了這一趟拉拉雜雜的陳年往事，只是想告訴你：圖尼克啊，漢人的世界不是你父親和我，甚至你所能進入的啊，我們即使用一整世代的意志和願望也無法安身立命待在裡面哪。那就像紅孩兒坐上去的蓮花座，其實幻術一翻手，所有花瓣兒全變成千百柄鋒利插進你脛骨、腳掌、大腿肉、臀部、尾椎、睪丸袋裡的匕首。當你看清楚這一切，當你走到邊界，你曾目睹那眼睛無法穿透的黯黑。但漢人會從背後用箭射你，他們會斷你的後，你會發現至少有千百隻掌紋和你如此相像的手，拍拍弄弄把你推向胡界。把你驅逐出境，把你變成一變幻莫測的黑暗魅影。

「在你父親像和這整個繁華城市（漢人世界）告別而突然跑去台東那個小漁村教書之前，還發生了一件事。有一段時間他搬離他原來的宿舍（發生過之前那樣的事，那裡他大概也待不下去了吧），跑來和我一塊兒住。我可能前面沒有提到：我所賃租的那間日式房子，屋主是一對母女，母親是一位受過日本教育、氣質高貴的婦人，女兒則是一個美麗得像一朵盛開牡丹的高女畢業生。我從不曾問過這個房子的男主人到哪去了或他的身分，也許他是一位殉職的高階將領，或者她們是某一個頗有社會地位的富紳之偏室。總之這對母女非常的天眞且溫暖，她們平日裡除了買菜、買一些洋裁用的布料或母女結伴去聽戲，可說鮮少出門。所以在你父親搬來這個房子之前，我覺得她們（或至少是那個母親）以一種女性特有的慷慨和好奇心，把我當作——既是她們排遣寂寞的逗樂對象，又是藉以窺望外面世界的窗口，最重要的是，我在她們眼中是一個漂泊異鄉離家千里的可憐青年——這個小家庭裡的一分子。她們除了邀我一道早、午餐之外（晚餐我大部分出門找你父親搭伙），時不時會隨季節變化煮些熱紅豆湯、熱湯圓或冰糖木耳蓮子湯、冰鎮酸梅湯送進我房裡。在那苦悶的年代，和這對母女相處的時光是我難得感受到『幸福滋味』的機會。我在你父親面前，是個無知識的可憐蟲、白癡、口吃者，但在那位氣質高雅卻不時露出小孩子氣頑皮脾性的母親和那個永遠不會相信人類會有『欺騙』這種行爲，永遠睜著黑白分明大眼聽你說話的小姐面前，似乎我隨便說一件什麼新鮮事（大部分是前一日從你父親那兒聽來的），或一個簡單的爛笑話，都可以讓她們聽得如癡如醉，按著胸口笑得面紅耳赤，喘不過氣來。

「所以當你父親決定要搬過來和我一塊住之時，我難免有一種『影子終於要被它的本體給蓋住了』的恐慌。但很奇怪的是，你父親搬來這兒住的最初那段時期，他和那對母女之間，像是磁場互斥的絕緣體彼此避開對方。你父親當時或已陷入他自己內心的一個全景拆毀的神祕時光，從外表上看他變成一個嚴肅寡言的人；而那對母女則有點怕他，那個母親每次弄點心時會多加上一份，但都是端給我，擠眉弄嘴地要我轉交給你父親，那個意思像是『你那個怪朋友』……說實話這讓我內心安實許多。我第一次感覺到自己或不是你父親的倒影，而是他和這個正常世界之間的翻譯者。

「我不確定你父親那時是否仍繼續著他的夜間獵豔行動，但他已不再找我一同出去了。如果是現在，我們絕對會合理推測是被關進警總的那一個月內，某些不為人知的殘虐手段已永久創傷他的身心。但那時我或被一種像強酸腐蝕的嫉妒之情遮蔽了心智（那時我永無此預知：不久他會把包括我在內的這世界的一切拋棄，躲避到海角一隅去），我滿腦子都充滿了對他膝蓋上那個人面瘡的嫉妒，以及那個美麗的小姐將會被他迷惑吸引（這對你父親來說是一件太容易之事）的擔憂……

「而你父親的整個心思似乎被那個人面瘡所占據。他就像神話裡形容枯槁迷上池塘中自己倒影的納西瑟斯一樣整天愛眷不忍地盯著、撫弄著自己膝蓋上的那一攤膿瘡。這令我覺得噁心又憤怒。但同時我又擔憂著有一天他若是把視線離開他那個寶貝膿瘡，抬頭發現我們身旁這朵迎風搖曳、美麗奪目的牡丹。所以我又挺希望他一直保持這種低著頭，彎腰對著那張老人之臉自言自語的狀態。

「有一天，我最恐懼的事終於發生了：在一次你父親並不在場的早餐，那位小姐突然問我，「你那個朋友……」這時她掩嘴噗哧一笑（那個甜美的笑靨像剜腸刀割著我的肚腸，因為笑和好奇都是愛情萌芽的最佳溫度濕度）：『他怎麼每天晚上，都在自己房裡，用腹語術裝一個老人的聲音和自己吵架啊？』

「我並沒多說什麼。但我心裡知道：我將要把我內在較好的那一部分摧毀的行動將無法避免地展開了。我將要做一件令人困惑的事。戰鬥就要開始了，時間並不站在我這邊。在我的想法裡，我希望能除去你父親膝蓋上的那個人形瘡，回到他被『抓進去』之前的狀態：我還是這世界上他唯一信賴之人；但如此一來，他便可以恢復他之前對女性的魔幻魅力——這時我才弄清楚，我未必想娶那位小姐，或和你父親形成一種情敵關係，把那小姐奪過來，我只是想保持在一起人事變動之前，所有狀態永遠停留在最初時刻的樣貌，最好時光暫停。我的世界仍乾淨切割成兩個界面：一邊是跟隨你父親，夜夜在這灰撲撲城市的腥臭靡麗角落，和各式各樣的女人暗影進行性冒險；另一邊則是，我和那對母女近乎童話的靜好歲月，不要被你父親侵入、改變。

「我開始用一種憂心忡忡的態度，在每天的早餐時刻（你父親都不在場），隱晦含糊地對那對母女聊起你父親，我刻意造成一種陰暗的印象，但沒有具體事證：我這位朋友，因為某種扭曲的遭遇，正逐漸朝向一個暗不見光，比地獄還悲慘的所在一個梯階一個梯階地走下去了（某部分來說，我還眞誤打誤撞地說對了！）。我動用的話語分崩離析而互不相關，但都是那個年代令人毛髮豎立的妖魔意象：痲瘋病、馬克思主義信徒、同性戀、美國大兵和台灣妓女生的雜種、血友病家族遺傳者、一貫道信徒、豎仔……

「但我沒想到如此一來反而激起了那位小姐的『殉道者譫妄症候群』（那時我尚未曾見識過年輕女孩純眞外表下如此巨大的歇斯底里性能量），她瞞著我和她母親，開始跳過我，自己敲門送點心到你父親的房間。我不知道在那些我不在場的時刻，她是如何期期艾艾地引起你父親的注意，兩人開始找話題，或你父親如何在一種心思仍被那人面瘡老人占據的恍神狀況如何心不在焉搭話卻讓她發現我從前說的全是翻印、剽竊及二手笑話。我自然感受到她對我的態度慢慢變得冷淡，並且在那種痛苦中像困在黑暗地窖找不到一張可以判斷逃脫路線的地圖。有一天早餐時，那小姐突然祕密地對我說：『我和那個老人談過話了。』

「一開始我沒意會過來，等我理解她話中含意時，那個痛苦眞像躲在叢林的逃兵被用火燄噴射器的硫礦烈燄從四面八方灼燒。他讓她看了那東西。他們是在什麼樣的光景下做這件事哪？裸裎相見？他脫去長褲只著內褲？而且她還和那東西交談哪！它是不是個會說各種淫詞蕩語讓女孩臉紅卻又眼神發亮的色老頭？她有沒有吃吃笑著餵那老頭吃香蕉？啊，眞是猥褻！眞是噁心！但我注意到小姐的臉已被一種我陌生的，她從前不曾有過的陰暗殘忍神情所占據（她已失去純眞了！）。那一刻我心底發出痛苦的歡呼：她在嫉妒！像我一樣地嫉妒你父親膝蓋上的那個老人形貌的膿瘡。

「我當時腦海裡騰轉著至少十來種『解決』這個困局的手段：我考慮過再到那些黑機關去密告你父親，讓他們把他『關回去』；或者把這件事攤開來和那位母親談，如果她不信，我可以說服她在某一個深夜開鎖進入你父親的臥房（我大約知道他熟睡的時辰），讓她看看她女兒將和他腿上這個醜陋的怪物同床共眠；也許，我可以順著小姐迷失心智的狂亂嫉妒情感，暗示她、操控她、催眠她，把你父親膝蓋上那個老人臉孔裡鼓漲的膿血全擠光，把那怪物壓扁成一張人皮！也許那時我就展現了後來我這一輩子與人肉搏、巧費心機、在困境突圍，以及冷靜判斷出快手置對方於死地的心智天賦（你父親或會說那是心靈的低下形式）。說實話你父親眞的忽視且浪費了我這樣的天賦，他視而不見，像一個昏君把他身邊一個絕世美人棄置在冷宮，讓能斬敵首上千的驍勇將領幫他倒溺壺，謀國之臣穿彩衣畫花臉在宴席上逗樂。但我實在太愛他了。在他還沒抽出匕首把靴底踩在地面背光連接處割斷之前，我還是他的倒影。我還是得卯合他那些高級心靈形式的調調！我把所有可能性在心裡跑了一輪，最後決定採取會博得他以正眼，以最基本敬意的方式（也就是男子漢的高貴方式）行動。

「第二天，我趁你父親和小姐都出門後，在那個昏暗晨光的房子裡，正式向那個母親提親，懇請她允許我和小姐成婚。那母親先是露出頗驚訝的態度，她用一種『現在戰局不是尚未底定嗎』的狐疑眼神看著我，但不多久她就答應我了。『這樣也好。』她只這樣簡短地下結論。我急切地要求她定出婚禮的日期、她要求的條件，甚至男女雙方邀請賓客的大致名單。

「那天下午，你父親邀請我陪他出遊。這讓我頗爲驚異，那幾乎是在他從『被放出來』後，就停止的和我之間的一種親密活動。我猜臆著難道他知道了我的行動，而他要讓我知道他知道了？我說過你父親是個『通人』，但我原以爲他至少會遲幾天才知道。那天我們換搭了兩種不同軌制的火車，到一個相當遠的幽僻山區裡。你父親告訴我那一帶鐵道沿線曾是台灣煤礦的重要產區，礦坑像蟻穴密密麻麻鑿穿進我們眼前這些山峰的內裡，只是那些礦坑都廢棄了。而且這一帶是當年國民黨清鄉時，殺光了幾個與匪諜案株連的村子裡男女老幼的怨靈之地。

「那個午後，我和你父親沿著那運煤鐵道慢慢走著，四周的景象全變成一種晃動旋轉的綠光，那種波光水影的印象也出現在你父親臉上。那是一種長期孤獨地和神祕事物打交道者的神情。我整個人又充滿了女性化的幸福的情感，我們之間簡短的對話都帶著一種笑意。似乎過去這一段時間發生的這一切不過是幻夢一場。那時我真的從身體到心靈都處於一種匍伏馴順的狀態。似乎只要你父親開口說：我向那母女求婚的事是開玩笑的吧？我一定會說：是啊，我回去就告訴她們那個玩笑已經取消……

「但你父親什麼也沒說。我們像走在一個核爆過後世界就只剩下這兩個男人的寂靜場景裡，我的膠鞋布面和襪子全吸飽了鐵軌枕木間的泥水，那發出的唧唧聲響竟就是這空谷唯一的聲音。你父親當時和我談了很長一段關於鐵路這件事的什麼。但當時他說的那些鐵路什麼的，實在距我的眞實世界太遙遠了，所以他究竟說了什麼，我也都不記得了。我只記得，我趁一段他沉默下來只專注走在鐵軌上的空白時光，問了他究竟那時在『那裡面』他們有沒有對他動什麼殘酷的戕害肉體之刑（我還不敢問他關於那個人面瘡老人的事）？

「你父親當時並沒有回答我。他只是有點時空混亂地告訴我：當年他和你祖父、他後母，還有鐵路勘查隊的那一隊人，從西北，沿陝、甘、青邊界進入高原，最後攀過喜馬拉雅山逃亡至尼泊爾，在那冰雪封山的空谷中，曾被全部的人遺棄，當時他有一段也許是瀕死幻覺的奇遇，他遇見了一群『有神奇能力和動物面貌』的人。他至今仍不知那群人是會用幻術的藏祕喇嘛？或是一群外星人？甚至是那些攀岳攻頂卻不幸山難的鬼魂？總之那之後他得到了神祕的能力（他們在他身上動了手腳）：他可以把肉體上的施虐、暴力和痛苦移轉成另一種形式的能量，緩解並釋放掉。他也可以將別人靈魂形式上的痛苦吸附到自己身上（也就是他有替人治病的特異功能）。他甚至可以用咒術殺人，並且折磨死去的仇家之鬼魂。

「在我的內心，一直到現在，似乎我和你父親兩個人走在那一片印象派畫面裡的路程，始終沒有結束，我們仍一前一後踩在那兩條筆直朝前沒有盡頭的鐵軌上走著。不過，那天晚上，在那個屋子裡，發生了一件非常恐怖的事。對了，我之前曾和你說過，你父親曾在一次夜行火車途中，和一位祕密來台灣旅行的日本老人進行了一次同等高度心靈者的對談，我曾說那位日本老人可能是川端康成。但是，許多年後我讀了另一本時光遷延才翻譯成中文的日本小說，又懷疑那天晚上，你父親遇見的那個老人，可能不是川端康成，而是更早過世的夏目漱石先生⋯⋯

「因爲我在那本小說《心鏡》裡讀到一個段落，簡直就像那個晚上發生在你父親、我、那對母女的房子裡，像噩夢一樣的場面哪：

……我想起那天晚上的景象時，還會不自由主的感到害怕。以前我都是向著西邊睡覺的，但是那天晚上突然面向東方睡著了。這也許有著某種因緣吧。後來我被從西方吹來的寒風弄醒了，一看之下，我發現K和我房間中間的紙門就像那天晚上那樣地開著，但不同的是沒有看到K的黑影站在那裡，我好像受到某種暗示般的用手肘支撐著床起身，並偷偷地瞧著K的房間，我看到油燈仍然黯淡地亮著光，被和褥子都鋪得好好的，只是鋪在上面的棉被好像又被掀起來般，下方對疊著，而K趴在上面。

我就喊他一聲，但是沒有回答，我又問K發生了什麼事，但是K仍然沒有反應。

我馬上起身到他的寢室前，以黯淡的燈光來照看他房間裡的情形。

這時我的第一個念頭就是從他那兒聽到他戀愛的自白時的那種感覺。當我再看一眼他房裡的情形時，我的眼珠就好似玻璃珠做成的假眼一般失去了動的能力。我呆呆地站在那兒，眼看著一道黑光如疾風掃過般的橫過我面前，我想我又做錯了。我可以感覺這一道黑光穿過了我的未來，在這一瞬間籠罩著我面前的生涯，我禁不住開始發抖……

「我不確定是小說家移形換位地更動了重要的細節，或是你父親在把這段故事講給旅途中的陌生異國人聽時，把事情的眞相隱蔽變造了。似乎他便是那小說裡的K，後來自殺了。那個被背叛的地獄景觀鎮懾籠罩的不幸之人自然就是我。但是那天晚上，眞實的狀況和小說中寫的略有出入

（其他的部分，包括我的心境，簡直像重回眼前），你父親並未自殺（否則也沒有你了），他確實趴伏在棉被上，在那黯黑中卻把事物看得無比清楚的畫框裡確實亦看到閃閃發光的暗色血液以他軀體為中心而漫流出來。但你父親並不是死了。我直到下一瞬發生的事件才確定這點。那時我並不敢走進他屋裡，但我發現在他的五斗櫃角落後面有一個老鼠模樣的生物在探頭探腦搔動著。仔細一看，原來是一個雞蛋大小的小人兒。是那個老頭！那個人面瘡！它搖搖晃晃地走出來，臉色慘白，手捂著嘴，發出如嬰兒嗥哭的尖細喊叫：『他竟眞的把我割掉了！』那一切發生在間不容髮的一瞬，那個人面瘡小老頭邊哭叫著（『他把我割掉了！』『他把我割掉了！』）邊朝我呆站著的門口這邊拔足狂奔，當它跑到我腳邊時，我不知是出於恐懼或想把這一切傾倒妄幻之事結束的疲憊，也許是本能膽小怕它把太太她們吵醒，我彎下腰一撈，把它握在掌裡，然後往嘴裡一塞，吞了下去。

「你應該可以猜想這個故事的大致輪廓了：你父親膝蓋上那個人面瘡，那張老人的臉，就是現在你面前的，我的長相。吞下那小老頭兒的那一刻我就明白了：你父親一直是愛著我的。他把當時的我，所有未來的恐怖、黑暗、蝕心之痛、荒暴不成人形的時間苦刑，全孵養在自己的膝蓋上。是我巧費心機逼他把我切掉的。

「你父親在這件事後沒多久，就收到他申請小學的回覆，隻身前往台東那個小漁村。而我也就和那小姐成婚，她也就是我後來的太太。」

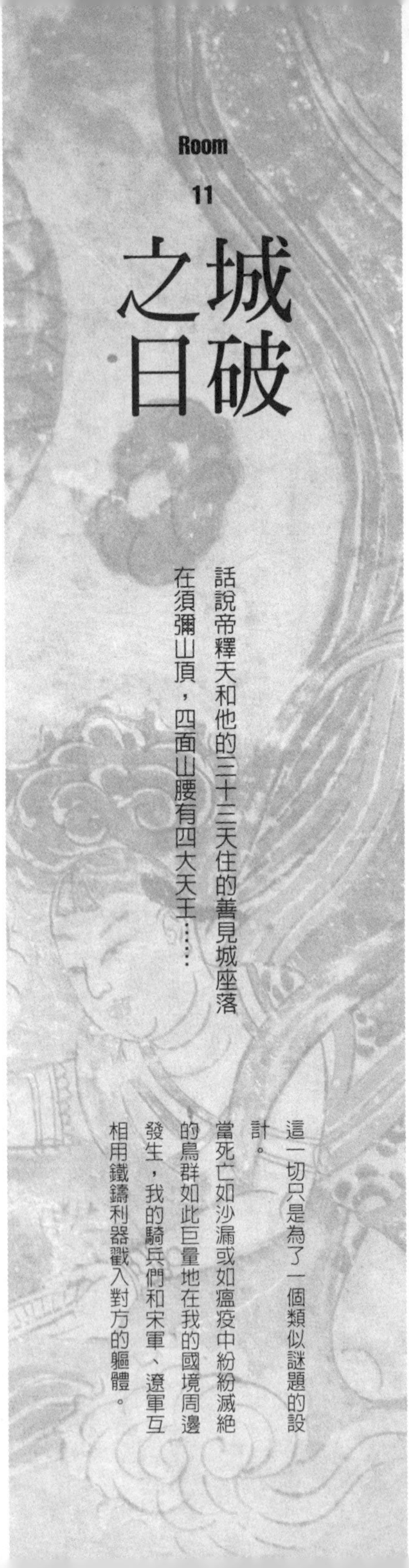

Room 11

城破之日

話說帝釋天和他的三十三天住的善見城座落在須彌山頂，四面山腰有四大天王……

這一切只是為了一個類似謎題的設計。

當死亡如沙漏或如瘟疫中紛紛滅絕的鳥群如此巨量地在我的國境周邊發生，我的騎兵們和宋軍、遼軍互相用鐵鑄利器戳入對方的軀體。

話說帝釋天和他的三十三天住的善見城坐落在須彌山頂，四面山腰有四大天王，使金斧、銀鎗、銅鎚、鐵劍巡遊，而須彌山外圍有七香山、七金山，第七金山外有鹹海，鹹海外又環繞著鐵圍山。在鐵圍山外則是四大洲、八小部州。據《時輪經》載，這個世界即由風、火、水、土和空間五種物質及須彌山和七金山所構成。吐蕃人相信宇宙的創造是一位叫南喀東丹曲格的國王擁有地水火風空五大元素，法師赤杰曲巴把它們收集，放入體內，輕輕哈一口氣，吹起了風，當風以光輪的形式旋轉時便出現火，火的炎熱和風的清涼產生了露珠，在露珠上出現了微粒，微粒被風吹落，堆積成山……

「據說那是一座攻不破之城？」

老人說，作爲鏡像顛倒於人間之城的興慶府，其建造即是爲了毀劫成逆序轉輪的土、水、火、風，對了，它可能剩下一個空間的迷思——一個永遠被封印在毀滅之空間中，作爲那些唐卡、壇城、吐蕃人作爲宇宙縮影、帝釋天藉由夢見自己以創造世界的核心之城的相反——這座按李元昊意志搭建之城，它的命運就是毀滅、崩潰、裂解，被旌旗蔽日、甲冑如遍野花朵，馬隊流動如海洋的蒙古騎兵一層一層包圍，像一隻垂死巨鯨被密密麻麻的捕鯨小舟用鐃鈎、繩索、箭簇、鏢槍、網罟從四面八方刺進它體內，拉扯，切割，耐性宰殺它，只等那崩毀之瞬終於來到，這座魔城從裂開的各角度洩出強光，所有蒙古人和西夏人皆以爲自己幻錯地聽見那城發出一聲巨大恐怖之哀鳴，而後城牆終於崩毀。

老人說，作爲追憶者，或那城毀滅時刻的目擊者，我該如何向你描述，蒙古人用床弩向這座城射出漫天如蝗蟲的飛矢，城垛上上萬盔甲被射穿、眼珠成窟窿、肝臟腸子腦漿流滿靴底的西夏守軍們，在死去後許多世的輪迴轉世裡，耳邊總還停留著那咻咻咻咻的金屬之雨的死亡之聲；蒙古人用投石機將數千顆不知從哪運來的巨石，朝城內狂轟濫炸；他們在城牆基石下挖地道，塡入火藥、松柴、草垛，用烈焰燒烤我們興慶府號稱比花崗岩還堅硬的夯土牆磚；他們在我們作爲飲水渠的河流上游下毒，讓那映照著夜空烈燄的河面上厚厚積著一層翻肚且鱗片閃閃發光的魚屍。城內的西夏守軍，李元昊夢境裡的無臉孔精蟲們，被這噩夢籠罩，強光、爆炸、雷霆和箭矢之雨的毀滅狂歡弄得如癡如醉。他們進入一種慢動作、舞蹈般的臨死掙扎：朝城下回射弓箭、火繩槍，投擲硫磺、冒毒煙的「萬人敵」炸彈、傾倒滾燙熱油……

老人說，唉，可是這一切都是白搭，那個時候，我們的王，早在跪赴敵帳求降時，被蒙古人捉起來砍頭了，那是李元昊的最後一個子孫。我們這一族的頭顱早被砍掉了，我們這些無明精蟲，仍發冷顫抖地擠縮在這座冑甲護體的魔城裡，幾度意圖從各城門殺出突圍，卻又硬生生被堵得水洩不通的蒙古騎兵用槍槊逼回城內，那光景，就像一個無頭之人，臨死前仍抽搐著想射精，一種恐懼滅絕之本能，想讓帶著自己存在之信息的精蟲射離這將要死亡的軀體，看能否有一絲一毫種之延續的僥倖……

但蒙古人連這一絲可能都不給發生，因為他們的成吉思汗早在數日前即崩殂於這次遠征西夏的途中。像雄獅要占奪一隻母獅的陰道和子宮，光殺了作為繁殖敵手的另一隻雄獅還不解恨，牠必須冷酷精準地將偎靠在那隻母獅乳頭下的所有幼獅，逐一咬斷喉嚨弄死。在李元昊和成吉思汗互為迷宮的夢境裡，如果不將我黨項人全部滅族清洗，說不定歷史上征服歐亞非大陸的龐大帝國，未必是他成吉思汗的後代，而是李元昊的子裔們。

老人說，興慶府的地獄變場景，只是蒙古人，那將無數座城池毀滅血洗的永劫回歸噩夢的第一夜。瞧瞧他們的騎兵軍日後在撒馬耳罕、花剌子模城展演的屠城藝術：他們將城破後全城的一百二十萬居民趕出城外，不分婦女兒童，用刀砍、槍戳、箭射、馬蹄蹂躪，全部殺光；他們將那些城池的宮殿、寺院、邸宅、屋舍全部摧毀。他們讓羅斯人和欽察人如散布在草原上寶石的美麗城市全成為鬼域、兀鷹飽食屍骸之廢墟、濁臭地獄。他們在巴格達將哈里發埋藏在皇宮水池下的黃金全部掘出，將歷代哈里發的大清眞寺、諸先聖的陵墓全刨成窟窿、焚毀、用馬隊踏平。所有抗城頑抗或投降的城民，全部斬殺。

也許李元昊要對成吉思汗說，這是我的夢境啊，那些被回教徒、基督徒、波斯人、大食人、匈牙利人畏怵戰慄視為颶風，視為地底湧出之骷髏兵團，視為死之海嘯的狂歡殺人騎兵隊，原該是我黨項人，你怎麼偷走了我的夢境？

老人說，即使此刻，或其他無數個我在你夢中描述那在逃亡中慢慢變貌成骷髏、魔獸或牲畜的最後一支西夏騎兵軍，那在世界邊境逐漸透明乃至消失的黨項族倖存者，我總無法耽迷回憶各式各樣的屍體：剖腸露肚的、斷肢殘骸的、頭顱被砍掉僅剩腔體頂端碗大一個痂口的；或纍聚成一座小丘臉肉尚未被禿鷹烏鴉或蟻群分食乃至擠眉弄眼哀戚茫然最後時刻表情仍停留其上的上百顆上千顆頭顱；或是屠殺時刻某種幽微扭曲之心理而被剜去陽具陰阜和奶子的；有燒焦成僅存一軀幹姿勢的黑炭；或遍野餓殍眼眶眥裂臉頰乾癟肩臂四肢細瘦如雞爪卻脹著個小肚子的屍體；有不知自己早已死去和我們錯身而過的幽靈吐蕃騎兵；有吊在無人荒村外木架上穿著華麗僧袍的骨骸；有近距離在我們馬刀下哀嘆如淫浪歡叫的美麗回女體如一顆甜瓜那樣裂開；或者是，我們自己的屍體，在另一個夢境而非你這個夢境裡，我們看見自己只剩半截上身連結在持續奔馳的馬背上，互相為這滑稽的景象而大笑取樂；或者某些黑夜過後我們看見我們這一群鬼臉傢伙偎靠著弓腰弧腿上下顛跳在半空飛行，胯下卻沒半匹馬，也沒有影子；或某個鬍鬚結霜的酷寒清晨我們悲慘地看著各自倒騎在奔跑中一顛一翹的馬臀上用古怪的姿勢把黑色陽具塞進馬的屁眼或陰阜，於是我們（或其實只有我）機伶伶抽個冷顫，知道這最後的幾個李元昊的後裔，終於亡滅，不存在了……

我的敘事，敘事中展開的流動荒野，幾乎全倚賴這些舞踏般的屍體才得以搭築那恐怖顛倒的死蔭之谷，奈何冥橋。

但是，當我想向你回溯那滅絕時刻，那一切流亡離散的起點，那座如地獄鬼域上百萬人同時在著魔迷離夢境中集體被屠殺的城池，那死去的亡靈擠滿城市半空使得每個駕馬斬殺我族的蒙古騎兵，眼中所見的同僚身形，全像被吞沒在濃稠光霧中一般搖曳模糊的大屠殺現場，我卻無論如何也想不起一具實像的屍體。

主要是那座城。

像所有傷害的起點，時間在那個時刻被冰封凍結，那座城在眞正災難降臨，我們驚駭戰慄仰視的半空中被戳刺、衝撞、焚燒、劈砍，被玷汙、被凌遲，然後，終於像一尊巨大神靈雙膝韌帶被挑斷，硬生生跪下，然後在灰塵蔽空的昏暗大地向前仆倒，四崩五裂。

那個時刻，如此潔淨、肅穆，我們看著身著赤紅盔甲的蒙古騎兵像一群著火的烏鴉從這城崩塌後四面八方的裂口，慢動作，噴灑著從這個夢境之殼（雖然已碎裂）外另一個夢境沾帶的不同顏色光焰與油彩，踴騰跳躍。那個凍結，我完全沒有任何關於屍體的記憶。雖然其時他們正在冷靜而瘋魔地屠殺我們。包括我，這個孩童時曾親睹李元昊建起這座城的兩百歲老人，還有另幾個可能是高階武士故能熟諳這城暫時能蔽身的密道、城垛死角、糧倉頂簷，或原來用來暗殺敵對皇子的馬道旁側府邸建築間的暗牆……成爲落單旁觀者的數人，那時腦海裡清楚浮現的意識，完全不是眞實展演於眼前的肉體被砍斷、變形、噴湧鮮血，或哭喊厲叫，而是一句抽象的，神祕密碼的話：「要滅絕了。這一族將要完全消失了。」

老人說，我想我就是這樣匆忙又無法思考地被挑選進那在夢境之大廈傾頹，時間之界面亂竄互疊的末日場景衝出蒙古人的滅絕網兜的，最後一支西夏騎兵……

那個時刻，如脊髓被抽乾之人止不住渾身發冷牙齒打顫，我們（主要成員當然是被召回護王不成的殘存橫山騎兵，一個巫師、兩個軍醫、一個獸醫、兩個鐵匠，還有一個神色倉皇，換穿女人衣服的皇朝貴族，再就是不知爲何被挑選入列的，除了對西夏朝歷歷如煙之記憶，一無所有的我這個老人）全帶著一模一樣恍惚迷離，陰鬱灰黯的臉孔，發著抖爬上那遮上黑皮罩的西夏戰馬（當我兩腿夾緊那馬的腰腹，發現牠也像漏篩麥殼那樣嘩嘩嘩劇烈地抖著）。我們按著巫師以兵陰陽占測之刑德鈎繩圖，在那已毀陷之城的內城祕道地磚上刻畫出在這天體運行之儀軌，所有方位皆是死地的無解運算中，找出那一瞬，滅絕鐘面森嚴無誤差的時間刻度移動至下一格的那一瞬恍惚，像李元昊最後飆出的一蓬精液，朝蒙古騎兵群聚的城牆倒塌缺口猛刺馬腹衝去。

是以我對城滅時刻的清晰記憶，是我們這一隊全族倖存人馬，朝著那逐漸收攏封印的災難噩夢剩下的最後一個破口奮力衝刺，逆著光出現在眼前的那尊巨神的臉。那張臉不男不女，既悲慟又歡欣，既神聖又猥褻，乃至我日後反覆追想仍弄不清楚，那到底是黨項族的祖靈，或是這座覆滅之城原禁錮在地底的大母神，或者，確如那位大巫師所言，那是兵陰陽撥開天地如葵花複瓣之縫隙，露臉而出的方位大神。

大遊與小遊。天刑與天德。

左刑迎德，戰，敗，亡地。

左德迎刑，大敗。

那一刻，我偎靠著身邊甲冑擊響，尚未發出日後畜牲臭味的這些同伴們，朝著那張發光的，微笑的美麗大神之臉衝去，我似乎看見祂的鼻翼、唇角、眉眼、顴骨都像夜燭暗室拖開一道模糊的重影，在那重影的下方，是滾燙流動的黃沙，是那座原該天圓地方矗立在那的雄偉城牆。但它確實像日晷儀的機括輪齒，悄悄地挪開一小縫誤差，像滅絕之神和護城女神迦陵頻伽的交歡勾纏之舞正酣處，一時軟弱而讓死地之門未完全掩上。

那時，我的王，一身白色閃紋繡龍袍，站在我的面前像一條粼粼發光的銀色河流。那時，在我和他之間的空氣，完全沒有一絲從那地獄般的戰場殘留的刀鋒血腥味，如那些漢人從關外流傳至內地的歌謠或演義，把他描述成一團猙獰而肉眼難描其輪廓之煞氣。妖魔之子。哪吒。吞食人類以持續膨脹的幽冥之火。事實上，那個清晨，站在我面前的李元昊，如果不能將之描繪成一個哲人，至少絕對是一個仁慈君王的形象。他說：

「我的夢境，在這片地圖上無限寬廣，但只有你雙足站在其上才知是一片將所有生物、帳幕、城壘、白骨、戰士和他們的馬、女人和她們的綾羅花裙，全部掩埋覆蓋之沙漠。那是造物主雙手平放在這一片地區時恰好腦海中一片空白的枯寂時刻的結果。這裡千百年來彎腰縮頭抵住風沙和太陽火球的羌人們從來就不是人類。他們內心的圖象如果織成一幅唐卡掛氈，你會發現和牛群或羊群的內心世界沒有差別。

「如果你問我爲何要殺戮如此之鉅，把那些身上沾著馬糞和羊羶味的史前人體披掛上金屬鱗片，數以萬計地推向宋人那些頭顱被砍掉即從腔體中湧冒出文明、文字和人類時間的現代軍人們（他們連恐懼都屬於文明人的恐懼）？我爲何要讓生靈塗炭，製造出這樣一幅人間之地層塌陷，大批人體像豆子摔落進地獄牛頭馬面國境的混亂場景？

「我必須要說：戰爭只是刺激，我的橫山羌兵們在殺戮和恐懼中砍斷漢人的身體或讓宋軍的火藥炸成四分五裂，只是用每一個個體有限的時間，交換一個整體的時間。那不是將所有死靈魂的生命相加成一無限長的時間計量。而是刺繡，一幅時間意義消失的文明全景。

「這一切只是爲了一個類似謎題的設計。當死亡如沙漏或如瘟疫中紛紛滅絕的鳥群如此巨量地在我的國境周邊發生。我的騎兵們和宋軍、遼軍互相用鐵鑄利器戳入對方的軀體。在此處，我的窯場工匠們正日以繼夜將他們反覆實驗，從宋官窯學來的拉坯技法、瓷土比例、釉料祕方挪換成另一種完全相反的物件，送進窯爐的熊熊烈焰中。

「如果有人質疑我這個用上百萬渾渾噩噩黨項人的恐懼、激情、汗水、男人的精液和女人的汗血搭建起來的浮圖幻影，不過是沙漠上熱空氣中扭動搖晃的贗品，我憑我的宋朝叛臣和曾進貢入汴京的使臣們口述的錯誤知識仿冒的歪斜城國。我賜你可以變成我的唇舌和聲音反問他們：整座汴京城不正是出自於青兀朮和他的儒者大臣們對天體蒼穹的錯誤想像而搭建起來？我曾親睹宋天文官用木人木馬齒輪與旋軸交錯嵌合的『渾天地動儀』。如果那是宋皇帝相信的宇宙縮影，我只能說在那個嚴謹、肅穆、瀆神的機器裡所運轉的一切，沒有我們黨項人的所有活著和死去的時間，即使被縮藏在最小一格刻度的陰影裡。

「我必須要說，如果你眼前的這一切是一個顚倒的國度，作爲創造者，我蔑視那些建築鏡中之城的無想像力君王，或替他們的墓穴裡設計水銀冥河、鮫魚油燈爲日月星辰、陶俑文武百官士兵奴婢以爲宛然如活著的世界投向地底倒影的那些工匠。我說過這是一個謎題或刺繡。從每一個作爲單元的細節開始，我皆採用不同的相反邏輯讓它背轉向它們原本在中國這個國度裡所是的原貌。當中國的天子和他的臣民們已進入黑夜的深沉睡夢，我的黨項美人們猶在輝煌的白晝裡騎馬奔馳；當他們按植物的枯榮生死或霜雹蝗蟲之來襲劃分四季與節氣，我們則是從馬匹的牙齒、褐羊的交配周期或牠們死亡時眼珠不同的顏色折光來理解時間；他們哄騙他們的君王，整個帝國是以他爲中心上串祖先而空間向四面八方延伸的靜態秩序世界，我則讓我的羌人騎兵們成爲無數個我的分身的，每一個『現在』的劇烈運動；他們相信陰陽，懼談生死，喜歡『寰宇昇平』、『禮樂奏章』這種萬物在光天化日無有陰影的穩定；我和我的族人們則是從死亡的陡直深淵以鬼魅之形，從難產的母馬屍體陰阜中血淋淋地摔落塵土，我們太熟悉死亡那種黑色稠汁，帶著羊尿騷的氣味了；他們以君臣父子夫婦長幼朋友之義爲龐大鐘面的傀儡懸絲；我則用馬刀剁下背叛者的睪丸，毒殺不忠於我的母親全族……」

那是城破之日，我眼中最後所見。

這座城。

老人說，鏡中之城。亡靈之城。海市蜃樓。李德明「遣賀承珍北渡河城之，構門闕、宮殿及宗社」，李元昊「廣宮城，營殿宇，於城內作避暑宮，逶迤數里，亭榭台池，並極其勝」。魔都。李元昊的鬼魂騎兵橫山羌兵有七萬駐紮以護城。自靈州逐趕而來並懷遠鎮原居民、僧侶、工匠總數二十萬。鳳凰之城。宋京師開封投影日晷偏西北的歪斜倒影。人形布局。大殿如頭。帝后嬪妃之宮殿如雙臂垂展。祖廟、壇台如拳握。中書、樞密、御林軍住所、倉庫則如腿腳。城中之城。迷宮之城。夢城。李元昊夢境的核心。入宮城第一道門爲車門，第二道門爲攝智門，第三道攝智中門，入大殿，過廣寒門，再過南北懷門則進入皇帝寵宮。李元昊在此淫歡並殺后妃之地。枉死之城。鬼城。傳說中除了帝后大臣，其餘城中衛士宮人俱是無影之鬼守護之、伺候之的妖術之城。後宮樓閣重重。皇城外戒壇寺、承天寺諸佛塔鎮住滿城森森鬼氣。傳說中「攻不破之城」。

城曰興慶府。

李元昊建西夏王國二百年之帝都。自沙漠中升起的梵音之城。火焰之城。彌藥之城。飛天之城。迦陵頻伽之城。

Room

12

鐵道

他記起那個下午他走在鐵道旁的光景
綠草如茵
光天化日，他想著這個詞，多好的一個詞哪

那時他坐在妻子的身旁，火車輕輕搖晃著，像一場無休無止卻溫柔疲憊的性愛節奏。睡著了，事情仍在進行，她的紅色紗袖搔癢地，若有若無地貼在他的手臂，他想：我這就要離開妳了。

他記起那個下午他走在鐵道旁的光景：在他的右手側是一片俗名「剝皮樹」的白千層樹林，左側鐵道旁則綠草如茵地鋪著有小紫花小黃花的整片野草地。光天化日，他想著這個詞，多好的一個詞哪，陽光像細砂紙那樣將眼前所有物事的立體縱深全磨去了，所有物事變成那強光裡的虛弱暗影，他的皮鞋膠底踩在那由細沙、煤渣、碎石礫鋪成的小徑，發出索索的聲響，那麼強烈的光照，身體的感受卻與視覺反差地覺得冷。

眞冷。

鐵軌像條小河波光粼粼地延伸到遠方，鐵道那一側則不到幾公尺便是懸崖，下面是一片圈圍住不准人接近的天然礁岸，據說在某一處岬角，憩息了兩百多隻的野生海獅。

遠望則是一整片像玻璃吹製的，明亮蔚藍的大海。

像電影中的某個場景，或像在一夢境裡驚悚發現自己在日照下竟沒有倒影，他在這一片明亮又昏暗的空寂曠野走著，瘦削的枯葉和白色絨絮在風中慢動作播放般飛舞，他想起自己在這鐵道旁已走了約莫一個鐘點，竟無一輛列車駛過，有一隻像狗蝨子那樣肥碩的晶亮黑褐色蟲子從他腳邊爬過，他噗一下將牠踩爆，意外地卻沒有一攤錯幻記憶從狗身上拔起的吸血厭物被掐破後迸出的鮮血，僅像踩破一粒透明汁液之漿果……

報紙上寫著：

台鐵維修班單人模擬　四十分鐘可搞軌　研判一人作案

一名工人只要四十分鐘就可拆除一百一十六個彈簧扣夾、四塊魚尾鈑、八支螺栓。專案小組研判，全案一人所爲的可能性極高。

報紙上寫著：

屏東檢警清查南迴鐵路三起重大破壞鐵軌意外事件，其中二起確定李雙全與越籍太太陳氏紅琛都坐在出軌列車上；而另一起去年十月廿一日凌晨，鐵路被放置脫軌器未釀成事故，前一天晚上李陳二人恰巧由澳門入境，懷疑他們二人也乘坐該列車。而李雙全夫婦又曾投保高達四千萬的保險，因諸多巧合，被專案小組列爲清查。

報紙上寫著：

自殺身亡的台鐵知本車站票務員李雙全，前後兩任越南妻子都死於意外，其中前任越南妻子是被毒蛇咬死，據當時處理該案的台東警分局知本派出所員警回憶指出，死者確實是意外死亡，外界的聯想，或許是過多巧合造成。

知本所員警指出，這起意外發生在四、五年前，由於事隔多年，要找出案件的相關卷宗並不容易……但根據員警的描述，意外發生當時，李雙全的前任妻子是在住家院子曬衣服，不料，不小心被眼鏡蛇咬傷，被咬之後她還拿棍子當場把蛇打死，就回房休息，家人發現時已經死亡。

報紙上寫著：

屏東地檢署專案小組，二十三日下午解剖陳氏紅琛遺體，發現其死因係遭受重擊後造成胸膛與肺臟出血，並取下胃部等切片送刑事局化驗，了解胃部是否有毒物或藥物反應，做爲偵辦參考。

報紙上寫著：

台鐵工會及工務單位指出，火車出軌時衝力之大，沒有人能控制衝出第幾節車廂，如果要預謀，李雙全就不可能停留在只差一點就出軌的第五節車廂，應該要先到最後一節車廂才合理。

報紙上寫著：

陳氏紅琛遺體體內驗出罕見的毒物反應……

他們說，調閱當天知本火車站票閘口的監視錄影器，並未看見他持票進入月台的畫面。那似乎暗示，他其實事發當時並不在車廂內，而是，像鬼魂一般，像此刻這樣曝白剪影孤獨一人地站在鐵道旁，拿出釘拔或大老虎鉗，在無聲（哦、不，海濤聲如神躁煩地搖晃著祂的大篩漏；風把林子裡的枯葉們吹得漫天飛舞的颯颯聲響）的夢境裡，他坐在枕木和那些卵石上，專注地卸著一枚鉚釘……

他憤怒地想：那時我待在那輛即將出事的、疾駛中的火車車廂內啊。也就是說，他和死去的女人一起被裹覆在死神的黑色羽翼之中。為何他必須去想像、描述一個自己並不在場的場景？

那時他坐在妻子的身旁，火車輕輕搖晃著，像一場無休無止卻溫柔疲憊的性愛節奏。睡著了，事情仍在進行，她的紅色紗袖搔癢地，若有若無地貼在他的手臂，他想：我這就要離開妳了。他站起身，女人的手爪不安地撈抓了他的褲側一把，但並未真正使勁，他一站起，女人的手便鬆開了……

那就是後來脫軌翻覆，傷亡最嚴重的第七車廂。

他沒看女人的眼睛，低聲說：我去抽根菸。

他說：我把報紙忘在剛剛的座位了。

他穿過那窄窄的，座椅間常橫叉出睡著之人的一隻胳膊或蹺起的二郎腿的甬道。逆著光，綠色的防水橡皮地墊。她們和我們活在一個完全不同時間計數的世界裡。

他是一個偏僻小鎮的鐵道車站票務員。

她是一個合法的、在跨國人口交易網絡中，以相當價格買回來的越南新娘。

他或許是在一大本眼花撩亂、爭奇鬥豔的商品型錄中挑中了她。他之前死去的妻子也是從一堆巧笑倩兮的濃妝照中挑選出來。說實話，他有時會恍神忘了她們的名字。

女人曾對他說，有一天她若死了（所以她其實預知死亡記事地順從了自己是一只郵購買來，有一天會像那些無品質保證、隨時故障報廢的吸塵器、烤箱、按摩組、數位相機……一樣快速汰換？），請他不要再找那婚姻仲介公司的吸血鬼，直接找她父親，她後面還有五、六個姿色不相上下的妹妹……

仍舊是在那個午後，那個虛實不分，海岸邊的鐵道旁，有人在他的腦袋裡 key in：

穿著怪異、綽號「五星上將」的高德勝，在台北市萬華區拉皮條爲生；昨天他向小他卅歲的妻子宋麗萍索討賣淫所得被拒，便從嬰兒車抽出水果刀，當著一歲多女兒的面連刺妻子四刀，致她傷重死亡。

高德勝隨後再推著嬰兒車回住宿的賓館洗血衣，企圖湮滅證據。警方據報不久便逮到高……

高德勝（五十五歲）和結婚兩年多的妻子宋麗萍（廿五歲），是別人眼中奇特的老少配，宋女負責「站壁」（流鶯）賣淫，高則在外把風，兩人行經誇張。高嗜愛穿色彩鮮豔的西裝禮服，上頭鑲著「五顆星」，每天穿著不同色系的「五星上將服」和太太推著嬰兒車散步，成為地區奇景。

昨天凌晨零時卅分，台北市警萬華分局接獲民眾報案指雅江街有夫妻抱著嬰兒在爭吵，警方趕到現場時，宋麗萍已經倒臥血泊之中。宋女被送台大醫院急救，但因左胸被刺兩刀傷及肺臟，凌晨二點十分不治。

警方表示，宋麗萍胸腹部被刺四刀，高還「橫切」她左胸，是致命原因。

目擊者表示，「五星上將」昨天凌晨穿著一襲黑衣、推著嬰兒車到雅江街找妻子，向妻子高喊「妳今天做多少？錢要交出來！」兩人因此發生爭吵。當時宋女還把女兒抱起，沒想到他卻從嬰兒車抽刀殺人。

……

（記者王宏舜）

他的腦袋裡繼續跑馬燈，像有一個瘋狂鋼琴師在那密室要用骨節突起的手指敲擊著黑白琴鍵。這個高德勝，是社會局列管的街友，文化大學肄業，言談中不時引用成語，有時還秀英文。或有社工人員欲輔導小妻子宋女，宋女卻堅定表示：是神明旨意要她嫁給高，且夫妻兩人不想「轉業」。更古怪的是，如果宋女生意不好，高就到派出所檢舉其他流鶯賣淫，可能是認為只要檢舉一個，他太太就多了一個「接客的機會」……

又一個殺妻者。他想。

黨項人後裔。

終於走到鐵軌旁，他蹲下，撫摸著那在日照曝曬下發燙的金屬，像撫摸著某一隻沉睡的古代巨獸光滑堅硬的脊梁骨。他忍不住拿出原本扣在皮帶側的大扳手，像小學生敲擊音叉作聲紋實驗那樣哐哐敲打著鐵軌，沒有從遠方傳遞來的輕微震動，楔形鋼條兩側被紅鏽包覆，朝上側承受火車長期輾壓的一面則鋥亮如鏡面，也許他在這樣妖異的寂靜中聽見自己指端螺紋的皮膚捺在那發燙亮面上，發出嗤一聲焦燎的聲響。

他們稱他爲「鐵道怪客」。

爲何是「怪客」？像那些飄忽、落單、不被整個群體理解而終於被流放出所有人集體夢境之外的怪物：千面人、某某之狼、炸彈客、食人魔，整個社會退回村落部族的情境，舉燭、敲鑼、臉色驚惶地互相警告……。他們集體出動搜捕他，他卻像無法以血液篩檢或超音波斷層掃描皆無從追蹤攔截的流竄病毒，在他們的那具「大身體」的器官陰影、淋巴下水道或脊髓腔暗巷裡不動聲色地移動。監視錄影機、便利超商自動門上張貼的他戴帽子蓄鬍鬚的假擬素描鉛筆畫像（一點也不像！），媒體二十四小時的重複播放疲勞轟炸……

沿途他便已經過至少三處熄滅的營火，踩扁的可樂鋁罐、滿地菸蒂、檳榔渣、保力達B空玻璃瓶，還有發出尿騷臭味的灰白炭燼……那些缺乏警覺性的「鐵道巡守員」們，肯定在這一片如他現在置身其中的空荒之景中，心底萌生恐懼畏敬、孤獨柔弱之感，交班時間到便匆匆離開這海岸線旁的鐵道，爬回樹林那一側的省道公路，跳上工程車駛離。

有一次，他在這無人的鐵道（他該如何形容這段只聽見鞋底踩踏壓軌卵石的神祕狹長路徑：孤寂海岸走廊？林間小徑？橫躺的地獄之梯？）以他的效率步伐行走，卻被一隻直立起來體形可能比他高一個頭的巨大山犬盯上了。他不知道牠是從何時起便尾隨在他身後約五十米的距離。牠吐著舌頭，沉靜地跟著他走了至少十幾公里。如果牠體型小一點他或會低頭拾起那腳下滿地的伏手卵石朝牠擲去。但那傢伙巨大得像他小時候聽過的某一個童話裡「一隻頭顱像火車頭那樣大的狗」。任何莽撞之舉只會激怒牠。但那傢伙是從哪冒出來的呢？他想是不是自己眞的瘋了？才會遭受鐵道以超現實幻覺對他施以的懲罰。那就是傳說中的「藏獒」嗎？滿頭滿身糾結的毛瘤，別說他身上只有一隻扳手了，就像他手上有一把霰彈槍，眞要短兵相接恐怕還是難逃被那像舞龍舞獅的巨大怪物撕成碎片的下場。這個像從熱空氣波浪狀搖晃的噩夢幻境裡變魔術跑出來的傢伙，是那些鐵道巡邏員想出來的奇招嗎？

也許……他腦海中浮現這樣一句話：最文明的往往是最孱弱的。又是那個叫圖尼克的傢伙在他腦袋中鍵入的。如果他像那些名副其實的殺妻者（如同他在一篇女性主義者的激烈文章中讀到的一句哀憤之話：「我們活在一個殺女人的文化之中。」），以武士力劈入眉心、以電話線絞殺、以水果刀連續砍刺、以球棒痛擊後腦勺……在那些公寓密室裡……他或許不需要在這蠻荒曠野拆卸鐵軌，而冒著隨時被那毛茸茸野獸趕上撲倒，咬斷喉動脈的無聊危險……

但他想：那些傢伙之所以殺妻，以那麼激烈的手法其後又痛哭流涕悔恨不迭，那靈魂猛暴出竅的一瞬，像把柔弱的女人形體視爲魔物或增殖膨脹的異形，非得漿汁迸流碎屑紛飛地撕毀、擊凹、打爆、灰飛煙滅……那裡頭的施虐變態或激爽快感（他們有人還把妻子的屍體肢解吃下肚裡），他完全不能理解體會。

他和他們不同。

主要是，他要怎樣融入她們的「群」？不是她們的姊妹淘手帕交，女生宿舍裡咬耳朵吃吃竊笑交換自己男人那話兒功能的雌性同伴們。而是，她們的母姊姑嫂、那暗室裡的細緻暴力：接生的手、淘米洗菜的手、揀茶葉的手、偷錢後用竹筷夾手指時使勁的手，照顧家族老人時毫不猶疑伸進男性屁眼裡摳挖阻塞屎塊的手……或是，像在巷弄低簷間穿梭晃悠，一個轉角，便是強光曝照大街場景的，她們的父兄叔伯們……

在這之前（在那些像進口罐頭一個個越南新娘出現之前），他覺得和每一個女人上床都必須付出的代價：聽她們的家族故事，成爲那些光度稍暗的故事場景裡的一個闖入者。他像《X檔案》裡那些戴上人皮面具僞扮地球人類的外星生物，用暗藏在喉下的語音翻譯器小心翼翼一字一句地和他們說話。他總是顯得僵硬欠幽默，慢半拍地觀察他們像牌藝高手把話語下面隱祕翻湧的更多意義一張牌一張牌打出……

許久之前的一個女人告訴他這樣一個故事：她的祖父是大稻埕的中盤布商，即使後來沒落了，她們姊妹到永樂市場買零碼布，老一輩的人提起她祖父還是充滿敬意地稱「世伯」（她祖父名字裡有一個「世」字）。她的祖母是個強悍的女人，祖父生意發跡後，娶了一個細姨——嗳故事總是這樣——祖母說那女人是煙花風塵出身，「賺吃查某」，且有一隻眼是瞎的。這樣的女人，若非姿色眞正閉月羞花，便是暗藏正經女人一輩子想都不敢想的，讓男人銷魂的風流手段。但她說這姨嬤一直到老年過世，都受到親族裡其他晚輩的敬重，想是做人非常成功。

關鍵字：做人、敬重、親族。

女人說：年輕的時候，祖母會帶著才是少女的她大姑，到那細姨的住厝去鬧：母女聯手打那個妖精，摔破瓶罐茶碗、翻箱倒櫃……卻發現那女人衣櫃裡的衣服全是和自己一模一樣的花色——

也就是說祖父這個男人駕馭妻妾的行徑其實是一種缺乏想像力與詩意的莊園主心態：公平。每挑一塊布料，一定是她一分，妳一分，大小老婆拿到的是完全相同的花布。當然個人的裁縫手工不同──祖母看了自然大怒，用剪刀把衣櫃裡自己衣服的複製品全剪了。後來是人家這樣勸她才作罷：「啊汝每次去剪一回，汝尪就給她新的布，一次兩次三次，她不是永遠在穿新衫，反而汝的攏是舊衫。」

再來──啊故事眞的後來也總是這樣──便是，祖父自從某一次搭機赴美參加她大堂哥的婚禮，回來後便傻了。族裡的專屬乩童請來祖先，說替長孫娶媳這麼重大的決定，竟然未曾請示祖先，所以祂們算是對祖父略施薄懲。當然我們現在清楚那是再單純不過的阿茲海默症，但對一個有四大房、五大房、七大房的大家族來說，族裡最精悍具威望的大家長失去記憶力（或弄亂了他內在不爲人知的時間地圖）這件事，還是讓親族裡人心惶惶……

她記得那一天，她和她姊姊也被叫回祖父家，從玄關、客廳、走道，一張張椅子坐滿了面色凝重的一個個衣裝盛重的老人（全是男人）。那個乩童（是族裡的一個原本念商的遠房堂哥）在黯影和靜默中突然重擊神椅，發出巨大聲響（她被驚嚇到了）：

「不該……不該……不該……」

那個獨眼、風流、受親族敬重的小阿嬷到哪去了？總之，記憶愈混亂性格愈像小孩子的祖父在變傻之後的殘年便又回到祖母身邊。在這個故事裡被定框成悍妒婦人形貌的祖母，自然是又恨又怨。年輕一輩的表姊們傳說，不止一次看見阿嬷經過那嘻嘻傻笑的祖父身旁時，總會無事由抄起一把量布的竹尺，像打小孩那樣擊打祖父的手臂，打得一條條紅跡子。

「在別的女人那快活了一世人，現在變成小孩子再回來折磨我。」

再來，則是她母親，那個在她祖父母大家長大嬤嬤故事陰影下的沉默婦人，像《百年孤寂》那迪亞家族裡最不引人注意、無聲無息貼著家具倒影走的隱形人匹達黛。有一天，那間大屋子裡所有人都死了——她祖父某一個下午被一塊鮮奶油蛋糕噎死，他們燒了兩億天國紙幣給他，在一個大方場族人牽著紅絲線圍著那小山高的銀箔冥紙，燒了兩個小時才燒完。她祖母則在祖父死後，一個人不敢睡那張先是靈魂走失而後肉身亦消失的男人睡過的紅眠床，「老番顛」走後她陷入獨自一人的世界，終於也心智散潰，兩年後死去——，她母親突然，厭倦了她這一生總是和一群老老小小吵吵鬧鬧的人擠在一塊，同一張床、同一個房間。不，她不是離家出走，而是，維吉妮亞·吳爾芙所說的，「自己的房間」，她沒和任何人商量——事實上也沒有人好商量，這個空屋只剩下她們家這一房，小孩各自搬出去住，她父親在大陸投資紡織廠失敗賠光祖父留給這一房的財產後，便到桃園叔公兒子們的公司上班，一個禮拜回家一次——便自己一人搬去睡那祖父祖母的房間。

那個家具、物事皆被姑姑們搬空，蕭然四壁的空房間。

另一個女人的故事則是：她的母親是她父親的小老婆。也許她父親後來又有別的小老婆，總之她和她妹妹從小便沒見過她父親。母親靠八條通附近一間舶來品小店鋪拉拔她們長大。有一天有一個糟老頭出現在她家裡，又窮又病。

她母親說：這是妳爸爸，以後他要和我們住。

她對這個沉默、光頭，每天早晨在浴室漱口從喉嚨發出嚇死人像摩托艇引擎巨響的老人完全沒有任何情感。無憎惡無依戀。他是個她不認識的人。但她母親像一個終於找回主人的女奴，那樣壓抑著歡欣和激動情感地服伺著他。

她不知道她父親是做什麼的？餐桌上他從不和她交談，從不正眼看她。他如此篤定地吃著自己面前飯菜，彷彿這個她在其中生活了二十幾年的小公寓，本來就是他的領土，他不在的二十幾年那印記的權威仍無可搖撼，現在他回來了，她們母女仨仍得像傀儡師收藏在箱子裡的三具傀偶，擦拭乾淨後仍得乖乖地跳舞取悅他。

他是個外省人。

老人死去的喪禮，她才見到「大老婆那邊」的哥哥姊姊。她父親的大老婆是個端莊體面的美人，整場告別式全由她帶領幾個像偶像劇裡有嚴格教養的富家子的筆挺孩子們，向來來去去的致唁親友答禮。她和妹妹攙著母親，遠遠站在大廳人群後面，那麼寒磣，像他們是正版而她們是商標印歪的仿冒品。

但當告別式結束，這兩個大、小老婆像極有默契地靜默換場，大老婆一家，儀仗端肅地幾輛賓士驅車離去。只剩下她母親帶著她們兩姊妹守著她父親的遺體進火葬場。骨灰罈捧進靈骨塔的鐵櫃收納格之際，她母親像小女孩整弄一件再確定不過屬於自己的物件（一只別人丟棄的洋娃娃？），一種癡迷又親密的表情，愛撫般地擦拭著那個罈子，並細愫地對著那罈子耳語……

重點是，當他的這些女人都不在之時，他卻像沒入一條無光的河流，走進她們的故事裡。他像她們的忠實之犬，孤單又悲傷地看守她們的故事墓塚。

他曾陪著女人的母親、妹妹，在某一年的清明走進故事裡的那個靈骨塔。還有大房那邊的長子、長子的妻、小孩，古怪的雜牌部隊，祭祀那個鐵櫃格上混在數百張黑白遺照裡的陌生老人。

陽光在進塔之瞬即被收殺而去，他們靜默地站成一列，那個西裝筆挺的同父異母長兄自然而然超前大家一步，成爲主祭官。他上香，開櫃鎖，取出花崗石骨灰罈，放上鮮花，口中唸唸有詞。他忍住不讓自己笑出來。我算是什麼站在這群人中間啊？女人的母親完全像她故事裡描述的一樣，不合宜地穿著一身林森北路舶來品店氣氛的嫩黃套裝，還像蘇菲雅・羅蘭那樣貴氣地戴著淑女帽和太陽眼鏡。她面對那長兄的態度，像將他視爲那老人的分身，從眼神、語氣、肩膀的姿勢，皆散放一種女性化的、千依百順的服從。

那時女人已是他戶籍資料配偶欄裡，諸多個「某某某。歿。」其中一個名字了。

她們不在場。他卻繼續待在那空缺的身分旁邊，認眞地體會那些她們描述時總有缺陷或故障的家族關係。他充滿柔情地想：現在我理解妳要說的卻總難以言喻的那種感情了。

當然不是只爲了鉅額保險理賠。

好幾個黃昏，他陪著上一個故事裡，那個「自己的房間」的寡母，在空洞洞的那幢布商的古厝吃飯。

女人的母親總會這樣說：「你眞是個奇怪的孩子。」

心底險險一驚。她看出了些什麼？但那一輩子習慣沉默的老婦接著說：「阿如死去已經三、四冬啊，你還有心來陪我這個老吔。有沒有結識新的小姐啊？」

哦他想起來了，那個女人叫「阿如」。

阿如的母親說：「阿如細漢的時辰，迷歌仔戲，那個戲班從我們大稻埕的霞海廟大拜拜開始唱，她就和幾個姊妹淘蹺課，差點被退學哦，跟著人家戲班一路跑，大龍峒、三重埔、松山、新莊……跑到人家戲班下南部了，她沒車錢才失魂落魄回來，被她老爸用木棍打到整條腿都是瘀青。第二年社戲來，她還是跟著人家跑……」

眼淚差點奪眶而出。他幾乎要跟這生命某一小段時光曾是他「岳母」的老婦告解，在那陰涼幽黯的大屋子裡：「阿母，阿如是我殺死的啦。」

爲什麼要拆鐵軌？

鐵路可以連接到遠方，把人、貨物送到那一端。鐵軌好像DNA的雙螺旋體無限拉長。鐵道旅行是一種內視時，由無止境的自我「現在」之重複，「我」一直坐在那；窗外景框卻不斷改變的時空幻覺。這一點也與DNA相似：「我」只是一個龐大資訊海洋裡，某一極短暫之時間截點。

鐵路絕對是人類最曠古幽荒的染色體底層，對於一個極小單元內之場景的複製。無限延伸的兩條經線，一條一條作爲基因密碼的枕木……

DNA之複製：像拉鍊一樣扯開那鐵軌的雙股，接著，以一條幽靈般的「信使RNA」，轉錄，像模板拓印下那一段撕裂之鐵軌的祕密，哦，不，是相反的鏡面，A變成U，T變成A，C變成G，G變成C……漂浮至細胞質的核糖體，將所有的謎底、迴文、祖靈的記憶、黑暗之心、所有預演的劇本……全轉譯至「轉移RNA」，將幻影指令轉譯成排成蛋白質鏈的胺基酸……

陰謀一旦被實現，便成爲光天化日下無比眞實的謀殺案。

有屍體。屍體裡還被檢測出微量致命毒藥。有拆毀鐵軌螺絲的扳手。有測試用的鐵軌機踏車，有人看見：當時他扶著已像爛醉或嗑藥般癱軟的女人從火車廁所出來。有人看見：他拿著針筒在幫女人注射……

那原來只是一個卡榫連繫著另一個卡榫的智力推理遊戲罷了。

主要是，他的妻子近乎啞巴地不會說我們的話語。

在那條鐵路上，他們要捕捉誰？要找尋誰？災難發生時，最好不要是一具冰冷的屍體。他的妻子在死亡降臨前最後的時光，一定會恐懼譫妄地哇哇說些什麼？（「我不想這樣死去。」）重點是沒人聽得懂她說什麼，在那個火車翻覆，所有人狼狽不堪從扭曲的金屬車體和玻璃碎灑的車窗爬出來，蹲在長滿酢漿草的土隴旁嘔吐。誰會注意一個滿嘴越南話的女人在說什麼？很久以後他們會問他：爲什麼要殺妻子？保險金？他們覺得不可思議。殺了一個又一個的妻子，詐領保險金然後去大陸嫖妓？

他們會在他的電腦中找到那些，他和上百個不同女人（大部分是妓女）的性愛照片。他們推算那是一個巨大的債務黑洞。但他們覺得這個邏輯有點怪。其中一個刑警粗俗地用女聲學他的妻子：「可不可以不要殺我？肏我就好？」

他記得高中時的生物老師中內老頭曾對他們描述過「噬菌體」這種玩意兒。「……噬菌體滿滿的爬在大腸菌的表面，然後哦，把空殼子留在那個外面，把殼裡的DNA注射到大腸菌的內部。不用二十分鐘哦，這些注射進大腸菌裡面的噬菌體DNA就會複製出大批的小噬菌體，將那粒倒楣的大腸菌溶解、啃蝕、碎成殘骸，而那批新噬菌體們近乎歡呼地從那大腸菌殘骸流出，繼續找新的大腸菌再繁殖……」

他想像著那時張嘴仰躺在火車車廂內的他的妻，確實像一枚被噬菌體塡塞並吃光內臟的大腸菌。只有把她溶解、啃蝕，那許多個化身成精蟲的他的意志分身，才能繼續漫遊，找尋新的宿主。

「也就是這種像男人打槍的繁殖方式，」他記得中內老頭當時說：「才讓科學家用放射性同位素追蹤到噬菌體的DNA——它的繁殖劇本，所有的祕密全寫在上頭……」

聰明反被聰明誤，就像他一開始設計的，如果他本人在妻子死去的同時，留在那輛翻覆的火車車廂裡，應該……應該沒有人會懷疑他就是凶手吧？像噬菌體把自己全留在大腸菌的屍體裡。

沒想到後來所有的偵查、線索比對，全繞著那具沒來得及送進火葬場的屍體。那裡頭留下太多他的劇本草稿了……

「……有另外一種噬菌體，侵入大腸菌體內後，並未如一般狀況將宿主之大腸菌溶解、殲滅、分食；而是讓注射進去的DNA，嵌合進大腸菌之DNA，成為大腸菌DNA的一部分。偶爾依噬菌體DNA之訊息密碼，命令大腸菌幫它製造新噬菌體……」

他不記得當時中內老頭的意思是，那枚DNA環從此帶上一截噬菌體DNA的大腸菌，從此會像噬菌體工廠一樣變成一個無數小噬菌體們的「大媽媽」（它們讓她活著）？或是，那一截噬菌體DNA密碼改變了這粒大腸菌的性子，讓它變成一顆超大的噬菌體……？

這是我們這個移民社會，這個以周邊貧窮國家之女孩為「新娘買賣」輸入的島國，一場關於繁殖意志的殘酷劇場吧。曾幾何時，他們這些殘疾、智障、老朽、貧窮線以下的邊緣人……這些男人成為那染色體的一股；而那些妻子們（被謀殺或尚未被殺的）成為另一股。像鐵道的雙軌。有一天那些異國女孩的基因圖譜在顯微鏡下顯得豪華而美麗。她們在漫長而龐雜的民族誌基因海洋裡插入了這一段密碼。

他覺得很孤獨，遂以 Google 連結上一些以「殺妻」為關鍵詞的網頁。一開始他進入的是充滿

「援交」、「SM」、「淫人妻女」這一類充滿「混亂關係遐想」的色情網頁。在翻開那一層層一瓣瓣如蕨草複葉的豔異名詞後，他發現在那乍看繁華若夢的油汙水塘下面，其實只是蜉蝣聚集著一些拉皮條的人渣、一些詐騙電話、一些盜拷A片光碟的地下宅配公司……色情的荒原。他注意到那上千條網址裡留下的王八機門號，比對刪去重複後大約就是十組號碼。那可能就是這座城市空蕩蕩的虛擬色情水溝裡彼此認識的幾個癆鬼。

「新花招新花樣新茶種新制度全新優質登場完全發洩」
「純㊣兼職台灣玩美女人。精選中國各地超優質水姑娘。神祕性感東南亞俄羅斯日韓」
「學生、少婦、專櫃、空姐、酒店公關、內衣主播、車展模特兒……素質嚴選。對岸優質水茶、皇后茶、3K起。皇帝般享受：潮吹、口爆、舌上發射、顏射、松葉崩、屈曲位……新茶最多、現金交易、宅配到府……」

他發現他們用茶葉的意象涵蓋那些從茶罐眞空包裡倒出來的烘乾女體，眞是文案經典！用手指搓揉揀選，放在鼻下蹭嗅，拗折的焦枯的各種形狀，滾水澆下去，懸浮漂起，白肉膨皮，限時限次數的香味。暗室裡指狀的繁複觸感、女陰的摺皺、睪丸的迴路紋、女人皺擠一團哀鳴的五官、直立靈長類發達的腿骨與腰椎骨在趴跪時形成充滿力感的幾何結構。少女的雪白胴體在違反視覺慣性的拗折劇烈搖晃下造成類似電影播放的眼球詐術（你明知道是假的，但就是像茶葉舒展那樣地勃起了）……

後來他意外闖入一個叫「西夏旅館」的私密網站。他們正在上頭討論「殺妻」，他暈眩迷惑地看著他們討論的項目、話語，一度以為他們討論的是某種「眞空壓縮渦輪處理器」或「十八世紀中國皇宮內務府刑殺宮女之失敗實例研究」的學術論文。但後來他知道他走對地方了。簡直是神蹟。像亞瑟王等著那唯一缺席的圓桌武士，他們簡直像是依照他夢境中自己仍不知道未踏查過之祕徑打造出來的幻術蜃影。當然要再過一陣之後，他就更確定了，像國外那個吃人魔上網徵集被他吃的傢伙。他們倆虔敬感恩地禱告，進行儀式，然後他以精密外科手術摘下那自願者的睪丸，烹飪後他們含淚感動地在餐桌上優雅地吃了它。然後他再殺了他將他吃掉。他知道不是他闖入他們，他們早在等著他。他沒出現，他們永遠懸在一個空缺的狀態。他們愛他，就像他離不開他們一樣。

當然他們都是用暱稱：圖尼克、安金藏、圖尼克一號。有時他們會用第三人稱聊起一些似乎和他們關係密切但從未在網上出現的人物：美蘭嬷嬷、小芬、小芳、老范。有時他們會變成一組卡通人物：嚕嚕米、阿金、小不點、大耳。他後來知道那是一齣芬蘭的卡通，但他從未看過。他不確定他們究竟有四個或五個人，他知道圖尼克又是嚕嚕米、圖尼克一號又是阿金、安金藏又是大耳……但有時似乎又會冒出新的角色，或是其中一人的人格分裂角色換串？

他知道圖尼克是這群人的核心。

也許這整個網站，就是圖尼克一人分飾多角在自說自話？他也曾懷疑過，但那太複雜了，超過他想像的腦力負荷。

他記得他初次闖進來時，圖尼克正在貼文：

榮譽謀殺

Discovery頻道上，美國記者採訪報導了一位巴基斯坦「榮譽謀殺」的受害女性：她只是因爲某一次回家途中，和陌生男子交談被丈夫懷疑不貞，先是被吊起來用斧頭柄毆打，如此不解恨，再像豬隻倒吊，挖去雙眼、割掉雙耳、切掉鼻子、舌頭……。且她還有六個月身孕。這位女性奇蹟般活下來後，在另一位女律師的協助下，向巴國這個恐怖的「屠殺女人」之部落魔咒挑戰，她們透過各層級法庭的控訴，「竟然」打贏了官司。這個報導（鏡頭前那張原本美麗的臉被一種遙遠空洞、令人不解的男人集體暴力給刨成一幾個小窟窿的平面，一個無法感官、無法表達內心情感的暴力塗鴉）深深撼動了西方的觀眾，一位美國著名整形醫生立即前往巴基斯坦，替她作人工顏面重建。眞正令人不寒而慄的，是記者在那落後鄉村採訪多位曾經「榮譽謀殺」自己妻女、姊妹的男人時，他們一臉坦然（那是一種確信自己安身在一確定秩序中的表情），帶著記者到曾凌虐、殺死那些女人的現場，詳細解說當時殺戮的過程。當地大部分是文盲，但他們相信《可蘭經》上有這樣的經文賦予了男人「爲了榮譽可隨意處置女人」的權力。殺死妻子、女兒或姊妹後，只要向警方交五盧比，這事便曖昧沒入「捍衛榮譽——傳統——男人的群體」之煙塵。

二〇〇二年，巴基斯坦一位婦女穆赫塔蘭．瑪伊，只因爲她弟弟被控與來自敵對部落的女孩交往，瑪伊所在的部落的四名男子便在長老的下令下將她公開輪姦。

二〇〇五年，巴基斯坦農民納齊爾．艾哈邁德，因爲繼女穆卡達斯無法忍受丈夫長期毆打意圖離家，女婿向岳父指控穆卡達斯與人通姦。納齊爾做完祈禱後到市集買了一把屠夫用的大砍刀，當晚砍死繼女和三個年幼的親生女兒。記者問他爲何要連那三個小女兒一併殺死，納齊爾回答，他擔心她們長大後會像她們的姊姊一樣「走上邪途」。

二〇〇六年二月，旁遮普省西部偏遠小城馬特拉伊的一家小診所護士魯比娜・庫薩爾，因爲拒絕爲一位婦女作墮胎手術，遭到那個家族三位男子闖入宿舍輪姦。其中一位強暴者才剛當選當地部落長老會的領導人。這件輪姦案最後可能不了了之，因爲根據巴基斯坦法律，一位已婚婦女遭強姦，指控他人對自己實施了強姦，她必須提供至少四名證人來證明自己的指控確有其事，如果她遭到強姦無法提出證明，則會被視爲已婚女子的通姦行爲，甚至可以按照部落傳統將該婦女施以當眾被人用石頭砸死的酷刑。如果是未婚女子，則被看成損害了家庭榮譽。於是，被害婦女家庭的父兄、兒子將恥辱承受，但他們不是向施暴者報復，而是去殺害那個被強暴的女性。

他上去留言，他考慮過使用女人的名字，但想想那似乎會讓之後的交談只在性別的僞裝切換上消耗心神。他用了「無臉男」作爲稱謂，只留了一行字：

「我需要四個人幫我作不在場證明。」

有一陣螢幕的淡綠底色像寂靜的曠野麥浪翻湧。他有一種「讓另一端的傢伙短暫地驚慌失措一下吧」的歡愉。他耐心地等著，潮浪退去後，你們這些招潮蟹，就會抖著鉗殼上的細毛，一隻、兩隻、三隻……從那些沙穴裡鑽出來。

螢幕上開始有字的光點跳閃，那是圖尼克。

「我們的王終於出現了。」

每一個字都像咧著嘴在歡呼。

事情一下就切入核心。他有時難免嘀咕這是否太順利了。他們就像一個處於戰爭狀態的工兵營，或是好萊塢電影上看到的那種把材料工程、機械動力、心理學或莎士比亞劇本各種學問結合進高級犯罪的FBI。他相信他們是一群人格異常的天才學生仔。他們堅持他們就是住在那個「西夏旅館」裡面。有一次他提議約大夥出來一見，但圖尼克代表大家正式地拒絕。「除非你到『旅館』裡來。」他們好像有各自的房號，像眞的有那一幢旅館存在似的。

但他不在意。這都只是枝微末節，他知道有些天才小孩脆弱又敏感，他高中曾認識一個全校第一名的神經病，那傢伙告訴他他從小學開始讀藤子不二雄畫的「小叮噹」（後來改名「哆啦A夢」）。那對他是一個時光悠悠恆常靜止存在的世界。從抽屜跑出來的一隻機器貓，那是他未來子裔派來拯救他平凡庸懦的人生。它的口袋可以拿出各式各樣無現實利益卻可解決少年最恐懼之小事的道具。記憶土司、任意門、馴獸師點心、傀儡娃娃、直昇蜻蜓。有一天，電視竟然播出「日本漫畫大師藤子不二雄病逝」。那傢伙陷入一種世界從此將分崩離析的恐怖。那不是再也看不到新的「哆啦A夢」的情節了嗎？大雄、靜香、技安、阿福這些少年，不是就此永遠停止在創造他們之人消失的那一時刻？

他不敢相信那麼聰明的傢伙，會故障在這樣無意義的小事上。他記得在學校垃圾焚化爐旁，那傢伙對他說：「我已經一百三十個小時沒睡了。」然後拿出一柄美工刀，咻咻咻快速在脖子割出三條斜線，問他：「嘿嘿，你看這樣像不像鯊魚？」後來他聽說他自殺了。

他猜想圖尼克應該就是這類人物吧。他不確定他的年紀，二十幾？三十幾？他事後回想，覺得那個「西夏旅館」的網頁，簡直就像他曾看過一齣爛港劇《金裝香蕉俱樂部》那裡頭的播音室。在那部電影裡，黃秋生演一個在小電台夜間節目說鬼故事的DJ。但是每個晚上他在播音室裡昏昏欲睡腦袋空白胡謅亂掰的噁爛鬼故事情節，卻會如實在下工後真正地發生在那些助理、音控師、電台打掃阿婆，或他自己身上。

黃秋生說：殺人放火金腰帶，造橋鋪路無屍骸。

接下來便是投保。

接下來是到高雄買蛇毒。

接下來是找藥頭訂意妥明和搖頭丸。

訂機票，安排妻子返鄉探親。

他買了一輛奧迪A4，turbo渦輪動力引擎。他得同時在火車上，同時在曠野精測選上那截鐵軌的路段。

東市買駿馬、西市買鞍韉、南市買轡頭、北市買長鞭。

「接下來……」有一天圖尼克在那上頭打了這一行字。

有什麼事情將要發生？

他頭痛欲裂。有什麼事情已經發生了。

他記得在那原先設計只容一人的狹窄金屬密室裡，他的妻子雙頰酡紅、眼神帶笑迷離，像被鬧酒的新娘癱軟如泥地垮在他懷裡（意妥明的劑量下太重了！）。他們周圍的世界規律地晃動著。有人在外頭敲門，他回敲著，待會要怎麼扶著這一坨米袋般的女人出去，經過列車的甬道，走回座位？「對不起她喝醉了。」他得抱歉笑著回應那些多事的眼光。他又按了一次馬桶沖水鈕，純粹是紓解從體內綳緊想大喊的躁鬱，這很荒謬，缺了一截的鐵軌缺口在幾公里外的夜色中靜靜等著，他們卻像舞會中離席跑到廁所偷情的不倫男女，手忙腳亂地貼擠在一塊。

磕登、磕登、磕登。

鐵軌的聲響像女人的高跟鞋踩著圓舞曲在迴旋。

像是甬道的盡頭有一扇門，他滿頭大汗哄著這個不上檯面的新娘。「再忍耐一下，再忍耐一下就過去了。」那個時刻他的柔情婉語竟有一絲眞情。今天妳是女主角喔。他想像著門打開時，眾賓客皆起立，合唱著讚美詩歌。他們把鮮花如雨灑在那異族新娘的戴著花冠的頭頂。

「接下來……」圖尼克在螢幕上打著：「我們將之命名爲『神聖羅曼史』！」

就是那一刻，他把圖尼克和他們那個「西夏旅館」從他的電腦，不，他的腦袋刪除。Delete，你們這些小鬼懂什麼？整個平靜晃動且終將翻覆的世界只剩下孤獨的他和那其實已正慢慢死去的妻子。

某一次，他騎著機車（說來諷刺，他渾身臭汗是因爲一整天沿著南迴鐵道找尋測試火車出軌最適合的路段）找到鎮上那個外籍新娘聚會的禮拜堂。他的妻子和一群他也分不清她們長相差異的越南女人坐在裡面的長排木椅上唱聖歌。有三個髒兮兮的小孩蹲在一攤積水前，用樹枝撥弄那彩色油汙水面上扭動的孑孓。時光彷彿靜止、倒退，回到他童年那個貧窮、絕望的年代。他記得第一次到胡志明市在旅館裡挑選新娘時，兩個陪著她們一眼看去就智能不足的兒子的阿巴桑，緊張兮兮地交頭接耳：「聽講她們越南女人這麼多，得整批整批嫁到外國去，是因為越戰時男人都被美軍殺光了。」所以，他和那整飛機整飛機花了大筆銀子飛到那個女人國「像挑選後宮佳麗」的傻屌，他們這一族的劣等基因載體，只是她們避免種族滅絕的種豬？他覺得那群女人一聚在一起，怎麼無端就瀰散一種寡婦村的悲愁和沉默。

怎能鄉村女子如我，成為你的新婦、配偶？
你是如此聖潔、神聖，我卻　墮落、屬人。
若非是你，我怎得以　在這羅曼史裡像你？
在創世前，我蒙揀選，你計畫永不變！
神聖羅曼史，　神心計畫之；
神成為卑微人子，追求鄉村女子！
神永遠的愛，無何能妨礙，
亦無何能以更改，神終得心所愛！

那時他在一片金銀花架藤蔓下疲倦地睡著了，殘陽餘暉像蜜蜂輕輕晃顫碎灑在他身上。禮拜堂裡那群異族女人用不標準的國語和聲。他突然為裡頭片段被聽懂的歌詞深深感動，腔體裡有一種遠在他的時間之前就存在的巨大委屈，讓他險險忍不住嗚咽起來。

世人、天使未曾知悉，隱藏在你心中祕密；
創世之前，你已定意：與人聯調爲一！
因那惡者陰謀、詭計，我被罪惡敗壞至極；
但無何能斷絕你愛，我終投入你懷！
萬王之王，你竟成人，爲我受死，將我拯救；
在復活裡，我成童女，許配給你——我王！
死而復活，你進我靈，使我得有你的神性；
你我今同生命、性情，神人二性合併！

他妻子的聲音藏身其中。他恐怖地想：她知道我要殺她！她們知道我要殺她了！她們的歌聲悲傷又無告，像集體召喚她們遠古的女神，卑屈、聖潔而狡猾地向他求情。像用預先的寬恕、洗滌他這必然之殺的，那永遠無從救贖的血汙地獄之境。

磕登、磕登、磕登。

世界整個被拆毀、顛倒旋轉，在雷霆和閃光中撕成碎片之前，他心裡微弱地辯解著：至少我是讓她被裹覆在一個明亮溫柔的火車車廂裡。

Room 13

迦陵頻伽鳥

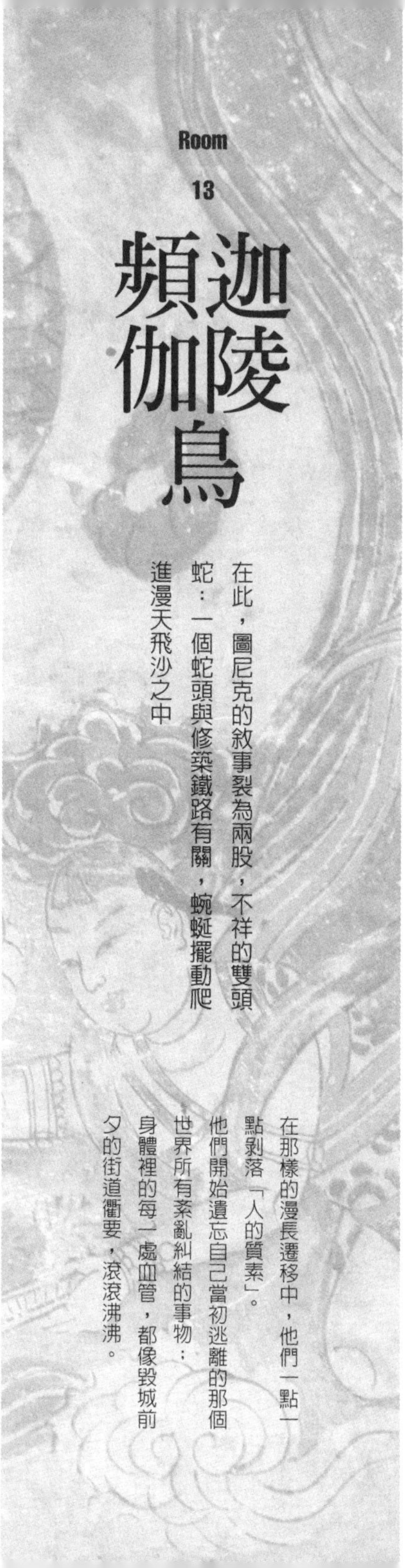

在此，圖尼克的敘事裂為兩股，不祥的雙頭蛇：一個蛇頭與修築鐵路有關，蜿蜒擺動爬進漫天飛沙之中

在那樣的漫長遷移中，他們一點一點剝落「人的質素」。他們開始遺忘自己當初逃離的那個世界所有紊亂糾結的事物：身體裡的每一處血管，都像毀城前夕的街道衢要，滾滾沸沸。

在此，圖尼克的敘事裂爲兩股，一條不祥的雙頭蛇：一個蛇頭與修築鐵路有關，故事的擺動像那條蛇蜿蜒爬進漫天飛沙荒無人煙的大陸西北，一群穿著英式卡其布探險裝的小人兒，在那片山嶺險峭、河流湍急的中古土地上如夢遊者徬徨打轉，那片超現實的曠野，即使在夢境中，也是日光下景物如蜃影幻境空氣中塞滿了某種虛無顆粒，使時間亦艱澀難行停止流動，呼吸的肺葉同時被鼓脹爆裂或萎癟成枯豆莢這兩種相反幻念所襲。他的祖父，帶著十五歲的他父親，還有父親的後母，混在那個隊伍裡，隨著地形的陡升急降繪製著一張看不見的地圖。他們在測量一條「將來會鋪設在那兒的鐵道」。隴海鐵路。關於鐵路的故事實在太龐大複雜了，像一隻冒著烈焰的巨獸，圖尼克的這一股貪婪的蛇頭想將那火光濃煙中呻吟著持續長大的鋼骨怪獸一口吞下，最後卻脹得肼大無比，然後肚綻腸流，變成那像蛇髮女妖頭頂梯格狀蔓延竄走的異次元樓梯上焦黑糊爛的串燒小壁虎。哦，不，那只是一團扭曲在一塊的廢鐵：一個多世紀前的科幻小說，他們替一個垂死的老婦人布滿皺褶、膿泡和紫色靜脈瘤的身體上，烙上這一條條蛛網狀的金屬彈簧，想像著她可以從此變成電氣超人。膠濟鐵路和德國列車長。南滿鐵道株式會社。中東鐵路。正太鐵路法、英、比、日、德、俄……這些鐵道人科幻人外星人，叫我們的魂剪我們的髮辮拐我們的孩子，變成一塊塊各有名字的枕木鋪在那兩條像孫猴子的如意金箍棒向天邊無限延長無限延長的魔術鐵條下。不，那兩條可以無限變長的洋玩意兒（洋物？洋具？），就像孫猴子頭上的緊箍兒，緊緊勒束著我們地氣風水活蹦亂跳祖先們屍骨憋得氣悶的神州大地哪！如果說當年那些馬關條約天津條約辛丑和約是一紙紙西天如來佛祖鎮在五指峰猴頭上的「翻不得身」符籙，那一條條成雙的白銀鐵軌，可才是眞正厲害掏空我們身子拆散我們骨架讓我們只剩一攤血水的妖精法物啊。那上頭轟嗤轟嗤冒煙跑的，不是金角怪銀角怪犀牛精還是什麼？運走我們的煤，挖光我們的鐵。他們的士兵從泊在遠方海港邊的炮艦用火輪車像神仙騰雲一晃眼就送進內陸。所以，義和團鬧了笑話後，八國聯軍燒了圓明園以後，有一個老先生拿了一根棒子到街上去喊：「同胞們！醒醒吧！天亮了。」

於是有一群中國人決定自己蓋鐵路。

圖尼克搞不清楚的是，「蓋鐵路」在這個故事裡應當是標記著夢醒時分的一件事，但爲何他的祖父卻和另一群人，像進入最深沉的睡夢，在那赭紅光禿窮山惡水中繞圈子。

日本的鐵路侵略

《字報》載英人某氏投稿云：一九一五年以前，日本之鐵路政策似以發展滿洲及遼東半島之俄國舊有鐵路爲限；迨一九一五年，廿一條要求提出後，其政策範圍，遂亟擴大。彼以廿一條要求結果，取得吉長鐵路之控制權，並要求築造長江流域之路線三條以與其勢力範圍之福建省相通，卒因英國反對，尚未如願。一九一八年，日本又開一南滿支線，從四平街至鄭家屯，共五十五英里，表面上由中政府借日款七十萬鎊建築，實則歸日人掌握，其建築費糜費極鉅。是年十月，日政府又與中國訂約承造滿洲鐵路四條；一由洮南至熱河、一由洮南至長春、一由吉林至開原、一由沿洮熱線之某點至一海港；四線共長一千英里有奇，預算經費一千五百萬鎊。又，是年中國又與日本訂約，許日人承造接連津浦路之高（高密）徐（徐州）路，及接連京漢路之濟（濟南）順（順德）路，兩路共長四百六十英里，造費約需七百萬鎊。山東各鐵路，如入日人掌握，山東必爲滿洲第二；而天津之英國商務必遭打擊，最後則津浦路且將受日本之支配。於是津浦路向來輸運之商貨，必轉至青島。又，洮熱路如爲日人所控制，將來必展至北京，則於天津商務，亦大有關係。日本之鐵路計畫，如全部告成，彼於軍事上將得極強固便利之地位，因彼即不以大軍駐在滿洲，亦能於三十六小時内，將中國鐵路幹線隔斷。彼於青島可設一路，並可以洮熱路經大連而危迫北京，一面可由釜山及高麗鐵路運兵來華倘長江各路告成，則以福建爲根據，且可截斷中國最大商路矣。

除鐵路以外，日本又思控制中國之鐵業；於上述之鐵路借款成立時，又擬訂立大宗鐵業借款，其目的在設一全國大鐵廠，由日本工程師及專家監督，借款額共一千萬英鎊。查漢冶萍鐵廠，實際上已入日人掌握，所出之鐵，大半運往日本，供其製造之用。此鐵業借款其目的亦如此……殆一九一九年秋冬間，日本借張庫鐵路借款日金三百萬元，建造張家口庫倫間之鐵路，其目的大概在聯絡北京與西伯利亞鐵路，如是蓋可知日人計畫之廣遠。倘吾人願英國在商務毀壞及中國成一日本之附屬國則已，否則必須絕對反抗此計畫。而欲反抗之有效，則必使山東得自由開發，並使津浦鐵路不爲日人所有，或且使該路之北段亦歸英人管理，如此，不但可使管理費大省，且可防禦外力之侵入也。

——《日本鐵路侵略之反響》，《民國日報》一九二〇年九月二十四日，《中華民國鐵路史資料一九一二～一九四九》宓汝成編

許多年後，圖尼克的祖父自加拿大飛來台灣，很奇怪的，這個造成圖尼克父親一輩子孤獨、剛愎、不信任人的始作俑者，那個遺棄者（那時他們全不知道那已是這位罹癌老人生命的最後一年時光了），自機場出關後並未往高雄他父母的住處去，而是提著行李逕自搭車投宿圖尼克當時在北部念書租賃的學生宿舍。那時是他父親陪著祖父一道，一進門兩個老人二話不說，一臉嚴肅，像電影裡的FBI穿西裝的二人組特工（通常是一個黑人一個白人），訓練有素地分頭檢查圖尼克房間各處，將窗關嚴實了，百葉窗拉下，拆開電話看有沒有竊聽器，或是順著電線看通往線路箱的周邊有沒有奇怪的多餘零件，最後還不放心地撩起窗簾邊隙看看對面公寓有沒有人拿著望遠鏡

在監視……，等一切都搞定了，臉上的線條才稍稍和緩。老父子兩個才在這個變得昏濛陰暗的窄促房間中央坐下。圖尼克那時看著那兩張和他如此相似卻依歲月計程有不同深淺的削刻毀壞痕跡之臉，他們壓低聲音說話（還好他們並沒有變態到使用他聽不懂的祕腔暗語來交談：新疆語？印度語？或甚至是，久已失傳的西夏話？），心裡充滿感慨。是遭遇過什麼樣的恐怖、監視或偵測，使這一對其實一輩子離散，分隔在兩個完全不同地方生活的父子，竟以脫離現實時空的狐疑機警（像那些戰役數十年仍不知天皇早已投降，躲在菲律賓叢林裡打自己的游擊戰的日軍野人）作爲相見時刻的親密默契？圖尼克有沒有觀察他父親一輩子嚴峻剛毅的臉上，有沒有一瞬——只要一瞬就好了——失控流露出棄兒的委屈或向空洞時光索討什麼的孺慕之情？「你看看我是這樣過了如此孤獨的一生。」

沒有。什麼都沒有。這個雙頭蛇敘事的另一股蛇頭涼颼颼地鑽進他父親和他祖父的褲襠。在他看不見的時候，有什麼地方被刺痛地咬了一口。但他們一點表情都沒有。

不要信任人。永遠都不要。那會帶來抄家滅族之禍。

連至親之人都不行嗎？

頓了一下。都不行。

不要被人利用。不要爲自己有可被利用之處而沾沾自喜。那隨時是下一刻人頭落地的原因。

一開始我們或會懷疑：修鐵路的故事，與跨越兩代漫長時光河流的，背叛、遺棄、靈魂壞毀或臉孔僵硬，暗室裡的家族誡諭，這兩者之間有何關聯？但隨著圖尼克祖父的故事開展：在那個昏暗的學生宿舍，在我們這個瀰散著乾燥花芳香劑的旅館酒吧，暮年老人常語焉不詳的低語、躁怒、情節跳躍，或是圖尼克胡亂插入不知從哪翻找考據來的野史資料，像一台金屬機件生鏽故障的齒輪和弦音樂盒，嗡嗡轟轟此起彼落拼湊著各式雜音（他父親從頭到尾不發一言），最後我們竟發現那確實是這整個離散故事的全貌。「是了，它們是同一回事。」

在那人類以其剎那之眼無從觀看、記憶，如同拔下一隻蝗蟲的銀色薄翼，投入一條滾滾洪流，那億萬個，曾經發生過，或尚未發生過的，如浩瀚星河的，其中一天，獨立於那人類歷史之外的一天，那個早晨，圖尼克的祖父從一團帶著愧悔、追憶什麼、嗒然若失的哀愁夢境中醒來，他的身體猶帶著一種從二度平面穿過濃稠膠狀介質進入立體空間的重力拉扯疼痛。他的耳際清晰迴響著醒來之前，那個夢境裡一群辮髮小孩拍手合唱的奇怪歌謠：

最高的爲土星，
兩年零八個月留在宮中。
第二是木星，
它在一宮中留十二個月。
第三是火星，
它出現時綠草變枯黃。
第四是太陽，
它把世界照亮。

第五是可愛的金星，
受它一顧你會得到安慰。

其次是水星，
它和太陽是冤家對頭。

此外還有黃道十二宮，
有的成對，有的孤零零。

白羊座爲春季之星，還有金牛座，
雙子座同巨蟹座是朋友，
獅子座和處女座是鄰居，
天秤座、天蠍座和人馬座是友人。

三個是春季星，三個是夏季星，
三個是秋季星，三個是冬季星。
三個是火，三個是水，三個是風，
三個是土，這樣才形成了世界。

它們原來，互相敵對，
有如水火不相容。
只有萬能的造物主，
才使它們共同生存。

嗡嗡轟轟。天色將明未明，挾著細沙粒的晨風輕輕吹拂著他尚未醒全像那些石雕胡人眦笑成一團的臉。無色的晨曦在那荒涼曠野上一球一球像外星人基地的巨大陵墓上方含混不明地將黑影與實物顛倒過來。圖尼克的祖父宿醉未醒地對著對面那藍紫色魅影的賀蘭山刷牙漱口，彷彿看著一群鬃毛烈烈的巨大野馬從他面前跑過。他背後的營寨木屋紗門左側掛著一方木牌：「交通部平津區鐵路管理局包寧段工程籌備處」。是啊他是帶著妻小隨這支測量隊來此勘測那條「未來鐵路」將要行經的路段。另一支測量隊則從包頭出發最後和他們在磴口一帶黃河岸會合。但不知爲何，當他們的測量車隊行駛過那段像有什麼生靈妖精操縱的沙漠公路，車隊到時黃沙漫天地讓路，車隊剛過則一層一層沙丘覆蓋不見來時路，他眞是無從想像如何將兩條鋼軌，百里內荒煙無人地鋪設在那變幻莫測、隨時將實物吞噬進虛無之境的浮沙之上。測量變成了他們這群人來到此地的既虛幻（沒有人敢再提及：那我們測量好路線和地勢後，誰會眞正去蓋那條鐵路？）又實際（不然他們像從科幻小說裡跑出來的文明人，不知爲何要出現在這些千百年來以馬匹和駝隊交通之回民的市集和村落裡）的正活。雖然圖尼克的祖父那時尚未，並且終其一生未曾讀過卡夫卡，但他卻比我們這些喝現代主義奶水長大的後生晚輩，更刻骨銘心地體會「測量」的虛妄本質，那種意欲用標尺、測距儀、水平儀種種工具理性對抗一種在出水孔漩渦裡打轉，被一些笑瞇瞇、置身事外、流鼻涕臉上有疥癬的傻氣人群圍觀並大發議論的痛苦。再加上那該死的蒼蠅和沙塵暴。

那些光著臂在黃河灌溉分渠泥漿裡打水仗的小男孩，他們唱著漢人教的傻歌謠：「寧夏有三寶：枸杞、灘皮和皮草」（和夢中的歌詞完全不同），把自己的祖靈之地想像成一些快活蹦跳的農牧產品，「塞上天府不得了，出產紅（枸杞）、黃（甘草）、藍（藍靛）、白（灘皮、鹽、鹼、硝）、黑（煤、鐵、髮菜）」。他要如何告訴那些攤子上擺著一粒粒熟裂四迸，露出瓤瓤和籽粒卻好捨不得地用麥稈繩將之繫綁住的瓜，那些藍眼珠戴小白帽趕著蒼蠅的老人，我們正在做的事，就是替這塊太老而紋路紊亂的枯灰手掌，重新，清楚地畫上掌紋。之後會有一個冒著黑煙，發出比老虎更恐怖十倍巨大十倍怒吼的鋼鐵怪獸，會從一個未來的世界跑來這裡。運走你們那些藍啊白啊紅啊黑啊什麼的。因為洋鬼子太欺負人了（他忘了臉前那些維吾爾人其實也不是漢人），我們得學著自己來。

前一晚，他們在騎兵學校觀賞哈薩克人表演騎技，和那些駐軍軍官、西北官員談銀行借貸、修路木石材料之運送、民工之徵集，所有人都搖頭。主要是預定路線進入中寧附近，沿河岸彎曲前進，沿線無大村莊，無糧食生產，交通極困難。所需鋼軌由東部從平漢、隴海鐵路撤運過來，用牛車偷運，還得先埋藏起來。在座一位將軍提及左宗棠經營西北，有句名言：「籌餉難於籌兵，籌糧難於籌餉，籌運更難於籌糧。」什麼最難？交通最難。酒至酣處，一位蓄著翹八字鬍的哈薩克軍官醉醺醺走到他面前，兩眼發直瞪著他，發音不準地說：「長官、兄弟，仔細瞧瞧，仔細瞧，您的臉和我的臉像不像一個模子印的。您絕對不是漢人！」另外幾個低階軍官把哈薩克軍官架走，但他摸著自己僵硬發白的臉，用一種虛無的聲調打哈哈：「仔細看看，還真是像！」

主要是，那時的局勢大壞。東北淪陷，十二月，徐蚌會戰失利。次年，共軍渡江，南京、上海相繼撤守。馬鴻逵與青海省主席馬步芳，會晤於青海省的享堂，商定先由馬鴻逵保薦馬步芳出任西北軍政長官，再由馬步芳推薦馬鴻逵任副長官兼甘肅省主席。結果中央發表馬步芳代理西北軍政長官之命令，但馬鴻逵任甘省主席的命令卻未見下來，於是兩人發生猜隙。原先共組之寧青聯軍再遭堵擊，共軍華北部隊進入陝西後，寧夏兵團大舉西退回寧省境內。造成馬步芳的主力軍在蘭州被圍乞援，馬鴻逵按兵不動，終致蘭州全軍覆滅的悲劇。其時共軍第一野戰軍在進占蘭州後，照彭德懷命令，兵分三路：左路向青海，中路向河西走廊，右路向寧夏方面進擊，所以置放在這個猜疑、背義、軍團潰敗、圍城大戰一觸即發故事背景之前的，圖尼克祖父，這位鐵路測量員的一天，其實是人心惶惶，謠言四散，長官辦公室裡的鐵櫃檔案早被打包，一箱一箱用俄製軍卡車運走。

整個世界在一種煮沸的、蜜蠟色的濃郁金黃光照裡搖晃：倒塌的黏土磚房、雜駁塗寫著「效忠領袖」的灰泥牆，街上仍可見回民部隊用騾車押著要槍斃的共產黨員，所有人的眼珠都帶著一種失眠症者的空洞而突出著。圖尼克祖父覺得自己置身在一個所有事物和它們的相反鏡像並存的奇異時空：回民們攤掛在低簷鐵鈎上蒼蠅紛飛的整副剖去內臟的羊屍骸，他們驕傲地宣稱自己的肉如此乾淨：宰殺放血之前必經過頌經。但他們的糞池裡卻堆著讓人無法忍受的強烈腥騷穢物。圓頂清真寺周圍可見那些小白帽、膚色焦褐，宛如沙漠幻影的川流信眾，並在那刺目強光裡始終嗡嗡充滿著他們肅穆虔敬的祈禱禮拜聲。當時，包括圖尼克祖父在內，沒有人知道：這個靜止在時間之外，且與外界隔阻的沙漠邊陲，已經被遺棄了。甘、寧、青回部諸馬當年團結力抗孫殿英大軍的慘烈史詩已經裂解了。而圖尼克祖父還天眞地想像著一條照著他測量的精準數據，兩條朝著「大漠孤煙直」天際線筆直延伸的閃著銀光的鐵軌，會把他當時危機重重、分崩離析的生活——他那個已進入青春期、一臉陰鷙狐疑的長子，他的新婚妻子和懷中的嬰兒，他愈往邊陲愈發現諸多和自己臉孔肖似、高鼻深目的異族之人，以及愈往邊陲愈與那個飽受內戰戰火蹂躪、國共戰事消長之新聞紙的眞實感飄浮失去重力的迷惑——全串連、銜接成一個完整的未來。

沒有任何資料記載圖尼克祖父那一行人在一九四九年間的那次南遷逃亡長征。他們由蘭州一帶出發時有多少人？待翻越青康藏高原時還剩多少人？那場後有彭德懷的第一野戰軍追擊，東南邊有第十九兵團伺伏，假道向西北，其實以順時鐘方向在洮河河谷、隴海鐵路沿線、進入騰格里沙漠再南竄進寧夏回族人的市集，如陀螺打轉，疲憊的夢中跋涉。剛出發時他們每個人作著各自不同的夢，但到了那旅途的中段，每個人夢中的場景竟都是一色一樣的畫面，像手持攝影機顚簸不穩的失焦影片：暗紅色的礫土礦野，遍地可見的大型動物骨骸和野駱駝的糞便，截斷的河流，荒煙蔓草中像一架鏽紅墜毀飛碟的古代帝王陵，或是幾年前被日軍飛機炸毀成一團黑瀝青的運軍火卡車。他們相信自己是闖進了死神的領地。眼前一片枯寂而絕望。其實那只是由海拔一千米陡升至近三千米而出現的高原症症狀。他們頭痛、氣喘、互相羞愧地不去看對方從胃囊裡噴出那粉紅或墨綠、腥臭無比的嘔吐物。一開始他們是故布疑陣，假作向北其實朝南，繞一個圈往東最後又回到西邊進入高原的隘道。但在這個過程，隊伍裡有大批人員或是弄混了方向，或是不堪這樣意圖將逃亡變成幻影的肉體折磨，竟眞的掉轉回頭或故意落隊，向後面追擊的共軍投降。

或因描述能力之貧薄，圖尼克的父親總將那一段回憶說的像是卓別林的黑白默片。一群國民黨西方行政官員、土木技師和鐵道測量員，灰頭土臉、嘴唇發白、兩眼呆滯而恐懼，他們排成一列，機械性地同手同腳快步行走，其實攤開地圖，他們在死亡的灰影籠罩下的打圈亂竄，幾乎涵蓋了當年李元昊鬼影幢幢的騎兵隊擴張帝國版圖時，和進行焦土邊防戰略的北宋駐軍或狡猾雄猜的吐蕃王角斯羅浴血爭奪領地所有去過的地方。靈州、興州、蘭州、涼州、廓州、河州、西寧州。他們其實可以選擇另一條路線：南渡洮河，橫越松潘草原，沿金川河谷南下，經丹巴、乾寧到達四川省甘孜藏族自治州的木雅地方（即今康定縣拆多山以西，雅礱江以東，乾寧縣以南，九龍縣以北的地區），那即是傳說中西夏帝國遭蒙古鐵騎破城、屠戮、滅種之後的「最後一支黨項人」遺民當初的逃亡路線。據說那條路線沿途水草豐美，可以補給大隊人馬的遷徙。但是在圖尼克祖父的年代，那還是在中國的地界裡啊。於是他們選擇了橫渡「天下黃河第一橋」，建於明洪武九年的鎮遠浮橋，穿過日月山、倒淌河、花石峽、切吉岩畫、切吉古城、夏唐古城……到達漫天大雁、魚鷗、鸕鷀、棕頭鷗的鶚陵湖畔。那即是當年文成公主西嫁吐蕃王朝松贊干布的路線，「一出此界，即不為漢。」在圖尼克父親的敘事裡，開頭他們似乎還分批搭乘著一輛輛俄製煙囪頭燒煤炭的軍用卡車，顛簸土路上凹塌的陷坑、斷路、急彎陡坡，引擎的哮喘嘶吼，和沿途孤伶伶趕著羊群的羌人。但是到了後來，那些卡車像他們沿途拋棄的文明人印記，被排斥到這個故事之外（爆胎？燃料燒盡？煞車打滑而翻覆山路旁？或是持續的爬坡使水箱燒沸燒乾而終使引擎冒煙縮缸？）。那眞眞實實變成一群人步行跋涉的艱苦逃亡。似乎隨著他們走進那綠茵如毯、油菜花金黃一片、牛羊飄動如雲，高原天空如燈控師炫耀著各種光線稜切之顏色的迷人圖畫裡，他們臉孔、耳際、手指、身體的輪廓愈來愈淡，漸漸變得透明。

似乎在那樣的漫長遷移中，他們一點一點剝落「人的質素」（那時他們才了解，不是失去「漢人」的靈魂，而是隨著眼球暴突、指甲變長捲繞、腳底膿瘡裂口結痂、睪丸在一種疥蟲囓咬下腫脹巨大無比，以及婦人們開始恬不知恥在襤褸衣衫下露出奶子和私處，而他們亦不以爲奇，並且他們的聽覺變得無比靈敏對數里外的地平線的風吹草動皆清晰掌握……那個屬於「人類」的油液狀的貼身之感，輕盈地飄浮在他們肩胛後頸，隨時要失去重力離他們而去。）他們開始遺忘自己當初逃離的那個世界所有紊亂糾結的事物（新聞紙、國共內戰、蔣委員長宣告下野、測量鐵路？那是多麼滑稽且遙遠的一件事），他們身體裡的每一處血管（心臟周圍、頭顱內、頸部、胃腸、泄殖腔、四肢），都像毀城前夕的街道衢要，滾滾沸沸，所有的紅血球都將原本緊緊懷抱著的氧氣拋棄。原先沿途所見曠野中森白晶亮的大型骨骸，這時全活生生地以它們充滿威脅性與敵意的動物形貌，近距離監視著他們。有時一整批出現兩三百匹的灰色斑紋鹿；面貌猙獰的犛牛；山狗「猖庫」；還有在山稜線上神出鬼沒的雪豹。有時他們甚至會集體出現幻覺，看見一隻全身被覆斑斕鳥羽的羽尾龍，像虛幻中被某種神祕意志召喚而出，從呼吸困難、張目結舌的他們眼前跑過。

在那個如夢如幻、疲憊又憤怒的故事後面，並沒有一張精準的地圖，以比對推測這一行人是在什麼時候終於離開青海進入西藏。也不確知是在那一處地界，終於讓圖尼克的祖父，那位鐵道測量員，說出一句半世紀後連他孫子初次聽見亦覺震動的話：「啊，我終於變得不是人了。」在那深山峻谷的死亡之境中，這群人之間發生了什麼不幸且羞恥的事，使他們在日後即使重回人間，亦終其一生閉口不願重提？是他們在酷寒失溫後迷路的悲慘狀況下，肢解分食了他們其實尙未死去的虛弱同伴？抑或是在極高海拔的缺氧幻覺下，他們集體瘋魔，像我們如今在這間「西夏旅館」的某個房間，偶爾在嗑了致幻劑大餐後所進行的那些淫亂雜交的勾當？他們輪暴了隊伍裡某個體力不支終於要被遺棄空山裡的女人（或女孩）？他們劫掠了某個熱情招待他們吃手捏炒麵、酥油、鹽巴成團的糌粑和酸羶牛奶製成的熱騰騰酥油茶的藏胞帳篷，集體用拳頭把那個一身袈裟兩眼悲傷的男人活活打死，強姦了他那個戴著編結著綠松石、狼牙和銀色法器的美麗妻子，用他們帳篷裡的藏刀割斷篷外那些渾身長毛、凶惡吠叫的獒犬的喉管？沒有人知道曾經發生了什麼事。那像進入了一架破爛轉經輪裡持續重複的嗡嗡轟轟密咒之中。他們被詛咒，但詛咒的形式與時限如此鬆散，使得這一群人（包括圖尼克的祖父）之後一生的悲劇竟像所有人正常時間都會遭遇的生老病死。

圖尼克的父親說：「就是在那兒，我父親將我遺棄了。」

在那場殘酷劇之後（圖尼克的父親說：「就在那件事之後。」圖尼克仍然不知道當時究竟發生了什麼事？），圖尼克的祖父像從一場亂倫噩夢中醒來，他慘嚎一聲，回頭用陌生、殘忍的眼神瞪了圖尼克父親一眼（他知道他這個十六歲的兒子目睹了全部的一切——但是到底是發生了什麼事呢？——他要嘛是在成年後鄙視他終其一生不原諒他，要嘛就是爲了愛他的父親而扭曲靈魂相信他記得的那黑暗的一幕並非罪惡），然後將這個腳底已皸裂了數十個口子，膝蓋腫脹向關節兩側突出的大兒子棄置不顧，牽著他的妻子（那個當初和他一道響應政府「建設大西北」，一道去測量隴海段支線鐵道的女知青，圖尼克父親的後母）和她襁褓中的女嬰（許多年後圖尼克和這位姑姑在加拿大多倫多的一間華人餐館碰面，她操著一口極破的華語，努力地向圖尼克訴說她自己也弄不清楚的荒唐遭遇：大約在八〇年代，這位在印度華僑區長大從未回過中國的女孩，受了靈魂裡某些近似招潮蟹的內分泌機制蠱惑，被紅色祖國的海外文宣激勵，和她的加拿大丈夫離婚，抱著一輩子積蓄的存款，和一個跳機到美國開洗衣店，小她十歲的中國青年結褵，而這個宣稱要將她的財產帶回祖國投資——而且是回到她父親的故鄉——的傢伙，證明自己可能是幾十年前那個西藏咒語中某一個讓人毛骨悚然的重音節名字，他拐光了包括她父親留給她的及她自己所有的現金、股票、債券……從此消失無形），趕上那群薄光中灰色的同伴。

圖尼克的父親獨自哭哭啼啼努力走了一段路，直到看見他父親他們變成隔著一片山谷間銀光閃閃小水潭另一邊大山稜線上的小人影，他才全身僵硬，從脊椎開始接連著每一處骨骼腔室的裡面，皆如空碗倒扣搖骰子，咯喇咯喇顫抖著（在那樣的空山裡，連他自己都聽見從身體發出的巨大聲響），然後終於仆倒在地。

「這是一座高達七千八百公尺長年積雪的大山，巍然拔起於眾多波浪狀山岳之間，非常壯觀。走到山腳下的時候，閃電此起彼落，雷鳴聲在耳邊霹靂作響，接著降下大量冰雹，那種驚人聲勢震動著天地，彷彿連雪峰都快炸裂了似。那種驚天地泣鬼神的氣勢教人瞠目結舌，而抵達這樣一個淒絕而壯麗的靈場聖境也令人快慰不已。一直到今天，我每當想起那時的種種偉觀，仍感到極度興奮。霹靂與冰雹大作了一個鐘頭後戛然而止，然後好像被清洗淨化了一遍的曼里雪峰再度展現其雄姿，片片白雲冉冉飄飛於澄淨的空中，陽光普照著雪山和大地，一片莊嚴祥和。我眞是被她的變幻自在、境涯莫測所降伏了……

「……這樣走了二十公里路之後，終於抵達聖湖瑪旁雍錯。眼前的聖湖眞是廣袤而壯麗，清靜而靈妙，她的形狀就像一朵盛開的八葉蓮花，有如八咫神鏡一樣金光晃曜；湖水清澄，在碧空下宛如深藍色琉璃。隔著湖面在西北方向聳立雲表的，就是靈峰岡仁波齊；靈峰周圍圍繞著一重又一重的雪山，就像是五百羅漢圍繞在釋迦牟尼佛四周聆聽世尊說法般。身處這樣一個神聖的場所，頓覺所有飢餓乾渴之難、渡河瀕死之難、雪峰凍死之難、重荷負載之難、荒野獨行之難、身疲腳傷之難等，都一應爲此靈水滌除淨盡，整個人感到無比空靈自在，彷彿達到了忘我之境。瑪旁雍錯印度語稱之爲瑪納薩羅瓦湖（Manasarovara），是世界最高的湖泊；藏語瑪旁雍錯（Ma pham g-yu mtsho），意爲『無能勝母湖』，梵文則名爲阿耨達池（anavatapta），漢譯作『無熱惱池』，是非常神聖的一座湖泊。

「……依《華嚴經》所言……瑪旁雍錯湖正中有一棵高大的寶樹，寶樹上結著果實，其果實即是如意寶珠，諸天人、阿修羅得到它都會非常高興。當果實成熟掉入湖中，其聲有如『瞻部』。由於印度四大河發源於此湖，因此稱印度爲瞻部州。」

——河口慧海《西藏旅行記》

以上這段文字出自日本僧人旅行家河口慧海於一九〇四年出版，關於他在一九〇〇至一九〇二年間，假扮中國僧侶，由尼泊爾加德滿都出發，越過隆冬雪封的喜馬拉雅山入藏，這段旅行所見所聞之遊記。這趟旅行（或這份遊記）日後成爲傳奇，乃在於這位日本僧人越過崇山峻嶺入藏的年代比號稱西方「第一位進入拉薩的外國人」探險家榮赫鵬要早了三年半。且相較於那個英國軍人帶著部隊和現代新制武器，河口慧海攀越喜馬拉雅山的整個旅程，幾乎全是獨自一人完成。所以遊記文字中常出現一種孑然一身在空曠、巨大的雪山群中，孤獨、恐怖、疲憊、陷於瀕死危機的「人類如此渺小」之概。但爲何這段一百年前的文字，被圖尼克認爲即是五十年前他父親獨自被遺棄，昏厥倒臥在喜馬拉雅荒山中一座湖畔時，所置身的場景呢？且河口慧海獨自入藏的方向、動線，恰與圖尼克祖父故事裡那一群人——穿越魔山從此離開中國之版圖。一群流亡者和一個被遺棄的男孩——剛好顚倒、相反、互爲鏡中之影。但圖尼克飽含感情地背誦著那些字句，透過一種「現象與物自身」、移形換位的彆扭理論，認定那即是他父親當年在無比孤獨時刻，眼前歷歷所見的畫面。「如果當年他有能力將看見的記錄下來，說不定就是一字不漏、一模一樣的這段文字喲。」這種奇怪的觀念當然讓人又回想到圖尼克的「烏鴉插毛理論」：那個把收集來的五彩繽紛的其他鳥類羽毛全一古腦插飾在自己身上的伊索烏鴉寓言。或是某種將宇宙看成一座無時間流動之大型油液萬花筒的虛無理論：一切的經驗，都只是那億萬恆河沙多的宇宙裡其中一個宇宙裡所發生的經驗。所有的事情都早已發生過了。而且在發生的瞬間，在過去、現在和未來，那其他億萬恆河沙多的宇宙裡的某一顆星球，也像無限重複的鏡廊，同步地發生一模一樣的事情。如果整個宇宙，其實皆不過是由「梵」這個容器流出來的某種意志的搬演和變貌，最後又會流回「梵」裡去（那是什麼？一台除濕機？吸塵器？洗腎機？還是魚池的馬達循環打水系統？），那麼，「誰又能說河口慧海那次旅行的經驗和我父親十六歲時荒山情景不能是同一件事？我們大不了把錄影帶倒著播放好了。」這其實亦是我們這座旅館裡，常在故事傳遞過程，把不同人的故事，他人和自己的故事，全嫁接拼縫在一起的原因。甚至客人們回憶起這座旅館，常把它和其他許多間不同的旅館（不同的走廊、花園、窗景、櫃檯微笑的接待人員、不同的酒館、不同的樓層、不同的其他房客）全混淆組合在一塊兒了。

「……經文中又提到說，東流的馬泉河中流的是琉璃沙，南流的馬甲藏布（從孔雀嘴巴流出之河）流的是白銀之沙，西流的象泉河中爲黃金之沙，北流的獅泉河中是金剛沙。這些河先是繞行瑪旁雍錯七匝之後才分別流向四方。湖泊中央盛開著肉眼看不見的碩大蓮花，其大小有如極樂世界的蓮花，上面住著諸佛與菩薩。附近生長著珍貴的百草，還有每一聲啼囀都美妙如極樂淨土三寶的迦陵頻伽鳥。

「……這裡被視爲世上唯一淨土，而且湖西北的岡仁波齊雪山更是諸佛、菩薩所居，也是五百羅漢之居所；南岸的靈峰曼里雪山則是五百仙人所居之處。總之是一個被形容爲天上人間的極樂淨土，雖然看起來與經典所言並不完全相同，但其景色之豪壯與清淨是無庸置疑的，畢竟是一個靈妙仙境。當晚皓月當空，映著瑪旁雍錯的粼粼水面，對面的岡仁波齊峰則像入定的佛陀般如如不動，其幽邃之狀令人恍惚忘我，盡滌心中塵垢。」

圖尼克說，他父親醒來的時候，發現一個男孩的臉，貼近到鼻尖碰鼻尖，那樣地盯著他看。那不是一張漢人的臉，與其說那不像漢人的臉，不如說是近距離觀看時，那男孩的眼珠竟像某些洋人童話故事裡，本來的眼睛因爲後悔做了什麼壞事而哭瞎了，被仙女用魔法換上兩顆昂貴的藍寶石。在那繁複稜切面的玻璃球體，拘禁著一團淡藍色的冷光，但那藍光並非動物瞳孔由內慢慢向外暈散的懸浮色素，而是硬度極高的玻璃礦本身的貴金屬色澤。且那男孩竟用舌頭輕輕抵著，似乎想撬開他的唇齒，把舌頭放進去。圖尼克的父親到那時爲止，並沒有任何性經驗。並且在他成長的那個動盪不安、即使連他父親這樣一個當時算「受新式教育之人」，其實在對身體歡愉之事上，都守舊得要命的年代，他根本沒有管道（那時尚未有電視，他亦沒看個「洋畫片」——黑白電影）學習、理解什麼是「法國式接吻」。但當時這個以爲自己瀕臨死亡的不幸少年卻勃起了。他的喉嚨裡像用焊槍噴焰燒過而黏合起來（他不知有多久沒喝到水了），但他試著努力將牙關打開，並且——不知爲何在那種狀況出現了那樣奇怪的創意——輕輕地，但固執地，將那藍眼男孩伸進他嘴裡的舌尖咬住不放。

那張近距離的臉開始變化，淡藍色的玻璃眼珠似乎因驚恐或憤怒而變色成一種灼亮刺眼的鑽石強光，嘴裡的舌頭旋轉著、掙溜著，並從舌根後的管道發出一種不屬於人類，反而像教堂聖樂管風琴的低沉共振聲。然後，一個超現實的場面發生了，那張臉，那個頭，將舌自圖尼克父親的牙關中抽出後，在那零點一秒的瞬間，以一種人體經驗完全無法想像的高速——像有人用足球射門的方式將那粒頭踢走，或是原先就用鋼絲綁在那粒頭後髮梢上這時用力將它抽走——沒有身體，只有頭，後退地離開，向空中飛去，最後逆光停在一株似乎曾遭雷擊的灰白枯木枝椏上。

圖尼克的父親艱難地仰起脖子看，發現那個男孩，不，那個頭，原來是一隻鳥，不，一個人頭鳥身的怪物。牠似乎亦受到極大之驚嚇，以一種禽類特有的神經質抖動，整理著牠一身華麗的鳥羽。

（那就是迦陵頻伽鳥吧？你父親遇上了傳說中的神鳥。）

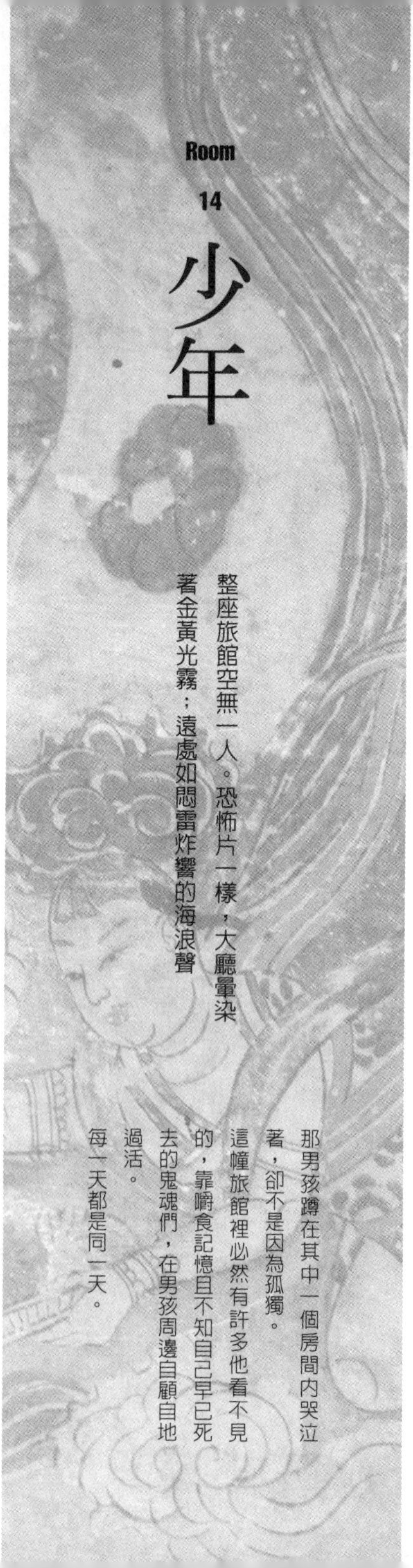

Room 14 少年

整座旅館空無一人。恐怖片一樣，大廳暈染著金黃光霧；遠處如悶雷炸響的海浪聲

那男孩蹲在其中一個房間內哭泣著，卻不是因為孤獨。

這幢旅館裡必然有許多他看不見的，靠嚙食記憶且不知自己早已死去的鬼魂們，在男孩周邊自顧自地過活。

每一天都是同一天。

少年醒來時發現整座旅館空無一人。

他走到一樓大廳，那一整片暈染著鵝黃紋理的大理石地磚竟在從大門玻璃帷幕牆淹進的飽滿光照下，出現一層像電影底片染色之麥浪或乾冰效果之離地三十公分的金黃光霧。拉比咖啡座的無人彈奏鋼琴，琴鍵自動在小格小格的凹陷中，懶散零亂地敲擊一些串連在一塊的單音。

蕭邦。他心裡想，像恐怖片一樣。

無人的咖啡廳。無人的接待櫃檯，發出金色光澤擱置在玻璃旋轉門進來一側的行李小推車。

他知道沿著側門出去，是一座無人的、妖異藍光水波晃盪的游泳池，白色遮陽傘，日光浴躺椅。

遠處如悶雷炸響的海浪聲。

沒有倒臥在各角落的屍體。

沒有半個人。

偌大一座旅館，空調兀自開著。像一場奢侈的、人數上百的躲迷藏。

他抬頭看著大廳挑高拱廊的主牆面掛著巨幅的《夜宴圖》。除了光更寫實從四面八方的「外面」照射進來，幾乎是和夢中那座旅館一模一樣的場景。眼睛的不適應有點像從暗室中找出的一枚精雕細琢之玻璃燈罩，放在一百燭光的裸燈上，光源從這棟建築的胎體內，穿刺、割裂、向外噴散而出。

就是人都不知跑哪去了。

他沿著鋪了朝鮮薊的青石板小徑，經過那漂著一塊螢光橘浮板的游泳池，穿過一座架了紫藤篷的小花園，還有一座地板豬肝紅漆龜裂、掛網也癱瘓在地的荒廢網球場，往海邊的方向走去。草坪上仍有一些灰褐色的蚱蜢竄跳著，花園邊的天堂鳥花上繞著四、五隻黃粉蝶。

像核戰後的辰光。

然後他經過一條髒汙的溪流，後來他發現那或不是溪流，是這整座旅館將所有的汙水廚餘排放至大海的渠道。那樣漫不經心將旅館內數百間房馬桶排放出的排泄物、浴室的泡沫髒水、廚房裡洗滌油膩餐盤的噁心混合液……使得這可能是穿過海岸公路水泥基座下方的橋洞，從那斷流的黑水裡飄出不可思議的惡臭。水面結著厚厚一層稠黑油汙，漂著一些像蓮類開著鮮豔紫花的水生植物，在那惡臭爛泥裡，依稀可辨是一整片發泡腐爛的飯粒，還有一些（也許是鵝）大型禽鳥的羽毛。

這些廚餘穢物至少證明了這座旅館曾經有住人。雖然也難以藉此推算一整建築裡的人消失之時刻。但可確定這「空無一人」不是一本來之狀態。

他們，全部的人，是在什麼時候消失的？昨天？今天上午？他醒來前的一小時？或是早在一年前就已是這樣一棟空蕩蕩的，無人旅館？

少年終於走到那片海灘。

這一片海灘上鋪覆著一種黑色、灰色或白色泛著鐵鏽黃紋斑的小卵石，間雜著米粒大小的碎石末。海灘與海的邊界，圍著一排遠古巨人頭顱般的碎浪石，那四爪箕張的水泥臂上，布滿了海水浸蝕過久的蜂巢狀凹孔，海浪拍擊碎裂的白沫，便像某些犬類動物用舌頭舔過的口涎。他想起房裡電視氣象報告說有兩個颱風以極近距離在太平洋外海相繼成形，可能會互相影響成為所謂「藤原效應」。確實還在正午，海面上空便油畫般地低壓著濃灰色的厚雲。海水也呈現一種帶著脅迫氣氛的灰綠色，浪頭一波接一波在眼前拍擊，形成白色的水柱上騰，發出「碰！磅！」的巨響。

少年獨自在一截巨大的漂流木上坐了兩三個小時。他記起他曾看過一部核爆後僅剩一人在城市廢墟中遊晃之類情節的電影。那人後來忍不住寂寞，跑進一座廣播電台的播音室內，對著一支麥克風向無人的世界發表演說。他想起此刻的處境應得趕快走回旅館，翻箱倒櫃尋找未逾保鮮期限的罐頭、食物、各種酒類；或是像雙氧水感冒藥止瀉藥紗布之類的藥品。最好能找到一柄槍以防身。

坐在這樣一片開闊的海平面前，少年卻有一種在電影院買到第一排座位票，與銀幕過於靠近，眼球之圓弧無法將畫面中左右兩端側翼景物同時收攝，且音響喇叭過於大聲的壓迫感。濃灰色壓低的雲層、濃灰色劇烈搖晃的海浪、沒有空歇的轟隆轟隆巨響……

他疲憊地走回旅館。整個大廳因為中央空調無法對應外面驟然轉陰的天氣而冰冷不已。他想：即使是這樣幾百個房間只有我一人的辰光，我還是像流浪貓拿著房卡循原路鑽回自己的那個房間。但他旋即發現大堂沙發那兒的玫瑰石几桌上攤開一份報紙，菸灰缸裡有捺熄的四根菸蒂。空氣裡並沒有菸味。

有人來過了。

不對。應是：這個旅館裡，除了他，還有另外的人。

他坐下，把頭探向那攤開的報紙。有一則新聞標題很大：

冥王星可望保住太陽系行星的地位！

刻在捷克首都布拉格舉行的「國際天文聯合會」下設「行星定義委員會」今天宣布達成行星新定義，等本月廿五日大會投票通過，未來太陽系行星家庭至少增加三個成為十二行星。

行星定義委員會達成的定義如下：「行星這種天體，擁有足夠質量，足以克服扯裂星體的各種力量，以至於形狀近似球形；軌道繞行恆星，而且本身不是恆星，也不是某行星的衛星。」

……未來太陽系將擁有十二個行星，但分為三組，公元一九〇〇年以前發現的水星、金星、地球、火星、木星、土星、天王星與海王星稱為「古典行星」（classical planet）；而冥王星及可望新入列的「卡倫星」（Charon）、「2003UB313」（目前暱稱「齊娜」），則稱為

「冥王類行星」（plutons）。「穀神星」（Ceres）則位在火星及木星之間的小行星帶，屬「矮行星」（dwarf planet）。

國際天文聯合會兩年前就委託倫敦「瑪麗女王大學」科學家威廉斯爲首的團體，負責定義「何謂行星」，但沒能達成任務……冥王星自美國天文學家湯博一九三〇年發現以來，一直被視爲「怪球」，原因不僅在它比另八大行星小得多，質量只有地球的五分之一，還因爲它繞行太陽的軌道呈橢圓形，會侵占到其他行星的軌道，有時比海王星還接近太陽……

近些年，科學家在海王星以外的「科伊伯帶」發現其他星體，它們繞行太陽的軌道很像冥王星。不少天文學家開始爭辯該不該把冥王星降級，當成科伊伯帶星體。美國自然史博館的「海登行星委員會」，在二〇〇〇年新設的「玫瑰中心」把冥王星除名，結果鬧得不可開交，許多小學生爲之譁然，蜂擁而出，爲「小小的寂寞的」冥王星辯護。……今天提出的行星新定義，可望讓小學生跟其他捍衛冥王星人士鬆一口氣。

關於他父親死亡的魔術，至少其中有兩種和溫度有關的描述。其一是他父親從死前一年開始，一直到眞正死亡的那一刻，便像觸怒某位殘虐而充滿創意之神祇，在一種已被定名爲「漸凍人」的罕異疾病中慢慢死去。「我想你讀過《潛水鐘與蝴蝶》這本書吧？」他說。那像是：他的身體從最邊緣的部分變成一具冰鎧甲，把他的靈魂封在裡面。一開始那靈魂驚惶莫名，在僅能移身的小牢窖裡呼救。但是第二天、第三天、第二個禮拜、第二個月……那具鎧甲竟像最具色情意味的束身刑具，愈縮愈緊。他的靈魂能占據的空間愈縮愈小，最後退守在像一枚雞蛋大小的空間。舌頭是最早被冰封的。眼球則是到死前一刻還可以上下左右移動。所以他們靠一種用眨眼加上移動眼球方位的辨識拼音表來進行緩慢而安靜的對話。其實安靜的只是他們置身的病房，他每每通過他父親眼球轉動轉譯出來的簡單字句，彷彿聽見被禁鎖在他父親身體裡的那個小人兒靈魂，正發出咆哮的巨響。一開始總是這樣的句子：

「好癢！」「癢死了！」

他想幫他抓癢，遂問他：

「哪裡？你告訴我？」

於是他們發展出一種將他父親的背部虛擬畫成一張象棋棋盤的方格圖。他們並在上面下盲棋，他持紅子，父親，噢不，應該是關在他父親身體裡面的那小人兒持黑子。因爲時間實在太漫長了，他等著那小人兒透過眨眼拼字的棋步指示，或其實那對眼睛只是在茫然冥想地無意跳動的時光裡，先照著那棋步的格位在他父親背後替他抓癢，並且認眞猜測在那些棋步之間，父親像對兒子交心的奇幻短句：

「活著眞沒勁。」眼皮眨巴眨巴。

他想像著，在他們透過如此繁瑣程序只爲了傳遞極簡如詩的短句時，在他父親眼球後面的那小人兒，是否像將沉之船舷艙裡對被暴雨巨浪呑沒的遠方，孤零零地拿一支手電筒打燈號。當它好認眞把每一動作到位以拼出一個單字，那個禁錮它的身體的外面世界，是否會有光如傾沙從眨巴的眼眶隙縫漏進去。

他後來回憶這一場他們父子在靜默中下棋間歇對話的畫面，竟那麼像下雨。一開始，艱難地，在乾燥地面上落下水滴，落地即被蒸乾。一滴。兩滴。三滴。

把。我。丟。在。謝。謝。舒。服。癢。痛。辛。苦。了。我。會。好。嗎。這。帶。我。回。家。不。要。

有時單字組不成意義，便被眨眼間的恍神沒收了。

有一天，不知怎麼回事，他和父親突然就進入了這樣慢速世界對話無比清晰的神祕時刻。眨巴。眨巴。眨巴。他父親掌握了那套音標密碼表，他則不敢眨眼看著句子從那昆蟲振翅般的眼皮裡轉譯出來。

像雨，沙，沙，沙地落下。

後來他父親向他回憶諸多往事，那單字與意義的翻湧，簡直像傾盆大雨。

有些時候，他確實懷疑，那躲在他父親身體裡的那個小人並不是他父親的靈魂。而是另一個不相干的，較健談、狡猾或機伶的傢伙。由於意義的傳遞，是透過這樣一個靜默類似深夜無人辦公室裡的鍵盤將字一個個敲出。所以他無從由嗓音的辨識來確定那究竟是或不是？印象中他父親在生這病之前並不這麼多話。

他父親會告訴他一些奇怪的事。

他覺得……那似乎不是他們父子困在這冰冷病房內，或是他父親被困在那身體之牢內，所迫切、必須說的事。

譬如說，他父親有一次說起一位建築師，他的哥哥莫名被捲入一件冤獄獲判死刑定讞。所有的證據（指紋、血衣、凶案現場之監視錄影帶、凶槍之子彈比對……）全嚴密指向那不幸的傢伙，無從翻案，連辯方律師也放棄無意義的技術性拖延程序。這個世界上，只剩下一個人相信這將死之人是無罪的，就是那位建築師。他透過不可能的管道拿到那份囚禁他哥哥的重刑犯監獄之建築設計詳圖，包括迷宮般的建物平面配置圖、通道、管線、通風管道……他將這幅監獄地圖刺青在自己的胸腹、背後、肩膀和臀部。故意搶劫銀行被逮，讓自己被關進那座監獄，等於他帶著自己的人皮地圖混進那幾乎密不透風監控嚴密的迷宮裡，憑一己之力將他哥哥從死亡的命運拯救出來……

這個必須動用極多繁複單字和名詞的故事，他父親花了三個多禮拜的眨眼行為才約略交代出一個大概輪廓。那像亂針刺繡，後來他偶然在某次短暫回家餵魚、處理電子郵件和電話答錄回電時，在電視HBO上發現那根本就是一部叫《越獄風雲》的美國影集的情節。

他憤怒不已，他可以把自己鬆塌在客廳沙發用選台器亂轉一個晚上，即可以不用大腦得到十幾個這樣類似的故事，他父親卻逼著他盯著他被死神用冰封咒術蓋住的眼球，那麼艱難地轉述一個電視影集的情節……

但後來他想：那或許是被關在他父親軀體裡的小人，某種被隱喻壓垮的說話方式。他不相信他父親在得到這個病之前，可能曾看過這部影集。他父親，哦不，那小人兒，是否在暗示他，可以透過某種類似大腸鏡或胃鏡顯微攝影術的方式，他和它，一在內一在外，一描陰一描陽，一經歷局部一繪製全圖……把那個，小人兒困居其中無縫隙鑽逃的暗室——或者說，像一座崩塌前用以監禁痲瘋病患的老教堂；一艘一百年後艙體內還漂著浮屍、昂貴瓷器、上千件行李箱、槍枝、經書、罕異動物骨骸、茶葉與香料……五千呎深海床下靜靜擱淺的巨大沉船；或一枚因 NASA 計算誤差而被甩出地球引力圈外的漂流太空船——用一種精神病院重度病患的繪圖方式：有一位病患每天皆在自己的病房作畫，他的畫千篇一律是莫蒂里安尼風格的自畫像，除了極細心的觀察者注意到顏料調色在某些部位暗影或光照處之差異或那同一張臉在單一紙上之構圖位置上下左右之不同……基本上你會想這傢伙得的是一種「影印機妄想症」，把自己想像成一台重複影印第一張自畫像的影印機。直到有一天他死去了，病院的神父在找七、八個病友費勁把那塞滿禁閉室「同一張」卻數千張畫紙搬出來時，突然靈機一動，他把這些貼近看全是一個憂悒、瘦削的精神病人之臉的畫，當作一幅巨大拼圖的小碎片，動員全院的病人花了近一個禮拜，也許按畫紙背後的小鉛筆字編號，也許是神蹟的啓示……總之，他們終於在那精神病院的草坪上鋪開那些綴組後的死者之臉。神父登上院內制高點，教堂的頂端鐘塔，他還沒站在那鳥瞰全景的上方便已預感他會看到一幅什麼樣的惡魔之圖：

一個裸身的少年，在一片灰藍與妖異白色海芋花海的房間裡，和他的兩眼哀慟如聖母的母親，如夢遊般地交媾著。

譬如極少數的病人在手術檯上，醫生和助手們正在開膛破肚，戴著薄膠手套的手正拿著鉗子和手術刀在他們的內臟堆裡像市場阿婆挑番茄般翻翻弄弄，他們卻從麻醉中醒來。他們不能喊叫、移動、眨眼……但知覺卻無比清晰地接收全場的每一細節：他們聽見醫生們戴著口罩嘲笑他們身體裡的擺設、嘲笑他們胰臟的顏色或胃的長相，那種羞恥比乳房或睪丸的大小被人嘲笑還要強烈十倍。他們聽見鋸子切割自己胸骨的聲音，或是血液像水族箱打氣幫浦那樣在頭顱下面的那只槽缸裡嚕嚕響著……

那是一種金屬機器、手、眞空抽引吸管、無感情的眼睛，共同參與的，像定格連環拍照的強暴。

咔嚓。咔嚓。咔嚓咔嚓咔嚓。

他父親快速眨著眼睛跟他說這些故事。

有一天早晨，他從趴伏在父親病榻旁的一個深層的夢境中醒來，發現那封禁在冰棺中的父親正目光炯炯地看著他。

快。快點。

他讀出第一個簡短訊息。那小人已在夜晝不分的孤獨船艙裡操縱那雙濁黃的大眼快速眨閃，用密碼傳句子給他。

快！快去救那男孩！快去！遲了他會死！

他一時弄不清楚怎麼回事。他的夢境。他父親的軀體，那躲在快閃張闔的水晶球體後面的小人兒。似乎每一個界面，即靠一些肉眼爲障的閥門隔斷著。只要按對了啓動閥門的密碼鎖，那每個原先封閉的、蜂巢似的密室皆可相通。

他記得在那個夢境裡，確實有一個男孩在一幢像博物館一般的大建築物裡迷路了。那應該是一座豪華大旅館，但年久失修，牆壁、梁柱、地磚，乃至大廳吊燈與酒吧舞池皆壞損，壁紙或深色硬木吸音牆面布滿水黴。整體而言那像是浸在一個因爲褐藻蔓生而所有水草全灰白枯死的水族箱裡。除了那男孩，沒有其他的生物（奇怪那雖是他的夢，他卻並不在其中）：大批的魚的骸骨，上百顆呈現瓷白色的死亡螺殼、蝦蟹肉屍身爛盡只剩薄紗般的軀形、黑得發亮的烏龜殼。那男孩蹲在其中一個房間內哭泣著，卻不是因爲孤獨，而是因爲某種混雜了屈辱與瘋狂的激情。他知道男孩住在這幢旅館裡，絕不如肉眼所見孤伶伶獨自一人。必然有許多他看不見的、靠嚼食記憶且不知自己早已死去的鬼魂們，在男孩周邊自顧自地過活，它們活在宛然若眞，其實只是它們執念幻造而出的昔日時空裡。每一天都是同一天。像遊樂場裡的海盜屋或叢林體驗小火車，那些黑暗歡樂屋裡的電動機括傀偶。

當他這麼想的時候，立刻在夢中看見它們了。那是一些外國人。它們的長相怪嚇人的。有一個胖胖的黑女人可能是這群旅館流浪者的頭兒，她的眼睛又細又長，額頭點一朱砂，雖然胖但穿著一身蟬翼薄的沙龍非常性感，有一個身高至少二米五的高個兒（可能是非洲的長人族）和一個侏儒是她的手下。還有一個老頭兒是她的對手，他可能是阿拉伯人後裔，卻不知跟哪裡的角頭學到了幾句破台語國罵：「令娘吔！」「令祖媽！」「令老師！」「駛令……」其他的鬼都叫他「祖師」，可能是諷刺他必須這樣的稱謂，可能法克他憤怒時想法克的那些輩份之人。這傢伙不知是魔術或某種痲瘋病。他沒有鼻子，黏在臉上的義鼻可能是用魔鬼粘，三天兩頭就掉下來。只要鼻子掉下來，即使眼前有再重要之事，他也只顧淚眼汪汪地跪在地板塵土裡用手摸索著那個鼻子。可能是這個「祖師」和那胖黑女人各擁人馬在暗中爭奪著這間旅館的地盤勢力。當然還有一個殺手集團結拜三兄弟，兩邊都不鳥。老人是個西班牙裔的白人。老二可能是印第安人和黑人混血的所謂阿根廷高地人。老三是個不折不扣的黑人（所以他們極可能是南美流亡到這的毒梟或政變流亡者）。他們擁有巨大的火力。傳說那老二的手提箱裡，藏著一枚可拋式肩射飛彈。還有一個不知來歷的胖女人（她叫 Leah Dizon，可能是中、法、菲混血），她的陣仗也不小，每次從這飯店的頂級套房出來，走廊上總拖曳著長長的、她的女侍隊伍。她們各自抱著、牽著年齡約在一至三歲的小孩。他想這些嬰靈可能是她們向人口販子或醫院不肖員工那裡弄來的。她們總香噴噴笑咪咪一身名牌和珠寶，但他總不寒而慄覺得這一掛人邪惡得緊……

突然他想：這幢旅館裡住的，該不會是駛令祖媽一整票的總統吧？總統旅館。是啊非如此他們的排場陣仗不會這麼奢華莊嚴卻又古怪。他在心裡默數著吾國少得可憐的那些非洲拉丁美洲大洋洲的小邦交國：聖露西亞、馬其頓、薩爾瓦多、巴拉圭、烏拉圭……

這些總統的鬼魂爲何齊聚在這幢破敗、游泳池裡泅滿烏龜、布滿浮萍和水蜘蛛、大堂咖啡屋咖啡機會噴出像石油一般嗆鼻的餿水咖啡……的飯店裡？

但有一些無比熟悉的童年畫面，曝光一閃地竄過他腦海。他幾乎要擊掌驚呼。

圍繞在這夢中旅館，那男孩身邊的怪異神祕住客們，並不是什麼撈什子的總統參訪團。

它們不是鬼。

是神哪……

媽祖娘娘。清水祖師。劉關張三結義（主祀是恩主公關羽是也）。保生大帝。註生娘娘。文昌帝君。七爺八爺……

祂們無比慈悲充滿眷愛地守護著旅館裡唯一的人類：那個男孩。

那個男孩究竟怎麼了？

他的父親急切地眨著眼睛。

快！

快去救他！

別待在這裡了！遲了就來不及了！

但是，我要去哪裡救他呢？我不知道他在什麼地方啊。他對著白色床單上直挺挺躺著，手臂和頭用許多條透明細管和生命維持機器連接著的父親大吼。那聲音在這間小小病房裡造成的回音聲爆，連他自己都嚇了一大跳。父親的眼皮停止眨動、直直瞪著兩顆玻璃珠般的眼球。有一瞬間，他懷疑那躲在父親顱室裡的，並不止那個小人兒，而是有一群小老頭兒，它們幾乎可以組成一個「房客委員會」，譬如在這樣靜止的沉默時刻，他覺得對方（應有七、八個吧）正在眼球後面的顱室裡，七嘴八舌地召開臨時會議。它們必須作出一個針對男孩的報告。

也許你在進行的，是一件測量工作。

圖尼克說。

測量我們這個族類，曾經被天眞的冒險幻想蠱惑或基因圖譜裡失去定位磁石而昏頭脹腦想遷移至不存在的遠方夢土之衝動，一代又一代，千百年來曾旅行過的路線。那從不曾被繪製在人類任何一位偉大繪製師或航海家的地圖上。也許你在測量我們這個族類承受痛苦的能力。他們像水珠灑濺進別的族類的海洋，沒入整體而消失。他們狡詐多疑卻慷慨豪爽，他們聽不懂不會說遷移途中各地各族各城市甚至邊陲任一小部落的方言，卻以一種繁複的形上詭辯術虛構了一個無比神聖的「中間之國」，讓他們的語言成爲標準語。他們是編纂字典的高手，各種錢幣幣值兌換計價的精算師、傳奇、謠言與新型傳染疾病的播散者。

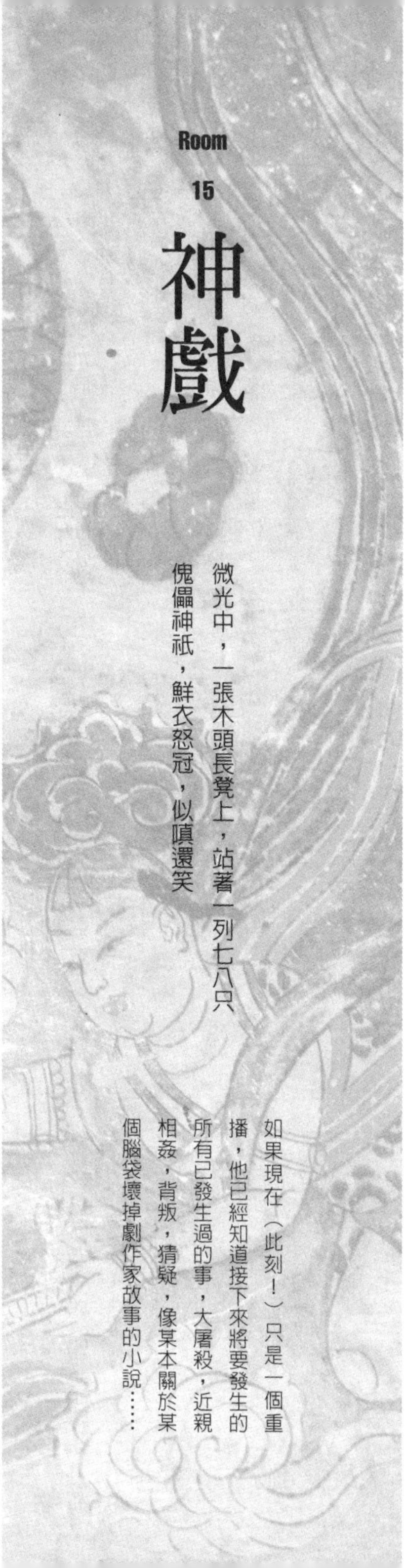

Room 15

神戲

微光中，一張木頭長凳上，站著一列七八只傀儡神祇，鮮衣怒冠，似嗔還笑

如果現在（此刻！）只是一個重播，他已經知道接下來將要發生的所有已發生過的事，大屠殺，近親相姦，背叛，猜疑，像某本關於某個腦袋壞掉劇作家故事的小說……

微光中，左手側一張木頭長凳上，站著一列七八只傀儡神祇，祂們身高約略如兩歲小童，但身瘦頭小，以比例看反而如一群高䠷瘦削的神明中了什麼咒術而痿縮靜止於此。祂們鮮衣怒冠，女的鳳冠霞帔、男的或著錦衣衛黑冠蟒袍或蓄鬚著文官雀鳥官袍或著武將靠打，然皆垂手斂袖而立，冥人般瓷白的臉上似嗔還笑，後台鑼鼓喧天，急管繁弦，好像催著這群被什麼恐怖夢境給魘住的小人兒神祇快快醒來。老傀儡師戴著毛線帽，左右手高舉各持一提線板，下頭絲線若隱若現，銀光幻跳，他的手指像撫弄情人胴體一樣溫柔細膩，而下方的兩尊神祇，一花臉，一老生，像風塵僕僕從遙遠乘騎趕來，呵欠連連，緩緩地，從靜止雕塑跳進時間流動的人間世，舉手舉到目眉，分手分到肚臍，從下頷、頸脖、臂肩、手腕、台步……每一細部關節，如蝶蛾振翅，如眼皮輕眨，栩栩如生地變成一個活物。

戲班主上香跪下，對著這些傀儡小人，不，這些神祇，一拜，二拜，三拜。三十六身，七十二頭，一龍、一虎、一馬。天上地下。諸天神魔，西白虎北玄武東青龍南朱雀中勾陳與螣蛇，九天玄女、南斗星君、北斗星君、有巢、魯班、表官、限官、姜子牙、聞太師、橋頭將軍、橋尾土地……

一座好香分金起，滅作王四照烈池……

拜請田都元帥、大舍、二舍……

又請魯班公，又請土府大帝。拜請五方聖位，東方甲乙木土神陳佳仙……

好大棚、好鼓、好鑼、好鐘、好拍。團圓，十八團圓到底，到底團圓。

眾弟子……咳……眾弟子……

嗩吶如嗥，華麗繡袍下是光禿禿的木頭身軀，似乎這群擁擠在一塊長臉長身眉眼淡漠相濡以沫的小人偶們，必須佯作氣派撐住用鑼鼓、雞喉噴出的溫血、懸絲撩亂飛舞的綾羅綢緞，燒得半天高的金紙焰火……所圈出的魔幻結界之外的一切漆黑、恐怖、冤魂厲鬼、窺伺的惡靈、災疫瘟神、各方煞神……

莫來。莫來。傀儡的下頦關節發出喀喇喀喇的顫響。莫來。莫來。聽令。

嗩吶聲揚，眾神呆立。龍角、師鈴、鈴刀、痲蛇、寶劍、朝板、馬鞭、雷牌、戒尺、天篷尺、神圖、水盂。陳靖姑收妖，臨水夫人脫胎難產。寶蓮燈斬山救母，燈滅人亡。

圖尼克在一旁看得目瞪口呆。

那些傀儡神祇光滑無情的臉孔讓他想起西夏旅館裡的那些老人。他們說最開始的時候，傀儡戲因爲成本低，一個傀儡擔子裡便堆全了十幾齣本子所需的角色。一人挑著這些懸絲木偶便能在窮鄉僻壤的一間間廟埕替人禳災驅煞，擔子裡的男男女女各自從不相干的戲文故事裡跑出來，像一具具死屍偎靠在一塊，隨著操弄祂們頭頂絲線的傀儡師寂寞漫長的旅途而顛盪著。祂們不像廟裡祭桌上那些戴了一身金牌、長年趺坐在香煙氤氳暗影後的無關節塑像。祂們是永遠的遷徙者，恆在一遍遍重複乃至失去現實感的「神仙打架」故事裡手舞足蹈。那些故事因爲年代久遠總被磨得圓潤滑稽近乎童話。其實最開始的時候，那些故事的發生何其殘忍妖虐。

祂們是「神的戲班」。每到一處，在黑暗曠野中搭起的小戲台，篝火照明之處，空無一人，卻擠滿了悲慘臉孔的男鬼女鬼。祂們的戲就是演給這些怨靈和無主之鬼看。孤魂野鬼就是祂們的觀眾。祂們照著傀儡師的旁白動作，男歡女愛，孤臣孽子，千古冤案，孤騎護嫂，撞山救母。祂們不斷演出，乃至愈來愈透明且殘忍。但祂們從不知那每一次圍成一圈、黑魅魅沉默嚴肅看戲的觀眾們有什麼看法？乃至這些陰慘不幸傢伙的身上發生了什麼事？

「去死吧，圖尼克。」

「圖尼克，你在搞什麼鬼？他媽發什麼呆？」

血流成河。他們從不同的房間拖出屍體，暗紅色的血泊在走道紅色地氈上拖出一條黑色的蛞蝓印跡。他經過這條長長走廊時，有的房門打開，有的關上。他像客房清理員推著堆滿髒污浴巾床單盛了精液保險套和廢紙簍裡的果皮衛生紙團發餿餐盒的小金屬推車，下意識地用眼角餘光瞄那些房門全開其實內裝格局幾乎一模一樣的無人空房。

有的血從那些被拖在地上磨的屍體頭顱處湧出，有的則從胸腔的部位，有的臉正中央被打了個窟窿，像惡意的小孩從肉包的皺褶處無意義用拇指掏了個空洞……眞像CSI之類影集的開場。橙黃的光從某些門流瀉而出，幾乎還可以聽見死者細細索索的耳語和悲傷的大提琴伴奏。但其實他們只有三個人，他們重複往返，踩在那些血泊上，拖出屍體，再撬開不同房門的鎖。

他，安金藏，老范。

原來那座裝腔作勢、奢華陳舊，如同時光與故事迷宮的魔幻大旅館，此刻已變成這些遷移老人們冰冷的墓窖。圖尼克覺得頭痛欲裂。究竟出了什麼問題？是像某些黑幫電影的嘲弄擬仿喜劇，兩掛劍拔弩張的人馬因爲一個誤差閃失，而引起無法反悔的全面駁火？全部的人都死了。從房裡拖出的屍體們，全都盛裝打扮，男的西裝女的晚禮服，像時間被凍結在他們將趕赴一場晚宴的前一瞬。

像那些臉色蠟白列站在長條木凳上的神祇傀儡。

「圖尼克，操他媽的你在發什麼呆？」

「憨番！」

這個男人非常古怪，總要他把他和那些女人上床的情景，鉅細靡遺地說給他聽。一開始他覺得這頗有趣。很怪，回憶那些像一格格天竺鼠飼養箱的小房間裡，他和那些女人們交歡的細節，竟有些像追憶夢境。時間的流動變得緩慢且可控制，光線也恆定於一種不會驚擾他靜物觀察的暗房狀態，周遭的可變因子極小。那像在做一門園藝栽培課之類的實驗報告。他被暗示得從最細微處描述，一些小小的驚訝會造成這些色情故事極大的想像衝擊：譬如某個女孩的乳蒂環；某一個女孩某次失控的潮吹；某次他把一位念獸醫的女孩用繩結縛綁成一隻剃光毛露出腚眼的串勾烤鴨的模樣；或是……某個女孩有氣喘，每次在抽插至激速時，她的喉頭會發出破吸管嘶嘶的鳴響，他總擔心她便在那刻死去……

那個男人總是專注地聆聽，他總對一些細節充滿興味。偶爾他會打斷他，問一些細節：「你那時的感覺如何？」「你講給我聽那旅館周邊街道的環境？」「你會不會弄混她和上一次那個『被鬼附身』的女孩的臉？」

後來事情變得有點不好玩了。他覺得男人似乎透過他（他的性器？他的描述？）在和那些女人交歡。一種不在場的感官收集。無論他在性交當下有多狂野粗俗或像禽獸一樣滑稽抖動身體，在他描述而男人聆聽時刻，整件事會變得有種說不出的文靜或潔癖的氣味。那像是男人看見那些女人銷魂淫蕩的臉和胴體時，另一隻手同時戴著外科手術的薄手套在撫摸他的臀部或大腿。這樣想讓他在那些房間裡「正在」性交時，總會渾身起雞皮疙瘩地，感到男人穿著正式，站在他背後觀察著他。

他總是想啊之後要怎麼對男人描述這一場。

是同一個晚上嗎？還是另一個夜裡，圖尼克依稀記得老范在「傳授」他「如何混進漢人的社會」，見縫插針，見洞灌水，見人說人話見鬼說鬼話。老范說圖尼克你這胡人！聽清楚啊你得記下我今天說的這些啊。圖尼克記得背景仍是這間破爛酒店，但為何家羚家卉像著火的蝴蝶在他們桌旁穿梭，老范的話題卻全是一些玉體橫陳的畫面。

老范說，台南將軍鄉你聽過嗎？吳清友的故鄉，他媽的窮漁村。我年輕時被人拉去那玩過，就在海邊碼頭不到三百公尺幾間破民寮，門口掛著紅燈，漁船打上來新鮮的透抽，滑不拉嘰像截手臂那麼大，店家用個鐵盆氽燙了，就放在你面前。那小姐，比我媽年紀還大，個個長得像城隍廟派來勾魂的牛頭馬面。怎麼辦呢？你得頂著，女人一絲不掛抱在懷裡，你他媽就得亮出一股狠勁，大口喝酒一手抓盆裡的透抽往嘴裡塞，一邊哈哈得像個男人抓她們的奶子。你要一氣弱一臉紅，這些老酒女們馬上看穿你，手就往你褲襠裡撈，她們抓過的雞巴還少嗎？在她們眼裡恐怕就像剛網上岩礁的透抽們大大小小翻跳掙扎著……

圖尼克你這胡人給我聽好啦。

學著點！

『屌』和『屣』不同在哪？」

「一個是命根子丟不得的，一個是可無限複製的可拋式半套基因，不必太珍惜？」

「一個是屁股下方的某種酷刑，一個是屁股下方無可奈何的低階家奴？」

「操你媽的！一個是好樣的英雄，一個是廢物的意思！」

像眼瞼被戴著防水薄膠手套的手指翻開，透過虹膜、鞏膜、水晶球體、角膜、一層一層懸浮液與色素沉澱，像專注看著那些裡頭裝置著遙遠國度小村落或小鎮建築物之類迷你世界的雪花球，看看裡頭曾發生過什麼事？

漂浮著白色碎屑的球體。死寂之城。躺滿屍體的旅館。三百六十度旋轉。從弧形玻璃的外面焦急地看著那被封禁在裡頭的世界。有一些屍體是他認識的：美蘭嬤嬤、家羚、家卉……他發現她們的屍體像被泡在子宮羊膜液裡的胎兒一樣無助、無庇護、無有年齡差的性感優雅。

還有安金藏的屍體，這畜生竟也人模人樣穿著整套晚宴西裝。老范的屍體，這傢伙只穿著一條和他老朽身軀不搭軋的靛藍色子彈內褲，那話兒纍纍巨大。啊，還有他自己……另一個圖尼克的屍體。所有人都閉著眼，臉上帶著神祕的笑容，如果不是地毯上那些縱橫交錯的血痕，你會以爲這座旅館裡發生了瓦斯外洩集體中毒事件。

那麼，和他一起，穿著像生化防菌實驗室人員，半張臉被口罩遮住，露出的兩隻眼睛既亢奮又焦慮的，一道在拖著屍體的另外那兩個傢伙是什麼人呢？

如果連安金藏和老范也都死了……

倒是沒有看到那個奇怪的男孩的屍體。

第二天，他在旅館醒來，照例不分晝夜。他在那密室裡刷牙洗臉，抹了滿臉鬍泡刮鬍子，他覺得冷，遂把棉衛生褲穿上，他用電視機上的一只紙杯，對著牆上一個金屬箱模樣的滾水出水口沖了一杯三合一袋裝咖啡。甜膩得像從前窮人家沒福分給孩子喝奶水，只好將就兌糖水餵啜著。點了根菸，用遙控器開了電視，連換了幾個台，螢幕左上角都打著「重播」兩個字。奇怪現在到底是幾點？床頭櫃的電子數字鐘根本就壞了，灰白色的小屏幕上像剪紙貼著四個可能是任何阿拉伯數字的黑影：「日日：日日」。當然他可以拿起話筒撥一一七查時刻台，或是問櫃台對不起請問現在幾點鐘？從前他有一支手機，那上面總顯示著時刻，但現在那支手機不見了。

主要是他懷疑或許不是電視機裡的每一個節目恰都在重播，而是他根本就待在一個重播中的房間裡。

重播著什麼時刻呢？

他記得，那時候，有人敲他的門（等一下就要發生了？）。他起身走向房門（哪位？請等一下），一邊套上牛仔褲，有一瞬間，基於某種被他人注視的直覺，他瞄了一眼平行於右側臉的梳妝鏡（那被他當作書桌）。

鏡子裡是另一張人的臉。

那像是第一眼望進鏡中壁鐘指針，未見數字顛倒，只看見秒針往相反刻度移動一格。

就是那一秒的時間倒退。

之後，一切的運轉、規則，物理學光學或下視丘視覺影像的換算，像機械滑槽裡墜落的鋼珠，只停頓了千分之一秒的空歇，又將挨擠在一塊的齒輪們推動了。

他沒停下來，沒轉過身定定看住鏡裡那一瞬滑溜掉，不是他自己的那個人。繼續之前的動作——走到門邊，卸下鏈鎖，將門打開。

於是便困在這座西夏旅館裡了。

關於那個男孩和那台復古刷鞋機器。

關於那間古怪的居酒屋和那一對像人造人的姊妹。

關於老范這個吸血鬼伯爵般的人物和這一切似乎跟密室裡的基因工程重建滅絕種族有關的龐

大瘋狂計畫。

安金藏。

美蘭嬤嬤。

如果現在（此刻！）只是一個重播，他已經知道接下來將要發生的所有已發生過的事，**大屠殺**，**近親相姦**，**背叛**，**猜疑**，像某本關於某個腦袋壞掉的劇作家故事的小說，所有有血有肉的人物因爲創作它們的劇作家無法解決自己頭殼裡腦葉像熔漿或像攪拌器裡的蛋黃蛋白被混淆成一團糊泥，所有的人物全在一種華格納歌劇式的高亢華麗中拿刀互砍、拿槍掃射，**地震、火災、恐怖分子自殺炸彈、足球場暴動人踩死人**……像SARS啓動生物體的免疫系統，原本設計來殲滅外侵者的高效能屠殺武器，全用來對付自體細胞。所有焦黑的屍體全在熱融火燄槍的強光裡吱吱吱尖叫，**毒氣室，砍頭大賽，人體炭疽菌實驗**……

他當然想在那猶豫的奇幻的一刻，重新找到一個不那麼糟的，讓這座旅館增殖其暗影身世的方式。我族的故事。生殖器快快樂樂在一座浸水迷宮走廊裡發射出百萬個透明擺尾參加尋寶大獎賽的故事。他們不需要變成蓮蓬灑下化學藥劑裡肚破腸流的屍骸餿水或枯癟木乃伊。至少要留個活口學會那套祕禁著這整部遷移者滅亡史的變態鎖碼，那些在虛擬礫原上搖甩著犛牛長毛或羊羶味兒的繁複文字。

所以（在這個重播裡），他不能走去開門？他得站在那面梳妝鏡前——再不能更仔細了——好好地看看這個詭戲裡唯一的破綻，那個不是他的另一個自己？

一整列墨茶色的人高鏡面貼覆著這房間的牆上，當然可能其中一面鏡子的背後即是通往另一間房間的門。但此刻他似乎回到小時候走進遊樂場的「鏡子迷宮」之類的遊戲屋，他的周遭全是無數個臉色煞白背脊僵直，像衛兵立正站崗的他自己。

原來是這麼回事。這也太老套了吧？他以爲會被困在一間滿地是小孩爬行的房間，或是有許多貓（有的貓已死去，另一些貓在這些僵硬的同類屍體間穿梭撒尿）的密室。

在這幢旅館裡待上一段時日，最天眞的人也會學到女人之間錯綜複雜的關係。圖尼克知道酒吧那對姊妹喜歡他，這很好（哦，簡直是太好了）；他知道在美蘭嬤嬤的黯黑膩香房間裡，她與他無話不談，這也讓他受寵若驚。不過呢，從來沒有人看見過美蘭嬤嬤走進兩姊妹的酒廊。當然兩掛雌性動物各以各自的節奏、氣味和高難度舞蹈般的教養（是的，圖尼克，女人們在少女時代，甚至女童時代，她們的母親，就在你們這些男孩傻呼呼看不見的房子的其他角落，鍛鍊她們如何像深海的螢光烏賊，獵殺男人的藝術，哦，陰道和乳房是最不重要的一環，哪個女人沒有這仨玩意兒？虛與委蛇，以退爲進，充滿同情的聆聽，蜜裡調油，給那些無情的男人最柔軟的地方插上根刺，讓他們永遠恨癢癢地忘不掉妳。圖尼克，女人，一個能在檯面上晃晃招招的女人，背後的教養，亂針刺繡，那個功夫，哪是你們這些小公狗能理解的？）拉開她們各自的排場。各有各的擁護者，各自的幕下之賓。

他記得某個夜裡，吧檯只有他一個客人，家羚穿著她的調酒師行頭低著頭在他對面削冰塊。她背後的鏡牆上排放著暗色玻璃瓶胴的各種牌子單一純麥威士忌，有幾支是他認得的：雲頂十年原酒、達爾維尼十五年、詩科提亞十四年、Aberlour、Dalmore、Chieftain、高原騎士、Glenlivet……

他問她（這次他確定她是家羚）：「哪一支酒賣得最差？」

暗影裡他發現她笑起來像茱莉亞羅勃茲，也許是每個清晨收工後回自己房間對著鏡子練的。

她說：

「什麼意思？」

「我是想，哪一支酒妳們進了卻賣不出去，我就幫忙開一瓶吧。」

她豎起食指搖了搖：「圖尼克，我們這兒的老客人不作興調情嘍。」把剛切好像枚透明心臟的冰塊放進玻璃杯，用量杯給他一份麥卡倫，「說出來你不相信，是這支一九四八年的麥卡倫。」

「太貴？還是太烈？泥煤味太重？」

「不是。」把酒杯推到他面前，「因爲我都扣著等這時候自己喝。這杯吧檯請客。」

圖尼克啜了一口，翻白眼：「這是威士忌的最高境界：所有的臭味都具備了。結果你乖乖喝了它，從此別的牌子的酒都滑順文靜得像涼茶。然後你就喝它了。」

家羚給自己也調了一杯，舒愜地進入一種動物園管理員下班時刻將一頭傳說中失蹤的雄獅摁在自己腳下撫弄的神情。

「圖尼克啊，你知道嗎，在這個旅館裡，有所謂的『權力亂倫譜系』噢。」

「那是什麼？」

「圖尼克，你知道我們姊妹是你不能碰的嗎？不管我們其實有多喜歡你，不管你有多努力，你知道爲什麼嗎？」

「因爲我不算這旅館裡的人？」

「因爲你不是『他們』想要收服的人。」

「『他們』？」

「我說太多了嗎？」女孩用食指伸進酒杯裡，讓那塊溶浸在金黃酒液裡顯得豪華昂貴的大冰塊打旋，「我從很小的時候就住在這幢旅館裡了。家卉不是我的親妹妹，她大概是我在這裡第五年的時候被送進來的。那時候旅館裡的繁華盛景是你們現在無法想像的。每一間房都住了人，大江南北各省口音，各種行業的人都有。有唱戲的、有耍特技變魔術的、有在自己房間開當鋪銀樓的（那時並沒有自動提款機這種東西）、有練家子、有在房間堆放著各種型號銅管樂器的樂隊指揮、有每日輪班到各房內服務的剃頭師傅，我記得還有一位叫『長嬤嬤』的燒了一道好烤麩而受到大家尊敬的……一開始我想我是在一個規模大到無法想像的戲班子，或是馬戲團，或是一個巨大的遊樂場。所有的人都在散漫地練著他們的技藝，在等待著一個什麼重大的節日或慶典。事實上我從小每日都被安排學芭蕾、學古箏、學洋裁、學詩詞……那使我相信自己有朝一日，也會是這座巨大魔術鐘遊樂機器運轉的一個小零件。」

「實在是那時我年紀太小了，」家羚又啜了口酒，嘆氣說：「我年紀漸長，才理解我平日接觸的這些人，只是這個旅館的下層階級，一些流浪藝人、一些工匠作手，也許再加上一些風塵女人。在他們的上頭，還有一層一層位階森嚴的上流社會——或者該說管理階層。一些將軍、省長、廳長、大明星，或是這個旅館的老闆。在他們的上頭，還有一個最有權力的傢伙，他們叫他『老頭子』。」

「妳的意思是：妳和家卉都是那個『老頭子』的私有財產，他的迷宮花園裡兩株他自己也不記得編號的花朵？」

「一開始可能是這樣的。我們是這整個『栩栩如生』的世界裡的布景小道具。也許那並不是『老頭子』的本意，也許是他身旁哪個天才佞臣討他歡心的點子。一座大觀園、一座遊樂場、一本像《京華煙雲》那樣的小說。在這幢建築裡，他們把『老頭子』不喜歡的名詞從所有人日常用語裡剔掉；把『老頭子』不喜歡的顏色（譬如紅色）從這整個空間裡消失；『老頭子』不喜歡的菜（譬如韭菜、煙燻鮭魚、羊內臟），『老頭子』不喜歡的音樂戲曲某種長相的人或者外頭發生的某些類型的事某些笑話（譬如和禿子或老夫少妻有關的）某種歷史學派的觀點……全部移除，全部消音。這似乎沒什麼大不了，我們不過就活在這個稍微有些缺憾的世界裡。就像某些特定顏色的色盲，或是耳半規管被摘除的鴿子。」

「一直到有一天，『老頭子』死了，那時我年紀還小，要過了好久好久以後，才意識到這個旅館裡已經不存在『老頭子』這個人物了。主要是因爲和我切身相關的人、事、物，每天仍然那樣靜靜的，如常的進行。我必須要說，在這幢旅館裡長大的人，是沒有『歷史』這個概念的。我們通常是在個人生命經歷了滿長一段時光之後，回頭審視、歸納，才會輕微驚訝，喔，事情是在哪些時候發生了變化，或者是有哪些設計在一開始就出了問題，哪些我們以爲『只不過是輕微缺陷』的摘除，原來造成了這整座遊樂園無法挽回的傾倒和故障……但是等我們發現的時候，已經如你眼見，這幢旅館已變成一幢陰森森、發霉、崩壞的蠟像館了。」

圖尼克心裡想：我一直被眼前景象遮蔽蒙騙，我一直以爲這對姊妹，家羚比較像男人（家羚不止一次在被酒客灌醉後，像警告那樣低聲說：我只說一次噢，我的靈魂是個男人），家卉則是不折不扣的女人。其實家羚有一顆易感柔軟，像曇花一樣悄悄在靜夜打開，甩髮，呼吸，然後闔上的靈魂。

圖尼克有一種預感：一定有什麼事會在這個夜裡發生。他腦海裡突然浮現自己的陰莖像深海的蒼白烏賊頭鞘淺淺插進家羚胯下，而她一臉悲慟表情的畫面（像兩個陰性氣質的男孩在交尾）。「啊，竟然醉了。」他把頭九十度側歪，像在游泳池耳朵進水時那樣滑稽地拍打著自己的右耳。

「那麼，什麼是妳剛剛說的『權力亂倫譜系』？」

「哦，那個啊。」給自己的杯裡又斟滿，那個麥卡倫，「那都是在『老頭子』死了之後的事了。第一批的旅館權力高層可能分兩掛人：『老頭子』的姘頭（他們稱她『夫人』）和『老頭子』的兒子。他們各自拉幫結派簇聚黨羽，『夫人』和『老頭子』當初帶來的老臣們結盟，兒子則和這旅館的管理體系結盟。據說當時死了不少人，各式各樣的謀殺簡直是充滿創意地巧用這幢建築各種角落各種空間地形：墜樓而死、吊死在電梯纜繩、毒死在早餐桌上，或失蹤在某層樓甬道某幾間房號的房門口、被突然墜落的水晶吊燈砸死；雙方各據地盤的南面和北面樓層皆不止一次地發生離奇火災。唯有一個共同默契：即是他們處理屍體的效率。實在是他們這種賭氣式的殺戮很少殺到他們各自的人馬。反而是我們這些根本不知道發生什麼事的底層人，常糊裡糊塗捲進他們近乎躁鬱、競賽的濫殺。但不管一個晚上死了多少人，第二天清晨那些屍體一定灰飛煙滅，不見蹤跡。那段時光整個旅館都活在恐怖的陰影裡，但因爲我們表達事情的詞彙早已被挖空得滿目瘡痍，所以全部人更處於一種瘖啞人無法將各自掌握之碎片組合成一全景的孤單之中。

「之後，發生了一個奇妙的現象：『夫人』那邊的接班人，是個和兒子年紀相仿的陰沉男子；而兒子集團這裡，在兒子的身體每下愈況（糖尿病、高血壓、心血管疾病、譫妄驚恐症……他們說兒子的身體相較於他的年齡顯得衰毀過早，主要是因年輕時被『老頭子』放逐到極北惡寒之國所致，底子被伏特加、苦勞和冷空氣給掏壞了），權力全下放給一個極年輕的女人手中。當時旅館裡的傳聞非常多，有的人說，兒子和那年輕女人的關係，簡直就是當年『老頭子』和『夫人』鶴髮紅顏老少戀的翻版。有些人說那女孩簡直就像是『夫人』年輕照片拓下來一樣唯妙唯肖。算一算『夫人』和兒子的年紀相差實在沒幾歲，於是這些年雙方費盡心神欲將對方殲滅的權力之爭，又多附會了一層精神分析式的，性壓抑或亂倫轉移之類的邪惡猜臆。

「兒子過世之後，意外地沒讓女人接班，女人甚至不見了。傳言十分紊亂：有人說兒子在臨死前，領悟到這座旅館終於是會沉沒於幻影中的海市蜃樓，於是讓手下先刺殺了女人。有人說那女人和美蘭嬤嬤關係匪淺，美蘭嬤嬤將她庇護藏在房間，幾十年不見天日。有人說她根本就是美蘭嬤嬤。『夫人』卻活到非常老，但她早在兒子過世前，便帶著她的人馬，搬出了這間旅館，有人說她身旁那個男人其實是個女人。也有人說美蘭嬤嬤是『夫人』和那陰沉男人的私生女……不過我猜這一切都是胡說。你睡著了嗎？」

「沒有。」

「這以後，我們這個飯店的故事，進入到一種類似巴洛克賦格音樂看似嚴謹其實自由的結構：低聲部的大提琴、古大提琴、低音管，沒有變化地重複那個謀殺、滅門；老人的身軀壓在少女雪白胴體；或是年輕男子對老女人的陽奉陰違；去聖邈遠、寶變爲石；我的神祢爲何離棄我？……

這一團低沉絕望，既是禁忌卻又揮之不去的死人噩夢。活人的世界、大鍵琴、風琴、小提琴自由和弦變化，像纏繞著這幢處處是鬼魂的建築，各種淫亂故事、笑話、想逃離這旅館的異想天開計畫、異端邪教、華服美酒、外國的流行資訊、年輕人的白癡話語（那塡補了原先那套處處挖洞的語彙）……。兩個聲部緊張迴旋，若即若離。其實像犬牙密咬，或如刺繡的針法，或像兩條完美比例的雙螺旋體……這幢旅館的每一個房間裡的住客，都以爲自己有一段離奇罕異的身世，其實他們全只是那其中一條螺旋體上寄宿的一小格基因密碼，一顆記憶複製時活版印刷的鉛字。這樣你睡著了嗎？」

「呃，還沒。」

「我瘋了你知道嗎？圖尼克。」家羚的臉像暗室裡投影在屏幕上的幻燈片，蒼白、搖晃，幾乎透明，發著光，上頭游移著一些不明顯的陰影。

圖尼克說：「我以爲妳是這偌大一整座旅館裡，唯一頭腦清醒的那個人。」

「圖尼克，你老實告訴我，你有沒有想過要上我？」

這時候她已是個完完全全的女人了。焦慮、迷亂、羞恥、媚態可掬。

圖尼克說：「我從很早以前就想上妳了。從妳還不認識我的那個辰光。從我還是個小男孩的時候。」

圖尼克想：我說的全是眞的。現在我想起來了：我是在我母親臥房一張唱片封套上第一次看到妳。那張照片妳是側臉，前額劉海，柳葉眉，酥白的後頸弧線優美，表情是一種忍住搔癢不敢笑的故作嫻靜。那種黑膠唱片硬殼紙套外覆的一層薄霧膠膜，很容易便像枯萎花瓣從邊沿捲翻。

現在我想起來為何妳總讓我想到我死去的母親（原來妳是她房裡一張老唱片封面的人物？）。我想起那個房間裡許多其他事物：泡在水桶裡濕答答的毛呢裙子，五斗櫃裡每一格抽屜最裡角落的樟腦丸，褪下皺成一團的暗肉色絲襪，灑在床沿的痱子粉，某一格抽屜裡玻璃瓶高矮胖瘦像妳身後這一排排威士忌，但它們是紅花油、驅風油、虎標萬金油、正骨水、明星花露水，舊黑白照片裡他母親他父親年輕時的合唱，下頭用鋼筆字寫著：「7月6日大貝湖畔留影。」一個空塑膠封口圓筒裡丟著幾包防潮劑和幾卷底片。印有模糊嬰兒臉的空鐵罐裡放著線軸（白線和黑線）、針和珠珠頂針、大小鈕釦。一本記帳的小學生練習簿。當然，還有梳妝台桌面上，一綹一綹讓少年生出奇異情感的，他母親暗紅色的落髮。

那是其中的哪一個下午呢？

曾有一次，唯一的一次，他父親帶著他，搭公路局到台東市的戲院看電影。那是全國第一次（是否也是唯一一次）上演的「立體電影」。片名叫：千刀萬里追。

他記得要走進戲院時，在收票閘口，他們發給大人小孩一人一副硬紙卡眼鏡，兩側用橡皮圈扣住耳朵，鏡片是兩張暗藍或暗紅色的薄玻璃紙。電影開演時，他父親在黑暗中緊張地要他把眼鏡戴好。他一直想不明白這樣一個簡陋的道具就可以讓銀幕裡的假人兒全跑到真實的世界來？事實上「立體」的效果發生在那古代戰場上馬隊朝你衝鋒而來時，真的恍如千軍萬馬浪潮沖來，再從左右兩側錯身而過。一度他好奇將那像桃太郎面具的小孩玩具眼鏡摘下，發現銀幕上是一片疊焦的模糊影廓。

圖尼克想：從進到這間「西夏旅館」開始，就像他們忘了發一副改變折光的玻璃紙眼鏡，所以我總如霧裡看花，所有的事物皆飄浮。

現在妳要為我戴上那副眼鏡了。

家羚說：「你能陪我去走走嗎？」

「我們能到哪去？」這不是一座沒有人能走出去的旅館嗎？

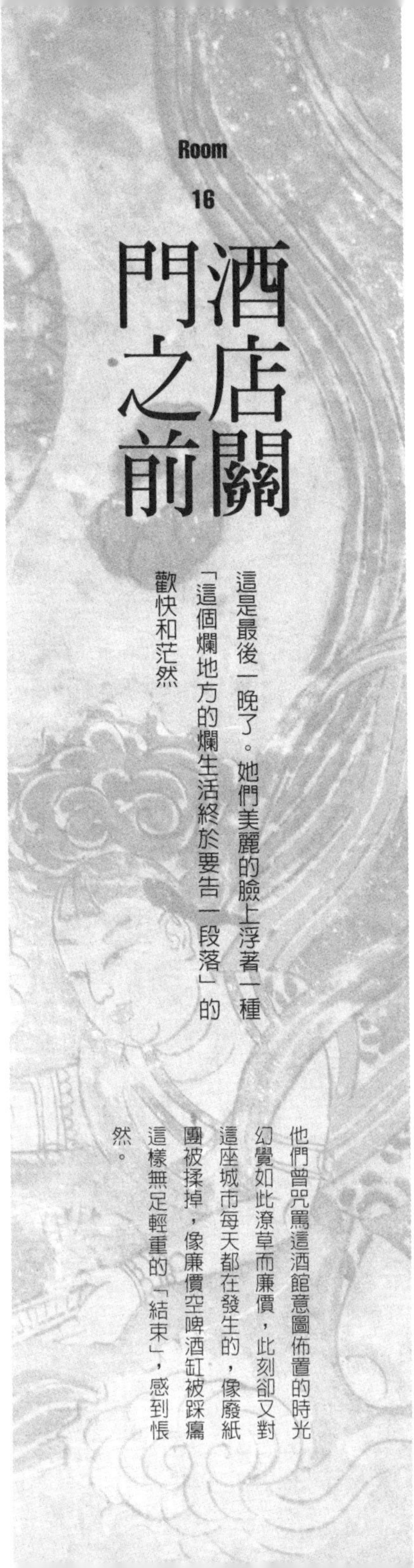

Room 16

酒店關門之前

這是最後一晚了。她們美麗的臉上浮著一種「這個爛地方的爛生活終於要告一段落」的歡快和茫然

他們曾咒罵這酒館意圖佈置的時光幻覺如此潦草而廉價，此刻卻又對這座城市每天都在發生的，像廢紙團被揉掉，像廉價空啤酒缸被踩癟這樣無足輕重的「結束」，感到悵然。

鄰桌一個叫「大象」的酒客，醉醺醺地對他同桌另兩個女孩和一個胖子說：

「我大學時的一個朋友，曾經崩潰過，在精神病院住了一年，後來他告訴我，他在那一年裡，讀完那個年代志文版全部的佛洛伊德和存在主義的書。出院以後整個人和一般人沒什麼不同，不過有一段時間他瘋魔專注地在畫畫。我們是建築系的，但他畫的全是靜物、風景或人物素描……我曾到他的宿舍在一旁看他畫，那些畫作似乎無法給人很深刻的印象，我當時心裡想他在繪畫這方面可能缺乏天賦吧。但他非常安靜、耐性地畫著，從天亮畫到天黑——他只靠自然光作畫，一筆一畫細心地畫著，應該是把這件事當作一種治療或內在的平衡方式吧。後來畢業後我們就失去聯絡，我只聽說他娶了另一個朋友的妹妹，那個妻子是一家大型證券交易所的高階經理人，每天與數字、精算、電腦盤勢分析為伍，我想這實在太不算我想像的他會有的人生？欸他年輕時眞的是一幅畫一幅畫從天亮畫到天黑噢……」

「上個月我們幾個老同學聚餐，結束後他約我去他家。夫妻倆住在三十幾樓大廈的高空，裝潢全是現代主義冷色調極簡風，也沒有小孩。他帶我去看他的工作房，告訴我他空暇時仍在作畫，但我看到他牆上掛滿的畫，心裡只覺得恐怖——你們知道，那牆上，十幅畫有九幅是他老婆的臉。」

其中一個女孩笑著說：「有一部好萊塢電影：《我的妻子是女超人》。」

「不，不是這麼回事，『他妻子的臉』這件事讓我覺得嚴肅又悲哀。我不知道他妻子知不知道他曾瘋過住過精神病院這件事？但似乎，他馴良又像扮戲地進入那個婚姻，卻把『他妻子的臉』，可能只是線條、顏料和構圖，當成支撐他和這個世界平衡，不要跨掉的什麼……」

這是這間酒店的最後一晚了。老闆是一個叫小李的年輕痞子，帶著兩個妹妹、老婆和老婆的妹妹（讓人詫異的是，她們全是各有特色的美人兒）吃力地支撐著這家店。之前喊了幾次要收掉不開了。實在生意太差，非週末的夜晚來，店裡總就幾個他們的迌迌朋友圍聚一桌擲骰子，一副破敗荒涼，連廁所都是尿臭味和吐酒穢物沒清乾淨的酸味。這次小李終於宣布下個週二眞的要關門了，收掉了，不開了。於是半耍賴半撒嬌地要這些老客人們，週五一定統統要到。「這是本 pub 的最後一夜。」

他到這家酒店以來，從未見過這麼多客人，椅子併擠著一桌一桌，煙霧瀰漫，喧鬧、吆喝、碰杯聲、女子的尖笑……眞像某個一去不回景氣年代的繁華盛景。但酒店確實要收了！門口玄關處竟然放著一輛嬰兒搖籃車；角落手足球桌也罩上了黑色垃圾袋；滷鍋也搬回家了，客人點的下酒菜清一色是小李去便利超商買來的咔哩咔哩、可樂果蠶豆酥和洋芋片。打烊歇業前的心不在焉與匆促氣氛。小李的妻子和小姨子拿著酒杯在各桌酒客間周旋。她們美麗的臉上浮著一種「這個爛地方的爛生活終於要告一段落」的歡快和茫然。

「來，大家儘量喝，算幫我的忙，把退不掉的酒喝光。」小李將吧檯上一些客人開瓶後寄存的烈酒倒成一小杯一小杯，送到各桌。

一個禮拜後，這周遭的場景就要被拆除一空，那些深色木頭貼壁上掛的披頭四、瑪麗蓮夢露、教父、計程車司機勞勃狄尼諾……複製海報畫框，那貼滿一面牆的搞不清楚是紐約或倫敦或羅馬的金屬車牌號碼，或那座這破店裡可能唯一較值錢的吧檯……全都要被房東找來的工人們敲掉、鑽洞、用大鐵錘打成一片瓦礫殘骸。他們曾咒罵這酒館意圖布置的時光幻覺如此潦草而廉價，此刻卻又對這座城市每天都在發生的、某一個處所像廢紙團被揉掉、像廉價空啤酒罐被踩癟這樣無足輕重的「結束」，感到悵然。

有一個滿頭銀髮梳得鋥亮如鋼琴內絃的紳士，挺直上身坐在他們這一桌，安靜微笑地自斟自酌。他聽見老范和小李低語著：「……眞的是夠意思，之前請幾個大陸人吃飯，媽的早就喝掛了該回去睡了，還硬要來。就是之前答應你小李今晚一定要來你這『最後一夜』喝兩杯，說是什麼尾生之約……」那個紳士西裝筆挺，完全和一屋子牛鬼蛇神不搭軋，每隔一陣，就鄭重宣告：「好了，現在我要去吐了……」顫巍巍地站起，像電影中的人物那樣優雅風度地直直走進廁所。

酒館的門嘩啷拉開，一個美人兒從外頭的寒風街道鑽了進來。隔桌有酒客輕佻地低呼：「小何麗玲來了。」這女孩的盛裝豔容在這黯晦小店裡確顯得照眼輝煌。她披著一件翻毛領的銀白披風，像下戲的女伶皺著鼻頭把那玻璃珠一般的美目巡梭了整個場子一圈，然後逕自朝圖尼克他們這桌走來。

「老范你倒有良心，躲了我這麼久，今天店要關了，倒又出現了啊？」

「妳來做什麼？」

「這我哥的店我不能來嚒？」

如戲如夢。眾人嬉笑舉杯，敬這姑娘。她拉開椅子，坐在長桌尾，隔著滿桌雜混酒瓶、杯盤菸蒂狼藉，似笑非笑盯著老范。所有人皆知這兩人有一段情。這個當真那個就作戲，那個撤手了這個又不甘。像跳雙人恰恰，進兩步，退兩步。酒館裡其他的女孩們也都識趣，這叫家羚的姑娘不在時，她們也照賣弄風情地往老范身上蹭，只要正主兒出現，全摸摸鼻子閃開，女孩和老范每每鬥嘴調情的最後一張王牌必是：「你什麼時候娶我？」老范也必然半眞半假地說：「明天，現在，走，我們現在就去登記。」有一次老范請了一桌不知這其中幽微的朋友來酒館喝酒，一個傢伙講起老范的妻子可是當年全校的校花，現在還是外商銀行的經理。女孩才臉色死灰徹底垮掉。有一次她趁著酒瘋，對圖尼克掉了幾滴淚：「小哥，我就是書念少了，不然論外貌聰明，我那點配不上你們老范？」

老范曾對圖尼克說，小小一家酒店，又不是人家辜王蔡花偌大家業，也可以一家人搞鬥爭。小李兄妹仨父親死得早，外省孤兒有骨頭沒腦袋，兩個如花似玉的妹妹全湊在這個爛店挺她們大哥。好了哥哥娶了個本省馬子也是個美人，兩妹妹叫嫂嫂叫得心不甘情不願。再來，老婆又把自己妹妹拉進來，這家店就三兄妹的慢慢換成小李夫妻的了……主要是，小李也孬，一個男人周旋在四個女人間，搞不定……整天嚷著要收，哄我們來「最後一夜」來了不知道幾次了？這不，這次弄得眞得要收了。

女孩們像著火的冥紙蝴蝶，在這冷颼颼的冬夜翻滾、上升，化成白煙。無法用她們單薄的故事和盼想，稍微弄暖這一屋子搞不清楚自己爲何全在發抖打顫的男人。

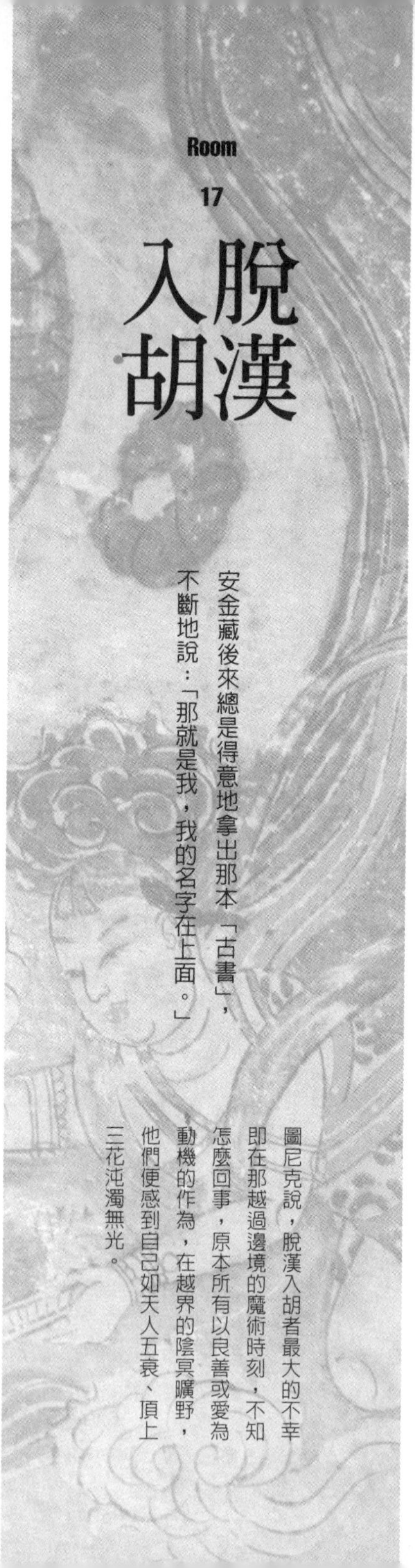

Room 17

脫漢入胡

安金藏後來總是得意地拿出那本「古書」，不斷地說：「那就是我，我的名字在上面。」

圖尼克說，脫漢入胡者最大的不幸即在那越過邊境的魔術時刻，不知怎麼回事，原本所有以良善或愛為動機的作為，在越界的陰冥曠野，他們便感到自己如天人五衰、頂上三花沌濁無光。

安金藏後來總是得意地拿出那本「古書」——奇怪那書完全沒有我們既定印象中「古書」該有的蛀蝕朽爛或水漬冥紙黃頁，相反地，那分明像是從大學影印店裡盜印裝訂後，猶帶著膠封未乾的「新塑料味」——指給新認識或他疑心其實過去的哪一晚曾在酒館同桌爛飲或鬪室胡搞但第二日醒來便一片曝白整個忘掉的朋友：「看，上面有寫我。」

那是《舊唐書》上的一段記載：

安金藏，京兆長安人，初爲太常工人。載初年，則天稱制，睿宗號爲皇嗣。少府監裴匪躬、內侍范雲仙並以私謁皇嗣腰斬。自此公卿已下，並不得見之，唯金藏等工人得在左右。或有誣告皇嗣潛有異謀者，則天令來俊臣窮鞫其狀，左右不勝楚毒，皆欲自誣，唯金藏確然無辭，大呼謂俊臣曰：「公不信金藏之言，請剖心以明皇嗣不反。」即引佩刀自剖其胸，五臟並出，流血被地，因氣絕而仆。則天聞之，令輿入宮中，遣醫人卻納五臟，以桑白皮爲線縫合，傅之藥，經宿，金藏始蘇。則天親臨視之，歎曰：「吾子不能自明，不如爾之忠也。」即令俊臣停推，睿宗由是免難。

我們翻白眼問他那寫的是什麼？但安金藏自己恐怕也一知半解，他說：「白色恐怖，慘酷啊，血肉模糊啊，」但他的興致不在此，他不斷地說：「那就是我，安金藏，我的名字在上面。」

安金藏。那是什麼意思？那是安金藏的胡人祖先？或恰好如 Google 搜尋在一片成兆上億的姓名亂碼裡用關鍵字找到一個和自己同名同姓之人？或者，那就像安金藏（現代的這個）永遠讓人眼花撩亂不知從袖兜裡變出什麼花樣的詐術，像那些用驢皮牛皮剪作成的皮影戲人偶，永遠是同一組造型和人名：孫悟空、唐三藏、呂布、關雲長、貴妃醉酒，再就是一黑臉怒猙雉雞翎毛的胡人武將（呼延灼或是安祿山？）。安金藏（古代的那個）只是他按自己原型剪出的透光時可見胭脂染料暈糊在驢皮毛孔處小疙瘩的一架人偶？

不過，就任何一個對安金藏這傢伙稍深入了解一些的人而言，那個出現在古書裡的安金藏故事（忠義救主？），總暗含了一個奸詐、朦朧的笑臉，總有些讓人覺得那個眾人目睹「自剖其胸，五臟並出」的畫面，有一種光線昏暗，或下人掩上紗帳、有專業助手在其後七手八腳傳遞著那些掉出來的內臟（之後再塞回他的腔體，用線縫上，而人竟沒死掉？）之印象。

對了，那個神祕的關鍵詞是：幻術。

有好事之人，找到關於「安金藏自刺」這段文字的詳細出處，一本叫《從撒馬爾干到長安——粟特人在中國的文化遺跡》的怪書。裡頭提到這位唐代安金藏的父親安菩的曾祖、祖父都有突厥化的名字，他們應很早便進入突厥部落，世代爲部落首領。貞觀四年，隨同突厥降眾而進入長安。

書裡寫到了幾段這種「粟特人」的自殘身體之幻術：

「火祆廟，中有素書形像無數。有祆主翟槃陀著，高昌未破以前，盤陀因朝至京，即下祆神，以利刀刺腹，左右通過，出腹外，截棄其餘，以髮繫其本，手執刀兩頭，高下絞轉，……神沒之後，僵仆而倒，氣息奄七日，即平復如舊。有司奏聞，制授游擊將軍。」（《沙州伊州地志》）

「高宗顯慶元年正月，帝御安福門樓觀大酺，胡人欲持刀自刺以爲幻戲，帝不許之。乃下詔曰：『如聞在外有婆羅門、胡等，乃將劍刺肚，以刀割舌，幻惑百姓，極非道理。宜並發遣還番，勿令久住，仍約束邊州，若更有此色，並不須遣入朝。』……」（《冊府元龜》）

「河南立德坊及南市西坊皆有胡祆神廟。每歲商胡祈福，烹豬羊，琵琶鼓笛，酣歌醉舞。酹神之後，募一胡爲祆主，看者施錢並與之。其祆主取一橫刀，利同霜雪，吹毛不過，以刀刺腹，刃出於背，仍亂擾腸肚流血。食頃，噴水呪之，平復如故。」（《朝野僉載》）

所以，光天化日眾目睽睽之下，舉起白晃晃的尖刀，把自己的肚腹切開，第一瞬間以爲眼花看錯，從那裂口中垂出來的，怎麼是一坨一坨象牙白的手工肥皂，等到血開始從那撐不住迸擠而出的黃油腸子、黑綠胃袋、深紅肝葉或粉色胰臟扯裂的開口飆噴時，他才淚眼汪汪下意識想用手掌去兜去接……這一切都是魔術嘍？書上說：「無論安金藏之父安菩所住的金城坊，還是他本人所住的禮泉坊，都屬長安粟特文化的核心區，對於祆祠的下神幻術，他在自幼耳濡目染之下，應當不會陌生。試比較他自刺的情形與祆主下神之幻術，實在是如出一轍。……即使武則天沒有令醫者給他療傷，恐亦無性命之虞，因爲刺心剖腹本就是粟特人的拿手好戲。……」

切掉的內臟可以塞回去。用尖錐鐵絲刺穿的手掌可以癒合。裂開的肚子可以縫好不見傷痕。噴出的血漿可以像倒轉影帶那樣收回血管。割下的耳朵、鼻子可以用吸鐵或魔鬼粘放回原來的位置……。

這是什麼樣的一種幻術？

安金藏出現在這間旅館並成爲酒館熟客之前的職業是什麼？關於這一點眾說紛紜。有人說他是特技演員或至少是特效組的。但你若一想那些從背後一刺即摺疊，再從前肚一頂讓另一把彈簧刃穿破衣物突出；或是嚼破預藏舌下的血液膠囊；或是遠距開槍的同時，按下線控鈕讓綁在反爆背心上的小容量黃磷藥粉炸出硝煙，演員再擺出中彈時身體的劇烈扭曲……這一切和他同名古人相比實在太小兒科了。

亦有人說他曾是電話詐騙集團的首腦，但那樣的臆想實在太像某個時期日本科幻動畫界某一支糅合機械主義、浪漫畫派與照像寫實主義（只有在呈現穿著皮衣皮熱褲的女郎身體特寫這一部分）的風格——將惡魔的翅翼描繪成鈦合金且掛滿外接管線，活像一架達文西的設計草圖裡違反流體力學的飛行器——把幻術的邪惡層面異化成那像巨大癌細胞不斷增殖變大的一座現代城市：僞扮成反信用卡盜刷的銀行簡訊、通知你網路銀行帳戶被人侵入的電信警察、某個有線電視台的民意調查、可透過自動櫃員機進行查核的國稅局官員、電話裡出現異國腔調因此變得魔幻不眞實的假綁架、假中獎、假退休金……一座看不見的城市。一群看不見的陌生人。他們用化屍水將你的血肉之軀幻化成一些液晶螢幕上閃著微光的數據資料然後你就變成一個水銀人液態人，一個不小心就從連接世界的那些排水孔（那些電話、電腦螢幕、盯著看的電視、有保密設定的手機、可以自動轉帳到外星人戶頭的提款機）咕唧一聲就全部流光了。

或有一些較激進的傢伙硬指證說安金藏就是那個三一九槍擊案背後的藏鏡人，或者說，他是這整個大型戶外魔術秀的藝術總監（把自由女神或長城變不見？那已是上一輩魔術師把魔術定位爲一必須作者簽名、民間雜技層次的表演）。想想他坐在電視前看到李昌鈺帶著一票專家在媒體鎂光燈前，表演紅外線彈道模擬重建，他那個嘴巴笑咧到耳根的模樣。這是幻術吔。如果兩千年前他可以在陰狠猜妒的武則天和她的偵緝獵犬面前，栩栩如生表演用刀剖開肚子讓內臟綻爆淌流，最後又可以將它們塞回去再安然無事地縫合，那麼，爲什麼他不可能在上千人群面前，掏槍射殺總統副總統，然後一二三木頭人用定字訣將大家停止在那一瞬，只有他獨自跑開。然後孤獨地環場慢跑過空無一人的街道，在沿途十幾架監視錄影機畫面裡只留下恍惚對歷史作鬼臉的幽靈背影？他怎麼不能做到事發兩天後投海自殺，留下一張被魚網罩臉的死屍照，然後快速火化成灰，自此從人間消失？

然後出現在我們這間旅館裡？

關於「脫漢入胡」，圖尼克說，在元昊建國的物種突變史詩中，最啓人疑竇活生生像宋朝邊吏與西夏豪酋共謀聯手虛構出來的兩個人物，一個叫張元，一個叫吳昊（這簡直是到低俗歌廳秀那些模仿大明星的小歌星劣等取藝名層次：鞏麗、張嫚玉、銀城武、林智玲；當然亦可能是元昊本人狂妄意志的一手編導，兩個神話般的秀異宋人，卻分明各自是他不完整的半套染色體分裂出去的替身），但是在《宋史紀事本末》中有這兩人的記載：

初，華州有二生張、吳者，俱困場屋，薄遊不得志，聞元昊有意窺中國，遂叛往，以策干之，元昊大悅，日尊寵用事；凡夏人立國規模，入寇方略，多二人教之。

即使以今日極世故於「人才為全球化可流動資本」的我們，亦常難跳脫這種「本朝哀敝，乃至豪傑為蠻夷所用」的民族主義舊思維鬱憤：譬如跑去洋基投伸卡球的王建民、跑去NBA扛天下第一中鋒的姚明、去幫日本人帶領棒球隊拿下世界冠軍的王貞治桑、幫馬來西亞訓練籃球員回頭率隊痛擊中華隊的傅達仁，更別講那個拿好萊塢資金拍牛仔同志愛的李安，那個以拍台灣三級片起家卻在東瀛搖身一變超可愛還和小南鬧緋聞的「黑色餅乾」徐若瑄……對不起扯遠了。總之這些「脫漢入胡」者絕不能是廢材，絕對是菁英中的菁英，他們之所以讓自己的臉孔在雷擊閃光的瀆神劇場，變形成不是自己族類的妖獸之貌，忍受比凌遲、磔刑痛苦千百倍之痛楚，必然是那個不成材的顢頇漢朝廷對不起他們。

張元、吳昊兩人記載散見於《長編》、沈括《夢溪筆談》、洪邁《容齋三筆》、陳鵠《耆舊續聞》諸書。在《容齋三筆》卷一一〈記張元事〉中有兩段：

「華州人張元、吳昊與姚嗣宗，皆負氣倜儻，有縱橫才，相與友善。嘗薄遊塞上，觀視山川風俗，有經略西鄙意。姚題詩崆峒山寺壁，在兩界間，云：『南粤干戈未息肩，五原金鼓又轟天。崆峒山叟笑無語，飽聽松聲春晝眠。』范仲淹巡邊，見之大驚。又有『踏破賀蘭石，掃清西海塵』之句。張為〈鸚鵡〉詩，卒章曰：『好著金龍收拾取，莫教飛去別人家。』將謁韓、范二帥，恥自屈，不肯往，乃盤大石，刻詩其上，使壯夫拽之於通衢，三人從而哭之，欲以鼓動二帥。既而果召與間，張、吳逕走西夏。

「張、吳既至夏國，夏人倚為謀主，以抗朝廷，連兵十餘年，西方至為瘦敝。時二人家屬羈縻隨州，間使諜者矯中國詔釋之，人未有知者。后乃聞，西人臨境作樂，迎此二家而去。自此，邊帥始待士矣。」

圖尼克說，脫漢入胡者最大的不幸即在那越過邊境的魔術時刻，不知怎麼回事，原本、原本在陽光下一片閃閃發光的景物，和諧的秩序，所有以良善或愛為動機的作為，在越界的陰冥曠野，他們便感到自己如天人五衰、頂上三花沌濁無光，嘴中鼻孔像塞滿水溝腐泥或癩蛤蟆蛆蟲這些穢物而發出惡臭，他們還是像當初在漢人世界一般意氣昂揚鮮衣怒冠地逞英雄當好漢，大塊吃肉大口喝酒，說出像戲台老生一般悲愴動人的漂亮話兒，但是但是，不知怎麼回事，街景中的一切建築、圍觀的群眾、車馬華服、豪宴盛饌，一切的一切全變得像冥奠店裡訂做的紙人紙大廈紙賓士紙液晶電視……輕飄飄浮晃晃笑瞇瞇但陰慘邪氣。

這座西夏旅館，說穿了，便是一座收容了這許多脫漢入胡者怨靈們的集中營，他們是無主之鬼，冤恨悔憾無處宣洩。每人都有一本委屈帳，他們最愛唱的戲段子便是《四郎探母》；他們最愛說的三國人物便是那個一路被諸葛亮疑忌黜廢逼至絕境終於造反的魏延；至於那個身在曹營心在漢華容道放走曹孟德的關雲長，在這座旅館中，簡直像在基督徒的教堂裡提起撒旦的名字，馬上可見諸人臉色慘變啐口水畫十字……事實上，如果允許這些像報廢故障殘肢斷骸機器人墳場裡仍滴滴滴閃著微弱紅燈記憶體反覆倒帶空轉的旅館老人們，在這個悲慘永夜之境裡立祠供奉他們的守護神，那票選第一的武聖必然是那個「衝冠一怒爲紅顏」、爲了個摯愛女人便開了山海關引清兵如潮水覆滅大明江山的吳三桂；文王則不作他想唯民國第一漢奸汪精衛，「引刀成一快，不負少年頭」。脫漢入胡者地獄之境中最黯黑深海底下潛游的最寂寞靈魂。無論歷史如何翻案，無論多少殺人如麻、殘虐變態之魔頭俱被媚俗者如黑色底片泡進水銀藥劑翻印成美好的電影、電玩、漫畫主人翁，他倆仍永不得超生，因爲他們脫漢入胡臉孔變貌成魔之境，恰好恰好留下的最後一個表情，是無法翻譯成漢人們能理解情感的神祕微笑。

那麼恍惚。那麼嘲弄。那麼欲仙欲死。那麼無恥、優雅又孤獨。那將所有留在漢界的人們拒絕的無比自由。

妖幻光照下的街景，圖尼克說，旅館老人們在他們嚥氣之前，必定會有一次，像等待一生辜負他們或被他們辜負的某個不見得存在的神祕人物終要提問的，便其實是他們自問自答的一句話：

「如果時光倒流，生命重來一次，你還會作出當初那個決定嗎？」

那個沉在不見光深海底被壓扁的腔囊裡，塡塞了多少難以言喻、層層遞轉的黃金稠膏？背叛；被設局的冤恨；歷史後來的發展遠超出想像之乖謬；仇家成爲神龕上的聖賢；留在漢界的子裔們羞恥不認親；那些像捏壞泥坯歪瓜劣棗的無知後輩繁殖著光影顛倒的記憶；另外，在時間被停止計量的，嘴突變長耳朵上豎身體遍覆濃毛進入胡人世界之後的喪家之犬境遇……

在時間的秤盤上，得拿出怎樣貴重等價的物件，才可能讓他們交換這變形扭曲覆滿藤壺的海底沉船艙底的禁錮妖魔？

譬如宋，許多年後，在美國一個高爾夫球場的果嶺上，有後生記者不畏冒犯問了他，經歷過這一切，因爲他的憤怒脫黨與強悍意志，終於讓國民黨徹底裂解，島上的政治版圖無可逆轉地倒向敵方，也把包括他自己在內同輩的政治明星、菁英人才全提早掃進歷史焚化爐膛中，「如果歷史重來一次，您還會在二〇〇〇年作出那樣的決定嗎？」當時風吹獵獵，草地上的昔日梟雄沉吟許久，像捨不得太快吞下那口封陳幾十年的極品美酒，終於等到人們來問他這個問題了。啊他的回答眞是典型的脫漢入胡者，西夏旅館老人們的回答。他說：

「反正我就是瞧不起他。」

「他」就是四年後，終於俯首甘爲副成爲幫襯，卻已難回天的富貴好命連阿斗。

圖尼克說，許多年後，這些脫漢入胡者，當他們回想起他們仍在漢人的世界，走到邊界瞪視著另一邊，那無論如何把瞳孔縮小也無法穿透的黑。但他們會回憶起漢人從背後用箭鏃集射他們、斷他們後路的那一幕，他們發現至少有千百隻掌紋和他們如此相像的手，拍拍弄弄把他們推向胡界，把他們驅逐出境，把他們模糊成一變幻莫測的黑暗魅影。

＊　＊　＊

「您記得吧？那時候，那個林肯大樓二、三、四樓是游泳池，就叫……林肯俱樂部，我們很多人，下午都到二樓喝咖啡，還有小姐，」幾個老頭發出像高中女生交換夜晚到成人世界見識冒險時興奮掩嘴的悶笑，「喔還有一個湘菜館……唉，民國六十四、六十五、六十六那幾年，沒有幾棟大樓，台北就幾棟，全都圍著雙聖圓環那邊。老爺大廈，後來地基下陷，重蓋，窗戶是圓的；財神酒店；第一信託，房子下面細上面粗，還得過獎是吧？噢，仁愛路、敦化南路……整條路沒幾棟樓，那時仁愛醫院都還沒有……」

「噢，那您那時候早……」其他的老頭喟嘆道。

「你們記得嗎？台北瓦斯那一帶，整片大儲氣槽全鏟平、蓋大樓，哇那個地價現在不得了……」老野利用一種近乎青少年諂媚撒嬌的口吻，對著一位始終沒開口說話，背對圖尼克這桌的瘦削老者說：「是吧？林桑，那個年代，不得了啊……您那時候就有自己的工廠了是吧……」

那個林桑的聲音較其他人細且慢，他說：「我台灣的工廠現在全收掉了，三重的、屏東的，轉到中國和越南，民國六十六年，台北到高雄的高速公路都還沒完成，屏東機場剛開放，我從台北到屏東，都是坐螺旋槳小飛機，後面兩個引擎，CVC，遠東的。每個星期飛兩趟。從民國七十三年開始，我每個月把錢存到中央信託局。那時候沒有勞資糾紛。去年因爲新制勞資法，我就把屏東那邊的工廠都收了。」

旁邊一個穿西裝留希特勒小鬍子的中年人，看不出是林桑的副手還是老野利的副手，低聲對後者解釋著什麼。圖尼克只聽見窸窸窣窣的斷句：「……機票錢……因爲遠東大股東……」

老野利聲如洪鐘呵呵笑了起來。

「我知道，我知道，黃任中嘛，他後來賣掉遠東，因爲政府課他的稅嘛。那時候，遠東董事長是胡東清，黃少谷的女婿嘛，有兩個傢伙不錯，胡鼎華、胡鼎隆。唉，那個時候，台北有錢的年輕一代：當然那個坐金馬桶的唐日榮。一個黃任中，一個徐旭東，一個包立石——包朝雲的長子，他在台北工專對面那整棟樓的空調都給我做。」

林桑說：「您是做空調的？」

「我做過中興大樓，寶慶路遠東百貨的整棟空調是我做的，中興紡織對面『金世界大樓』是我做的，那時候，有個張玲，一個女歌星、唱〈保鑣〉的，有沒有？在那開一個金世界西餐廳，那椅子是很講究的。唉呀，那時候年輕，胡鬧，天天喝酒。那時要喝白蘭地喝威士忌不容易；現在喝這些酒有一定的酒杯，以前不講究，杯子上面打幾個香吉士的那種喝果汁的玻璃杯，拿起來豁啷就一杯下肚。」

林桑說：「我倒是跟黃、徐、包三位都喝過。」

老野利說：「林桑現在不喝了吧？」

「不能喝了，醫生說不能喝，喝了會要命。還是偷喝一點點。」

圖尼克這才確定，這位「林桑」說話細聲細氣，是因爲中過風所致。

小鬍子中年人說：「林桑過謙了，昨天我們一桌人全喝掛了，林桑小杯小杯慢慢喝，沒停過，後來唯一清醒的人是他。」

「你們喝多少？」

「八瓶跑不掉，兩瓶軒尼士XO，一瓶皇家禮炮，三、四瓶紅酒，都不錯的喲，一瓶馬諦氏，後來還開了一瓶什麼？也是林桑一個人慢慢喝掉。」

老野利又大笑：「林桑海量。我現在就不行了。聽說楊永明也是喝多了，走路都不行了。那時候台北市最紅的兩人：辜啓允、蔣孝勇，找他們喝酒，人一定到。而且一定是他們付帳，不准別人搶付喔，熟的不熟的都是。那個蔣孝勇，在弄中興電工的時候，喝酒一定要先乾爲敬，喝了人就跑了。哈哈，他太紅了嘛，一個晚上十幾攤酒局，再會喝也吃不消。他旁邊總是帶兩個人，一個姓關，會幫他擋酒，那個量深不可測。」

「蔣孝勇後來也是喝酒喝壞了吧？」

「還有一個傢伙很厲害，姓甘。『南侯北甘』，如果早拿到執照，現在整片南港的地恐怕都是姓甘的。他們在那有三萬多坪土地，鐵工廠，在基隆河截彎取直那一大片。他爸爸是撿破爛的，騎三輪車運那些垃圾堆著占地。不認識字喔，據說是用麻繩，現在重陽路那一路圍，圍到中視那裡。中視要蓋大樓的時候，跑去跟姓甘的講：能不能在你這塊地上劃一萬坪。姓甘的說，我可以劃五千坪賣你中視，但你中視要在我剩下的這些地，一萬八千坪上，負責開馬路；而靠松山這邊的九千坪不賣。中視說：『包在我身上。』找台北市政府，像神話一樣，在現在中視門口開一條二十幾米大馬路。他那五千坪五萬塊賣給中視，那九千坪現在還是甘家的……」

眾老頭唏噓感嘆：「……這眞是厲害……」

老野利的聲音變得虛幻飄浮：「那個爸爸生了七個小孩，五個女的，兩個男的，我認識的那個叫甘建福，他的哥哥叫甘建成，東方百貨也是他們家的，薇閣也是他們家的地……」

老野利說，那年，一個瑞典皇家院士來旅館住了一禮拜，他就和那深諳中文的老小子喝了一整禮拜威士忌，把他床頭櫃裡藏的好酒全清空了。老小子週末清早離開趕飛機，他那天中午就覺得胸口悶，到醫護站掛號，一排病患坐在木條長椅上等，俺在登記簿寫了胸疼，嘩，下一個馬上插隊叫我先進去，那年輕醫生一臉嚴肅聽俺描述了幾個病癥，馬上聯絡救護車把人押進教學醫院。嗐，一進去，就像陷入卡夫卡的世界，不讓你出來了，他們幫俺作了各種心臟檢查，馬上要我打電話通知家人，那時是下午三點，他說等七點作完胸腔照相等，各科主治醫生聯合會診，就要送進手術房開刀。

「我不信這個，我心臟強壯得很，我盯著那年輕小夥子的臉，仔細觀察他有沒有騙我——你知道，這美帝的醫院體系，就跟豬肉市場的那些批發商在搶生意一樣，所謂聯合會診就是幾個不同的 team 在搶標這個病人，心臟內科、心臟外科、麻醉科，幾個主治醫生頭兒在談判桌上攤牌，每個 team 提出的治療方向全不一樣，暗潮洶湧哪，那不就是誰搶標下這塊豬肉，哦不，這個病人，誰就賺了這一票——我告訴他，你先讓我回去，我手頭還有一些文章要完成，等兩個禮拜後我再進來任你們動刀，嚇這醫生臉刷一下沉了下來，他不讓我走吔，恐嚇我說，我一離開這醫院，出了什麼事我自行負責，情況非常危急，要馬上動刀。我心裡想，負什麼責？不就是兩個禮拜後俺再回來報到這 case 或就不是你囊中物了。他看我嘻皮笑臉的，就緩下語氣遊說，說老先生，這是 the best timing of operation，此時不動刀，等真的心肌梗塞了造成心室纖維受傷才來動刀，就算手術再成功，那心臟已造成永久性的傷害了。我老實說，我一開始就覺得胸口悶，想討兩顆感冒藥吃吃就混過去，哪想到惹出這麼一大段故事……」

這時一旁美豔的野利夫人再也聽不下去，炸了鍋：「什麼搶標圍標，你這人根本就是……昏哪，自以爲是、自作聰明，人家是專業的判斷，每天那麼多病人等著進手術房，你以爲就你特別值錢……」

老野利小聲咕噥著「我就是聰明」同時灌下手邊那杯 Single Mode：「噯，妳讓我說完唄，像當年，她乳癌要手術，兩個 team 跟我討論，完全不一樣，一個說割掉那塊拇指大小的腫瘤就好，另一個則說是整個乳房切除……要我決定吔，你選了哪一邊。另一個 team 就得完全退出，你說這不是搶標是什麼？」

「反正你就是得了便宜還賣乖，人家救了你的命，還在那說嘴，不然你現在坐在這喝酒？」野利夫人像小女孩攥著美蘭嬷嬷的手告狀：「妳說這人昏不昏？那時手術結束，人家主治醫生對我說，六個禮拜後才能開車、六個禮拜後才可以喝一點紅酒，他老兄麻藥也沒退完全，躺在病床上聽見了，三個禮拜就吵著要開車，跟我吵，說醫生說四個禮拜，三個禮拜差不多了。然後呢，硬說醫生要他多喝紅酒。我清清楚楚就沒聽人家醫生讓他『多喝紅酒』。」

眾人哄笑成一團，老野利自己也笑，敲著空杯說這威士忌好，酒呢，怎麼空瓶了。心臟也裝過支架的老范用哭笑不得的腔調說，絕對沒有一個心臟科醫生會告訴他裝了支架的病人說你要多喝紅酒。

老野利說：「手術前，我提醒那醫生，我酒量好，到時候你們下麻醉劑時分量可得拿捏，也許正常人的分量麻不倒我，他就問我，你酒量有多好？我說，俺喝一瓶 Vodka 不會醉。我知道他是東歐人，這樣說他就能略測深淺，這不科學嗎？結果後來眞的就在這事兒上出狀況。我自己不知道，後來他們才告訴我，手術還沒完成我就退麻了，人並沒醒過來，就是手腳自主亂動，不給護士插導管，弄得他們手術檯大亂……」野利夫人這時用飽滿感情的語氣，兩隻漂亮的眼睛似乎仍帶著驚恐的淚光說：

「那眞的是嚇壞了，我那時在外頭等，大概兩個半小時後護士出來說手術非常順利，大概再半小時就可以完成。我等了半小時，沒人出來，我去按鈴，這次出來一個年輕醫生，臉色很慌張，說麻醉出了些問題，但要我別擔心，再半小時應該就可以進去了。那時是晚上十一點，我等到十二點、一點、一點半，我心裡急了，想你們到底在搞什麼？半小時弄成三小時了，是出了什麼紕漏好歹也該讓我們家屬知道，我就是撞門，這次他們讓我進去了。我一看他，唉，完全不認得了，變形得一塌糊塗，臉腫得像豬頭，脖子都不見了，而且好像非常冷，一直抖，我就哭了，罵他們，你們沒看到他冷成這樣嗎？怎麼不給他條毯子，後來才知道，那個時候，就是蓋再大棉被也不管事。」

＊　＊　＊

這個女人是安金藏介紹給他的。他說，圖尼克，她是根超強力天線，一裝在我們畫面亂跳亂閃的白花花螢幕上，拍兩下，關於我們命運的情節就無比清晰地出現了。眞的，準得讓你尾椎發冷，我第一次找她算，才坐下，前頭十句話，我父親死於哪一年，死因是膀胱癌，我少年貧賤，交友三教九流，我的老闆是個奇人，我老婆是個貴婦美女，但我在外桃花不斷，我過去二十年渾渾噩噩如在夢中，四十以後自己當頭兒，今年會離婚，如果眞的離了明年會有官非，兩年牢獄之災。且我在外頭的那個女人絕對、絕對、絕對不能生孩子，生了一定是畸形兒。說得我差點沒跪下說娘娘救命，沒有一件不是我生命裡確眞發生的或正在發生的。

但圖尼克太習慣這個痞子的說話方式，他自己才像一根天線呢，只是不同頻道的雜音常混著從他嘴裡冒出，像被神懲罰失去說故事之語言的罪民後裔，嗚嗚啦啦瓦礫枝枒瀝青石塊亂堆出一個龐大嚇人的醜怪之屋。他的老大確是這個島國的傳奇影視大哥，據說當年艋舺黑道輩分最高的蚊哥過世，出殯那天全省外省掛本省掛縱貫線所有老大帶著黑西裝筆挺的年輕兄弟們幾萬人陣仗秩序井然把這一帶三、四個街區的交通全癱瘓。一輛一輛防彈賓士五百排列在夜市殺蛇人青草攤或流鶯站壁的騎樓。所有老大，不管你現在事業做多大，不管彼此「公司」樑子結多深，幾十年避不見面，全部乖乖站在街上曬太陽。據說當天的靈堂，只擺了三張椅子：蚊哥的遺孀，另一個是幾十年不過問江湖事的竹聯的老舵把子，再就是他老闆。三人以叔嫂之禮悠緩地在陰涼的堂屋裡泡老人茶唏噓當年。

憑我安金藏如何成爲這傳奇梟雄身邊的師爺？那女人說：這是命定的。武貪魁鉞、日月拱照、左右昌曲相夾。人中丹墀、富可敵國。然財無一不從偏路來，橫發橫破，愈破愈發，有三件事在別人是洪水猛獸，在我命中卻是靠它們富貴：酒、女人、兄弟。

安金藏從來不提酒與兄弟這兩項，偶爾在極品純麥威士忌（不是他們家賣的）稠如蜂蜜的金黃腴膏催化下，會淡淡透露幾個無法串連成賣給八卦雜誌踢爆的獨立畫面：他如何挨家挨戶踩到尼爾森公司抽樣調查的樣本住戶，撒了一輪鈔票，半年後把「他們家」手中幾家電視的收視率拉高到三家無線電視時代的超現實數字，廣告滿檔。當然還有一些如何遠赴法國收購酒莊，到北京上海高級 club 踩地盤並開發高價位 Whiskey 之外低價 Vodka 市場的口味。也提過一些兄弟們帶著三、四只高爾夫球袋的長槍到別人家公司討債，像馬丁史柯西斯黑幫電影裡那把烏黑鋥亮碳鋼衝鋒槍霰彈槍整傢伙倒在玻璃長几上的華麗慢動作運鏡。

大部分他提的是女人，未必是誇耀，常有一種眞正的、爲何我生命中的穀麥得注定變成發酵的、讓人幻醉的、昂貴且裝進藝術家設計之玻璃瓶中販賣的金黃液體，那樣的哀愁。浸在用鎢合金鋸刀切削成一枚晶瑩白銀腎臟的冰塊周圍，也不是融化，就是藉那低溫，也許我的女人們就是那一瓶一瓶高檔的、每次只倒兩指幅的純酒，酒喝光了，杯裡的冰塊還在，看起來還是那麼大、那麼硬，其實從表層一些切削的稜弧變圓滑了……

這是個色情隱喻？

安金藏看了圖尼克一眼，賊笑起來，你知道，有時候我在想，我愛這傢伙超過我那些女人們。你知道，我玩過的極品女人絕對上百個，極品的噢，像純種的那些比賽場上的昂貴馬匹，從臉蛋、眼睛、身材、毛髮、陰道……像收藏品一樣可以在身體記憶深處反覆回味的。像那些綠色草坪上的美麗馬匹，純視覺上的，純嗅覺上的，純觸覺上的……我敢說這被我評分列入極品收藏冊的美人兒們，就像頂極醇酒，沒有哪個男人不想擁有。但我如何擁有她們？一次一次地插入她們漂亮的身體，像我現在坐在這兒向你誇耀：我曾經喝過哪些頂級的昂貴到你無法相信的酒，我扭開過它們的泥封瓶蓋，注入我放著大冰塊（你說的色情隱喻？）的玻璃杯裡，把它們降低到我的溫度。我曾經，我品嘗過，我的老二經驗過的那些良辰美景，讓我像個老人翻他一生收藏一再去蕪存菁存留下的精品集郵冊，既懷念又感傷。但現在那些女人，那些視覺上美麗得讓你無法逼視的純種馬匹，那些尤物們到哪去了？

只有你懂。安金藏說：在你之前，只有那個算命女人懂。圖尼克，我不是登徒子，不是強迫性交症患者。我是個收藏家，我活在一個無人知曉的，收藏了極美文明造物的隱形博物館裡，我不是那些把美麗女人泡在福馬林玻璃缸裡的變態。如果我是就好了。這多麼悲哀，一瓶頂級好酒，我必須扭開它的瓶蓋，倒入我的冰塊酒杯裡，也許我的冰塊（也許我們該直接稱呼「我的那話兒」？）用低溫凍結住那貪歡之瞬酒精芳醇揮發的時光。但那又如何？一切仍會煙消雲散，無法串連成一個整體，不是集郵票，不是頂級藏酒窖，我得拍拍那些美麗馬匹的臀部讓她們撒蹄跑回她們有綠色草坪的畫面，而不是把她們製成標本裝進我的福馬林玻璃缸。

其實我知道你跟我是一路貨。

圖尼克想：這又是哪幾部電影對白東抄西湊的大雜燴？當他認眞看著他說，是的，我和你是一樣的，我無比好奇，那些時刻，你都跟那些女人說些什麼？那些豪華的美女？作爲一個頂級的收藏家，談其他同樣頂級的女人？或是談你喝過的好酒？這時安金藏的話語頻道便會陷入他自己體內其他雜訊的干擾。雄兔腳撲朔，雌兔眼迷離，關於算命女人說他「少也貧賤」，他只是一次淡淡提起他父親是個派報的，另一次他描述他父親是個少年時，在可能是河南或山西某個被瘟疫侵襲的小城，全城的人陸續發黑死去，他父親揹著也染病的弟弟才逃出城外，立刻被一支被共軍追擊的國民黨部隊拉伕了，在這個朧朦、細節交代不清的故事裡，他父親跟著那群恐懼、沉默的穿破爛灰軍服的大人們在一片黃土山丘裡迷了路，左轉右繞找不到脫離這片迷宮的方式，他父親不自覺基於一種奇怪的本能，從加入這夥灰色逃亡者後，便每餐把大夥吃剩的包穀梗子收藏進自己的揹包，不理所有人的訕笑，待整個部隊所有官兵重演他離城前所見，眼眶凹陷口吐囈語身體進入一種慢速運動而終於像一攤攤濕牛屎蜷縮在野地等著被曬乾，他父親靠著咀嚼吞食那些剁碎的包穀莖梗，自己一個（那個弟弟早就在故事裡消失了）跋涉千里逃到南方。

他也聽他說過他曾在九〇年代初到大陸衝州撞府的經歷，那樣豐饒且以不同身分進入許多古怪場景的唐吉訶德式流浪，讓人懷疑他根本在暗示他之前的工作是國安局情報員，換一個聽眾可能會不禮貌地打斷他：請問你多大歲數？套句老話：「這麼年輕的生命，怎麼可能收藏了那數倍時間才可能遭遇的經驗？」他曾描述自己在像電影《天下無賊》那樣的內陸火車車廂裡，親眼目睹什麼叫「斧頭幫」。有個一臉橫肉的外鄉漢子抓到了一個扒他錢包的猥瘦農民，兩人互吼幾句後各自亮出懷裡的刀刃。那外鄉漢子冷笑一下，喊一聲哥兒們這傢伙找死！立即前後座位八、九個同樣眼露凶光的強橫同伴一齊抄傢伙站起，把他們圍住，誰知道那瘦小農民也不吭氣也無懼色，一回頭整車廂座位、隔鄰另一車廂，全是和他一個模樣襤褸藍短褲汗衫的黑瘦農民，人手一柄短斧。

那八、九個外鄉壯漢後來怎麼了？被砍成一坨坨血肉泥？或是全尿濕褲子像娃兒那樣跪哭著求饒？被剝光全部財物光條條扔下火車？他的版本每次都不同。

他亦曾在東莞一間 Nike 的台商衛星代工球鞋廠掛銜副廠長，轄下兩千各省離鄉流竄的女工，每人每月工資二百人民幣，那是安金藏的酒吧交心時光裡唯一較近似建築師描圖將他如何在權力交涉的人際網絡中溜滑求生存的解說。廠長是老闆的女婿，他是個白癡，華夏工專畢業的，橡膠材料研發也不懂、出貨進貨又不懂、管理也不懂。經理是老闆的姪兒，留美的，夫妻倆整天想把阿斗廠長搞掉。另一個副廠長是從另一家廠跳槽過來的台灣工程師，包括他，他們每一個人各自的薪資可以養一辦公室三、四十個大陸清大交大碩士工程師。當然那是九〇年代的事了。這一撮台灣人整天內鬥，各自想拉攏他加入他們那一方。經理的老婆是個潘金蓮，他進那廠的第三天便在自己的辦公室休息小間被她硬上了，他懷疑包括廠長，另一個副廠長還有一掛台籍幹部全被她搞過。可怕的是她丈夫全知道，那女人又酸又熱，即使再冷的天她總也全身濕汗淋漓。廠長則每晚拉他去和縣委書記、公安局長喝酒。那可不是這些黃金如蜜的純麥威士忌。一瓶瓶六十度的五糧液、酒鬼和紅旗二鍋頭像白開水往乾枯的沙礫咽喉裡灌。我的肝就是在那一陣練成鋼盔一般的銀灰光澤，包括女人、還有酒，再就是菸，全像在一怪異的、古代的、光度和外面世界不同的國度裡存在，好像地獄之景，所有的欲望餽贈全變成一種熱辣刺痛的懲罰，所有的縱欲全像不要錢似地裹覆在你的舌頭，味蕾、喉頭、腸胃絨毛，和陰莖末端，但又像折磨你、烤乾你、把你弄得筋疲力竭。所有女人的胯下都有一股醋酸味和石灰粉塵觸感，所有高檔白乾都有一種你的身體永遠無法代謝的芳香劑，所有的菸草都有一種硌刺你喉頭濃痰愈積愈多鐵鏽顆粒幻覺。

那二千多個女工像牲畜一樣被圈養著，她們十幾個女孩擠一間三、四坪大的宿舍，冬天沒有熱水，有一次一個江西鄉下來的女孩被逮到半夜摸進廠房，原來這聰明姑娘拿水壺去接飲水器的滾水，「只想舒服用熱水洗個頭。」但你對其中哪個心軟，後面那面孔難辨的同伴們便像蝗蟲吱吱吱撲擁上這個缺口，經痛請假的、偷錢的、栽贓別人偷錢的、被不知哪裡的男人搞大肚子的（有可能就是廠裡的台幹）、自殺的、受不了離鄉之苦崩潰變癡變傻的……

以至於當他，這麼多年之後，在網路新聞看到那些像從蒙混蠻荒歷險記流傳出各種光怪陸離的謠言：那裡的人把一群黑熊養在鐵柵籠裡、餵食牠們，不殺死牠們，每隔一段時間便用極粗的針頭戳進牠們的膽囊抽取熊膽。再讓受創衰弱的無膽之熊自己復元。算算復元差不多之後便再次戳針抽取。或是所謂的「紙箱包子」，把回收的髒汙瓦愣紙箱搗碎用明礬汁泡爛兼消毒，加入豬肉味素當餡包成肉包批發全國。他們耐煩且異想天開地創造「黑心床墊」、「黑心紙尿褲」、假酒假菸假礦泉水工廠。或是所謂的活人器官買賣。這一切都和他體內那塊曾被那無樹蔭無蔽草的曝白烈日灼曬過的部分神祕地聯結著，那曾經啓蒙過他且變成他體質一部分的，恍惚如夢，像惡戲又像腦額葉有東西被摘除那樣的笑臉。

「你設想：我們這樣的人混跡在這社會裡有何意義？」

「不外乎讓所有人開心唄。」

他們愛從李師科提起，陳啓禮、黃任中、楊雙五，還有一些口條怪異的，譬如劉家昌、林青霞、高凌風……復活島人頭像、被揭開的封印鐵板下竄出的天罡地煞妖魔鬼怪。我們的問題在於，他摳摳鼻孔，居然把一坨白色的鼻屎團成像一顆柏青哥小鋼珠那樣的大小。我們的問題在於，我們缺乏神祕主義的傳統，我們缺乏想像力。

「我不知道你想說的重點吔。」圖尼克說。

「因爲缺乏想像力，所以我們沒有辦法解釋這個支離破碎的爛世界，我們『記得』，但記得的全是人家給的。譬如說，有一個天才用麻將桌上的爾虞我詐胡牌作牌來解釋當年的淮海戰役以及國民黨爲什麼丟了大陸。我曾認識一個年輕的日本漫畫達人，他用《烙印勇士》裡的祭典、封印和結界來解釋日本人當年爲何著瘋地在南京關城門屠殺了三十萬人。這全是胡說。但是你不覺得，包括你，包括我，我們總像是渾渾噩噩的找不到本體的影子，像爛港劇鬼片裡的斗篷鬼倉皇茫然地在別人的城市街道亂晃？

「我們這樣的人最大的問題即是我們沒有一個可供這些蒲公英籽般四面八方飄散的後代們按圖索驥以想像自己族群臉貌的故事：像其他那些離散者們，在異國的、童年的燭光昏黃客廳裡，聽大人如癡如醉地說著《聖經》裡的故事，〈出埃及記〉、〈啓示錄〉，或是《可蘭經》的詩篇；或是《摩訶婆羅多》；或是猶太教義……像上百萬隻的螞蟻不理解單一個體的存在原理卻能挨擠流動著拼成一幅巨大的黑老虎或蒼鷹的影子或乾脆就一條河流……

「我們沒有這種東西，所以我們只能一代一代斷簡殘章傳遞著單一一代所發生的故事，我們一代一代的說故事父親們，全是一片一片的魚鱗，永遠無法鑲嵌拼組成一條魚，他們在族的滅絕──而非個體死亡的恐怖中展開流浪之途，卻意外地發現他們一路瞠目結舌經歷的、看見的古怪故事，得在這種極短暫的油竭之燈黯滅前，口齒不清地講述給下一代。但通常他們並沒有下一代，這是最悲傷的一點，那些故事像藏人寺廟裡的酥油花，藝僧們以「鬼之十指」掐捏出璀璨魔幻之極樂世界全景，完成的那一天，即是把這件大型作品丟進火裡燒融的那一天。

「故事在滅絕的時間契約裡展開、絕後、絕種、無法傳遞，那還能稱之爲故事嚒？

「最大的悲慟即無法把經驗、懺情、把造成我族陷入萬劫不復、非人之境的緣由，囊封於一個故事裡，交給下一代。譬如西方人那些十誡：不可殺人、不可淫人妻女、不可說謊、不可如何如何……只能眼睜睜看著我們的後代，茹毛飲血、半人半獸地在沒有故事的曠野，把所有的毀滅火種從頭點燃。」

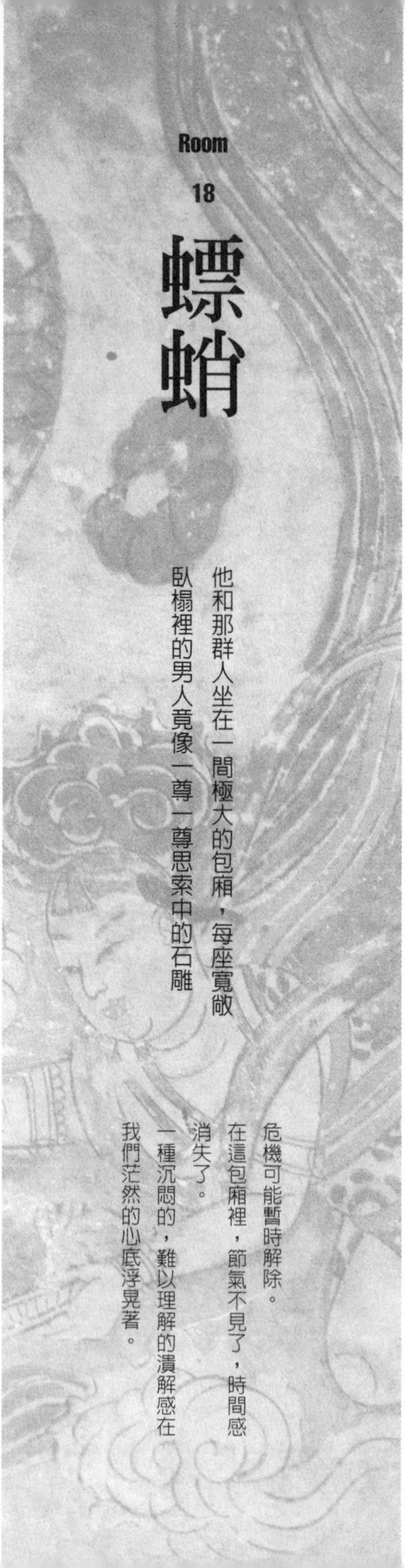

Room 18

螵蛸

他和那群人坐在一間極大的包廂，每座寬敞臥榻裡的男人竟像一尊一尊思索中的石雕

危機可能暫時解除。
在這包廂裡，節氣不見了，時間感消失了。
一種沉悶的，難以理解的潰解感在我們茫然的心底浮晃著。

他和那群人坐在一間極大的包廂，每個男人像古代的諸侯或豪酋各據一座寬敞的臥榻，有點像鴉片床和豪華ＫＴＶ環形沙發包廂的混合。每人身邊配有一個或兩個的妙齡少女。點菸、斟酒、端水果餵食，假作純眞無辜地逗客人說話。當客人說些超過尺度的黃笑話，穿著柔軟薄紗的年輕身體便像舞蹈般在那暗影婆娑舞台燈霓光幻閃間竄動：

掩嘴輕笑、捶打、不依搖頭時的長髮飄散、偎倒在客人身上……

……像蓮池畔的女妖啊……

女孩們整體給人一種頭顱極小、下巴如倉鼠尖削的印象，也許是挑選過了吧。她們的臉皆濃妝豔抹，幻美絕倫。或有兩個較調皮的女孩兒，像孿生子那樣擄起袖子露出白皙手肘地划酒拳。

……眞是旖旎風光……

……年輕眞好……

坐在他身邊的女孩兒叫 Vivian，是個文靜的孩子，或是在女孩群裡的輩分尚淺，只能中規中矩地勸酒、點菸、自我介紹，然後像舞會舞池角落落單的乖女學生，微笑著眼神帶著輕微的訝異和不以爲然，卻灼灼閃閃看著別座撒野玩鬧來的姊妹淘。

相較之下，坐榻裡的一個一個男人，都像某種巨大蜥蜴或陸龜，他們的身形龐大，隱沒於暗影，身軀的線條僵硬如殼甲，與女孩們的柔和透明形成反差。這些男人們在這酒精與女體妖幻旋轉的畫面裡，竟像一尊一尊思索中的石雕。

他忍不住低聲（像咬耳朵那樣）問身旁的 Vivian：「MoMo 呢？」

「MoMo？」女孩撇了撇嘴，暗影中雌性動物之間的殘忍一晃而逝。他模糊記得有一次 MoMo 半像作戲撒嬌半是恍神自傷地說：「大哥，你來找我，我不知有多開心，你知道嗎？我和這邊的女孩處得不好。不曉得是哪裡得罪了，她們全有意無意地排擠我。」

他那時心裡暗自好笑，排擠？又不是辦公室或大醫院內部，升等、卡位、不同派系人馬的傾軋，這不是間酒店嗎？小姐們梳妝打扮，衣香鬢影，把自己弄得美美的提著珍珠小包來上班，怎麼也搞這套？況且 MoMo 的姿色，在這些鶯鶯燕燕的酒店公主裡，只算是中等吧？說自己被排擠，或許是女孩面對酒客另一種費洛蒙迷霧吧。

說起這個，他每每大約半瓶威士忌下肚，置身在這樣的場景裡，整個人被這些啤酒的冰塊凍得哆嗦打顫，便會出現一種像好萊塢反恐戰爭片裡，那些戴上紅外線夜視鏡的特戰隊員眼中所見：原本的廢墟、下水道、兵工場或巷戰的地景輪廓，全像金屬刀刃的邊鋒，在極暗的底片世界裡微微描出遠近深淺；只有突然出現一團紅色橙色紫色綠色的碎紙亮片蠕動著，便知那是藏匿在黑暗裡的敵人，他們的體熱無所遁形，肺搏、心跳、呼吸、血液的循環，乃至皮膚之散熱，全變成招呼子彈的妖魔鬼臉。而他在酒盲之後，眼前的酒店房間也會變成一片費洛蒙森林，女孩們光裸著膀子，搖曳生姿，巧笑倩兮，各憑本事和客人調情扮戲，她們的頭髮上方，各自噴散著紫色粉紅色淺藍色鵝黃色的費洛蒙光霧。那像是從牛犢切開的咽喉噴出的白色蒸氣，瀕死動物從死亡裂口掙跳而出的迷彩靈魂。

女孩說：哥，你眼光那麼好，怎麼老惦記 MoMo 這……

怎麼？Vivian 妳想說什麼？人家英雄好漢多情種子惦記誰妳不准啦？犯忌嘍，來，罰一杯，小蹄子。

一旁一個瓜子臉吊梢眼細腰長腿比她們年紀略大的女公關佯嗔帶笑搶白了那女孩一頓。那 Vivian 做個鬼臉，仰杯乾了。

他的心底被一種無以言說的寂寞給塞滿。第一次來，他遇見 MoMo；第二次來，他遇見 MoMo。於是他認人了。MoMo 說，大哥，我們有緣，MoMo 說大哥你看我的手相，紋路好淺，有人說我這人簡單，說不上好命壞命。有個客人幫我看命，說我沒心機，說話直，容易得罪人，將來會嫁個有錢老公。可是夫妻關係不好，像活在冰窖一樣……

第三次來，MoMo 不見了。他喝醉時總滿嘴酒氣抓著身邊像粉蝶一樣輕盈透明的女孩們問，喂，甜甜、小伶、莎莉、小如，或Vivian……，MoMo呢？之前妳們這兒不是有個MoMo？她沒在這做了嗎？怎麼沒看到她？

她們的眼裡總露出一種宿舍女學生集體串供的奇異歡快，一種壓抑的驚恐，咯咯笑著，美麗的少女臉龐帶著一種孩童不沾穢物的無情和殘忍。

大哥你怎麼老在問MoMo？她欠你錢是不是？

不是……他哭喪著臉，舌頭腫大。我和MoMo……很好吔……能不能幫我問候她。

在他們置身的這棟建築物外面，此刻正下著滂沱大雨吧？但或許他和她們皆再也走不出去了。金黃色的稠膠酒精液體從張開的口穴一杯杯倒進，然後空調再把他們皮膚毛孔揮發的水氣吸乾。他突然想起許多年前某一個大雨將臨的午後，天地一片烏黑，他在城市邊緣一座大型公園的某一株灌木叢發現一枚螳螂的卵，半截拇指大小，像酸腐乳酪的深褐色，上端翻起一瓣壺嘴般的突，被母螳螂用白色細絲纏縛在枝葉間。

（他想起來了，那玩意兒叫「螵蛸」。ㄆㄧㄠ ㄒㄧㄠ。）

他把那枚螳螂卵帶回家，置於一只後陽台的空玻璃缸內。是夜雷鳴不已，風雨交加。第二天近午，他到後陽台一看，玻璃缸裡只剩一瓣像剝開曬乾枇杷的枯癟殘卵，拖著白髮般的縷縷細絲。隔夜大雨潑進窗內，地磚上的積水，漂浮著至少三、四十隻細小如指甲屑的小螳螂屍骸，淺綠色一片，全已成形螳螂的樣貌，像一缸泳池裡淹溺著一具一具初生嬰兒的屍體。鐵架上的盆栽葉瓣間則晶瑩閃閃一小隻一小隻倖存的雛蟲。

……應是前夜即孵化，整窩的初生螳螂歡快地沿玻璃缸壁爬出來吧……

另一次是更早的辰光，他小學時將一枚類似的螳螂卵藏在火柴盒內，丟進抽屜裡。少年貪玩遂忘了此事，過了近半年，仲夏時分，暑期中想起那盒螳螂卵，翻牆爬進學校，在空蕩蕩的教室摸自己抽屜。火柴盒一拉開，四、五十隻幼螳螂全頭尾四肢挨擠交插地死在一塊。小小的尖尖的昆蟲的臉，沒有一隻有任何表情。

應是春天的某一個原本該是造物歡愉的神祕時光，小紙盒內的卵爆開，四、五十隻小螳螂掙爬面世蛻殼成蟲型，卻發現牠們全被擠禁在一個莫名的密室裡。牠們貼擠著彼此，沒有任何可能和出路逃離，就那樣活活被整窩悶死，然後集體乾燥成死亡最初時刻的形狀。

＊　＊　＊

二〇〇〇年四月三十日，中國考古隊在西夏王陵群的「元昊陵」東北角闕，發現了一尊完整的「迦陵頻伽」琉璃瓦塑像，這種人首鳥身的奇幻神物，馬上取代了「魚身梟」與「鎏金牛」，成為銀川市的圖騰。迦陵頻伽是佛經中的一種神鳥，能吐人言，有天籟美聲之歌喉。寧夏博物館裡的這尊出土「阿伽」，前半身是顱形極美的天女，閉目低眉，像是目睹極大之恐怖景觀而噤聲怯縮，她的後身翅翼收斂，略略翹起：又像一個沐浴後抱胸沉浸在自己純淨光輝中的處女神。

陵塔位於陵區中軸線偏西，原是貼滿碧綠蓮花紋美麗磚瓦、鴟吻、龍首、獸頭等裝飾瓦當的七層浮屠。陵寢像所有臨死帝王無法和死神對弈、好歹和後世盜墓賊鬥智的機關，深埋在祭台與陵塔間地下二十五米深的穴道裡。如今華麗的琉璃磚瓦盡剝落，樓闕圍牆崩毀，陵墓上方被蒙古人挖了一個大坑洞（據說為了斷西夏人的風水龍脈），風沙曠野中就剩那一坨白森森的土堆。

蒙古人爲何那麼恨西夏人？西元一二二七年，成吉思汗第六次親征西夏，圍興慶府（就是今天的銀川），一代天驕竟膝中西夏弩兵之箭，歿於這蕞爾小國之境。臨終前交代近臣：「唐兀（西夏）人剽狠頑強，今不將此族覆滅，來日必滅我族。」蒙古騎兵祕不發喪，破城屠戮。黨項武士前額薙髮，極易辨識，大火焚城，屠殺無數。於是這樣一個有自己文字、服制、窯工，在遼、宋、金諸大國間難纏頑狡的二百年帝國，便如煙消逝，徹底滅絕，從地平線消失。

其實在這片荒漠中逐水草遷徙的游牧民族，誰不恨西夏人？回鶻、吐蕃、宋人、契丹人、女眞人，所有民族都對這馬騎如鬼魂出沒，以表情變換難測之巨乳蹲踞的大母神石俑爲圖騰的黨項羌族既恐懼又仇恨。

曾經被李元昊逐殺的回鶻人，一千年後散布在原先西夏帝國的版圖上。但後來漢人們又占據了這城市大部分的人口。

＊　＊　＊

羅漢。

六親不依。破父破母破兄破姊破夫破妻破子破女。於是成爲縱貫鐵道沿線壞敗黯鏽（唔，像那個年代貧窮島國童年集體記憶，一粒八爪美國蘋果，切成八分一人一瓣，捨不得貪歡之瞬後的漫長空滅之苦的那個孩子，用衛生紙包裹那一瓣藏於抽屜藏寶盒，一周後啓盒，美好溫潤如玉的白皙蘋果已如出土漢代公主骨骸，皮膚深褐腐黑，臉頰枯槁萎縮，上面爬滿果蠅的幼蛆）的舊火車站前圓環周邊老旅舍的漂流孤屌，褲襠裡藏著陰蝨，喝著窄小旅館裡趕時髦一壓即出冷熱水出口的飲水機沖泡之即溶咖啡，夜裡全身骨骼如泡在冰塊桶咯咯打顫縮在潮濕的阿嬤紅花布大棉被裡，等待著想像中的老妓女觀音祖嬤踩著破陷的走廊地板來敲門。

羅漢。老范的教訓。漢界，漢人的生存世界。把你那骯髒的羊雞巴收回褲襠，沒穿內褲是唄？至少拉鍊拉上。他不只一次聽見老范訓斥那些迦陵頻伽們，哦，對不起，是酒店女孩們，譬如那個 MoMo，軟語溫存，小小的少女肩胛骨上的珍珠色胸罩鬆緊吊帶，才第二次就摸清他只是幫閒清客，正主兒是老范，煙籠薄紗依偎在他懷裡，一雙美目波光瀲灩舉著小酒杯猛朝被另兩隻迦陵頻伽粉臂交纏架住的老范敬酒，范大哥我敬你。老范不應，一雙駐邊守關老將看遍胡漢變貌陰陽小妖浮沉的陰鷙電眼從鏡片上方瞄了一眼，好好伺候妳圖哥。小妖精，別玩花樣，等會祭下雷峰塔將妳擊碎燒焦化成齏粉。嗳喲范大哥好凶哦，小女孩身軀縮進圖尼克脇下，圖哥你們范大哥對女生都這麼不憐香惜玉噢？他呵呵傻笑。這是什麼？潘金蓮當著武大對小叔武松調情？或是兄弟歃血為盟共淫一女，迦陵頻伽美麗尾羽覆蓋的潮穴成為胡漢既誓盟綁束又窺伺對方虛實的修羅殺戮場，看我掌中霹靂。看我天外飛仙。看我唐門毒藥。看我如來神掌。MoMo 看出這晚他只打算當個閹人。遂撥亂頭髮再度出擊：「來，范大哥，我們來賭猜骰子。」兩個甩杯，各六枚骰子甩完封杯，看各自骰子數目，各吹總數，「三個三」、「五個六」、「六個六」、「七個六」、「抓！」以虛為實，聲東擊西，佯少為多，死諸葛嚇走活司馬，MoMo 薄面含嗔，媚眼斜吊，搖骰杯時嬌態溢流，活脫如夜宴裡的飛天仙女。老范原睥睨蔑視之，連輸了四把，推開身旁兩隻阿迦和阿頻，正襟圍坐。開始入戲將兩只封印之杯裡活蹦亂跳之眾骰子，視為邊關和黨項羌兵如鬼魅以詐術奇襲的沙塵漫天之殲滅戰。

「四個四」、「五個四」、「五個三」、「抓！」又輸。「臭婊子。」老范臉色殺青。「ㄏㄡˊ——范大哥要罰酒。」「我替范哥喝。」他舉杯齊眉。「你？你什麼東西？輪你替我喝？」老范動了氣，沒造好台階或要滅口，刷一下一排啤酒滿杯裡泡著小杯威士忌，像左輪上膛一杯一杯仰頭乾了。眾人喝采，小范老子厲害哪！

危機可能暫時解除。

在這包廂裡，節氣不見了，時間感消失了。肥肥死了，姚明骨折無法參加北京奧運（他說：這是我最大的失敗），王建民在薪資仲裁受到洋基高層羞辱。香港青文書店老闆被幾箱書壓死，直到屍臭被倉庫工人聞見……

一種沉悶的，難以理解的潰解感在我們茫然的心底浮晃著。

他坐在黑暗中，背抵著那裝潢或不過一年但外部已褪去金碧輝煌之視覺幻術，內部某些緊實彈性之質地已鬆脫塌陷的沙發靠背，感覺自己像一顆小時候藏在學生制服外套口袋，未揭開蠟紙摺疊即已融化成一團稀屎模樣的牛奶糖。可信任的人。可靠的人。不會背叛你的人。不會傷害你的人。有時他忍不住想問老范，如何，如何在這些一只一只小玻璃杯酒精灌進體內讓血管中血球顆粒們膨脹打轉，集體瘋魔如 Discovery 頻道中那上億隻沙丁魚無靈魂無感性地圈繞成一枚巨大晃動的「群之球體」，等著鯊魚、海豚、海豹、憨鰹鳥從四面八方衝刺、攫奪、撕裂、分食之……的漢人世界裡，不讓那些酸臭酒液隨胃袋中穢物吐出。不將靈魂最深處的祕密吐出。如何安身立命，找到一均衡之自我感。哈哈，是的，「自我意識」？

譬如說，那個宋慧喬，真的有一張粉瓷娃娃宋慧喬那日系少女漫畫印歐民族被獻祭處女的夢幻大眼，翻翹睫毛，卻有亞洲女孩永遠不會塌垂肥的尖削下巴、小嘴和小鼻子。她不需要陪客人酒（按MoMo她們的說法，就是不用「出賣色相」啦）。拿著無線麥克風，淚光閃閃，歌喉豪華如絲緞，純種的迦陵頻伽，暗影裡的中年男子們各擁著一隻受驚的、羽翼未豐成長不全乃至有些眼歪嘴斜的阿迦們，只有宋慧喬，孤獨地在銀粉垂灑的光柱中，挺直脊背唱著那場景應是繁華昔時Piano Bar駐唱歌星的，風華絕代、眞正的演出，她唱著夏川里美的〈淚光閃閃〉。

她用ㄅㄆㄇ注音一字一字標注韓文，字正腔圓唱著韓文歌，讓那些酒後醜態畢露的韓國客人們震懾於那歌聲的清哀與絕美，總無人敢造次將鹹豬手往她身上挪近。

老范每說起宋慧喬，總像個看盡宮中佳麗興衰浮沉的老宮人，嘆口長氣，仰杯而盡：

「可惜了。」

這樣的人才，這樣的上進個性，不讓自己鬆握跌進爛泥淖的好強，如果是在記憶裡的太平盛世，或有機緣被哪個遊戲人間的大老闆或大老撞見，就勢借隻膀力拉起，那是怎麼的一番月朗天門之格局。如今卻困陷在這麼一家不上不下的便服店當駐唱公主。然即使可惜，老范從不越那胡漢之界，從不妄圖拆毀漢人上下四方陰陽對稱之秩序撈過界伸手進濕淋淋夢中之祕境扯出胡人們羊腦袋高燒激狂的魔幻傳奇。

他高中時曾因這種靈魂尚未完全輪迴成人，在冥晦混沌中僅以動物意識碰撞的本性，在學校惹了一些麻煩，或因陪並不熟的哥們（即夢中那位蔡的朋友）在頂樓堵人（原先說好他只是把風的，卻因對方是個練家子，同夥兩人竟打不下來，他在樓梯間聽見蔡喘氣喊他，便衝上頂樓，連揮幾個重拳打得那傢伙滿臉是血）；另一次是恐嚇班上一個俗仔，不想那傢伙的老爸是人事行政局的高階主管，教官找他去談那天，那傢伙老爸的黑頭車直驅校園，一旁立正開門恭迎的是他們學校的人事室主任和總教官……先後被記了兩支大過，且從此他被學校一綽號「山豬」另一綽號「長毛」的教官盯上。他們以一種奇異的成年人對好勇鬥狠之青少年的陰暗憎恨情感對付他，重點是，他們是漢人地界那頭的低階武官，而他是胡人，是狼胚子。有一整年，他們要他每日中午其他同學午休時，到教官室報到。每個中午他得端張板凳坐在他們桌邊，謄抄那一大疊缺曠課掛號通知單的地址……算是監管，並觀察他的改過態度看可否將功贖罪。這位「長毛」，穿天藍制服空軍中尉的胖子，某次在軍訓課大發謬論：各位，世界上沒有強暴這件事，你們穿過線頭吧？那根針如果一直轉不讓線插入，線頭如何穿得進針孔。學期末，他們給他的工讀交易酬勞是：一支嘉獎，也就是他必須抄九學期每天中午的大簿子全校缺曠單地址，才能抵一支大過……

高二那年，原本要接他那班導師的一個男老師請假半年。代課的是一位師大剛畢業的實習美女老師，長得高䠷清秀，走在這所集中營般的男校裡，簡直像用繩籃降下地獄鬼界的祭獻處女，全校男生（包括男老師和教官們）如癡如狂，他們暱稱她「小娜」（怎麼亂像日後他夢遊般在這暗香浮盪的酒店包廂裡穿梭流轉的女孩們的小名），但其實這大學剛畢業的姊姊並未如好萊塢電影或日系偶像劇情節，按暗示扮演這地獄之境中外貌猙獰內心良善的男高中生之救贖女神。他日後回想，這「小娜」其時也不過一二十五、六歲年輕女孩，她可能亦受寵若驚自己成為這一所男校集體投射、既聖潔可能又極猥褻之性幻想對象，是以印象中這位「小娜」似乎把她來學校的時光，集中精力於一種每日換裝，走秀模特兒的聚光體自覺與扮演。

高二下，那個被遺忘的男老師銷假返校，他們班簡直群情激憤在班會發起連署，想向校方請願讓小娜繼續代導師，此事最後不了了之，實在高中生的空洞腦袋也想不出這種挽留「小娜」抵制男導師回來的行動有何義正辭嚴之名目（他們的激情簡直像拒絕一位有家暴前科剛從監獄出來之父親，要來向社服義工美麗姊姊手中領回家的徬徨孤兒）。當他置身那場集會中，奇異地在「小娜」交叉雙臂於胸前，似乎認眞聆聽每位同學愚蠢激情又故作純潔的發言時，臉上那種恍惚又自戀的表情，心底一動，超出他那年紀經驗地細微感到某種明星在簽名會上既冷漠卻又享受的虛僞。

荷爾蒙亂噴嘛，這是。

男老師在一種自己不知情的集體抵制氣氛下接了本就是他的班級，他以一種憤世嫉俗者（那是他長大後才體會到：原來那傢伙的氣氛是這種人）的敷衍、疏離、班會放狠話卻從不熱中於班級上小團體的權力支配（比較起來，小娜，或其實各班的導師們，身邊總會聚集一些日後任何大人世界圍聚權力中心的「閹宦」小集團，而導師們亦樂於藉這些馬屁精作爲管理、理解班上各成員的情報耳目），一直到期末，他再一次因那胡人動物性的渾沌，從他努力馴良僞扮藏身的漢人世界彈跳而出，又被「山豬」、「長毛」見獵心喜以叉戟逮住，他才見到這位男導師物傷其類的胡人本色。

那次他和幾個哥們在體育館柔道社榻榻米小間嬉耍摔跤，突然一個瘦削陰沉的高三生推門進來，賴在角落便睡，他哥們是柔道社社長，以他其實不喜的漢人調調說：對不起，這是社團用地，不能在這午睡，那傢伙接下來的反應其實不是在義理，而是在視覺、空間、肢體關係的運動上激怒了他。那人翻身彈起，指著自己胸前的三槓年級繡線：操你媽！我再兩禮拜就畢業了你他媽不想混啦？沙漠驅馳呼嘯拉弓放射的基因酸液在他喉間沸跳，他的臉開始變形（額頭、眉骨和兩顴皆高聳隆起），變成一張以格鬥爲狂歡的胡人之臉。

「我幹令娘雞掰！俺再一支小過就畢業了，你再說一句看看。」

瘦高個用港劇黑幫片角色的作工，一臉詫異驚駭，比著兩指晃搖：很好！好極了！咱們走著瞧！便摔門而去。

此後的驚恐（另一種荷爾蒙）與猜疑必須由他獨自一人承擔，他摺下了自己的班級姓名，內心卻後悔不迭，當場幾個哥們全不是在混的，老實說他除了被蔡他們邀去站陣，其實也從無以一人氣勢鎮住一票圍毆者的正港流氓經驗。他想像著：那些鼠輩必然會在校外他行經某一條路線堵他，罩布袋或拿木棍輪擊他……

他向蔡調了一柄短刀，刀面布滿鐵鏽，刀刃已鈍，有點像刺刀，無刀柄，金屬尾端用棉布層層纏裹，他用報紙包了，隨身藏在書包裡。

那個老羞成怒離去時撂狠話的學長，始終未如預言在任何他行經的街角、暗處、公車站、小巷……帶著他的人出現，他書包裡的鏽刀卻在某一次朝會突擊抽查書包時，被教官翻出。

他記得他復站在「長毛」面前時，那傢伙咧開的笑臉，用右手拿那把刀輕輕拍擊左手掌，「我們好像一直在等著這一天哪，老弟。」那將成爲他永久反社會，不，反漢人世界的決定性一幕。像胡騎被宋軍以陣圍殲時仰天嗥叫：爲何要將我屠絕！

那個導師，心不在焉者，孤獨於全班懷念小娜之幽微情感之外的男人，拿到他遞上的記過三聯單（從前所有導師，無人踩涉教官轄治之域，皆按流程簽字），單鳳眼上挑冷笑：「誰讓那幾個當兵的跑到我的地盤整我的學生。」把三聯單扔回，像他不是那個將被懲罰開除的當事人，而是

「山豬」、「長毛」派來談判的使節：「不簽！退回去給他們，說我不簽。」

他訥訥拿記過單回去向「長毛」轉述時，整個教官室簡直炸了。「山豬」一臉慈祥按著他的肩頭，對他解釋：他們不是針對他這個人，這是體制問題，你們導師這樣，我們要呈報人事室開一個訓導會議喔……

「長毛」拍桌說：「他不簽？我過還是照樣記！」

之後這事似乎變得與他無關的公文戰爭。那支過還是記了，但第二天這導師對全班宣布他是新的風紀股長，並要全班表決，全部的人在一種搞不清狀況的迷惑中舉手通過。他立刻被那導師在那支大過被布達之前簽呈記三支小功。這使他逃過了被學校開除的命運。

許多年後他曾回去探望那導師，他住在一死巷裡近乎違建的破舊宿舍裡，門口排著一列剪成一半的寶特瓶，裡頭盛水養了黃金葛之類的藤蔓植物。那老師在窄仄的房間裡請他抽黃長壽，告訴他，自己從小是孤兒院出身，憑意志力苦讀當年是師大英語系第一名畢業。但之後的人生似乎並不順利，那年他請假，即因被一位極信任的朋友倒了好幾百萬，一怒之下胃出血躺下，這以後身體也就搞壞了……

「結婚本、買房子的錢全沒了……」那導師笑著說。

之後他對他談了一些研讀佛經的心得，但那些內容出乎意外的貧乏平庸，那使他心裡有一種淡淡的悵惘……

胡人。羅漢。骨子裡的流浪漢，與眞實世界貌合神離地相處。那是他第一次遇見的黨項。

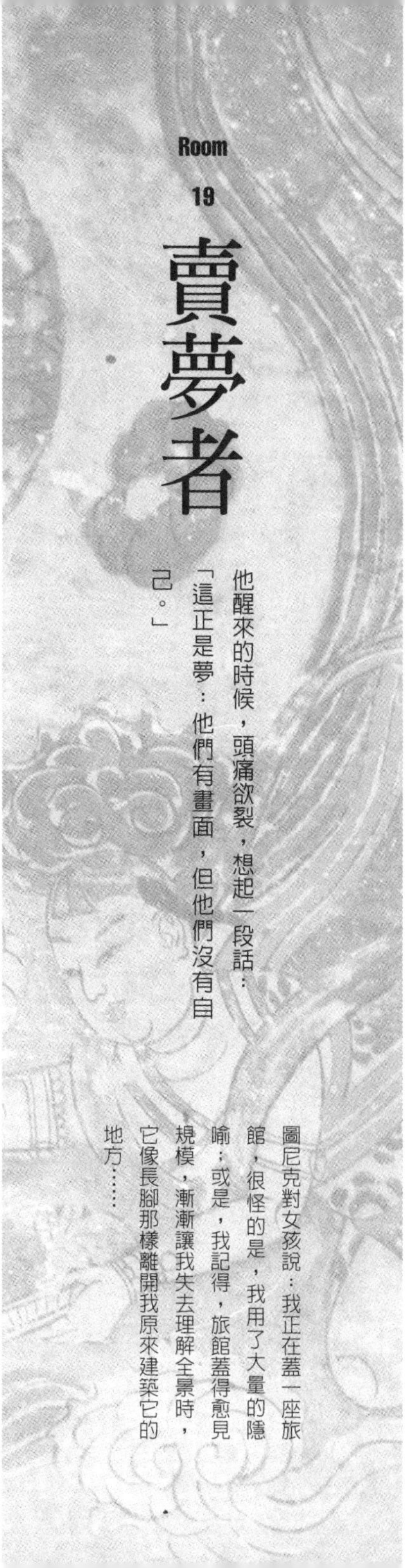

Room 19

賣夢者

他醒來的時候，頭痛欲裂，想起一段話：「這正是夢：他們有畫面，但他們沒有自己。」

圖尼克對女孩說：我正在蓋一座旅館，很怪的是，我用了大量的隱喻；或是，我記得，旅館蓋得愈見規模，漸漸讓我失去理解全景時，它像長腳那樣離開我原來建築它的地方……

他醒來的時候，和安金藏、那個叫 MoMo 的酒店女孩一同擠在旅館的某一房間床上。藥劑尚未退去。他在頭痛欲裂的厭憎情感中想起不知從哪本小說上看來的一段話：「這正是夢：他們有畫面，但他們沒有自己。」這間房間恰在這層樓電梯旁的凹陷死角，一旁就是標示著「安全門」的樓梯間。那或在風水上屬於氣場流動無法使人心安定之方位，是以雖然隔著牆，他總可以聽見那或是在各樓層打掃房間的歐巴桑沉重踩踏階梯的腳步聲。同時他也意識到在他腦袋中保險絲燒斷（他什麼都不記得了）之前，他作爲學徒，和安金藏和女孩之間的淫蕩場面（他們這樣赤身裸體四肢頭脖交疊地躺在一張床上，總不可能睡著前是在玩三人橋牌或如高中生宿舍裡喝啤酒講鬼故事那套吧？）所發出的地獄妖鬼嘷叫聲，恐怕也被上上下下經過那樓梯的內將們聽得一清二楚吧。他有一種奇怪的想法：他和安金藏和這女孩在這間俗麗小旅館房間裡進行的，似乎是被挨壓在全世界所有旅館房間堆疊成一座萬人塚骷髏塔的最底部，他們承受著所有那些虛漂的房間裡所有無主流浪漢孤獨之夢的重量，像船艙底部的壓艙石或相銜運轉的齒輪。

主要是旅館大廳那些像遊魂把自己黑背心紅啾啾領結白襯衫如夜黯曇花倒影投映在光可鑑人的花崗岩地磚下的那個世界。

他記得，不，或是他夢見，在那之前，他曾在頭痛欲裂但四肢漂浮的狀態中醒來，扶著牆推門出去，走防火梯而不是搭電梯，走到另一層樓一間正要打烊的，這旅館外包的東京系酒吧，那時他似乎便遇見安金藏一臉卑屈諂媚地和一位西裝筆挺、鐵灰頭髮紮馬尾辮、臉色蠟白的男人急促地交談著什麼……

他們想要把這間旅館交易掉嗎？

在那瞳孔光圈暈擴，眼前景物如茶褐色果凍倒映的大麻時光——他看見自己的臉，他忍不住想大叫：幹！不能賣啦，這一層一層、一間一間的，像殯儀館冷凍櫃裡，一格一格屍體那樣收藏了多少人的夢境。

他知道有人的夢境因爲沉默而變得像冷凍男屍睪丸囊裡的皺褶，那印刷網版或楔形文字般的紋路圖在低溫下慢慢灰白、消失，有人則盜賣別人已成屍體裡封存之物的夢境，像賣死刑犯的肝臟、腎臟、心臟。但是在這旅館裡什麼東西是珍藏如金黃蜜蠟，如酒窖封存之昂貴醇酒；什麼只是石塊翻開竄爬在爛葉濕泥中密密麻麻的黑蟻？譬如他們會笑著說到，嘉義天后宮裡的三太子爺，頭戴鑲寶石黃金二戰德軍鋼盔，背後如常插著三太子爺西岐前鋒李哪吒標旗，但右手持一柄左輪BB槍，左手扠腰，腰際塞著金算盤和手機，漆黑如墨的臉（所以哪吒是由東非經敘利亞、中亞進入中國西北的黑人？）戴著可掀式墨鏡，雙腳穿著山訓特種部隊的戰鬥靴，腳下仍踩著風火輪（好險這二百五廟祝沒替祂換上重機車）……記者問廟公說怎麼會想到把太子爺打扮成這樣，他說哈哈是三太子託夢要求的啦，伊囝仔郎好新鮮愛時髦啦。所以夢如網路可以侵入蔓爬到任何祕境，我們的夢境因入口路徑太紊雜，所以也開始如Yahoo奇摩，整理分類歸檔。

新聞理財知識生活汽車工作房地產拍賣購物通氣象遊戲音樂電影卡漫笑話……然後下方擠滿滿掛著一小句一小句詞條般的廣告：放電小內褲、甜死人內褲、戀人熱中丁字褲、光感美人蕾絲風、美尻款休閒寬褲、我愛豹紋系胸罩、害羞新娘美腿鞋……什麼跟什麼，所以西夏旅館是該放上易遊網的國外訂房嗎？

或者如伊恩海姆在哪一部片裡（《喬顧德的祕密》？）演的那個騙棍、離職教授、流浪漢，他在酒館間遊說那些傻屄記者或電影製片，他正在編寫一本布魯克林區某一支消失族群的語言百科。他在街頭、酒吧、廣播、公用電話旁偷聽，尋找一些失落話語的線索。他有一個袋子，袋子中全是筆記本，每一本筆記本皆密密麻麻抄寫著這種如夢中囈語奇幻消失的詞條、註記、例句或詞源間的關係網絡。他說服人們，如果找到贊助，他就可以把這本魔幻之書的版權賣給對方。但事實上上過當的人都耳語告誡著，這傢伙預支的那本「如煙消逝的幽靈民族」之辭典簽約訂金，全部拿去變成請吧枱廉價妓女喝兩杯的零花錢……

哦，記錯了，並不是「一支不存在民族的語言」，而是透過這種破碎、片段、即興記錄、無厘頭的城市人類學方式，整理出一本一百二十萬字的，紐約人每天生活語言所編織的「口述歷史」，這位遊民、酒鬼、唬爛之博學者被戲稱爲「海鷗教授」。據說他能聽懂海鷗的話，曾把十九世紀美國詩人朗費羅〈海華莎之歌〉翻譯成海鷗話……

這不是你嗎？圖尼克，一本僞託於騙術之上的幻妄之書，一座由許多座流動旅館拼疊成的旅館，一支不存在的滅絕民族……如果像《神鬼剋星》裡那一對以噩夢、幻想故事、唬爛屠龍大冒險在各村落間流浪以騙吃騙喝的格林兄弟就好了。他們最後竟眞的遇見了龍、邪惡女巫、魔鬼，這些從他們唬爛故事中跑出來的眞實恐怖怪物，且被這一對騙棍兄弟糊裡糊塗殺掉了……

所以，像那個強力發球的網球選手，到醫院求救時，醫生發現他因長期以單側手臂重複強大力量的揮拍動作，竟導致腹腔內大腸全塞進泄殖腔另一側形成疝氣。這像一個對影視上綠草如茵光照下乾淨明亮的現代神鬼戰士神話的嚴厲揭穿：人體被鏡頭雕塑成像炮彈發球機一樣的極速強力，如鯨鯊獵隼般流線、優美、殘忍的力量造物。事實是，人類腔體內黏糊糊纏在一起的大腸、小腸、膀胱和睪丸，是那麼脆弱如中世紀建築內部的支架。一擠就爆、肝腦塗地、肚破腸流。

夢也是這樣。你的西夏旅館也是這樣。

從夢境裡亂跑出來的東西怎麼辦呢？

尤其是從噩夢裡跑出來的東西。

譬如現在。

他問 MoMo：我上過妳了嗎？

MoMo 看著他，把腿從他或仍熟睡的安金藏的胯下抽出：你說呢？

或現在，只是一個停頓時刻，閉目打呼的安金藏，正在另一界面啓動盜取他全部夢境檔的木馬程式。

他清楚地看見MoMo的私處，像鮮豔滴蜜的豬籠草那樣以一種太尖銳的強光貼著他眼前掰開。那裡頭卻幽忽曲折，變成他童年時曾去過一個城隍廟旁的數十個小吃攤用塑膠頂篷蓋在上方的夜市。大火快炒，油煙搖晃，人臉模糊挨擠縮坐在較低矮的桌椅，趴伏著吃那些糊了豔紅醬汁的灰色肉圓，或人膚肉色但像一條條剝下風乾血管的炒米粉，怎麼看都像是讓廟裡那些眉突骨露、兩眼暴稜的陰間衙差押解至此略作休息，無意識地在寂寞進食的鬼魂們……

他的夢境（或他的西夏旅館）就是從那一刻起變得有點分不清楚是從哪一個界面跳至下一個界面的：譬如說他到底是在一座小鎮行走，找到一間小旅館，以那房間爲夢境入口，才得以進入這西夏旅館之腔腸迷宮；或是，在西夏旅館這一組熟悉之人某一次喝酒聊天的時刻，著了道，他闖進了其中某一人的夢境裡（或如現在，根本不是夢境，這就是安金藏或兄弟換帖的一種儀式，或更深沉以這種混亂控制他……）。

在那些夢境裡：不論在某一間旅館的房間，或是廢棄無人的火車站月台，或像這樣一處人聲鼎沸明火油煙的鬧市角落冰箱上，像作夢者的簽名，都掛著一張黑白遺照相框。他努力想著那張照片的臉，也許那張臉就是破譯這一切像蚜蟲整群亂接合交尾在一塊的夢境之鑰：到底這一切是誰在搞鬼。

那張遺照之臉的主人是……

有一度他想不會是蔣經國和店家老闆握手照？或是他父親？那會是誰的臉？他自己？他確定那是個男人，所以不會是他妻子。安金藏？老范？都不是。

他記得……是誰說過的呢……不會就是這樣睡死過去之前，三人好親密幸福捲麻花勾纏在一起呼麻時，安金藏無比感性地說到：我們這一代人最美好的集體夢境是什麼呢？當然「我們」指的是他和安，與 MoMo 無關……

——全國一起熬夜看威廉波特國際少棒邀請賽？

——解嚴那一天？

——老先生死去那一天？

——屁啦那一天我國小二年級，我們全班哭得淅瀝嘩啦，我爸看電視黑白轉播民眾瞻仰遺體，太激動還昏死過去送醫急救，那時覺得世界末日快到了……

——澳門葡式蛋撻瘋狂大賣那兩個月？

安金藏說，有一支A片，是那年日本NHK大賞第二名——那次首獎獎金是一座菲律賓無人島嶼和一千萬日幣，這創日本A片大賽紀錄的獎金，當然讓A片界強龍盡出——他看到的那支片子，極用心地招募二百五十對年輕情侶，集體同時在一巨大攝影棚的地板上性交。你以爲這種數量極大的集體性交景觀會讓人不安、焦慮或心生厭惡，結果出乎意料地令他感動。先是二百五十個女孩進場，各自站在那塊屬於自己的白色墊褥前開始寬衣解帶，躺臥著，接著當然是二百五十個她們的伴進場，然後開始軋起來。你知道攝影機空拍著那像海芋花田畦般整齊且漂亮的人體在那各自搖動性交著，那場面有多麼令人感動，從前看密室A片的尖銳感和一種將人動物化的僵直暴力全部不見了。那一片肉體海洋的波浪搖擺眞的讓人心生疑惑：原來是性交這件事太巨大神聖，故而一男一女孤獨行之難免形廓撐不住而顯得邪淫妖麗，然一旦將之數量升至二百五十對，儀式舞俑的莊嚴意義便浮現。那五百具人體同時抽插而發出的淫聲浪叫合鳴，眞不知是在天堂或地獄？最感人的是，大約二十分鐘後，大約九成的男女都已完事，他們好舒服慵懶地相擁而臥。只剩下約十來對仍在那緩慢但固執地繼續抽插，那不論歡愛過後的或仍銜接著搖動著的群體，非常像一片礁岩海灘上臥躺著整批鼻頭濕濕的海豹群。那支A片讓我第一次認為人類眞是一種美麗的動物，上帝在造人的那段時光一定是在一種祝福或歡愉的心情下進行創作的。而且，當時我亦有一種體認，如果能有一數量夠多的群體供你偎靠進去，那麼再淫邪、幽黯、扭曲、傷害的個人私密境遇也可以靠著這群體儀式性的烘托安撫，變成一件吉祥安適的事。

是的，像此刻。

我根本還沒確定上過這女孩沒，就已經和他們赤身裸體像小學生「三人四腳」遊戲，手掌、睪丸、臀部、腳、胳肢窩、女人的乳頭這樣糾纏在一起……就已經跑那麼遠了。

水杯裡漂著浮屍般腫脹的白色菸濾嘴，女孩的胸罩、內褲、小可愛、他的牛仔褲、安的深色西裝褲和直條紋襯衫，這就是拷你媽安金藏說的「偎靠進一個整體」？

圖尼克對女孩說：我正在蓋一座旅館。很怪的是，我用了大量的隱喻：河邊泥灘上百隻翻著白色肚皮的鱸魚屍體；某些上億年歷史化石魚在一氤氳白霧蒸汽鍋尖鳴的大飯店後面廚房被白袍白帽的男人們靜穆地烹殺的場景；或是某個被母親遺忘在某一間旅館房間的小男孩，他用睡覺打發時間，卻發現枕邊那只洋娃娃的玻璃球眼珠掉下來滾進床底，假臉中央兩個窟窿汩汩冒出黑油；或是，我記得，旅館蓋得愈見規模，漸漸讓我失去理解全景時，它像沒進蜿蜒入一片叢林的河流游離我的一艘河童駕駛的潛艇——對不起我又使用隱喻，我是指，它不只在我看不見的夜裡蔓長著不在我設計圖上的部分：鐘塔、南側的老人們等候死亡的整棟大樓、某間收集骨董淫猥刑具的小博物室，或一座在大樓天井下方的玻璃花房，裡面種植著大麻、罌粟、顛茄、蘑菇、曼陀羅、某種蘭科毒花……這些致幻植物；一間屬於某些住客留下書籍的圖書室（那和我原先規畫的圖書室不同）……它且在我睏倦睡著、爛醉不省人事，或像現在這樣呼麻呼到茫的時候，整幢旅館像長腳那樣離開我原來建築它的地方（霍爾的移動城堡？）……

有一次，我在旅館南側那幢等死老人的大樓迷了路。那裡的建築像希臘神廟，矮矮的牆和祭祀劇場般的日光廣場，但牆和地面全是客家式的紅泥粗陶磚，那裡的陽光像月球上的景觀，稀薄銀白，光度不飽滿卻像稠狀物晃浮在四周。那些靜靜坐著的老人們像失去了本體的影子，我在那遇見了一位老太太，是她主動和我打招呼的，我和她聊了許久才認出她原來是我在男孩時讀的一本少年讀物的譯者。我記得那本書是說有一個少年和他的朋友在校園操場玩丟接棒球，有一球他失手沒接住，那球滾至操場跑道的一條粉末噴畫的白線外，就是那條線，當他跨過那條線，他不知道他恰好走進一個時空銜接謬差的褶皺，那顆球滾過那白線時，他亦感到映照在球身上的光度發生了變化，但他不知那正是五十年後的世界……

我非常興奮地和那老太太講起我少年時讀到這本奇怪的科幻故事的衝擊。老太太則勸我少跟旅館這邊的人混。她說他們那些傢伙不能代表我們這輩的人，她很擔心我弄混了自己的夢境和這些人的荒淫之夢，她說她父親一生追求自由、民主、人權，就是被那旅館裡那些傢伙口中的「老頭子」監禁了幾十年。她說她這一生堅信著一些人類高貴的價值，她是個工作狂，沒有停止過努力，著作、翻譯、在雜誌寫文章介紹一些美好深邃的文章給這島上……

那段時光，我每到近黃昏，便走進她房裡和她喝下午茶。她總泡極濃的烏龍或香片，你看得出她雖然牙齒都痿癟了，卻非常愛吃各種蛋糕。看她咀嚼東西時就知道她是個做任何事皆非常專注，甚至急性子之人。我曾帶過一次花去看她，但她直接說她不喜歡花，花至多放一週便謝了臭了，她自己在書桌兼餐桌旁的料理枱上養了一盆一盆的鐵線蕨，她說這些蕨類是她的孩子……

圖尼克說，我多希望把這位嚴肅高貴女人的夢境建構進我那旅館的某一層樓、某一條走廊、某一角落庭園小徑。許多次他坐在她對面聽她娓娓訴說她們當年流亡的故事。到黃昏的餡金光照把他兩人的側影在牆面移動，最後暗影侵奪，老太太在黑朦朧的屋內說著，完全沒意識到我們各自消失在對方眼前。

女孩說：她都對你說些什麼啊？

圖尼克突然像線路故障的機器偶，眼珠突起，焦距渙散。她都說了什麼……對啊……她都說了些什麼……一些……一些悲慟的……大時代的故事……

但是是什麼呢？……

他正色道：我這族人眞正高貴的靈魂核心。

圖尼克說，我知道安金藏此刻正在偷我的夢境。但我想起來了，我記得她說的是：「我們這一輩的人是會殉情的。」

她說的是她年輕時一個連告白都羞於啓齒的男孩。

那時，在重慶上空，據 **Rex** 的《天空》所述，一九三八年底中國空軍的飛機近乎全燬，剩下不到十二架戰機，大批優秀飛行員死亡。一九四〇年，日本海軍由設計師堀越次郎設計出名聞天下的三菱「零式戰鬥機」，極速超過五百公里，三分半鐘內爬升三千公尺，近乎幽靈的恐怖操控性，額外於機翼加裝兩門二十公厘機槍。當時防衛重慶和成都的中國空軍，只有一三五架，大部分是老舊的蘇聯 I-152 及 I-16。中國曾想引進美造 P-36 戰機與 CW-21 攔截機這兩型較新式戰機在中國境內製造，惜終未成功。協助空戰的蘇聯志願大隊也於一九三九年撤離。零戰出現時，中國四大隊九架 I-16 與二十五架 I-152 迎擊，幾分鐘內「所有二十七架」被殲滅。日方零戰及所護衛之轟炸機無一架有嚴重損傷。

「一九四〇年底前，零戰於二十二次任務中出動一五三架次，一架飛機也沒損失，宣稱在空中擊落五十九架中方飛機並摧毀地面一百架……一九四〇年間，中國遭受日本飛機一二、七六七架次投下五〇、一一八枚炸彈，造成一八、八二九人死亡，二一、八三〇人傷，並摧毀了一〇七、七五〇間房屋。

「一九四一年間零戰在中國飛了三五四架次，宣稱擊落四十四架中國飛機，自己則僅損失兩架，都是被防空砲火打下來的。他們成功地完全摧毀中國戰機防衛的效能。在四個月間二、六〇〇架次的空襲中，海軍轟炸機『只損失一架，而且還是防空砲火打下來的』。」

——Rex《天空》

爲什麼想起這個？圖尼克說：我記得在那天光慢慢暗下去的老人的房間裡，她描述的戰火硝煙的天空像一群銀白翅翼未來之獵隼任意翱翔、翻滾、享受氣流黏附於翅翼上之豪華性能的零戰飛行員們的遊樂場。偶爾從下方山巒暗影笨拙升空的中國飛機，那些 I-152，I-16，地瓦J機，霍克75……像搖搖晃晃撲翅的老鴉或鵜鶘這些笨重禽鳥，在零戰飛行員的逐獵追殺下，尖叫，打滾，冒出黑煙，爆炸，變成一團火球栽下……

那樣像卓別林鬧劇戴著皮飛行帽戴防風鏡穿肥褲駕著機器鴨、機器鵝無聲升空讓未來之族當飛靶練習或一場空中足球賽的那顆沾滿腳印之球，其中一個讓自己壓下控板升空像我們站在摩天高樓往下跳的青年，就隨身收藏了一方繡花手帕。而那手帕正是這位活過生命第二個世紀的老太太在六十多年前那天空下的不設防重慶刺繡的……

我只是想起那無垠的天空，三百六十度旋轉之藍光。噠噠噠。噠噠噠。然後是風爆中自己身體燒焦和機油的氣味，那樣孤獨滑稽的獨幕劇。

然後我想起安說的五百人性交場面的恬靜美好。他說的那個偎靠到一個群體。

那樣舒服地將這個身體與另一具身體銜接著，讓腦袋裡鎖孔般大小之密室所禁錮之快感妖魔，在那二百五十個白色小墊褥其中之一上如雷電竄流放出。按著導演用擴音喇叭的指令翻身與拗折，現在是傳教士，現在是魚躍式，現在是便當小販式，現在是老漢推車……那樣的集體純眞之性愛夢幻時光，集體的淫聲浪叫……，似乎是安金藏要將我搭建的旅館裡多餘長出的夢之壁癌、夢之汗水、夢之破窗玻璃鋒刺、夢之蟑螂與壁虎……這些不該在潔淨柔光之旅館出現的穢汙侵擾物事除去後剩下的理想場所。

但那從旅館極幽晦邊緣角落，一個形影模糊的老太太在她的暗室裡，提到的一個六十年前一個年輕男人，孤獨駕著引擎如古老魔法的飛行器，進入那「無限透明的藍」，在那距眞正死亡的最後五到十分鐘，他的心臟像一瓶開了軟木塞瓶蓋的昂貴陳年窖藏紅酒，芬芳四溢，在高空的寒冷中像玫瑰層瓣綻放。他聽見自己飛機和敵人飛機引擎的吼聲。他從懷裡掏出那塊繡花手帕放在乾裂的唇邊親吻一下。他在那個時刻無比自由，他的肺像元宵節他們鄉人點火燃放升空的一種宣紙糊「孔明燈」，裊裊冉冉地膨脹著。

那以後我總聽見那種二戰單引擎戰機發動機咆哮運轉的聲音。其實可能只是我們待在這個位置聽見的旅館中央空調渦輪風扇或發電機的聲音。但我們三個被這個奇異的姿勢嵌在這兒……

事實上我們沒有懺悔或禱告的傳統。我們這輩的人在搭建旅館（或大教堂）時也沒有暗藏在濃稠晦暗夢境核心那不可告人的黑暗面（像曾將猶太人推上集中營火車的那些德軍，像曾在滿洲或南京屠殺姦淫中國男人和女人的日軍，像文革時在校園或巷弄臨時審訊時用靴子把無仇恨的老教授肋骨踩斷的那些少年……這些人後來都到哪去了？像水珠蒸發於一片汪洋大海？）。我們只能隨著不同人的夢境四面八方散射地亂蓋違建。

但是這之間有什麼關連呢？女孩厭煩地問。

因爲我在找尋這幢旅館裡動輒把無關事物糾纏在一起的原因：對我而言，零戰，是少年時模型中的那隻噴灑光燄的獨角獸，它是田宮模型中除了德軍虎型坦克和日本海軍大和號戰艦外，最接近濛鴻古老時光如同神之夢境完美捏出的美麗造物。譬如斑馬、劍龍、波赫士迷戀的老虎；漆裝零戰時，總爲那藝妓式雪白的身軀、翼展、尾翼，以及發動機前喙一圈像套在陰莖龜頭前緣滑稽又神聖的黑色圓箍，著迷又失落。但在那老太太的夢境裡，這一隻一隻搖晃翅翼而來的白色幽靈，正是用一種超越進化時光之未來物種之姿，優雅宰殺她的情人（他駕駛的飛機簡直像冰河時期即滅種的多多鳥）的殺手。

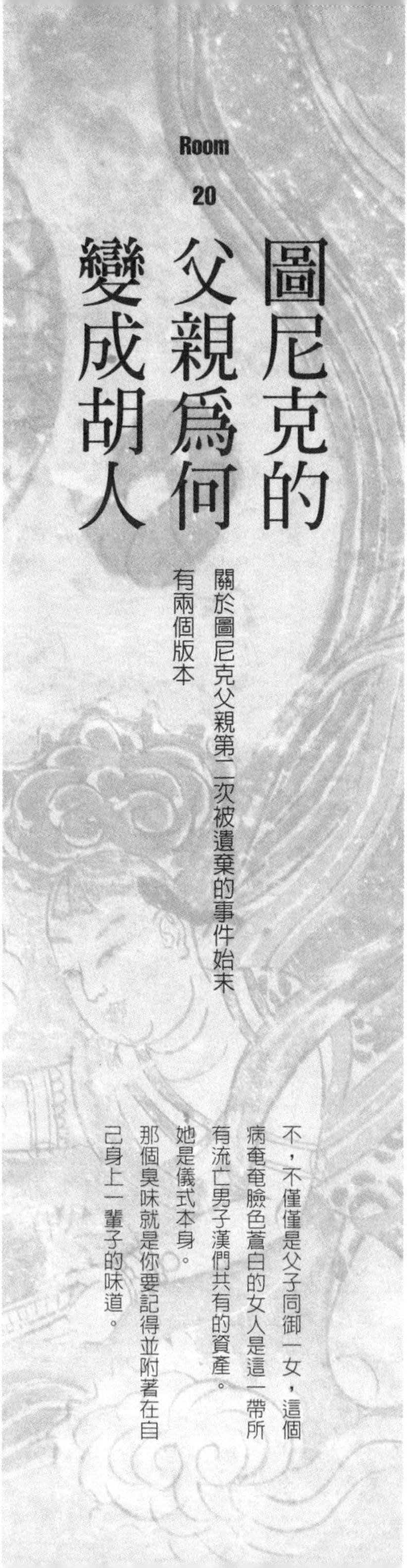

Room 20

圖尼克的父親爲何變成胡人

關於圖尼克父親第二次被遺棄的事件始末有兩個版本

不，不僅僅是父子同御一女，這個病奄奄臉色蒼白的女人是這一帶所有流亡男子漢們共有的資產。

她是儀式本身。

那個臭味就是你要記得並附著在自己身上一輩子的味道。

關於圖尼克父親第二次被遺棄（眞正的遺棄、一輩子的遺棄）的事件始末，有兩個版本。一個是他從小到大極有限且破碎從他父親口中聽到的典型異鄉人故事——比異鄉人還要異鄉人，因爲那是被一群流浪者甩離出他們已少得可憐的那個隊伍，你只剩一個人，像火箭發射向太空過程沿途拋棄的那些廢鐵零件支解後一小片孤零零在無重力黑暗中飄浮的故事——他的父親、圖尼克的祖父只給他一張單程船票，一點點錢（怕他受不了孤獨之苦自己買回程票再跑回來），就押他上船讓他獨自一人前往當時國共第二階段鬥爭——爭取海外華僑回各自表述的祖國：其實密探四伏已被叛將和匪諜弄得杯弓蛇影的自由中國與「要原子不要褲子」獨生子將在韓戰美軍炮火下陣亡的毛的紅色中國——冷戰初期氛圍下的台灣，台北。

這是他父親從小對他拳打腳踢，擔心他成爲耽於逸樂的懦弱劣種的背景故事，像那些搖頭店裡軀體搖晃解離背後必須配上的低音喇叭重擊鼓聲。咚、咚、咚、咚。因爲我們無比孤獨，我的父親遺棄我，我又分裂出你，也許那孤獨雪豹逆著暴風雪攀上雪峰之顛只爲受找到可以讓自己孤獨死去的本能驅使這個故事就是我們的故事，有一天也許我也會將你遺棄（或者是你把我遺棄），所以你必須像我一樣成爲不死者、賴活者，最孤獨之境也能忍受活下去的強者。

他印象中（以及他母親回憶更早遠的時光中）他父親一生沒有朋友，把他們家的大門鎖上像爲了抵抗外面那個陽光燦爛世界的誘惑，什麼誘惑？人的誘惑，孤獨的我想加入人群裡的誘惑，想去蹭各式各樣人們身體混合成一團複雜迷離的氣味讓自己的氣味消失其中的誘惑。他父親在台北讀完師範大學，拿到中學教師資格，完全逆反於當時這城裡「外省人」群聚窩擠這浮土之城隱隱盼著有一天在這臨時首都第一時間搭機乘船回去他們故鄉的慣性，獨自申請台東附近一個叫「成功」的偏遠漁村任教。像固執孤獨的受創少年，即使在這被棄之島，仍要挑一處距離那遺棄他的父親所在方位最遠的角落，背對著蜷縮著自己後半輩子的姿勢。

但三十年後他祖父告訴他的是另外一個版本。那時圖尼克的祖父（沒錯，就是那個鐵道老人，那個和第二個妻子另外眞正在印度建立一個家庭，他那些胚胎沒捏壞歪斜的第二代第三代們開枝散葉如今遍布加拿大、英國和澳洲的遺棄大神）已被檢驗出癌症末期，只剩半年壽命，在臨終前巡遊世界一圈看過他那些已和洋鬼子配種的後代們後，最後一站來到這個他遺忘了一輩子（不，他沒說，但他始終沒忘）的大兒子落腳的島嶼。

他祖父說，那時逃亡到中印邊界的這一批國民黨西北官員、家屬、公職人員，和陸續和他們一樣千里跋涉穿過青康藏高原一批一批越境的難民，群聚在孟買的一處城區。在那個潮濕燠熱，空氣中滿是塵土和胡椒暴烈氣味、白日臉龐漆黑入夜卻如金箔發亮，貧窮、枯瘦、大眼睛馴良哀傷，任牛群滿街漫走的印象居民眼中，這一群輪廓扁平，頭髮、眉毛稀疏、眼睛小而無玻璃折光，喜食牛肉的「不信神者」，是一群比他們還內向且憂鬱的侵入者。他們的語言天分不高，不知如何和英國人打交道，無趣不懂娛樂卻自認比當地人活在一個更現代化的時空意識裡。且似乎他們多禮拘謹的外表下隱藏著外族無法理解的暴力：無論那是對別人施加在他們身上暴力的記憶，或是他們與生俱來的暴力天性。不到十萬人的中國流亡者聚集區，每天都傳出仇殺、滅門血案、綁架、在仇家開的餐廳下毒讓無辜食客集體暴斃種種駭人聽聞的血腥事件，再加上國、共各自在此工作的特工和當地原來的華人黑幫，暗殺、祕密失蹤，毒品和軍火走私，賄賂地方官員……，使得某些老輩印度教徒們回憶起十幾世紀前像從濕婆神噩夢破洞中暴風烈焰般席捲整個次大陸最後又在自己吞噬自己的噩夢中幻術般消失的蒙古人。他們被認定爲阿修羅的後代，習慣自己屠殺自己。

於是，圖尼克的祖父在這築於別人神廟腳下的幻影之城裡，開了自己的洗染廠。透過從前鐵路局的老關係進口機器、染劑、打通關節、雇用十幾個流亡華人和十幾個印度工人，甚至在當地僑社混到了個有影響力的位置，和其他僑領籌辦華人小學和中學，並在內容枯燥貧乏的當地華報上寫一些關於中國鐵道建設藍圖的文章。

這時候，圖尼克的父親，那個終其一生將自己包裹在被遺棄的迷霧裡的少年——像史努比漫畫中那個整天抱著一條蝨子毛毯的男孩，那時也十八、九歲了吧，像那些印度人冷眼旁觀我們這一族宿命必然爆發的自毀疾病！無細胞膜無細胞質只有一組RNA密碼侵入宿主細胞即占領電腦中控室的濾過性病毒，無需成本以騙術幻術魔術讓宿主啓動生產線爲它們繁殖後代。這麼精巧卑鄙的設計卻因基因密碼某個致命性錯誤，使它們在狂歡尖笑的瘋狂複製中，數量失控，塞爆整個宿主體內，越過生命極限，它們的後代把每一顆細胞全嚼吃一空，等宿主終於腸破肚流或敗血衰竭死去，群聚於此的整個病毒帝國同時集體滅亡。

圖尼克的祖父說他原本就預告這死亡紀事，只是他推估所謂的滅亡至少也等四、五代之後吧？誰想竟就發生在他還在場的第二代身上。

他的大兒子，圖尼克的父親，愛上了一個窯子裡的姑娘，噢，那連窯子都稱不上，就是逃難隊伍之中的一對母女，那個母親頗有姿色，還受了點新教育，逃亡中和丈夫失散了，帶的盤纏也不夠，隨大夥到了孟買落腳後，自然就走上那個年齡那種命運女人最後得走上的那一步。她在賃租的破陋小屋裡接客，以養活自己和唯一的女兒。當然，客人都是當初一路相伴翻山越嶺生死患難的這些男人們，不是各有妻小就是連自己溫飽亦顧不上的天涯淪落人。

這原該是個溫暖的故事，孤獨的男人們，不幸的女人，暗室裡的女體布施交換支撐活下去的口糧。但圖尼克有沒有從祖父那隱晦氤氳的描述中，聽出一些蛛絲馬跡，強壯雄性的父親帶著猶是青少年骨架的兒子，到那間霉濕混著花露水氣味的陰暗小屋進行成年禮。不，不僅僅是父子同御一女，這個病懨懨臉色蒼白的女人是這一帶所有流亡男子漢們共有的資產。她是儀式本身。那個濕暖如洋菜凍的肉穴裡有所有父執輩精液的臭味。那個臭味就是你要記得並附著在自己身上一輩子的味道。

故事至此變得淫猥又莊重，暴亂又安靜。圖尼克的父親裸著處男小臀加入一群顏色較濃稠暗黑的男體，騎上了那母親美麗又腥臭的胯下。他變得流連忘返於那破敗小屋，但原因卻是他愛上了那個年紀只差他幾歲的女兒。

很多時候，由於悲慘，或是對於貧困的缺乏理解，我們總把置身那些充滿潮濕床單霉味、土牆根處簇長著潔白菇蕈，髒汙的地面分不清晃動的黑漬是床櫃遮光暗影或是肆無忌憚大批爬行的印度紅蟻，在這樣密室裡赤裸交纏的男女身體，想像成最原始動物性的交媾，彷彿他們大腿根處的欲望之端，就像他們喉頭上方的口腔，因爲貧困飢餓而無有尊嚴，餿掉的米湯、布滿綠霉的餅子、長蛆的肉，用汙黑的手指往那囫圇咀嚼的洞裡塞，食物的殘屑和油汁沾滿原該用以表現精緻文明的臉，所以讓腐敗的食物沾糊在臉上，甚至把那原該深藏在口腔裡的暗紅舌頭像蜥蜴那樣伸出，繞著嘴緣四周舔一圈——這一切皆代表文明的墮落。原該用來表情達意的臉孔被褻瀆冒犯了，它們被它們卑賤的主人當作屁股一樣不在乎地沾滿深褐色的汙汁。

在我們的想像裡（至少是圖尼克的想像），那對母女正是悲慘地被那些文明早在噩夢般的長途逃亡中拋棄的異鄉人包圍著，像動物那樣輪流扒光衣服便騎上那母親打開的雙腿，在祖父撲朔曖昧的描述中，並沒有提到那母親有沒有讓乳房初隆、經血猶新鮮無有腥味的女兒也投入這動物性的集體男人肉體祭獻。如果有，那暗影中的無言劇烈動作更是小說難以介入的原始悲慘：也許母女隔牆在不同的床上，同樣的黑忽忽的一組男人，各自把破舊的床板搖得咯吱咯吱價響；那兩張茫然瞪著爛木屋梁的臉，除了基因序列控制著不同的時鐘而顯露出年輕與衰老的不同皮膚、牙齒、眼珠、頭髮，幾乎是兩張一模一樣的臉。而那些被他們原鄉、祖先的歷史、土地、族類甩離出軌道之外而成爲永恆無主鬼魂的男人們，似乎也很難區分他們之間的差別。當然這些男體之間像麻將洗牌藏著一對父子，圖尼克的祖父和圖尼克的父親。

當然這樣的想像極可能是錯的，誰說那樣陰暗悲慘的貧陋小屋裡必然沒有文明，沒有一絲幽微的屬於人的慈悲與溫暖？沒有枕畔的細碎私語，流淚傾訴自己的故事，坐在床畔吸著印度草葉捲菸時羞澀將逃難時母親縫在他衣兜裡的金戒指塞給剛剛用豐饒金光的極樂撫慰他如同停屍間裡結冰的身體和靈魂的女人？誰說在那樣蒼蠅停滿沾著男人精液的濕毛巾、褪下的褲衩因爲這些羅漢腳缺乏女人照料而始終帶著一種洗不去的尿酸味，或是他們之間傳來傳去的足癬、狐臭或在私處繁殖一些見不得人的瘡膿之毒……在這樣眼光習慣看著對方肩部以下說話的默片世界裡就必然沒有一種朝上的意志和靈魂？

譬如說，在那暗黑腥臭之屋裡，那母親給女兒的啓蒙讀物，是那個無緣短命丈夫留下的一箱書：魯迅的《吶喊》、《狂人日記》，老舍的《駱駝祥子》、巴金的《家》、《春》、《秋》、蕭紅的《呼蘭河傳》、丁玲的、茅盾的、沈從文的、郁達夫的、端木蕻良的、曹禺的……焦黃的草紙書頁，每一本封面皆用薄薄的黃表紙端整地包起，再用娟瘦的毛筆字把書名和作者名謄寫一遍，扉頁內側有女孩父親同樣用毛筆的題名和落款藏書印。

總之，圖尼克的父親在祖父的故事裡愛上了這個女孩，而且那似乎是在那燠熱南國之境類似瘧疾般的高燒魘症，那是靈魂上的熱戀，似乎那個年代身體孱弱且家裡稍有根底的少爺們都要來上一場的精神性焚燒。圖尼克的祖父當初將圖尼克父親的親娘遺棄而被這個二媽迷住不也是這樣被那父祖禁忌世界裡無比陌生（因此也過度浪漫化與極端化了）的，新女性身體裡那種可以把山林叢澤燒成灰燼的幽幽火苗所媚惑？但此事在這封閉離散之城，不只是家族之恥，更是祖父的難言之隱。這對母女是這批不幸流亡者用所有人暗影共同覆蓋住的祕密救贖，這個流亡者父親選擇了一個最低俗懦弱的形式：他從自己染廠裡，挑了一個與當地華人黑幫有某些祕而不宣瓜葛的員工（也許只是那個鴉片鬼模樣的空子平日吹噓或故意讓人以爲他「在幫」的神祕氣氛），讓他找人在通往那對母女霉濕小屋的雜亂巷弄堵他那個被愛情之火燒昏了頭的大兒子。這類故事在那個年代屢見不鮮：禁忌、黑幫、暗殺、豪門權閥的家戶長不能容忍子裔和賤民階級的野女孩發生自由戀愛，偏偏這些流著和父親相同血液子裔們就在這些犯禁之愛展現讓父親們第一次意識到自己衰老的堅強意志，於是各種奇謀異想的下三濫手法介入，上演東方版的羅蜜歐與茱麗葉這類的灑狗血情節充斥在當時的浪漫傳奇、民間傳說或時代新劇舞台上，最經典最黑暗最悲慘的一則八卦即是蔣經國與章亞若的愛情悲劇，作爲當時中國太子的蔣經國，和他的愛人（安靜的、良善的，有著一雙空靈美麗大眼的章亞若）生下了雙胞胎男孩，卻在他離家時無法保護他年輕的摯愛被人毒死的厄運。謠言滿天飛。有人說是老頭子親自下條子叫軍統局的人下手；有人說是當時和太子黨鬥爭白熱化的CC派借刀殺人；最恐怖的版本是蔣經國無毒不丈夫，意識到這段風月孽帳會成爲政敵打擊自己的把柄，於是斷尾求生，暗示他的親信（記住，絕對在我出遠門時）動手，種種版本皆足以讓民間壓抑的恐懼與暴亂如熔鐵爐上方的熱空氣扭曲竄攏：這對父子梟雄，連對自己下手都可以這麼陰鷙冷靜，遑論其他！

當然對被甩離出國境外的狼狽逃亡者圖尼克祖父來說，下意識摹仿的這齣黑幫爛戲注定只能是一坨捏壞燒塌的劣胚，一折地方野台戲。圖尼克的父親終其一生從未和任何人提起，那天午後，他鑽進那迷宮般曲折巷弄，黃土矮牆和人家簷下菩提樹銀色內葉翻晃把外頭熾白烈日切隔成一個暗影世界，每一轉角都半蹲著一個一臉平靜沙龍遮住腳踝的印度人，他知道他們正在解大便；或有一隻肩脊見骨瀕死的老牛貼躺在泥溝邊，僅用鼻頭微弱吐氣和悲傷眨眼驅趕那些覆蓋牠滿臉的黑蠅；空氣裡全是腐爛的野桑籽和波羅蜜果的甜腥味。有一個瘦得前胸貼後背的赤膊男子，像從牆裡扁扁薄薄浮出，在光和影造成的視覺錯幻中變成眞實人形，擋住了他的去路。

你別再去找那姑娘了，男子刻意拍拍褲腰側鼓鼓的一坨物事，像電影裡的橋段，提醒對方：這是槍，或是那喜好替神聖或凶惡不祥事物另取別名的年代慣性，這是盒子炮，懂了吧，小兄弟。

圖尼克的父親或早在那個年紀便顯露出他缺乏幽默感的性格，另一方面我們可說這種性格的銅幣反面即表現在對於他人缺乏好奇與關懷。他沒有按那黑幫癟三事前推演地展開一段此一情境合乎人之常情的問答：「爲什麼？」「你是什麼人？」「你知道我是誰嗎？」「你是不是找錯人了？」諸如此類。他只是瞪著那雙曾在被棄的高原曠野目睹過不爲人知難以言喻神祕魔幻之景的透明眼珠，讓人發毛地沉默著，那使得被雇來（以極低的酬勞）的恐嚇者只好匆匆照本宣科把雇主交代的重點惡狠狠地咕噥一遍，反正這地方你小子別再來了，那姑娘的背景很複雜，我們的人查出來她是替共產黨做事的，她是女特工你知不知道？迷途知返，小子，你還年輕，別迷迷糊糊丟了性命。上個月我們駐外武官在自己官邸被郵包炸彈炸了。許多不同來源的線索證明這對母女涉入極深。你弄明白沒？我不能再透露更多了。總之這地方你別再來了，這次俺先用好話勸著，下次槍子兒就不長眼了……「懲奸行動」就要開始了……

圖尼克的父親不發一言等那人咕突咕突說完，像打量一隻市集上猶豫不決要不要買下的騾子或牛犢，最後作了決定，他說：

「我父親出多少銀子雇你？我加倍給你。」

那段時期圖尼克父親和那女孩的戀情可說進入白熱化，他們像學堂裡那些不知如何表情達意的清純學生，光是在蜜蜂成群飛舞的花架下手指接觸到對方手指便像觸電一樣激動幸福欲死，他們在印度老人、小孩在其中洗滌泡澡同時有哭哭啼啼的寡婦們把死屍燒成的白色骨灰灑入其中的河流岸邊說著年輕戀人無有未來的迷糊昏話。他們置身在這個賤民、船伕、拾糞者、乞丐、燒屍人……所有人皆安靜絕望在自己的種姓抽屜裡慢速活著的國度裡，像兩隻年輕的新鬼，到處遊晃，不投胎到他們各自該去的角色。事實上，包括圖尼克的祖父和圖尼克父親自己，都沒意識到一個歷史性的意義：這是他們這一族，最後一個可以和有相同身世記憶的滅絕之族，相戀、交纏身軀、低訴衷曲且互相理解那別族人不可能理解的巨大哀愁、婚配繁衍純種流浪者後代，加入那種姓花園新品種學名的最後一次機會。

回到前頭所說的「基因內建毀滅程式」，所以圖尼克的祖父在事情的起始其實多慮了，包括他自己、他的祖先，以及他的後代們，毋須規訓與懲罰，總會在一種神祕時刻開啓那毀滅自己摯愛或生命中最重要事物的機鈕。那個傷害與殘忍的天性從來由內部引發而非靠外力。不是不報，時機未到，確定時間不可考，但大約在一九六〇年代，韓戰後的美軍第七艦隊進駐太平洋西側及八二三炮戰確定劃分海峽中線爲國、共兩政治集團的對峙、冷戰、互不越界的暫時穩定。

也許我們懷疑，關於這一對年輕不幸戀人的愛情現場，是否囿限於我們對那時代人們心靈活動的理解匱乏，我們不能理解某些古老道德或禁忌在他們靈魂中能執行多大的束勒力量，我們不能理解他們緩慢的時間感知可能一年承受的外界訊息不比我們如今一日內自電視、網路、八卦或財經雜誌所收到的繁複龐雜，我們從地鐵車廂廣告、色情網站、女性購物DM或減肥廣告、綜藝大哥調戲剛出道幼齒女星漫不經心漂浮過視覺印象的女人臂膀、胸脯、小腿、腰臀、肚腩……可能讓那個年代最見多識廣的浮浪紈袴公子噴鼻血承受不了那官能鋪天蓋地的刺激，我們用我們貧乏但碎嘴的無意義打屁來想像他們視語言爲神聖物，將情人獨處時的漫長沉默無比敏感珍惜地保護的時光，我們以足踝上的一枚刺青、曾在二十五歲前獨自去過哪些國家哪些城市、收藏的哪一套絕版的御宅族夢幻逸品漫畫、迷戀歐洲哪一個冷門樂團主唱、上過哪些怪裡怪氣的嗑藥女孩、如數家珍日本幕府時期某一位將軍譬如明治光秀的生平與野史、曾經連著五年趕場國際影展一天看五部世界各國獨立製片電影，或是參加某個世界昆蟲迷俱樂部、能分辨世界五大酒莊不同年份哪支紅酒的等級和口感……種種種種，區別自己和其他人的不同，而無法同情理解包括圖尼克父親和那女孩那一代的年輕人，在灰濛單調的場景中害怕自己無法成爲某個抽象群體內部一分子的對孤獨的厭憎和恐懼，我們常把電影鏡頭的視覺經驗移借到我們生活其中的眞實，某些時刻，那其實不存在的哀愴配樂或O.S.會在我們心底響起，我們站在街道中心、市場、騎樓、天橋上、坐在咖啡屋裡，會有某一瞬刻自己停住不動但周遭的人車繼續慢鏡頭流動，或者某些時刻我們覺得整條街像梵谷畫中的麥田在一種鬱藍和亮黃中旋轉，或是一整條行道路像著火那樣熊熊翻無著耀目的紅光，我們像實驗課青蛙解剖桌旁的初中生那樣細節精確地討論女人的G點、陰道、繩縛SM微妙轉換的權力控制關係、潮吹、嗑藥後的尖銳強光與所有靜物家具邊角變得液態且柔和的至福之境，我們毫無炫學意味地閑扯 Discovey 上看來的甘迺迪在座車被刺殺那天槍手藏匿之建築高度、狙擊槍口徑、彈道與現場動態模擬，俄國末代皇室在地下室集體被處決之懸案及一世紀後在礦場掘出的女性頭骨經鑑定是否即安娜公主本人，世界最頂級的大飯店或鐵達尼號沉船之詛咒鑰匙……

以是之故，我們，或圖尼克，無從理解他父親當年和那女孩之間，抵抗被我族放逐巨大懲罰的倔強意志，他們用怎樣的戀人絮語、自我描述或身體親密撫慰來支撐彼此被困在兩人孤島的惶惶不安？或是，他們之間發生什麼內容的爭吵，導致兩人終於分手，一輩子陌路？

當然我們別忘了，這個故事的源頭，發生在圖尼克那間狹窄單調的學生宿舍，由只剩半年生命的祖父口中說出。如此我們當能諒解此類越俎代庖家族照片復古式書寫中，對於一生已虛擲浪費走到盡頭的嚴肅沉默父親年輕時之羅曼史，所有光度、色差、對白、特寫鏡頭中男女主角表情，甚至街景、道具擺設所有的模糊扁平。我們一再提醒那不存在的年輕導演：不要輕易用床戲、不要隨便讓女主角流淚摑男主角耳光，天啊，不要出現這麼戲劇化的大動作，不要讓他們說出這種讓人忍俊不住的文藝腔，不要忍不住冒出馬丁史柯西斯《教父》的經典橋段或是日本偶像劇的美麗女孩光霧側臉，不要碰到難關就手軟用長鏡頭拍遠景街邊的流浪漢、野狗漂過橋下的屍體，或工廠的煙囪，或用蒙太奇快閃剪接男人抽菸踩熄菸、在甬道穿行、殺手掏槍、上下破舊公寓樓梯、車窗外街景、女人在舞廳雷射閃光燈裡甩頭搖晃忽明忽滅……

所以在那宿命時刻，也許只是女孩某一次開口對圖尼克父親說：「我要回去加入建設新中國的行列。」

圖尼克的父親在一種體悟到自己這一生將永劫回歸重複被自己親愛之人遺棄的兩眼昏黑中，

只是平淡地問：「妳決定了嗎？」

女孩說：「決定了。」

兩人皆沒有意識到對方攥在自己掌中汗濕的手指其實在向對方提出跟自己一道——一道走，或是一道留下來的懇求。於是之前那爲父親跑腿的黑幫混混信口胡掰的諜影幢幢竟像玻璃彩繪將顏料實體塡進單薄的描邊框線裡而畫面浮現。他不在場的時候，女孩都跟什麼人接觸？那些用發報機和國界另一端紅色中國政府保持聯繫的特工？她讀了多少，或是替他們散發了多少海外統戰小冊子？說到底女孩接近他是否還是因爲他父親在當地僑界的地位或和國民黨要員某些無從證實的舊關係？

那些傳聞如灰褐色馬鬃毛混在那些潮濕霉味馬廄麥稈一般混藏在這個近乎無政府狀態的一九五〇年代孟買近郊的華人難民區，國、共兩造的特工和他們各自吸收的當地華人青少年，像嗜血菌一般潛進敵對者簡陋小屋，割斷那些僥倖越過邊境逃亡來此，卻艱困難以在當地立足的臨時碼頭工、妓女、小攤販商人、無業遊民的脖子，他們的非專業性顯露在他們把鮮紅血跡踩得滿屋子乃至屋外巷弄赤腳印這件事上。重點是他們只處決有背叛嫌疑的自己人，從不暗殺敵人。這些暗夜像雞隻被放血無聲死去的可憐死者，可能到變成屍體，周鄰圍聚的骯髒、飢餓同伴還糊塗弄不清這傢伙曾瞞著人加入了哪一邊的陣營？

以是之故，半世紀前圖尼克父親和那女孩的青春潮騷之歌以一幅骯髒暗紅色地毯上的零亂血腳印作終：那對母女在某個早晨被人（可能是母親的恩客之一）發現臉孔變成瓷觀音般透剔淨白死在各自的木板床架上，身體裡的血液完全被放光，母親脖子的切口像一道咧嘴笑開的上彎弧度，女兒則因凶手用力過猛，連喉管、頸骨幾乎整截脖子被軟斷，可憐只剩髮際線下的一層皮讓頭顱連著下面的胸腔。慘劇發生後不到三天，圖尼克父親便在祖父安排下，拿著單程船票和一百美元，獨自搭船遠赴當時國民黨軍隊控制的台灣。

有一些混亂的臆猜謠言在當地短暫地流傳一段時間：一說是年輕的少年發現情人欺騙了自己的感情而半夜提刀讓自己扮演判官兼屠夫，這個說法因那悲慘淫窟地上那張髒汙地毯上結成硬塊的尺寸較小的青少年腳印而始終無法被當地人抹去記憶；另一說是圖尼克父親向自己及父親這邊的特工（也許只是當地黑幫）舉發了那母親影影綽綽的雙面諜合理證據，卻不想那群白癡特工派出的殺手讓原本的恐怖恫嚇夜襲變成了滅門血案；最後一個讓當地人內心充滿難以言喻黑暗情感的版本是老爺子爲了怕養虎爲患尾大不掉，讓這個痲煩倔強的兒子斷念離開父親的雄性地盤，親自提刀夜訪寡婦母女，幹下了這樁把所有人命運、生殖、溫暖與救贖、倫理與亂倫全交織編繫在一起的網繩斬斷的噩夢罪行。

不管曾經發生的眞實是哪一版本，圖尼克說，全部符合我們西夏人不幸命運的故事原型。

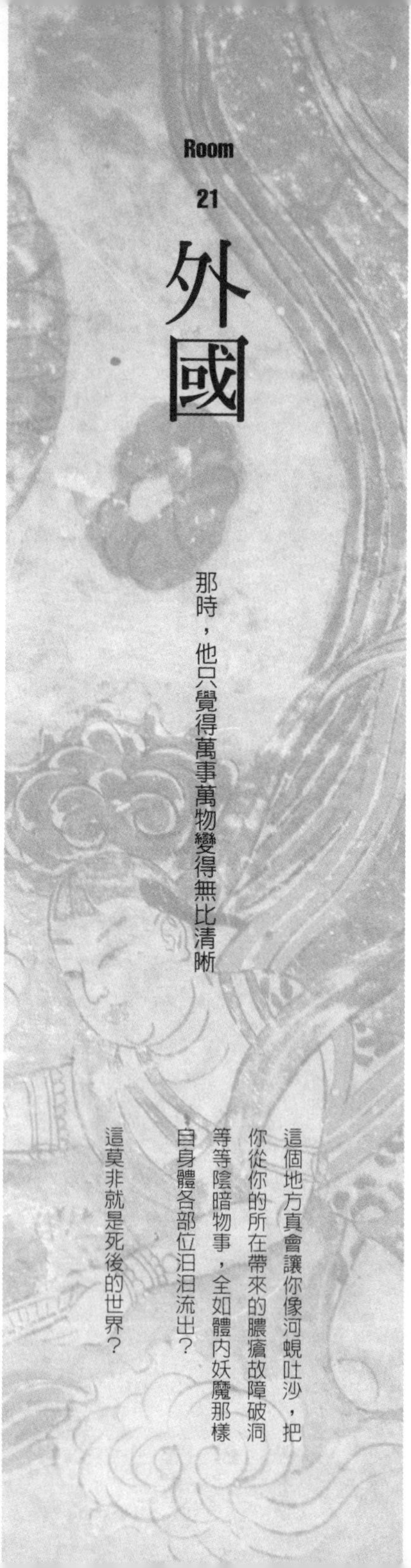

Room 21

外國

那時，他只覺得萬事萬物變得無比清晰

這個地方真會讓你像河蜆吐沙，把你從你的所在帶來的膿瘡故障破洞等等陰暗物事，全如體內妖魔那樣自身體各部位汩汩流出？

這莫非就是死後的世界？

那時，他只覺得萬事萬物變得無比清晰，彷佛突然之間，他可以瞭然，從四方八方不可思議的視角，看清之前一片混沌模糊的風景。雖然那僅發生在一條窄窄的，像電影運鏡捕捉獨自一人在林間小徑行走時，光圈變窄，光度較銳利，且鏡頭輕微搖晃的狀態。他的球鞋踩在枯葉和腐木屑上，身旁標兵式的楓樹、銀杏或山毛櫸掠過耳後，但不像公路電影那樣快速、無細節暫留。他可以看見那些透光的手掌狀葉片在上千片和它們同一長相的葉片間嘩嘩輕翻這樣貼近的細節，他可以聽見自己的喘息聲，像在密林間警戒追蹤熊那樣程度的感知狀態。

清晨的河面上居然眞的飄著一層薄霧，那使他非常驚訝。河面不寬，河的流速頗急，晨曦中一些彎頸進水面覓食的野鴨，是被水流往下沖帶。那確實只是一條小河，比他在台灣印象中見過的河流河道都窄許多，跨河而過的一條人行便橋說穿了就像台北市跨在復興南路上方某一段捷運天橋那樣的距離。但水面上的白霧，像陽光射在這急流河道上的一場乾冰秀；像穿著薄紗仙子裝的花式滑冰舞者，在每一瞬刻消失的漩渦上螺旋狀朝上緩緩跳起一煙霧狀立柱，此起彼落。

綠草如茵的河畔小徑，偶有一兩個赤膊短褲球鞋隨身聽的白人老者，像從事一件非常靜穆神聖之事地慢跑而過。草坪那邊是空寂得像科幻片裡冷凍貯存失事外星人屍骸基地那樣的美術館和劇場。畫面實在太乾淨了，偶有松鼠或野兔在那倒插著鏽蝕金屬煙囪造型藝術的綠色草坪間抖竄地移動、靜止、移動，再靜止。

陽光如許明亮，早秋清晨的空氣卻寒冽得腳趾發顫。

他記得出門前，曾打電話問一曾在這大學城待過幾年的美麗女孩，聽說那校園很美吧？不想女孩僅用一種霧中風景般，憂悒而缺乏熱情的夢囈方式，描述他現在置身其畫面的那條河。她說起另一位也在那所大學攻讀博士的冷雋喜劇大師，當年曾在那條河畔盯著水流，突然恐慌症發作，幾乎是扶著橋柱「爬」回宿舍。她另說起她初到那所大學的前幾天，才發生了當時轟動全美的華人留學生校園屠殺慘案。她後來就在凶案發生的那間教室上課。難以言喻的，周圍豎立而起的透明之牆包圍著她。據說那些受害者的父母（可能都是一些典型的美國基督教徒）還共同出機票，讓凶手的父母從中國來美國領回那犯案後自戕的兒子的屍體。

是的，她常一個人到那條河邊漫步。

行李中恰好帶著一本U借他的怪書：黃克先著的《原鄉、居地與天家——外省第一代的流亡經驗與改宗歷程》，有一段講到這些流亡者在許多年後記得的，常是極細膩的、逃難過程被視爲中介階段的交通過程本身（連車頂上都擠滿人的火車；不得不將小孩丟棄的母親；或是千鈞一髮拿到最後一張船票的輪船），反而到了目的地，回憶起來常僅是地名，他引費孝通所謂中國人的社會結構乃是以一種石子投入水中，一圈圈漾出的波紋，由「己」向外推，而血緣，而親疏，而地緣，愈向外推關係愈薄。書上說：

> 以費（孝通）的比喻來看流亡者的遭遇，可以說是人被突然降臨的巨變抽離出了原本的差序格局裡，波紋留在水裡，但石子卻被取走，然後再將石子投入另外的水池裡時，卻彷彿蜻蜓點水似的，每個定點都只是淺觸輒止，尚未激起太多的波紋即又朝下一個定點而去……

因爲被硬生生地自那漣紋般的脈絡拔離出來。

這整個小城皆嚴厲禁菸。室內不准吸，戶外距建築物七十五呎以內不准吸、停車場不准吸。違規者被巡邏之「菸警」逮到，一次罰款一百元美金。他離開那條河，經過一條已廢棄不再有火車通過的鐵道棧橋，赭紅交混藍灰色的橋身上被人用噴漆噴了一行字：

You are not what you own.

像給每個失魂落魄來此河畔踟躕的異鄉人一個下馬威似的。

回房，想起一位吸菸前輩傳授的，墊著椅子，把天花板上煙霧偵測器的電池匣拉開（這樣就可以在屋內吸菸了），但又被那持續眨閃的小紅燈嚇唬，嘆口氣，把電池盒塞回。但那之後，開始每隔約一分鐘，那玩意兒便一聲「嗶」響。有幾度他耳中出現幻聽，似乎那嗶響終於串成一拔尖高聲撼動整幢旅館的銳響。那些電影裡熟悉極了的老美消防員和警官們破門而入，把不諳英語的他反手壓制在地板……

他在那持續的「嗶」響中迷糊入睡。一個夢接著一個夢。像在這寂靜的客途中，那條河恆在他夢中貫穿流著，每一個夢似乎都是那水漂打過的昔日漣紋。第一個夢中在一個類似省道旁極簡陋的炒菜小商家，他和妻子一路從店裡吵到暗黑的街上。那個房子像建築到一半的工地，磚牆只砌一半，所以從擺放餐桌這邊可以看到另一邊，他妻子娘家的一位姑姑或嬸嬸穿著膠鞋蹲在一大鋁盆旁洗泡滿的黃豆芽。濕漉漉的地板躺著一隻黑貓（他在夢中想：那不是我家屋頂的那隻黑貓嗎？）。他的妻子像嚎叫那樣對著站在空蕩蕩街道上的他哭喊：「我的心臟腫大到末期了你知道否？」

他在夢中才知道那是他遭她遺棄的眞正原因。哭泣著醒來。夢裡不知身是客。黑暗中想不出來自己這是在哪？嗶的一聲，才想起那一切並不是眞的。第二個夢他夢見自己正是大學最後一年，爲了不讓將來遺憾虛度青春，他拉了幾個死黨，提議大夥去組一個 Band，拉雜瑣碎地和一間陰暗地下室 pub 的老闆談判，事情差一點就成了，差一點就成了呢。夢中他變回年輕時一般的漂泊慵懶，無憂無慮。接著在與第一個夢同樣的黑夜回家，母親給他看一張父親當年留下的遺書。原來，父親是自殺死的，並不是如他一生在他們面前扮演的那麼光明磊落英雄好漢，他也曾在一些風月場所鬼混，後來被人抓住了把柄，怕被子女瞧不起，遂自殺謝罪。

他仍在哭喊和「嗶」的定音單響中驚醒，後昏沉睡去。

第三個夢仍是相同的南國濕熱燥悶之夜，他在夢裡同眞實的他一般年紀，卻是另個由二十歲的他爲時間起點另外長成的他。那一個他，沒有遇上現在這個妻子、沒有生孩子、沒有爲逃兵而吃胖、沒有變成一個寫小說的人。那個他，在不同的花街皆無束縛地豢養著一個相好妓女（或被她們豢養），有的年輕，有的年老。他對她們一般溫柔，一般油嘴滑舌，一般出門即忘。那個夢中的他即在那樣漫長的夜裡，像管區警員巡邏每一定點，到每一間女人的店裡和她們混混蹭蹭、溫言軟語、叼菸點火……

如此無出息地回到兒時老家，他那個同樣變成中年人的哥哥躲在閣樓上黏一種極便宜的模型。奇怪的是那堆疊一整房間將雙膝埋在其中的模型金剛全長得一模一樣。那使得昏黃燈光中玩物喪志的他哥哥像在做家庭手工業賺零花錢一樣……

他像個痞子浪子靠在閣樓陽台的牆沿，叼著菸，一不小心，把一只放在那兒的老瓷碗碰翻落下樓。

那樣清晰地，他預期著會聽見哐啷一聲，弧形完整結構碎成破片的脆響。但突然像提前在醒來前，打水漂也似穿透這些成爲失落脈絡的夢境，無比清晰地，那只瓷碗被夢中魔術出現的父親（從那幢老屋的一樓走廊走出）反手接住。抬起頭，目光炯炯地瞪著他。

那天早晨，他離開旅館之前，遇到那個女人。之所以稱她「那個女人」，是因之前兩天圖尼克坐在河邊那片草坪的樹下吸菸時，皆看到女人獨自從眼前的小徑漫步走過，她是亞洲人，但圖尼克不確定是韓國人、新加坡人、美裔華人或中國人？但她顯然不會說華語（北京話？台語？廣東話？）。她穿著一襲泰國女人式的軟紗窄筒長裙，黑底大朵紅色番蓮花錯纏著金黃色的藤蔓，裙後開衩極高，卻因那布料緊緊裹著瘦削的臀部，使得她在一種予人走小碎步印象的行進同時，白皙的大腿後側的裸形便隱隱約約一露一藏。

女人戴著墨鏡，一臉酷相。她似乎亦未和那些來自各國的住客們打成一片。但她不像圖尼克純因語言障礙使然，而是一種品格之孤僻或對他人之防禦狐疑習慣使然。

圖尼克用殘破的英語和她打招呼，封閉的電梯空間裡，女人客套回應一下即低下頭去，不打算有更多交談。

Yesterday，圖尼克用蹩腳英文說，我看到妳，在河那邊。

女人抬起頭來，說是的，我也看到你。你在那邊看書。然後女人咕突咕突講了一串英文，圖尼克又聽不懂了。

圖尼克說：It's so beautiful！真美。他想像電影裡老外們祕密分享一處美麗風景時的感性口吻說話（哈哈，亂帥的）。

但女人突然用一種詫異的神情低頭從墨鏡後面看了他一眼，語氣柔和下來：

Thanks.

圖尼克遲了幾秒才會意過來，女人誤以爲他在讚美她。所以她是有自覺地意識自己穿那一襲暗色配明亮紅花的長裙在那片綠光盈滿的風景裡走動時，可能在別人視線中造成的印象？

現在圖尼克又來到那條河邊。他選了一處好地方，四、五棵大樹合抱的一片涼蔭下，有兩張對放的長木條公園椅。他舒愜地坐在其中一張椅子上吸菸。突然發現對面一棵橡樹下，在堆覆根部的腐殖土、麥桿和木屑的小土堆上，難看地散落至少十幾二十枚白色的菸蒂。他想起那正是他前一日盤坐在那的位置。張頭四望，發現周遭這一片風景明信片也似的優美靜謐草地和樹群，有許多棵樹的根部木屑肥料堆上，都零亂扔著那麼一小堆白色菸濾嘴。連一處通往後方幾棟空寂無人的漂亮建築（圖尼克後來才知道那是這個小鎮的美術館）的黑雲石台階下方，也紊亂聚著一堆香菸燃燒後被踩扁的屍骸。

那像是排泄物一樣。

像哪個野人，在這片靜美文明的風景裡，亂占地盤到處拉屎。圖尼克突然想起，這裡，那裡，還有另外那裡，全是他過去那幾天，獨享這安靜時刻待過的地方。他臉紅地發現：在這片風景裡，甚至在這整座小城，只有他一個人吸菸。他遺留各處的菸蒂，像最私密的穢物赤裸裸在這片綠色草坪各處展示著。沒有人出現來譴責他，也沒有人在他離去後將那些刺目的小白殘褪之物清掃掉。

他老羞成怒地想著：在這整座近乎精神官能症，全城禁菸的妖幻之境，我是唯一堅持記憶著香菸曾是人類文明中極重要一個角色（哦不，一個忠實的朋友，像狗或貓那樣，人類有幸在他們孤獨不幸的自我之外，創作出來的感情餵哺的生命體）。這整座小鎮裡的人竟全馴良地接受這種不人道的禁菸令，那是多麼無情、喪失人性的一種集體生活！

當然這一切不過都是他的幻覺罷了。整個小鎮只有他一個人吸菸？適才在旅館樓下，河對岸那一邊的緩坡，一個巴勒斯坦的中年人（他也是這旅館中諸多「老外」中的一個？）在樹蔭下靠近他，兩人靜默地打菸、點火。那個頭頂微禿兩眼炯炯精光的真正離散者後裔，愁苦地向他抱怨（圖尼克僅能破碎地聽懂那像清眞寺晨禱的重複經文的某些單字）：No smoking I can't do anything…不能吸菸……這太荒謬了……這個國家……不是最自由的國度……不能吸菸……這一點也不自由……

也許圖尼克血液裡那個西夏幽靈又在作祟：他人國度中的一小撮顛覆分子……混跡藏身在他人之族中心有貳志的異族。借用宿主生產胺基酸最核心的染色體程式中心的病毒螺旋體。在他的城市、他那個終日吵吵鬧鬧拉對方去檢驗漢人血液純度的島嶼，他是「他者」，是其心殊異的胡人。在這個靜美單純，來往姑娘全睜著善意信任、母牛般美麗的國度，在這一片圖畫般的綠草地上，他卻又爲他們想用精神閹割手術剪掉他銜在嘴上那根細細冒煙的白色陽具而憤怒不已。

也許該像我的祖先李元昊，糾集那一群靈魂從各孔竅冒煙的少數分子，組一個如鬼魅流竄的「吸菸黨」。創造自己的文字以標示那些未透過尼古丁眼瞳看世界的人們無以領會的神祕造物或極樂瞬刻。譬如 Marbolo 代表牛仔（不，應該說是騎馬者）、Kent 代表塔、Mild Seven 代表遙遠的海，維吉尼亞代表處女、Camel 代表閹過的駱駝、Dunhill 代表百夫長、Dvaid Dove 代表絲綢、Boss 代表死亡、Peace 代表海洛因。

他掏出一根菸，在冰冷的陽光中點著，吸了一口，讓煙在他金屬鍋爐般的腦袋、喉管和肺袋裡翻滾跑一圈。那是最舒服的時刻，有時他覺得在某些神祕時刻，吸菸比美食、昂貴的紅酒、或是一場完美的性愛，都要接近天堂。或至少與前者的幸福感不相上下。因爲吸菸更自由，更沒必須撐起的教養與戲劇性。更屬於獨處時光。像一隻曬太陽的老狗只需意識到自己的臭皮囊。

但此刻他卻覺得頭暈目眩，兩腳發軟。就像小男生第一次在同儕面前吸菸，因爲逞強而整口吸進腦袋裡那樣。兩眼發黑，冷汗直流。那是怎麼回事？這已經是第二次了。難道他已不知不覺被這個禁菸的國度催眠了？改變成拒斥尼古丁的體質？

他抽的是最淡的，尼古丁含量1的白色大衛杜夫。

在他的國度（他的島嶼、他的城市，或他的那座旅館），他一天必須抽三包菸。像一輛吃油量極大的貨車，每天油箱裡必須加滿足夠的含鉛汽油。他們用盡各種手段調高油價，他還是自顧自把足量的汽油灌進他的駝囊袋裡。

但現在一根菸就擊倒他了。

這是怎麼回事？

前一天他拜託香港仔幫他到小鎮中心的藥局買藥，他先用電子辭典查出那個單字：Nettle rash——蕁麻疹。他帶來的藥已快吃光了。但那地下游擊隊般的搔癢仍時不時從他的後背、腕間、胸口、膝蓋附近流竄。晚上香港仔敲門，給他帶了一條藥膏（也許就類似那種他的島上歷史悠久的頑皮豹廣告：用了足爽就不癢）。他想告訴他我要的是口服藥丸不是擦的藥膏，但終還是作罷。

像那些俗濫的後殖民論述文章裡的身體隱喻。他從他的島國帶了一身病和五花八門的藥物來到這個無菌國度。但藥物總會消耗殆盡，他的身體卻仍舊在各器官培養著那些黴菌、暗影、發炎和疼痛。

他預先將各種他的痼疾的名稱用快譯通翻成英文。胃潰瘍——Gastric ulcer。蕁麻疹——Nettle rash。喉嚨發炎——Throat hot。憂鬱症——Melancholy。背部肌肉拉傷——Muscle of back injury 大腸躁鬱症（就是無來由地拉肚子啦）——The large intestine rash depressed illness。

今天早晨，他坐在書桌前啃著貝果麵包時，那顆門牙終於應聲落下。那顆假牙在他出國前便已開始搖晃，他去找當初做這枚牙的醫生。他告訴他，可能是當初做成牙釘打進去但下面的牙根破了。就像箍住木桶的束筋破了，怎麼樣都會鬆脫。這麼短的時間也來不及作什麼補救，那牙醫建議他帶一罐快乾三秒膠，如果在異國牙眞的掉了，把牙釘擦乾自己先用三秒膠黏回去。「有微毒、但只好先這樣。」

結果牙眞的掉了。他也眞的照醫師指示用三秒膠把它塞黏回去。

這個地方眞會讓你像河蜆吐沙，把你從你的所在帶來的膿瘡故障破洞等等陰暗物事，全如體內妖魔那樣自身體各部位汩汩流出？

皮膚感受著比記憶中更冰冷的空氣，眼睛所見卻是籠罩在金色陽光下的明亮草地、明亮樹群、明亮的河面，還有金色頭髮騎著輪圈發出銀色反光的自行車男孩女孩……

這莫非就是死後的世界？圖尼克想。

＊　＊　＊

母親在電話中像受了驚嚇的少女，如泣如訴，可又帶有一種原該保護她的男人全不在身邊，獨自面對一件巨大驚嚇、劫後餘生的歡快。她完全沒意識到這是國際越洋電話（當然她使用了俗稱「菲傭卡」的折扣密碼電話卡），娓娓細說家裡近日鬧鼠患的魔幻畫面。似乎因爲附近大樓施工，造成地層下陷，他們那幢至少住了半世紀以上的日式老屋，在父親生前的臥室角落裂開一道縫隙，一整窩老鼠以此爲徑侵入只有外婆、母親和姊姊三代女人共居的靜態空間。老鼠們在她們看電視時、吃飯時、睡覺時，明目張膽穿室追逐而過。母親吃齋唸佛，之前放的黏鼠板先後黏住過九隻小鼠，母親皆用一支長柄鐵杓把牠們弄到屋外，再拿松節油細心澆淋在鼠身和強力膠沾黏部位，通常小鼠們會在一陣吱吱亂叫掙扎後脫離黏板，「抱頭鼠竄」。但其中有一隻或因太晚搶救，脫離時已奄奄一息，不久就死了。

他問母親：「那個……現在那邊幾點？」（像一部藝術電影的片名。）「下午四點，噢，我都忘記你那邊幾點？」時差。他沒告訴母親，半夜三點，美國中西部標準時間。他習慣性想摸床頭櫃的菸盒，才想起這棟旅館嚴厲禁菸。「沒關係，我也該醒了。」他曾建議母親不然在家裡養隻貓好了。他認識一兩位整天撿拾流浪貓替牠們整理打針得豐腴美麗卻苦尋不到領養人的貓天使。但母親自從父親過世並且家中那四條末代老狗先後死去，便堅持不再養寵物（「老了，禁不起一次又一次的傷心了。」）。

「昨天晚上，你姊自己在客廳看電視，聽到鋼琴下面好像有兩隻老鼠在吵架，非常大聲，你姊嚇死了，把客廳門關上跑進來。我們都很緊張，她甚至想打電話叫你哥回來，後來我們就拿兩塊黏鼠板，放在客廳，一塊放鋼琴邊，一塊靠電視機下面。到了半夜，客廳發出非常響的老鼠慘叫，啾——唧——啾——唧——，像小嬰孩在哭奶。我們全跳起來，說抓到了抓到了，你姊不敢出去，我只好自己推開客廳門出去。

一開燈差點沒昏倒，一塊黏鼠板上黏住兩隻大老鼠，大的喲，一隻幾乎全身被黏在上面不能動，慘叫連連；另一隻只有一部分黏住，一側的爪子和半身，這隻大約是懷孕了，肚子大得像一隻貓。牠有一半身子還可以亂掙亂動，似乎非常生氣，一邊掙扎，一邊回過頭來咬旁邊那隻不能動的，咬得鮮血淋漓，慘叫連連。

我靈機一動，撿起另一塊黏鼠板丟在那隻大隻的身旁，也沒丟準，距離有點遠，結果牠自己亂掙亂跳竟就湊過去黏上了。但牠的脖子還是可以動，很凶喔，一邊咬另一塊黏板，一邊回頭繼續咬那可憐的同伴，你姊說肯定是本來正在追咬對方，一前一後，就撲在一起被黏住了。

我拿那長柄鐵杓去撥牠們，很沉喔，那隻還張嘴拚命咬我的鐵杓，我快嚇死了，慢慢撥撥撥把牠們弄出大門，那時牠們像粽子捆綁那樣黏在一起，一路都是血跡。我把松節油才倒下去，嘩啦一下那大隻的立刻掙脫鑽進水溝洞。嗳喲，我說差一點牠可能就在移動途中掙掉了。另一隻黏得很緊，我又淋了一些松節油，牠掙了好久才脫身呢。」

「了不起。」他由衷地讚美母親。

掛了電話，便睡不著了。昨晚，爲了送別一位要提前離開的巴勒斯坦作家，他和一群伊斯蘭作家（敘利亞、埃及、馬來西亞）、一位緬甸女作家、一位匈牙利作家、一位馬爾他島女作家、一位蒙古詩人，一道在大學附近一家 pub 喝到半夜。他的低能英文非常適合隱匿於酒館的黑暗、煙霧和大分貝音響喇叭中。他們歡愉且激情地吟唱阿拉伯詩歌或《可蘭經》中肅穆優美的段落，偶爾眾人交換學習「乾杯」的中文、阿拉伯語、匈牙利語、緬甸語和蒙古語。他不斷傻笑並喝光酒杯裡的冰啤酒。一面旁觀著這些阿拉伯騎兵後裔們荷爾蒙蒸騰地教那語言天賦極高、笑靨如花的馬爾他女人阿拉伯情話或淫詞穢語。

他們沿著夜闇靜寂街道歌唱著走回旅館，家人一一和那巴勒斯坦作家擁抱告別。緬甸女孩在大夥鼓譟下，獻唱了一首清麗哀傷的朋友離別歌，他看見她一臉淚光。但這一切像置身在一部默片之中，喔不，像忘了鍵入字幕，他無法理解影中人口語對白，卻仍專注試圖破譯所有人表情、動作、話語、音量高低……如夢中潛泳的慢鏡頭畫面。

後來他便睡不著了，起身煮了一壺咖啡捱到天亮。天初亮他便如鐵欄內之困獸似監獄等候放風之囚犯，匆匆離開旅館房間。

待他來到那河邊他的「老位置」，卻發現那緬甸女孩抱著一本畫冊坐在那張公園長椅上，他遂焦慮地以破碎英文和她閒扯，女孩說她也睡不著，她的國家正有上萬名僧侶在首都集結抗議示威，昨天還去見了翁山蘇姬。他問她他們會有危險嗎？她用深邃的黑眼睛看著他，說：「他們也許都會死。」她說當她與他們在酒館喝酒狂歡時，她很快樂，但她同時非常悲傷。她的朋友們可能正被逮捕、正在醫院，甚至神祕失蹤死去……

「I want to be there.」她說。

他無言以對。不僅僅是語言的窘迫。長期以來，他所來自的島嶼便沒有關注、理解或想像這世界其他許多國度之苦難的習慣。他缺乏所有以啓動感同身受她的悲傷的線索，他們陷入長時間的靜默，然後他用極破的英文（啊多像出國前，妻子塞在他背包裡那本《輕鬆到美國旅行》裡的對話句法：如何在機場詢問登機門與時間、如何搭地鐵或計程車、如何在餐廳點餐、如何到藥房買藥、如何問路……）說：

「或許這是妳的命運，也許很殘酷，但它是一個苦難的贈禮，妳必須寫下去，也許無法在緬甸發表，但妳相較於我，更在寫作的同時，必須去直視那黑暗之心，妳不能轉過頭去，妳現在回去，只是一條生命、一個人、妳那些準備犧牲的朋友裡的一分子，但上天給妳另一種命運、另一個禮物，妳看著事情正在發生，妳必須記下它，必須去完成。」

她深邃的黑眼睛浮起一陣霧光。她說：

「是的，這是我的命運。」然後她說：「謝謝你。」

他感到非常羞恥。她正被巨大的哀傷、憤怒和恐懼所騷動，但他僅用那初學者單字便夸夸而言「她的命運」。他起身向她告辭。走到不遠處一株巨大楓樹的樹根坐下、點菸，拿出書本，裝作專心開始他的工作。但他屁股下的木屑腐殖土堆，恰正是一個蟻窩，上百隻的黑色螞蟻慌亂地、密密麻麻地爬上他的褲襠，他拍打褲管，拂去牠們，這過程弄死了不少不知什麼巨大怪物壓住牠們城市上方而亂竄的螞蟻。但他仍舊坐在那兒，不敢移動，繼續抽菸，害怕過大或過於戲劇性的動作會破壞了草坪另一端，那個女孩的悲傷構圖。

＊　＊　＊

那天他又來到那河邊的草坪，遠遠地，眼睛尚未聚焦，一片綠光中有什麼不對勁，像睫毛扎進下眼瞼或眼鏡鏡片上沾上一抹黏糊鼻涕。走近了些，仍說不出在他每日置身其中的靜物畫中，有什麼關鍵性的細節被動了手腳，像每天初醒時無意識開冰箱、拆封灌進喉嚨的牛奶，有一天，突然發現含入口中的液體，有什麼成分因牛奶公司的疏忽而漏失了。

他坐在那一排美術館建築前的階梯，點了根菸，才吸第一口，便發現是怎麼回事了。

原來在他每日來報到的草坪上的兩張公園長椅，不見了，被人拆掉了。

他大受驚動。這原是件或許除了他無人注意的小事。草地前小徑上，那些美麗的金髮男孩女孩仍像牧場的馬匹安靜地慢跑著。草坪上原該浸沐在穿透樹影垂掛下冰冷陽光的木條長椅，現在剩下兩塊長方形的水泥地基，還有各自四圈鐵鏽色的固定釘痕。像從人體背部撕去撒隆巴斯遺下的蒼白光禿區塊。在這空曠寂靜的場景裡，說不出的古怪。

什麼人把「他的」這兩張椅子連夜給拆掉了？那像是某種靜默的訊息。什麼意思？莫非有人每天從他背後那幢美術館某一扇窗後觀察著他？他們不歡迎這片靜美草坪，每天有一個東方流浪漢在此出現，坐在這兩張公園椅其中一張上，抽菸、發呆、傻笑或摳鼻孔？他們不知如何把這不希望他再來的訊息傳遞給他，因爲他們太溫和理性又內向，所以乾脆在雙方不碰頭的情況下，把椅子拆了？讓他識趣離開？

他感到一種稀薄而無法強烈湧起的憤怒和羞恥。在原先那兩張公園椅旁一排樹後，有一處死角，那是可能通往美術館地下室的一截大約二十級階梯，但底下一扇布滿鏽瘤疙瘩的灰色鐵門鎖著。因爲陽光恆照不到，階梯上鋪著腐爛樹葉，最底下還積著汙水，水裡至少漂著上萬隻孑孓。你一走下這小小的陰陽之界，蚊群便如沙漠風暴轟地撲襲籠罩，似乎爲了保護牠們暗影中的子裔。門上有一枚玻璃罩結滿蛾屍蟲屎的感應燈，這時也會幽幽昏昏地亮起黃光。

他曾幾次在這草坪公園椅呆坐至尿急，懶得過橋走回旅館，四顧無人，便鑽進那隱沒在白日黑影的地面下死角，對著那攤汙水撒尿。

現在他面紅耳赤地發現：他們全看見了！他眞的像個不折不扣的流浪漢：東張西望，一臉猥瑣，鑽進地底，幾次之後，那無人侵犯的陰冥之境便充滿他遺留下的，騷臊腥臭的穢氣。

這一切在靜默中發生。除了他，以及躲在他背後那建築物窗裡的他（或是她？或他們？），無人知曉。

後來他聽香港仔說起，才知道旅館裡的那些外國人們，彼此之間亦有小型的衝突，並不像他默片般置身事外所看見的那麼平靜。

譬如說，最開始那幾天，那個暗金色長髮長得像耶穌的瘦削以色列作家，在人群中朝那個總是醉醺醺紅著鼻頭，唱阿拉伯情歌向其他女作家調情的中年敘利亞作家伸出手，敘利亞作家毫不留情地拒絕了。或是另一位巴勒斯坦裔的以色列籍作家，有一次在旅館樓下眾人吸菸時，衝著土耳其作家說：「你們的宗教就是愚蠢。」當時一旁的蒙古人和馬來西亞人緊張地抱住雙方，才沒有打起來。

有一些近似國際縮影的小圈圈也在旅館裡的各國人間隱隱成形：捷克女作家、保加利亞作家、義大利裔阿根廷女教授、希臘小說家和馬爾他島女作家每晚在旅館的交誼廳聚會聊天；那個敘利亞中年作家、埃及作家、馬來西亞作家（他像個男孩）、一個戴耳環的印尼作家，這些伊蘭教國家之人，再加上蒙古詩人，則每夜至 Downtown 酒吧酗酒；他和香港仔、緬甸女作家及南韓女詩人這幾個亞洲人則常相約一道午餐；比較沉默的是肯亞、海地幾個非洲或加勒比海黑人作家。

有一些事直如隱喻：命運交織的旅館。每天早晨準六點半，他總在所有人仍在窗外黑夜轄治的睡夢裡，踮腳穿過那彷彿魔法煙霧並未聚攏成形的旅館走廊，趕第一個到早餐室。那時刻那房間空無一人，電視兀自開著（當然是他聽不懂的美國新聞），咖啡機像滴著鼻涕的機器忠犬漫散出濃郁的枯草香味，一個櫃上的餐盤纍纍堆著一枚枚猶太貝果麵包，一旁另一個籃子堆著蘋果、柳橙，依序過去是 Mafin 蛋糕、櫻桃、藍莓、香蕉不同口味的優格、鎮在碎冰塊裡的瓶裝牛奶、全麥麵包和堆積如穀物的小聽裝牛油果醬、花生醬和猶太起司……。他像流浪漢闖入某個屋主在無人知曉的清晨猝死的空屋。美國真是物資過剩哪。他總在其他房客出現之前攢了滿懷食糧——一手拿杯黑咖啡、另一手托著貝果麵包、果醬、蘋果、柳橙、兩盒優格，用那下巴抵著，如夜賊趁晨霧未消前溜回自己巢穴。他的冰箱按格分類整齊排列滿滿這些早晨的贓物。

合該出事。某天下午，他在房間邊看著電視實況的美式足球，無意識地從冰箱拿出一枚貝果麵包放進微波爐。如此安愜、如此倉廩豐足的個人密室。約一個廣告時間隨意跳轉至別台跳躍十幾個頻道之後，他聞到焦味的同時，房間屋頂的煙霧偵測器尖銳地響了——那聲音像婦女隨身攜帶的防色狼蜂鳴器一樣。他打開微波爐門（他錯了），發現貝果已焦成黑炭，白色濃煙翻滾而起。他爬上那張辦公椅想去拔那偵測器，當它像個被男人摸屁股的醜女歡欣地更大聲尖叫……他想拉開那扇氣密窗，卻發現彈簧卡榫被封死了。奇怪是那像獨幕劇他自己一個在嗶嗶尖響的房間裡蹲著打轉爬上爬下半天，竟沒有一個人來敲他房門（他已先把衣褲穿好了，像個有尊嚴的罪犯等著警察上門上手銬帶走）。

過了約五分鐘那警報器竟自停了。整個房間瀰散著他記憶中火葬場的灰燼味。他把房門打開（這次他真的大錯特錯），房內的白煙像鬼魂驚動了旅館走廊的消防警鈴。如果剛才房間裡的警報器像女人被非禮的哭喊，現在這警鈴簡直像敵機已在旅館上空時的空襲警報。操他媽的美國人非把什麼事都弄得這樣大驚小怪嗎？他在心裡咒罵，並關上房門，和衣躺在床上裝睡，隔著門聽見走廊房門乒乒乓乓打開，拿對講機的旅館工作人員疏散旅客的緊張喊叫，以及零亂跑過的腳步聲……

他躺在床上，眼角擠出一滴淚來。爲何總是這樣？冰箱裡那疊滿的食物該先藏去別處。待會他們敲我的門時，我該一臉惺忪微笑用怎樣的英語解釋：I'm sorry，我睡過頭了，沒聽到火警，哦，原來是我的貝果麵包烤焦了。I'm sorry, I'm sorry…

等到他們眞的撬開他房門時，他根本來不及開口，包括旅館經理在內幾個一臉如臨中東戰場搶救無辜平民的美國大兵，哦不，旅館工作人員，大聲吼著：「You should go down! You should go down!」他只好穿著拖鞋下樓，一推開旅館大門（哦，那時他眞像好萊塢歹徒綁架電影裡，那在大樓將被幾十公斤黃色炸藥夷爲平地前，最後一個慢動作運鏡逃出的人質），逆著光，外頭的草坪上至少站著兩、三百個被緊急疏散的房客，當然包括那幾十個像人種萃取實驗計畫的各國作家。大部分人穿著睡褲拖鞋，有人抱著筆記型電腦、有的人抱著皮包……所有人對著他鼓掌。

難道這些傢伙不知道這場烏龍火警是這個黨項人弄出來的？

那之後他便出了名。在走廊、電梯遇見任何一個人，都笑著點頭和他打招呼：

「Hello, Mr. Microwave.」

* * *

那天晚上，緬甸女作家來敲他的房門。

要不要出去走走？

她說：I'm very boring.

他請她稍候，關上門換上衣褲，穿襪子、穿球鞋，並把那台袖珍快譯通放進外套胸前內側暗袋。

他有好多年不曾和年輕女孩這樣非在咖啡屋、會議室、pub 這些背景擠滿人和聲音的窄仄空間之外獨處了。散步。他的身體從皮膚表層細細泛起一種類似害羞的痲癢，或是演員一離開舞台的緊張的戲劇化動作隱形軌跡、暴露在鬆弛的日常生活空間便不知如何是好的焦慮。

他們沿著白日那些馬匹般金髮女孩們慢跑的路徑，在一盞一盞圓形黃燈泡的美麗路燈間沿河走著。他可以聞見女孩頭髮一種年輕動物才有的清香。因為靈魂的顏色還太淡，沒有那些自關節處滴流出腐蝕黑油的腥味。他用簡陋的英文向她（那像是一種中年男子隱藏色情念頭的討好）描述他在自己國家的網路新聞上看到的，關於她的國家正在發生的屠殺：軍人朝手無寸鐵合掌誦經的和尚開槍，還有一個日本記者被射殺了，翁山蘇姬失蹤了，可能被他們移去一座重刑犯監獄、美國的人造衛星空拍照發現緬甸邊境一個幾千人的反政府少數種族村落完全消失，可能連房舍、學校和全部的人皆被軍隊集體殲滅……

女孩帶著一種像小姑娘訴說她曾遭遇之巨大委屈的快速訴說，所以大部分的內容他其實並聽不懂。但他裝著一臉同情與理解的凝重表情聆聽著，他聽懂的破碎內容有：一九八八年他們殺了三、四千人，比次年中國天安門死的人多許多，但全世界都震怒譴責中國政府，沒有人理會緬甸死那麼多人。她現在和家人無法聯絡上，她很擔心她的孩子，她想立刻就回去，但她先生之前叫她別回去了，看能否留在美國尋求政治庇護，但她若留在這不知能做什麼工作。事實上就算她回國她和她先生也完全沒有收入。她先生的雜誌社被政府強制關閉，她原來寫稿的那幾家雜誌社也全部關門……

突然之間，像神蹟一般，他聽懂她說的一切內容，像玻璃罩內搖晃的燭光，或屏幕後影影幢幢的皮影戲，許多陌生單字仍如蕨草覆蔽，但她的話語像運鏡簡單的紀錄片在他眼前流動。

他發現她在說一個昨夜的夢境，她說在夢裡她還是個小女孩，她母親牽她的手，臉上掛著神祕的微笑，帶她走進她們童年那個房子裡，有許多的門，經過許多房間，每個房間都站著一些她母親家族的老人，他們全都帶著那種神祕的微笑，像哄一個大家寵愛的孩子那樣說：「去，再往裡走。」好像藏在最裡面的房間有一個會讓她驚喜的祕密。她很緊張，想問她母親究竟最後的門打開裡頭有什麼？但她母親微笑示意她別問，噓，別說話。

最後那門打開了，在那房間裡，有一個做成和她一樣形狀、大小的巧克力。

巧克力？

嗯、巧克力。她說，她哭著醒來，那個夢無比眞實。

你知道，在緬甸，大部分的小孩，可能從沒吃過巧克力。我的孩子，也從沒看過（她用手指圈出一枚十元硬幣大小）這麼大的巧克力。

他說，噢，那有一天，我去緬甸找妳，就帶一個眞人大小的巧克力，妳的孩子一定會很喜歡我。

她被逗笑了。他們會喜歡你的。

你知道嗎？前幾天我到 Downtown，看見一件大衣，我需要它，因爲天變冷了，但那衣服要一百多塊美金，太貴了，我捨不得買。你有沒有發現，我後來不大參加其他作家邀約一起去吃飯，因爲那些餐廳太貴了。

那時他們走上較遠處一座石橋，橋下的河流在暗影中像捏皺的銀箔紙，不見流動，只見波紋。他們沉默地走過那座橋，他開口說話，像年輕時第一次艱難羞怯地向美麗的妻子表白。他們兩人的臉隱沒在河邊小徑旁的夜闇樹影。他說：我怕冒犯妳。但是可否，允許我給妳一點錢？非常少，我所餘不多，那不是給妳的，是給妳的孩子的。

她掩臉哭泣起來，他想唉果然壞事了，他又粗暴地傷害一個像蚌殼把自己柔軟內裡朝他打開的靈魂了。但是當他在暗黑中笨拙魯莽地從自己腰包掏出剩餘的五百美金，並塞進她的運動外套口袋時，她並沒有認眞地反抗，只是像一種輕柔的舞蹈那樣左右旋轉閃躲。她喃喃地說：我不能。啊，你害我想哭。但其實她正在哭。

之後他們像在黑暗中電光石火避人耳目做了什麼禁忌之事的偷情男女，繼續在路燈光照的小徑中走著，女孩用手指拭去臉上淚痕，他則壓抑自己在一種破壞原先安靜關係後的較急促呼吸。他們一路無言走回旅館，各自回自己的房間。

事後回想，那整個過程，兩人身體之間的細微拉扯、搭配、迎拒，實在太像黑暗中他硬對女人猥褻或強吻或摟抱之類的……

第二天一早，他跑到 Downtown 那家轉角銀行的自動提款機領錢。還是因爲語言障礙，使他在半猜半按那些選項指示時出了不少差錯，後來他發現這裡提款上限是一天只能領四百美元，且從機器匣口吐出的全是二十元面額的舊鈔。他回旅館，在房間翻箱倒櫃找出一枚撕破的信封，把那疊二十元鈔塞在裡頭附了張小紙條：「Forget it.」從門底縫踢進女孩的房間。

第三天他還是如法炮製。同樣厚厚一疊難看的二十元舊鈔，這次他去附近學生書店買了一個淡綠色的漂亮信封，同樣寫下：忘了它。再踢進女孩的門縫。

那後來幾天，他發現女孩在躲他。事實上他也像作了什麼虧心事一般，出房門開房門皆輕手輕腳，並且聽覺變得無比敏銳隔牆聽見女孩房間沖馬桶水聲、電視聲或開衣櫃抽屜聲皆神經質地心驚。香港仔來找了他幾次一道吃飯，但南韓女詩人和緬甸女孩不約而同地消失了。

他沒再把錢塞進她房間，事實上他存摺裡也彈盡糧絕了。他羞恥地想著：如果我更有錢就好了。像許多年前看過那部好萊塢電影裡的勞勃瑞福。神祕的富翁、貴族氣質，有一位像中世紀武士旁的忠心僕傭幫他開著加長型的豪華房車。對賭場遇見心儀的極品女孩便提議用一百萬美金買她，只讓她陪他一晚，女孩的年輕丈夫簡直抓狂，這太可笑了，妳是高級妓女嗎？但那是一百萬美金吔。何況他們眞的需要那筆錢。

多麼齷齪。卻又多麼優雅。他也沒說那晚一定要她陪他上床。那只是個上帝的實驗，年輕戀人的不渝承諾禁得起這一傢伙把他們壓扁輾碎的鉅額數字嗎？

你買得起什麼嗎？一千出頭的美金。也許夠她在這昂貴國度買一件厚外套再加一些帶回去給她孩子們的巧克力。她的國度裡軍人們正拿著衝鋒槍在殺僧侶和學生。但他在他的國度裡，網路上人們爲這新聞的回應爭吵是：「緬甸的二二八。」「綠狗，你們的陳水扁這八年來貪瀆掏空這個島，不久之後我們就像緬甸一樣窮了。」「殺人凶手的後代還敢在這拉屎，你們外省人當年殺了我們多少本省人。」……

圖尼克驚訝地發現，在他和緬甸女孩那個河邊之夜後，她卻刻意對他冷淡、疏遠，把自己變成其它男人手臂、胸膛之間翻轉舞蹈的散熱體。她本來和人群的孤獨拒斥不不見了。似乎圖尼克幽微隱晦的蠻族之舉被視爲古典示愛，那啓動了一個類似大風吹換座位遊戲的祕密暗號。他被推出人群，女孩沒入黃色落葉叢般的人群裡。某一種快速交換舞伴的迴旋舞似爲此設計。愛，或誘惑之舞，有時，不，幾乎全部是在眾人集體監視之下，像游過牆壁，日光浮影的淺灰色之蛇。它絕不是一對一的獨幕劇。女孩們刻意讓它暴露在眾人之眼前，惡戲地看你是否因嫉妒、苦惱升起的酸液而臉色漲紅，卻又必須面帶微笑裝作若無其事。於是你被推入彀中，你以爲你在愛了。

但她享受著這一切，她變得風情萬種、放浪形骸，和其它男孩們調著情，但那些男孩們並不意識到這像間諜片裡男女對手在眼前既閃躲又瞬刻交會的殘酷遊戲，像雌雄兩蛇互剝鱗片，像殺人蜂讓尾刺螫斷在對方心臟裡短暫疼痛的微毒。他們受寵若驚卻又迷惑不解地讓女孩在他們之間滑溜換位。沒注意到在他們對面，那個男人吞吐著菸，用陰鷙的眼神盯著這歡樂無心的一切。圖尼克想：我痛恨這一切，我已不是二十歲精蟲灌腦的年輕人了。示愛，不，啓動愛對我何其艱難。他嫉妒那些把和女孩調情胡說些天花亂墜甜言蜜語當成嚼口香糖的無痛感哥們。

此事在他逐形衰老的情色渴望歲月裡，隨著心智漸成熟，對人心不可測知的各式變貌與暴衝略有領會，卻慢慢如陰影累聚成屈辱的記憶：像一坨一坨捏縐的廢紙團，也許每個故事只差一步之遙便可變成一首美麗詩篇。但他總不耐煩女孩們這樣以摧毀她們魅力蜘網獵物之自尊的測試儀式。年輕的你以爲她們是矜持或猶豫，或她們恨你身上某個腺體粗俗湧出的荷爾蒙臭味。後來你才知道，那像某種嚼食吞嚥美食的古老本能：只有確定對方爲自己受苦，感受到對方的形體骨骼在自己掌握中碎裂崩潰，這些大母神後裔的雌性獵食者，才能眞正享受那侵入漲滿她們靈魂私密巢穴的激爽痙攣，她們將之命名爲「愛」。

只是因爲她是異國人嗎？

或者，只是因爲他和她置身在這群從眼珠、髮色、鼻梁、顱骨、皮膚皆與他迥異的外國人的旅館裡？像一個片場，他大學時曾莫名其妙去看了一場英語系學生的校內公演《羅蜜歐與茱麗葉》，但是，媽的那個演羅蜜歐的男生和演茱麗葉的女孩，根本就是塌鼻黑眼珠的本國人，他們卻各自戴著金色假髮穿著緊身褲和大蓬裙，嘰哩呱啦假裝外國的王子和公主。

散戲之後，他和那群臉上抹了厚厚脂粉、腮紅和藍眼影，穿著蓬紗戴白手套的演員們，站在那幢大樓和另幢大樓間的天井吸菸（那是學校規劃的吸菸區）。

那個場景無比寒傖、無比粗鄙、無比荒涼。那些之前說著英語假扮外國人（或某一個外國人曾寫過的一個陌生異境）的男孩女孩，此刻各自沉默叼著菸在這狹谷般灰色大樓底端角落噴吐著，一旁有一鐵網圍住的三座巨大鍋爐，由那巨獸嘴齒般旋轉的渦輪扇葉下冒出一股一股帶惡臭的白煙。那使得他們一臉酷相站立在此吸菸之地燠熱不已。他弄不清楚那運轉的大機器是這一整棟樓的污水處理器，或是地下餐廳的廚餘轉化堆肥機？（否則為何那麼臭？）但那時年輕的他，為自己及身邊這些同齡之人毫無希望呆立在這廉價、被糟蹋、甚至露出某種圈養牲畜茫然之臉的片段，突然覺得哀慟不已。

「或許這就是所謂的外國吧。」

問題是他與緬甸女孩之間，從未有所謂的示愛與表態啊。他們只是恰好、在同一時光置身在這間擠滿了外國人的，外國旅館啊。許多年後，他會持續收到緬甸女孩從她的國度寄來的 e-mail（他無從想像她如何上網？或是在她那管控嚴格的城市，也有暗藏在外國人觀光旅館的網咖？）。她總是寫著：**I miss you. I want to meet you.** 而她的國家，軍人祕密逮捕異議份子的行動從未停止。之後又有那死亡上萬人的暴風雨災。但他逐漸失去本然已薄弱不已的英語能力。他們終究會褪去那偽扮成「一群外國人」的戲服，黯然神傷地退回他（或她）原本枯寂死灰的所在。沒有芳草如茵的河畔公園，沒有展示著漂亮自由身體的慢跑女孩，沒有那些河流上悠閒的野鴨或穿著潔白緊身服的划槳快艇選手。

某一個晚上，他們爲那位終於忍受不了全城禁菸之苦決定提前離去的以色列詩人開一場送別會。他們在城裡一間小 pub 占據了一區長條桌位。男孩坐一排、女孩坐一排，打工的美國女孩每端來一大壺生啤酒，所有的男士便各自掏出一張又髒又爛的一元美鈔湊齊數給她。只有那位蒙古詩人自始自終喝著一指幅一指幅爲單位的伏特加。幾個阿拉伯裔的男人興奮地唱著他們節拍古老稠沓如禱詞的阿拉伯歌謠。他又開始聽不懂他們說話了。他又開始像唯一一個異鄉人在他們之間傻笑了。他從口袋掏出胃乳片，撕開錫箔包裝，那個有一雙藍眼珠卻是阿拉伯臉的敘利亞作家，興奮地亦從懷裡掏出一顆類似但略大之銀色薄物。結果是一枚保險套。

敘利亞人眨眼睛給他看手機螢幕一個美如仙女的阿拉伯女人，「Oh, so beautiful!」他上道地破英語哈啦：「your girl friend?」「No, No, No, just fucking girl.」

現在他是他們的朋友了。黑暗中，緬甸女孩在另一端桌側舉杯向他眨了眨眼睛。因爲這就是不折不扣的外國啊。所有的事都不會眞的發生。所有發生過的事都跟沒發生過一樣。手機裡是一頁翻過一頁不同的豔麗的阿拉伯女人。最後是一幢藍色海岸岬角上的白色洋房。圖，敘利亞人親暱地說，有一天你到我的國家來找我，我讓你住在這個別墅裡，這是我朋友的房子，你可以在裡面寫作，不必出門，每天我叫人送去阿拉伯食物、阿拉伯酒、阿拉伯菸、阿拉伯女人……你會寫出最偉大的作品……

My friend，敘利亞人說。

My friend，繫著花領巾的匈牙利詩人（他是匈奴後裔？）說。

My friend，馬爾它島性感女翻譯（她是希臘人？）說。

乾杯，蒙古詩人（他就是滅絕我西夏族，鐵騎屠破興慶府，刨斷我先祖李元昊陵墓龍脈的成吉思汗兒子們的後裔？）。

鼠頭鼠腦的保加利亞作家（他每天在旅館聚會室幫不同的女作家作「保加利亞式馬沙雞」，但他伸進女作家衣衫的手指簡直像愛撫）；長得像布萊德彼特天生種馬的蒙特內格羅帥哥（他是斯拉夫裔或塞爾維亞裔？）；阿根廷女教授……他們親愛地醉醺醺離開酒吧，一路在夜晚的街道唱著各自國家的情歌（所以彼此沒有任何人知道眞正的歌詞）。分離的時刻，所有人輪流擁抱那位以色列詩人（他好像不是猶太裔，是巴勒斯坦裔）。緬甸女孩這時又抽抽答答哭泣起來，她唱了一首悽美清麗像童謠的緬甸好友送別歌（同樣無人知道歌詞）。

所以，圖尼克想，此刻的我，代表的是一個如煙消逝的不存在的騎馬民族嗎？我該唱一首西夏人和這些流浪、破碎、不幸、被東揉西捏的古老民族們同樣悲慟到靈魂抽搐哆嗦的離散之歌嗎？他張開嘴，喉嚨卻發出破舊老車引擎縮缸咕突咕突的怪異噪音。他們全睜大眼看著他。這個失去語言的西夏人，咕突咕突，無從示愛。咕突咕突，無所表傷懷訴別離。咕突咕突，無從摘去那千年來仍如蛤蟆罩在頭顱的梟形盔。即使在這如聖誕卡如立體摺紙繪本的蠟筆畫裡，他仍無法由動物變成人。

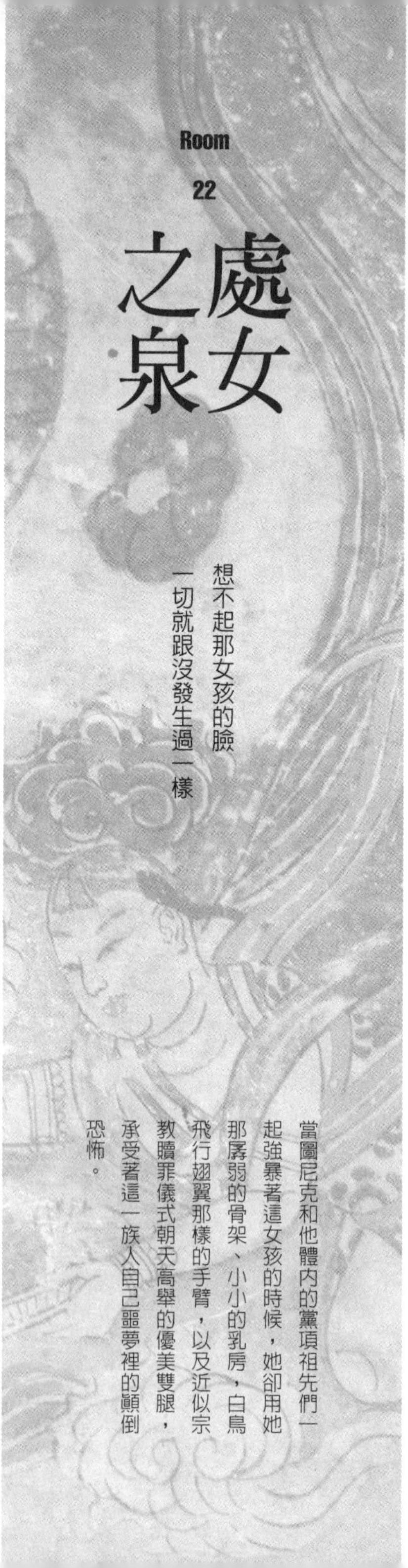

Room 22

處女之泉

想不起那女孩的臉
一切就跟沒發生過一樣

當圖尼克和他體內的黨項祖先們一起強暴著這女孩的時候，她卻用她那孱弱的骨架、小小的乳房，白鳥飛行翅翼那樣的手臂，以及近似宗教贖罪儀式朝天高舉的優美雙腿，承受著這一族人自己噩夢裡的顛倒恐怖。

想不起那女孩的臉。

手頭留著一張她的照片，那是像一枚郵票大小，那個年代猶在使用的公車月票上的學生證件照。那只是一張換過新月票後剩下的舊票根，上沿邊角皆翻起如同花瓣肌理，一層層糊舊的薄紙摺皺。黑白照片本身亦因時光久遠而發黃，女孩像所有意識自己有一張美麗臉孔的少女，面對照相館攝影棚裡的鏡頭時，兩眼睜大，刻意恍惚微笑。

許多年後，有一陣他身邊幾乎所有的哥兒們都在讀昆德拉的《生命中不能承受之輕》，也許他們是把它裡頭那些如繁花簇放的性愛描寫當作黃色小本來傳閱。但他記得時不時會聽這些傢伙學舌地複誦書裡某些警句。譬如：

只發生過一次的事，就跟從未發生過一樣。

許多年後，他在這片妖靜而綠光盈滿的河邊草地上，突然想起那個女孩。群樹在風中颯颯搖擺，草坪上的落葉像被揉掉的草稿。一切就跟沒發生過一樣。

他不記得當時女孩是怎麼和他在一起了？只記得她原是他哥們的馬子。那時他們不過都還是一些十六、七歲的男孩女孩，就像剛拉了坯還未上釉送進窯裡燒的陶瓷，靈魂還未下降進入那幻獸的形體，掌握描述世界的詞彙如此貧乏，大手大腳一移動空氣裡皆漫散他們身上那種濕泥土的新鮮腥味。

他不理解她當時爲何會選上了他？他的意思是「眞正的愛上」。她在他之前不只跟過他哥們，還有和他們不同掛另一所高工的一個傢伙。如今想來，在那個單調的年代，那樣短暫有限的生命經驗，他和他們其實如此相似。她在他們之中挑上了他，那就跟在一簍綠豆中想挑中一顆與眾不同的綠豆一樣難以理解。那和他日後終於被詛咒地變成一閱女甚眾的無愛之人，所曾經歷諸多類型、性格、愛欲方式、神祕靈魂蕊心，或童年故事皆如此殊異的女孩們，眞是不可同日而語。

但她確是他的最初。且後來成爲他這一生不幸的火漆封印。

他不記得女孩的長相了。眉眼、側臉、作鬼臉吐舌頭的表情，哭泣的模樣，也許他當時根本不曾（或許是過於害羞？）近距離像靜物素描繪畫練習那樣好好仔細凝視女孩臉部的細節。他那時沒有能力把流動的事物影像按下暫停鍵，只爲了日後記得而讓自己的視覺對焦、按下快門，讓原來會溶蝕模糊消失的那張臉，像銅版雕刻狠狠烙印進視網膜後面的下視丘。但那時他和她和哥們另外的一些男孩們，常至他們那小鎮唯一一所教會裡找一位年輕神父。許多年後他在回想起來那位不過三十出頭的瘦削神職者，或可能是一個活在每夜地獄之火與向受難聖像痛苦懺悔的、不折不扣的戀童癖者。

他總稱呼他們「我的孩子」。他是如此柔慈、寬容，用一種與他們眞正生活其中的粗野世界如此不同的陰鬱文明方式寵溺著他們。他們在那教會一間熄燈且拉上厚窗簾的暗室裡，屏息安靜看著他播放給他們看的VHS錄影帶：柏格曼的《處女之泉》、《野草莓》；溫德斯的《慾望之翼》；《四百擊》、《大路》、《去年在馬倫巴》、希區考克……他相信那一整房間的男孩女孩沒人眞看得懂這些黑白光影跳閃，深奧、冗長的靜默或冗長的叨叨絮絮的英文或法文旁白。他懷疑那爲禁欲所苦的神父，其實在黑暗中觀察著這些巨大的靈魂翻頁，如何在這些強作鎮靜的少年少女的身上，造成任何一點驚慌、不安、騷動。

但他確實在那些沉悶流動的光影世界裡，把那些偶有特寫的外國女人的臉孔，當作某種對更高的文明裡的詩意或欲望對象來意淫。啊，那些有著陰影的，說著深邃的語句的美麗的白人的臉。上面或薄覆一層金色絨毛。她們的臉像魔術師的袋囊，彷彿一隻看不見的手伸到裡面，就會掏出在他的平庸生命裡無從遭遇的，純質的悲哀、痛苦、寂寞、讓人心碎的哭泣時刻……

女孩的臉放在這些暗室光霧、成熟的、充滿更高文明與心智，以至於其任何情感顯得無比絕對的外國女人的疊映之臉中，像一面掛滿非洲、峇里島，或日本能劇面具的展示牆角的一隻小狐狸的臉。它是唯一的活物，卻沒有表情、沒有戲劇性，沒有暗影與窟窿。

其他時候他總在大街上和他的哥們鬼混，壞事幹盡。他們在聯考前夕的深夜攀牆翻窗爬進作爲闈場的女校教務處辦公室，把整大落整大落的試題卷紙放火燒屋。他每天到跆拳道館練拳，他們把野狼機車的消音器拔掉，發出引擎尖銳囂響來回穿過正午的街道。那時他父親不再打他了（可能意識到自己已不是這年輕野獸的對手），他整天到港口溜躂，幻想逮住機會翻上一條遠洋漁船可以躲在甲板夾艙裡不吃不喝（或偷喝那底艙管路滲漏的污水）捱個把個月，偷渡到美國（至於要去那幹麼？或那究竟是一什麼樣的國度？他皆完全缺乏任何想像之實體感）。

然而現在他坐在這片河邊的草坪，眼前那一個個穿著棉質運動小可愛和運動短褲慢跑而過的白人女孩，她們甩著馬匹鬃毛般像純金打造的發光長髮，大方露著搖晃乳酪般的腰臀和肚臍那一截，人體弧線最優美的一截，她們穿過那黃澄澄的陽光跑進樹蔭處圖尼克驟然可以不需覷眼即看得無比分明的那一刻，簡直像吹糖人師傅從一鍋熬煮沸騰的蜜糖漿裡，用棉線以特殊指法，一甩一抽，便一個個栩栩如生，無比立體又無比眞實的麵糖小人兒。

而赫莉，他的詩情女孩——是的這是她的眞名，不知爲何湊巧和許多年後好萊塢那個身材惹火、兩腿如被上帝吻過一般充滿靈性的黑人女演員之譯名相同，但他發誓他的初戀情人才是這個名字眞正的本尊——此刻在他的回憶裡，卻像露天電影投影機電力不足或影帶品質不佳打在搖晃布幕上，模糊、拉扁、蒼白的一張鬼魅之臉。

只發生過一次的事，就跟沒發生過一樣。

他記得，是啊，他想起來了，發霉的，布滿蟲屍與老鼠屎，底片水銀化學藥劑已氧化發黑的影帶艱難地轉動。學校的鍋爐室和實驗室，他哥們宿舍窄小的房間，或甚至在那間神父揭示生命有另一更痛苦因之更高貴的放映密室……無人時刻。他總有辦法撬開任何一種鎖，從不知情的大人世界借一個只有他和她匿藏在裡面的祕密空間。

當然那像是時空場景全弄亂次序的剪接片段。他記得某一個晚上，他們從神父的放映室走出（還有其他一起看片的男孩女孩），那天神父播放的是一卷叫《憂鬱貝蒂》的法國片。同樣是發生在無比遙遠的另一個世界的奇怪的人奇怪的故事。夜間無人的遊樂場，一整排油漆中的潔白木造屋，他記得那女主角從頭到尾都處在一種高燒般的亢奮、歇斯底里與憤怒。後來她甚至用剪刀把自己的眼珠挖出來。但他（以及理所當然，那房間其他的男孩們）眞正受到騷動的是片頭那毫不遮掩，眞槍實彈，沒有馬賽克的白人版性交場面。

那晚他騎著他的破爛偉士牌送女孩回家（那時她仍是他哥們的馬子，而他哥們從不參與這「妖裡怪氣」神父的藝術電影活動）。大約穿過幾個路口之後他發現女孩在他後座哭泣著，那哭泣的力量像從那小小的身體裡抽搐著將嘔吐出什麼。第一時刻他感到一種混雜了嫉妒與崇敬的情感：她看懂了。她看懂了神父耐性播放給他們這些少年少女看的深奧詭異的許多部電影的其中一部。他知道她像受到聖靈附身從此和他們這些傻裡傻氣強作鎭定的小鬼們，不再待在同一個層次的世界了。她按對了密碼打開了那扇神祕之門，從此可以自由進入那些說著深邃美麗話語做著古怪行爲的外國男人女人的世界了。

但其實那時他來不及想這些，因爲在這同時，他發現女孩從後面緊緊環抱著他。以是之故，他才能如此清楚地感受她那像把腔子倒翻出來的劇烈哭泣。那一刻對圖尼克而言，像他父親通過暴力禁錮在他體內的一隻妖獸，或是幾萬磅黃色炸藥，突然在一個深海底被某種更先進科技的引爆器開啓。那一切發生在最深的海底，所以無人知曉，包括女孩。那是圖尼克的身體第一次接觸到異性，另一個更重大的意義，那是圖尼克的身體第一次，體驗到另一個身體非以暴力和傷害，而是以——他的喉嚨被囫圇塞滿，以至於不知如何形容那強烈的、劇烈的、飽脹而泫然欲泣的感情——愛，的形式在碰觸他。

接下來發生的事，如果用今天較文明的專家話語或任何具豐富好萊塢觀影經驗的觀眾之眼光，可以說那是一場強暴。

是的，在那一整條漫長的時光河流，圖尼克恰是這一整支在滅絕噩夢中駕馬疾馳的騎兵隊的終點。他嗥叫著，悲鳴著，從體內脹大而幾乎將他撕裂的絕非那根插入女孩美麗胯下的、急著將白色乳漿炸噴而出的醬紅色肉棒；而是像那些日本忍術漫畫或好萊塢高科技動畫製作效果的，在交歡極限時刻，他的人形身體像一枚蛹被炸裂碎開，從裡面孵長出一隻無比巨大、背脊張著蝙蝠翅翼，渾身披著爬蟲類鱗片的魔獸。那像是一整支西夏騎兵隊穿戴鏽裂盔甲，滿臉塵土，因恐懼和滅族之慟而口不能吐人言的黨項武士們，一個一個跌進正和女孩銜接在一起的這具最後一個子裔的身體裡。

但是，當圖尼克和他體內的黨項祖先們一起強暴著這女孩的時候，她卻用她那孱弱的骨架、小小的乳房、白鳥飛行翅翼那樣的手臂，以及近似宗教贖罪儀式朝天高舉的優美雙腿，承受著這場，這一族人在自己的噩夢裡將自己的頭顱、軀體、手腳、骨骸、腸肚全抓進嘴裡吞食的顛倒恐怖。她確實被眼前的景象驚呆了，她眼角還掛著之前被那電影中法國女孩召喚而出的神祕淚痕。但那和現在一臉鼻涕眼淚、表情痛苦扭曲、口中吐出一長串她聽不懂的古怪語言的男孩相比，似乎算不了什麼。

那女孩的父親，那女孩的母親，圖尼克從未見過，她好像曾提過有個妹妹。他們的職業是什麼？家境如何？家族還有其他成員嗎？他們的感情如何？各自性格脾氣？圖尼克皆一無所知（這一點他甚至比他父親猶不如，他母親的身世固然撲朔迷離，長期籠罩在白色恐怖之噤諱迷霧中，但好歹圖尼克的父親還曾與母親的二哥是莫逆之交，且曾和她養父母上演過一場搶親加拐女私奔的戲碼）。

他和赫莉在一起不到一個月，便收到中華民國海軍陸戰隊的兵役通知單，在一種茫然無知且不確定自己的個體和一將要被迫加入的群體間會發生怎麼樣之衝突、規訓懲罰，乃至被改造的憂懼，匆匆搭火車（對不起火車的意象在此又出現，然這次畫面中的火車車廂內，靜默挨擠著剃了平頭的黨項、回紇、契丹、女眞、突厥、哈薩克傭兵，當然大部分是漢人……這些混種軍團之後裔）奔赴新兵集訓中心。又一個月後，圖尼克便和一群穿著草綠軍服但把眼淚鼻涕嘔吐穢物弄得滿身的同齡男孩，搭著五二五軍兵艦，穿過海象凶險古稱黑水溝的台灣海峽，被運往金門。從他祖父、他父親那古怪的脫離逃亡後，把他們置於那個幻影重重、滅族恐懼的渾天地動儀之外，轉了幾輪背向它的位置，終於還是由他，站在一個貼近的、面對的，宋夏屯兵對峙，黑頭黑臉想把對方撲滅的戰鬥邊境。

圖尼克說，那之後他便再未見過赫莉，在某種意義上她確像妖術、像一蓬黑煙被某個葫蘆收走那樣從人間消失。

那整個不快樂故事被構成的形式，最後竟然還是仰賴電視這玩意，如此你們或可諒解我那些像是色盲之眼或霧翳鏡片所見的漫遊敘事，總帶有一種難以言喻的殘缺或死灰感。圖尼克說，主要是因爲電視哪。

那一個晚上，圖尼克和幾個連上的老兵坐在餐廳，一邊扒飯一邊抬頭看著用鋼架鎖吊在上方的電視。TVBS張雅琴，您給我們半小時，我們給你全世界。

——台東市今天發生一件慘絕人寰的袋屍案。警方獲報，台東市××路今天被人發現一名女子，被人殺害後分屍，屍塊分裝在十幾只黑色大型垃圾袋，棄屍現場慘不忍睹。警方已查出死者是就讀××高中的王姓女學生，並且逮捕凶嫌×××。據警方指出，凶嫌與死者是同班同學，暗戀對方已久，這次不幸，是凶嫌藉口赴死者家中討論功課，恰好這位女生的家人皆不在，凶嫌一時衝動，向王姓女生求歡被拒，失去理智憤而行凶。拿預藏凶刀將王姓女生活活戳死，並因爲恐懼，跑至樓下雜貨店買了一打垃圾袋，將屍體支解分裝後遺棄。目前家屬已出面指認，死者的家人悲慟欲絕，母親在認屍現場幾度昏厥……

新聞貼出的學生證件照正是赫莉。名字也對，赫莉變成了肉塊？突然他胃囊中的混攪肉渣飯粒像洗衣機的脫水槽擂打腹腔四壁隆隆地高速旋轉，像他的先祖被仇家所騙吃下自己兒子屍體做成之肉羹，待食子噩夢在眞實之日曝下蒸發融化，從咽喉嘔吐出來的肉塊們落地即成一隻隻白兔，歡欣奔躍而去。像他們這一族永遠在流亡之生死線覓食的孖鬼後裔，胃壁黏膜基因記得各種孤獨走過死蔭之谷的古怪食物：弩、楯、皮鞭、皮帶、皮甲胄、鼠、蛙、蛆蟲、紙、黏土……這些難以消化的堅韌之物，擱在胃囊裡，只爲了層層暗影遮蔽那些他們塞入口中時刻即毛骨悚然的人肉塊。那撲鼻的香味，那不祥的酸味。

恐怖的是事情尚未發生，他便預感了這一切，那原先被禁錮在噩夢裡的生剖人肝，以鼎煮食活人，將人肉曝曬成肉乾，或以鹽醃漬，或剁成肉醬，或砍下手足B.B.Q.……那暗色中咀嚼的嘴和在酸液中逐形潰溶的人肉屍塊。這一切都從夢境的破洞跑進他眞實的世界來了。

圖尼克大喊一聲，兩眼發黑，在連部餐廳哇啦哇啦嘔吐出那些斷肢殘骸，尚未成形的夢中被吃的彩色異族肉塊。

圖尼克說，那晚之後，他被連長吩咐弟兄用鐵鍊鎖在地底碉堡內，並且爲了怕他攜械逃亡或自戕，加派了兩個衛哨輪值看守。每天定時送餐，不附餐具，讓他用手抓食，並打滿兩只軍用水壺的陳高燒刀子（連玻璃酒瓶也不能到他手中）。

圖尼克在黑暗中哭泣著，醒來便拿起身旁的高粱酒灌進咽喉。喝到一個地步，呼吸進肺腔裡的空氣像越戰美軍火燄槍噴出的滾燙熱油。那包覆住他的碉堡像一個巨大神靈將他吞食而進的胃袋。那些從他耳際、臉上、胸口、手掌、腳底歡快爬來爬去的鼠群，就像胃壁濕黏翻動的絨毛，它們要將他分解消化成一坨一坨的食糜。

他睡著時（其實是用那酒精純度百分之七十的高粱硬生生讓大腦中的電源短路炸熄）總會看見三個穿著古怪白袍的男人朝他走來。

那些地下碉堡在黑暗中有上萬隻老鼠在各處竄跑。這裡的士兵每人皆有兩只鋁製大茶壺，但無一用來煮水，而是貯藏台灣親人寄來的巧克力、牛肉乾、蜜餞、豆乾……各式零食，或軍中配發之乾糧餅乾。這些香氣四溢的美物，不塞進茶壺的胖肚子裡密封加蓋，不到幾分鐘便會被那黑暗裡無處不在、明目張膽的亡命鼠輩分食一空。

感覺上他把他的祖先們從漫長遷徙途中累積的生理衰弱與枯敗，加速在這一個月內完成了。皮膚結痂，趾間潰爛，後腦頭髮全禿，腹脇和背部一些裂開的傷口流出膿汁，他的胃因汩汩不絕灌入的灼烈酒精而潰瘍，腎和膀胱結滿像礁岸藤壺那樣的硬石，肺和支氣管壁布滿螢光綠色的濃痰。最可怕的是他的陰莖和陽具縮進了小腹中。他的肚臍每天流出一種蜜蠟般澄黃發亮卻腥臭無比的汁液。

也許我的西夏旅館是在那個群鼠淹流、黑不見光的地底世界開始打下第一根基樁。

圖尼克說。因爲他領會到，從今而後，衰老不是他這個個體的衰老，尖叫不是他獨自尖叫，陰惻恐怖的惡之華也不是他足以獨享，作爲透明鬼魂捧不住實物感受不到擁抱之溫暖進不了城聞不到人間各類氣味也非從他而始。那是低頭哀傷朝著一列在不遠處等著他走去歸隊的胡人祖先們。一條骯髒發臭的河流。他無法叛離他們，潛入其他的族落，找到眞愛而蛻脫成有家族瓜藤之漢人。他將揹著那座被詛咒的旅館遷移流浪，揹著整座旅館冰冷、哆嗦、嘈切私語的混亂夢境不斷在異鄉、他人的國度投石問路，看不懂地圖和指標，然後帶著傷害的記憶離開。

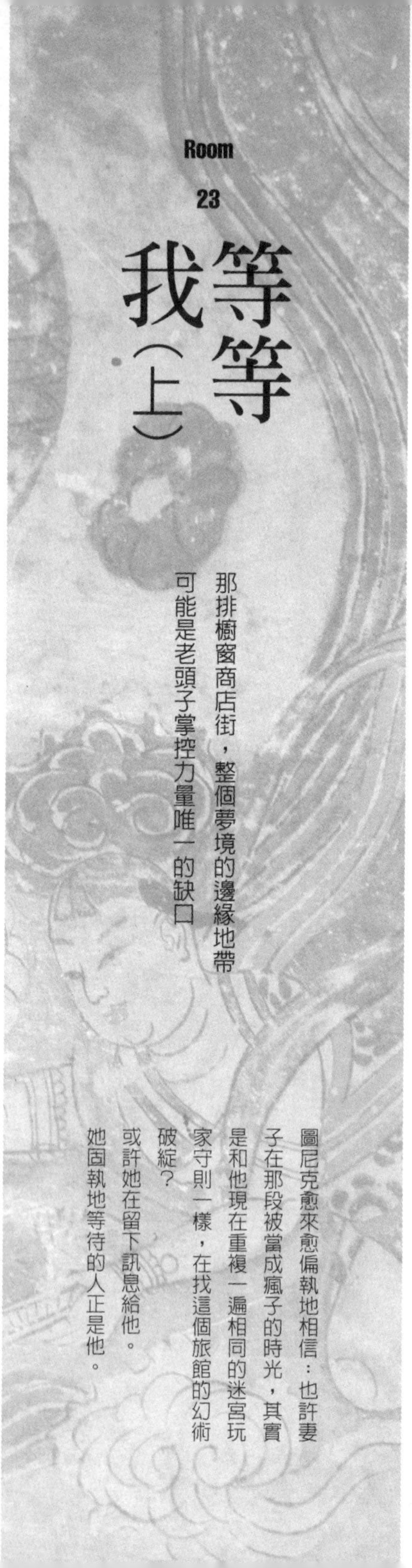

Room 23

等等我（上）

那排櫥窗商店街，整個夢境的邊緣地帶
可能是老頭子掌控力量唯一的缺口

圖尼克愈來愈偏執地相信：也許妻子在那段被當成瘋子的時光，其實是和他現在重複一遍相同的迷宮玩家守則一樣，在找這個旅館的幻術破綻？

或許她在留下訊息給他。

她固執地等待的人正是他。

在西夏旅館西南側的建築底座，有一排櫥窗商店街，那是這整個夢境的邊緣地帶。它可能是老頭子掌控力量唯一的缺口，因爲它像任何租界區一般無法阻止外邊世界的新玩意新事物和誘惑年輕一輩墮落的邪惡如下水道的老鼠、蟑螂或鼻涕蟲從那些排泄穢物的鐵柵破洞潛入。旅館的管理階層幾次試圖以安檢、消防演習、住客投訴，種種冠冕堂皇的理由對之查抄，總無法對那條「夢境破洞」之街造成打擊。甚至後來有一種謠傳被大家半信半疑接受：即這條癌細胞一般讓整座旅館的靜止時間邏輯受到懷疑的「惘惘威脅」之街，根本就是老頭子不爲人知的另一意志。就像他從不讓人看見的，因糖尿病而萎縮如燒焦枯炭的左手。據早一輩的人說，這條街早期是一些陝西人開的串烤羊肉、羊肉泡饃攤子；或上海人的布莊、洋菸攤、銀樓或黑市兌換美鈔之地；再有一些山東人在此走私倒貨的高麗人蔘、眞僞參半之字畫、美軍牛仔外套或牛仔褲、金錶或《花花公子》《閣樓》雜誌。變形的傳說有兩種版本：當年第一代旅館管理階層那些老人曾負氣向老頭子抱怨，爲何不完全授權讓他們將這龍蛇雜處之腫瘤一次剷除？據說老頭子垂下他那像蟾蜍般的厚眼皮，似笑非笑地說（傳說中老頭子一旦用這種腔調說話，下面的人再敢回嘴，就等著晚上有你的下屬奉命來解除你的職位）：「我覺得不壞嘛，它們是這座旅館的肺葉。」另一個較不那麼高尙的版本則指出老頭子當時使用的器官比喻是「尿泡」。總之那皆是一個複雜生物維持活存不得割除的代謝閥門。

當然後來狀況有點失控。哪個菸槍的肺泡不發黑？哪個老人的膀胱不藏汙納垢結滿蛋白和尿毒的結晶粉末？

圖尼克依約來到那間 Tabbaco，鼻環女孩還沒到，他點了一杯拿鐵，找了靠牆角落一張小桌，把自己藏身在四周座位挨擠故而蒸騰出各人毛衣、皮夾克甚至牛仔褲布料氣味的體熱裡。這確像一間異國咖啡館，同時賣菸草和雪茄，燈光昏黃，煙霧瀰漫，音樂是上世紀的黑人藍調。圖尼克注意到正抽著菸的客人們盡是一些老人，還有坐輪椅的殘障者，清一色是男人，只有一個低頭看書的老婦桌角趴睡著一隻哈薩克犬。他眨了眨眼睛，那像紅格子桌布上熱騰騰南瓜湯一樣濃稠黃光裡的老人們，似乎全是一些老外。

當他覺得周邊這些老人們口裡吐出煙霧之陰影愈來愈深愈來愈濃時，鼻環女孩出現了，嗳，對不起老闆不放人，今天不知道怎麼回事？這時手機響了，喂？喂？喀喇喀喇踩著高跟鞋穿過那些像伏在一鍋咖哩湯裡的馬鈴薯塊紅蘿蔔塊的老人背影走出去。一會兒又走進來。啊，對不起。

等到他們聊起關於他妻子的話題時，他因過於專心，沒注意到周遭動靜，待一個停頓時刻，才驚訝發現整個咖啡館除了吧檯那個剃光頭短汗衫粗壯手臂露著像用鋼筆墨汁精描上去深藍色魔鬼的老外，只剩他們這一桌客人。

鼻環女孩說：噢，她生病了，我們這條街的人都知道這女人有病。她初來的時候那麼高雅，全身上下從襯衫、裙子、外套、包、鞋到手錶、項鍊，眼尖的人一看就知道其中任一件可以抵我們兩三個月的薪水。可是後來我們發現，她每天都是那一身一模一樣的裝束打扮，從沒換過……

圖尼克說：她在這一帶，妳說每天，那她待了多久？

兩三個月吧。誰知道？那段時間，她每天都在我們這條街轉悠，每一間店喔，她是那麼優雅甜美，一進店裡，便安靜地翻揀賞玩店裡的貨，幾乎每一間的店員都伺候過她。我們一開始想她就是那種有錢有閒用 shopping 殺時間的貴婦吧？反正景氣差，一起早就上門的顧客誰不堆著笑臉哈啦。但她總那麼猶豫、那麼難做決定，一件衣服一件衣服到試衣間換，一枚一枚的鑽鍊銀戒指手鍊戴上又脫下。你再幫我拿那一件試試，一家店待一兩個小時後一件東西都沒買。那麼有氣質地笑著抱歉，眞的做不了決定，對不起我明天再過來。沒關係沒關係，你的品味那麼好（她挑中的確都是每間店裡最貴最美的那鎭店之寶），當然要多花時間考慮了。

鼻環女孩翻了翻白眼，幾個禮拜後，街上店家就傳開了：那個女人是個文瘋子，但她再上門時也沒有人眞的給她臉色看，她是那種渾身充滿讓你想對她友善的氣氛的美人。充其量就讓她像逛文具店的小女孩自己翻翻弄弄，一兩個小時後她自然會微笑道謝推門離開。

圖尼克覺得心裡一陣被鐵櫃邊角戳到的疼痛。他說：妳們這條街才幾間店？她可以在這待那麼久？

欸，先生，這裡從前往那延伸，這邊往東西兩邊，全是精品店、骨董店，是後來景氣太差，店家一間一間關，才變成你現在看見的鳥樣子。

有時她會進這家咖啡屋，點一杯跟你一樣的熱拿鐵，自個坐在這兒。

圖尼克看了女孩一眼，妳倒觀察得挺仔細嘛。

對了，一開始的時候，有時會有個男人和她在這碰面，對ㄏㄡ，她不是靜靜坐在這，我想起來了，那些時光她或者都是在等人。

什麼樣的男人？

嗯……瘦瘦的，高高的，是個老男人，我有幾次坐在他們隔壁桌。總是那男的在說話，不過他聲音很好聽，說話很慢。那時我就猜她肯定是這老男人的情婦。喔對不起。

鼻環女孩用店裡的火柴又點了一根菸。圖尼克想起自己有好多年不曾見過這種對摺名片火柴棒是一排黏在磷片內側的硬紙條、火柴頭較扁的攜帶型火柴了。

對不起，妳能不能再多描述一下那個男人的特徵？他的眼珠是不像駱駝一樣的淡藍色？

駱駝？

對不起，我是恰好想起一個認識的高個男人有一雙那樣的眼睛，不會恰好是他吧？

鼻環女孩把玩著自己手指上一枚一枚繪得像威尼斯面具的炫亮鮮豔假指甲：你知道這些圖案是什麼嗎？是塔羅牌喔，你看：這是國王，這是皇后，這是主教，這是女祭司，這是世界，這是太陽，這是月亮，這是星星，然後，左邊小指是惡魔，右邊小指是倒懸者。漂不漂亮？

漂亮。

超貴。一個指甲要七百五，整雙手十指全套六千，單手三千五。你看，炫斃了，那個彩繪師說我今天如果內心是好女孩就把右邊小指彈給別人看，爲了犧牲，助人爲快樂之本。如果呢，本姑娘今天內心充滿法克壞女孩的靈魂，就亮左邊小指嘍。

那妳今天是左小指還是右小指？

女孩用右手掌蓋住左手，小指一翹。

惡魔。

噢。

圖尼克記得很久很久以前，他的妻子曾告訴他一個故事——噢，不是故事，再提醒你一次，圖尼克，我們這些遲到者是不配擁有故事的，像那些路邊攤車一臉橫肉的男人用小鬃毛刷將一桶調好的麵糊塗抹在烤得發紅的生鐵凹槽盤上，嗞嗞幾秒鐘就成形成一個松鼠小熊小馬小狗輪廓的雞蛋糕，馬上被用鐵絲鈎起扔在一旁的籃子，我們會感到皮膚燙傷的疼痛聞到自己身體燒焦的臭味，但那都不夠資格成爲故事。滾動的烙鐵上有太多形狀更扭曲造型更怪異的別人的故事了，我們這些白麵糊只能作爲他們聽那些驚異傳奇時口中的咀嚼物——他妻子說，在她少女時期隨父母舉家從澎湖遷移到台灣，哦，是台北。她非常不適應，在新的女校沒有一個朋友，那段時期她養成了放學後在轉公車的西門町附近獨自一人溜躂逛街的習慣，穿著制服揹著書包，一間一間的少女小飾物店。撐到天黑再回家。有一天，她搭錯公車，在一條燈火輝煌騎樓全是賣仿冒皮包手錶活的小狗或發條自走小狗玩具地攤的街道迷路了。她像小紅帽又害怕又興奮地擠在那些黑壓壓的人群裡一路遊逛，有腰部以下完全不見的半截人像蛞蝓貼臉趴在人行磚上爬行，也有眉眼低垂的灰衣年輕女尼敲著磬托缽乞討，也有變戲法把十幾個鐵環分開復連成串或變成一疊彈簧的魔術師。空氣中攪動著捲麻花、蒸菱角、炒天津栗、鹽水鴨、蒸糕、豬血糕……像雜糧行各式米穀種籽受潮發酵的飽滿香味。後來她獨自走下一個人行地下道，之前的人聲人影像幻術一般瞬間消失，在她故鄉的小島，從來沒有地下道這玩意，所以那是她生平第一次置身在那樣陰暗怪異的地底甬道。那地下道原本已昏暗的照明，其中一只日光燈管變電器還壞了，髒汙醜陋的灰綠瓷磚壁牆上一閃一閃印出她模糊的影子。就在她猶豫是否轉頭走回階梯上的地面世界，她發現在這窄仄的地下道另一端，迎面走來一個骯髒醜陋至極的流浪漢。在那個封閉憂鬱年代種種為了恫嚇年輕女孩關於落單女學生在偏僻工地、漁港、公車總站、橋下被人找到已遭姦汙屍體的傳說浮上她心頭，貼著皮膚涼滑的恐懼和如果轉身就跑對對方是極大侮辱的教養相持不下，她兩腿發軟朝前繼續走，兩人愈來愈接近。就在那一刻，少女的她在暗影中靈機一動——如果我是個醜陋的臉，或可避開那隨機選擇的強暴——她把嘴唇朝一側上翻，半邊臉扭曲、變成一張想像中痲瘋病人的臉，和那地底世界遭遇的陌生人錯身而過……

那是她孤單一人置身陌生異境時保護自己的方式。

圖尼克突然悲傷無比地想到有一次老范這樣告誡他：小心哦，圖尼克，過度意識到自己是瀕臨滅絕之種族，把自己描述成異端或邊緣，會出現和重度憂鬱症相同的病癥：缺乏同情與理解別人身世的能力。如霧中風景，只盯著手中那張小小的灰色幻燈片當冒險旅途的終點。

好啦。不逗你了。鼻環女孩說，其實我和她在這裡喝過幾次酒。

妳和她？喝酒？

是啊，就是這張桌子。

你先答應我我說什麼你都不生氣。

生氣？爲什麼？

你先答應我嘛。

好，我答應妳。圖尼克覺得疲倦像深海觸礁潛艇漏出的黑油，從他後頸裡面某一處裂開的小膠囊不斷汩汩流出，然後沿著脊椎滲透全身。

嗯。事實上，我第一次主動和她搭訕之前，就坐在她一旁的桌位，看過她三、四次了。那時候她已經變成一個不折不扣的酒鬼了。我長這麼大，見過的酒鬼不少，包括我爸。那種眼珠我看一眼就能認出是酒鬼。瞳孔顏色變得非常淡，最中心的黑珠珠像被鑷子夾掉了，你往他們眼珠中間望，可以看見你自己的臉縮小映在裡面，像照機車的後視小圓鏡一樣噢。但像她那麼美那麼優雅的酒鬼我第一次見到。後來我發現，她每天下午都跑來這坐，但她從不點這裡賣的酒，她就是點一杯拿鐵，然後從包包拿出一瓶自己帶來的酒，坐著慢慢喝。都是非常好的酒噢。我忍不住跟她搭訕的那次，她請我喝的是Glenfid 一九七四年份 Single Malt。我當時也被弄迷糊了。她到底是很窮還是有錢的癡女？看起來她手頭沒什麼錢，所以叫不起這咖啡屋賣的酒。有時她根本連咖啡都沒叫。但她從哪拿來這一瓶一瓶的高檔威士忌？我探過她一次，她只是醉醺醺地說在她房間裡還有許多各式各樣的名牌酒。

如果是旅館的住客，真要喝酒，可以去大堂樓下那對姊妹花的酒吧去喝，不需要跑來這裡。鼻環女孩說到這裡，停下來看了圖尼克一眼，聽說那個妹妹迷上了你？

圖尼克早在內心深處，模糊意識到眼前這女孩及他們現在置身其中這整條櫥窗商街裡所有的人，都和家羚她們是完全不同階級的人。即使他對這幢像濃霧中的怪獸彷彿不斷在變形增長的旅館，其中隱密運轉怎麼看都充滿人工斧鑿不自然感的權力秩序不甚了了，也清楚感受到她們之間出身教養的巨大差異。粗俗一點說，家羚和家卉像用銀器餐具、絲綢睡衣、鋼琴課、芭蕾舞課、華麗晚宴的禮儀、羅曼史小說、最昂貴瓷器和茶葉的英國下午茶、使喚僕傭的自在威儀和面對上流人士的合宜談吐……種種，在一意志下長期捏造出來的芭比洋娃娃。鼻環女孩和這條街上那些活生生卻又灰濛濛的人們，太像從外面世界找來的臨時演員了。

但是這樣近距離聽她似笑非笑、毫不遮掩欣羨與訕誚情感地提起家羚，「大堂樓下酒吧的那對姊妹花」，圖尼克還是有一種搭乘火車從漫長幽黑隧道驟然鑽出，強光湧進眼瞳讓眼前景物全如水銀潰墜的幻覺。

能不能再多說一些，她曾和妳聊過些什麼？圖尼克說。

但就在那時，有一個男人推開那像倉庫或修車行的咖啡屋黯黑內半部的一扇側門進來隔著七、八張仍未收拾殘杯與塞滿菸蒂之玻璃皿的空桌，叫喚那女孩：「喂，MoMo，過來。」女孩把濾嘴上沾了一圈唇印的半根菸捺熄在菸灰缸，「對不起。」便跟著男人離開了。

圖尼克之後又去了那間 Tabbaco 幾次，不曾再遇見那個鼻環女孩。倒是那一室博物館展廳恐龍化石般的老人們恆靜靜坐在他們自己噴吐出的煙霧中。有一次，他故意和安金藏提起那間咖啡屋，並觀察他臉部的表情。不料安金藏一臉忠告者的認眞：圖尼克，那條街不對勁，你沒發現當你走進其中一間商家，其他的店面即模糊成灰色的街景，但你不死心，每一間闖進去試試，則每一間都成立，都存在，似乎無懈可擊？

我記得我曾看過一部科幻電影，在一座城裡，所有的人按正常的節奏、規律忙碌生活著，只有一個神經病，他老是看見他眼前這一切栩栩如生的上班人群、車輛、商店櫥窗、老人、小孩、流浪漢、電話亭裡拿著聽筒哈啦的年輕人……在黃昏的某一時刻，全像影片被按了快轉鍵，嘩嘩嘩亂中有序快動作進入城市的入夜時光。最後總是只剩下他獨立一人站在空蕩蕩的街道上，他慢慢發展出一個理論：這座城市根本不是眞實的一座城市，只是一個外星人的實驗室、一個片場，他身邊的這些人和他一樣全是被外星人抓來放在這模仿環境的實驗室老鼠。也許他們是他的參照組，或者恰好相反。它們在輸入記憶程式時故意在他身上漏掉一兩道程序。當然這個看法更讓大家確定他是個神經病沒錯。有一天他橫了心，硬要他的朋友或是某個計程車司機，無論如何一定要載他去全城人熟悉無比的一個海灘，既然所有人記憶裡那海灘是熟之不能再熟的一處「老地方」，那無論如何請你載我去那兒。那有什麼問題？某某海灘，熟得很哪，就是出城之後幾號公園過了加油站左轉，那條橋，嗯……我記得……沒錯啊，就是……嗯……咦……就是那條橋再往左呢還是右……我應該上個月才去過……嗯……就是……

所有人確信在「那兒」的那個海灘，卻無人能想起該怎麼走，印痕在記憶裡的地圖路線像鉻絲被焊槍熔斷了。他更發現一件事，當他想朝著這座城市某一個方向直直走，想證實有沒有邊境，則總會有各種意外迫使他轉頭回到城裡。片子的最後，是他不理會那些車子拋錨、塞車、修路、警察封鎖道路或示威遊行的人群，選定一個方向直直往前走。竟然在路的盡頭是一堵畫了天際線曠野景色的牆板，他踹破那片牆板，那破洞外的景觀讓人震懾哀傷：他站在一個懸空的機器衛星的邊緣，眼前是漆黑無垠的銀河外太空，他腳下可見這飛行機器底座的發電機、管線、鍋爐、被隕石擊凹的金屬拱柱，以及那整座漂浮之城排出的水柱像銀色瀑布從出水口朝下垂墜進萬丈深淵，不，無垠夜空……

圖尼克不理會安金藏這一篇胡說，他開始踏查那條櫥窗商店街，像他妻子曾在他不在場的那些時光的小紅帽漫遊動線：那些擺著上半部腦袋被削掉的白色塑膠纖維假人穿著嫩綠煙紅毛衣和灰呢裙子的昂貴巴黎時裝店；櫥窗裡放著一台液晶大螢幕播放著山田洋次《武士的一分》的錄影帶出租店；及腰高的核桃木框玻璃櫥櫃平躺著捷克玻璃動物、可見內部齒輪機括的手工音樂盒、金線銀紗裙的傀儡王后，以及用漂亮弧線拗成古代神獸、蜘蛛或錯編或盤纏，單價高得讓人想哭的純銀胸針、手環、項鍊和戒指的歐洲仕女小鋪；他甚至走進一間賣手機的店，仔細盯著櫃檯裡那些成排像醫院育嬰室裡保溫箱嬰孩們的各款手機。他記得這整件事發生之前，他妻子用的一款Nokia 7200，那是這家廠商第一次推出摺疊式手機，灰色格子絨布外殼。他妻子剛失蹤那一陣，他連著打了幾十通電話給她，每次都聽見張惠妹無比悽愴唱著〈人質〉的來電答鈴，然後轉入語音信箱。他問那個戴了假睫毛長得像那個勇闖日本AV界的台灣女孩埌凌的少女店員，記不記得曾有一個夢遊症模樣的女人在這條街上晃玩每一間店？女孩像安金藏描述的那部科幻電影裡被不曾輸入記憶程式弄混邏輯的道具角色，短暫陷入一種混亂的焦慮。

當然那極可能是安金藏聲東擊西的詭戲。他們不希望他來旅館的這個角落。他們愈不希望他來，表示破綻和線索愈有可能就藏在這條街的某處角落。

有一次他從那群煙霧老人蝸居的 Tabbaco 咖啡屋走出，有一個穿一身電影裡紐約警察制服（胸前掛著一枚奇假無比的金色星芒警徽，腰佩警棍和槍套，頭戴黑色像吹氣式帳篷的皺警帽）的保全貼在他身邊盤問：

「你在這裡幹麼？」

圖尼克注意到他的皮鞋，有一腳鞋帶繫成球鞋鞋帶的紅色粗布繩，另一腳則正常。他用好萊塢黑幫電影裡那些街頭墨西哥裔毒蟲的油滑口吻說：

「老兄，弄錯指令了吧？我認得你們老大喔，回去問清楚標準程序再來，不要踩到自己人的線就糗大了。」

把那傢伙唬得一臉迷惘愣在原地。

比較怪異的是有一次他發現在這些有模有樣 Shopping Mall 班雅明拱廊街的未來商店之間，竟挨擠著一家灰撲撲的皮膚科診所（或許這洩漏了西夏旅館裡那些裝模作樣的沒落貴族們眞正束手無策爲之困擾的共同隱疾？）；另一次他無意間闖進一間香鋪，結滿鼻屎狀塵垢的玻璃櫃裡疏落地排列著角錐狀、蚊香狀、臥香、炷香並分類標示原料：「老山」、「水沉香」、「沉香」、「檀香」……當然也有印著「天國銀行發行」的冥鈔和一些塑膠紅蓮花燈。爲何會在這座空調旅館裡存在一間如許傳統的香鋪？

圖尼克愈來愈偏執地相信：也許他的妻子在那段被當成瘋子的時光，其實是和他現在重複一遍相同的迷宮玩家守則一樣，在找這個旅館的幻術破綻？或許她在留下訊息給他。那麼在鼻環女孩口中那安靜坐在咖啡屋裡酗酒的她，其實是一絲懸念快被瘋狂和恐懼吞食，仍固執地等待。

她等的人正是他。

圖尼克，愛是怎麼回事？有一次他妻子近距離用那張損壞悲慘的臉，哭泣地對他哀號著黑暗核心裡監禁的九尾妖狐：爲何一旦啓動愛，我的裡面就變成黑洞，變成眞空吸引器？就被那巨大的控制欲塡滿？像深海底下包圍住單薄潛艇的巨大壓力的那些黑暗冰冷海水，隨時可以把潛艇的鐵皮和支架壓碎擠扁，讓它吐出藏在艙內的最後一口空氣？

另一次他走進那條街上的唯一一間理髮店，一切像蠟像館一樣眞實：泡沫髮膠抹得像從沼澤網撈起來濕淋淋河童頭顱的 gay 美髮師；幫你洗頭小妹手指按在頭皮穴道的觸感；梳妝檯上冒煙的紙杯熱茶；鄰座頭被白毛巾包成埃及豔后的女客；鮮紅壓克力霓虹光牆，噢，盧貝松的《第五元素》風格……，但待他在昏睏欲睡以恍神狀態翻開鏡子前的八卦雜誌，發現裡頭寫的內容全是胡說八道——照片也有（那些明星政客名模富商猝不及防被狗仔拍下最醜的日常瞬間臉貌），標題也下了，每一個字單獨看都是漢字，但逐句逐行讀去卻組不成和現實連結的意義。

他發現自己每日不由自主地想往那間咖啡屋跑。Tabbaco，煙霧中那些穿著牛仔外套大肚腩下西洋棋的老人，下半身萎縮臉孔透明幾乎和眼珠同樣顏色的輪椅男人，或是坐在吧檯戴厚玻璃老花眼鏡看報一隻手截肢使手肘像一根渾圓馬鈴薯自襯衫捲口直直露出的克林伊斯威特臉老硬漢；相較於這些男人們的靜默與某種共守祕密的藏閃眼神，咖啡屋裡那些穿著豹紋短褲紫絲襪或緊身皮褲、頭髮挑染成金色、桃紅或飛疊泡泡糖那種鮮綠色的時髦老太太們，則無心事地聒噪許多。她們用一種即使他坐在鄰桌用心偷聽也無法解釋其中內容的快速語音交換著某種方言，並且由於她們繫在脖子上的高級絲巾，使得那畫面像一群羽毛鮮豔的大型禽鳥圍擠在一張圓桌邊，互相輕啄對方臉頰咕咕啾啾地交談。

吧檯裡兩個幫客人煮咖啡的矮壯男人，像是從牛仔電影裡跑出來的典型小鎮酒吧酒保；老闆是個金色短鬈髮可惜禿了頂可能混了拉丁血統的傢伙，臉孔多肉，一雙牛隻般的大眼恆淚汪汪無比多情盯著點咖啡或點酒的客人的嘴唇；一旁的夥計是個理光頭的白人，同樣銅鈴大眼，再冷的天也穿著短衫運動衫，粗壯的手臂上密密一大片像埃及金字塔祭壇楔文的刺青。他倆都不多話，填塞咖啡豆研磨粉進小銅濾斗，按下熱水高壓滴漏開關，將咖啡渣敲擊清到一收集盆或用蒸氣管煮沸牛奶的動作乾淨俐落。圖尼克想：也許他們是一對。

店裡常跑來一些流浪漢或瘋漢，其中有一個愛爾蘭人模樣的巨漢（完全是摔角節目裡那些綽號「殺人武器」、「狂牛」、「哥利亞」之類的強壯魁梧尺寸），滿頭獅鬃般的亂髮和大鬍鬚，有一次便坐在他一旁，口中喃喃唸著某種類似啓示錄或禱歌的經咒，無人大驚小怪，只有他全身緊繃擔心下一秒這瘋漢便舉起桌上菸灰缸，把他後腦擊個稀爛。大部分這些流浪漢來此，會在吧檯旁一個菸草櫃，從那琳琅滿目的其中一只菸罐中抓出一把菸絲，放在一架黃銅砝碼秤盤上小心翼翼地測量他們要買的零菸。他們的動作像排隊在教堂祭壇領聖餅的夢遊者，靜穆面無表情，其中某些人眼珠是兩丸白色的瞎子。

他坐在那咖啡屋裡的時候，慢慢地感覺自己是在此等候什麼，等候某個遲遲不來的人，等候某一事件的發生或終結。非常像他小時候在陰天下午的基隆公路局車站等車（他不記得為何那個年齡的他會隻身一人在那個陌生城市搭車），外面馬路上的人車像髒汙池裡游動的模糊灰影，整個細磨石地板乳黃漆牆的舊建築裡只有他一個乘客坐在長條木椅上等著，鐵網窗售票口裡的歐吉桑和穿著公路局制服的女人昏昏沉沉討論著另一個某某年紀可以當這女人的父親了實在不該每晚過了十一點還打電話騷擾她。哦，他想起來了，那一段時間他每個月有一次週日會陪他母親搭長途車到基隆看一個中醫，他不記得那中醫的店家是一藥草鋪或拔罐艾灸或跌打損傷之類的哪一類傳統民俗療法，只記得一室挨擠在草藥焦苦味蒸騰等候的靜默大人們。結束之後他母親會要他先到公路局候車室等著占位，自己卻去一旁小麵攤吃一碗魷魚羹。

其中一個等候的時刻，在他眼前發生了不可思議的奇蹟。逆著天光，一隻瘸了後腿滿身疥瘡的流浪狗畏頭畏尾將鼻頭蹭著地面貼牆走進那候車室。他撮嘴出聲逗弄牠，那隻狗抬起頭看著他。「小花！」那是他家之前養的一條花狗，半年前他們帶著牠搭他姨丈便車到圓山動物園，所有人下車進園只剩姨丈和狗在車上。等他們疲憊又盡興地回到停車處，姨丈用一種成年人闖禍後慵懶不在乎的態度告訴他們小花跑了，從車後座沒關上的半扇窗掙跳出去，或許去找他們了。

他無法想像這隻神犬如何在半年時間，從圓山一路流浪到基隆，他對那兩點之間遷移必須經過的車道、商店、曠野（那個年代）、工廠、河流……完全沒有概念。爲何會在這奇幻的時刻地方讓他們相遇？這不是神蹟是什麼？那隻狗像闊別重逢的流浪者發出人類的哭泣聲，這件事給少年的他極大的衝擊，那似乎變成一種賭徒陷溺在初昔下場僥倖贏錢的神祕主義信仰：你生命中曾無知錯失的珍貴事物，它們常並不眞正消失，反而像閉室中的彈力球在你上下四方壁面反彈，你只要選一個點安靜坐著等，無論那所謂的「密室」其實範圍有多大，有一天那失去之物總會彈回你手中。

他記得他將小花裝進他母親原本塞滿中藥材魚鬆或水果的白蘭洗衣粉塑膠提袋裡，那狗處於一種亢奮狀態，兩眼暴突，不斷吐舌喘息並發出嗚咽。當他母親出現在候車室目瞪口呆看著他變出的魔術時，竟然雙腿一軟跌坐在這一人一狗兩張笑臉之前。

許多年後，當那隻狗終於衰老死去，他母親還曾懷疑地問他：「我有時想，那一年我們從基隆帶回來的這隻小花，會不會其實並不是原來那隻小花？其實是另外一隻狗？」

別再去那間咖啡屋了。他們勸他，也許警告的意味較重些。老范、安金藏、家羚，甚至美蘭嬤嬤某一次也輕描淡寫似乎事不關己地提了一句：別再去那條街晃悠了。雖然她這麼說的時候，臉上仍是笑吟吟無有其他人強捺恐懼之緊張，似乎她只是代人傳話，聊盡義務，心底卻是完全相反想頭：年輕人，你或將在那旅館邊境遭遇最危險、最恐怖、最醜惡的壞事，但啊我們都知道，誰攔得住你呢……你這小烈性駒子，你不這麼倔，我就不這麼愛你了……

某一天，他在那咖啡屋裡，在那些人皮腔體內零件彈簧全生鏽壞損的冒煙老人之間坐著，在他妻子某一時刻曾在此酗酒等候他的那張桌子，在那他慢慢相信所有人只是他們口中銜著的白色紙菸燃燒一圈圈擴張的幻影……鼻環女孩突然又出現了，同樣的扁硬紙匣火柴，同樣的在商店街打工下班行色匆匆吝惜有限屬於自己時光的一種鉛筆速描空薄斜影的印象。

他想說：他媽的我在這等了妳好一段時日了。

但她一臉嚴肅且陌生，簡短地說：

「我姊想見你。」

她姊？又是一對姊妹？莫非這是這旅館某種仿樂曲賦格的對位設計？家羚與家卉、美蘭嬤嬤和她姊妹、他妻子和他小姨，現在又多了一對商店街姊妹？

未等他接腔，那「姊姊」便坐在他一旁的椅子，他立刻便認出她來。是那個許多年前被剁成肉塊的，他的初戀小女友。當然她已是個中年婦人的模樣，但眼睛仍和當年那容易信任人以致瞳圈無有陰影黑白分明同一模樣，和她妹妹時髦的打扮迥異，她穿著一件工地男人做粗活的寬鬆汗衫，渾身牧馬的酸臭，上面沾滿水泥渣子，她只說了一句：「你怎麼也跑進這旅館了。」便把雙臂掛在他肩上，似乎少女時期那種收斂於白皙後頸、耳下、胸部毛孔裡的細緻香味悉數不見，如今她整個人的氣味全收攝在身上這件寬鬆、汗水濕了又乾鹽粒結晶的罩衫上，一種鹼土味兒熱烘烘衝著他鼻頭蒸騰。但她內在那種小女兒的憨態可掬仍如此純粹。她的青春虛度，吃了這麼多的苦，在這理應將變得悲慘、滄桑、冷硬性格展示的時刻卻仍帶著年輕時甜美女孩的嬌貴，裝哭著說：

「都怪你一直不娶人家。」

鼻環女孩在一旁像告狀又像數落地叨念，她姊做一百小時的馬路工，他們才給她五十元。這太殘忍了，他說。一時也弄糊塗是五十元美金或新台幣。那顆彈力球在他看不見的上下四方隱形牆面竄蹦彈跳，終於又回到他手中，但他能理解並站穩其中的時空全被弄亂了。

歸來吧，歸來吧，蘇連多。他們那永劫回歸時代音樂教室的合唱曲。陽光滲入窗外群鳥啁啾的樹杈。那時他們不識其中深淺利害，總愛脫口質問：你跑去哪了？怎麼找不到你？你還想過會回來嗎？你知道被遺棄之痛嗎？為何你要騙我？你不是和我約定了嗎？

歸來吧，歸來吧，蘇連多。

他驚慟異常，將她摟在懷裡。他發現她確實在哭，但毫無指責、耍賴，或謀算之心機。他說：「再等等我，再等等我。」

待他們較平靜下來之後，圖尼克、他的初戀女友，以及她的妹妹鼻環女孩，開始在這間幾乎像電影海報（但是並沒有這部電影啊）中存在的「理所當然在這世界某一城市某一地方有這麼一家」咖啡屋裡，交談各自爲何出現在此處的來龍去脈。他的初戀女友說事實上當年她並沒有被那個求歡不成遽下殺手的隱性殺人狂姦殺並剁成碎屍塊，而是在密室（當然是他倆都熟悉無比的，她四壁貼滿卡通海報的粉紅色少女房間）中反抗、遭毆擊（他用拳頭猛擂她的眼球），在一片昏黑和火燒般的劇痛後失去知覺。等她醒來的時候，發現自己竟毫髮無傷但全身赤裸睡在這旅館的某一間房裡。那畜生究竟有沒有侵犯妳……得逞？女孩看了圖尼克一眼，把本來超過他們目前關係分際的話吞回肚裡（「這就是你最擔心的事嚒？」），沒有，我不知道，我甚至不知道我醒在那房間的那一天是被那傢伙攻擊的第一天，或其實已過了很久的時間，一個禮拜？一個月？一年？十年？在那房間裡，除了我，還有好幾落黑膠大垃圾袋，當然那裡頭裝著被用極厚重的刀具和極大力量之人才可能支解剁切成段的人體屍塊、內臟、手掌、長短腿骨、肘骨、胸肋或趾骨、一截一截椎骨，頭可能也被劈碎了，那幾乎不像分屍案的證物，而像某一個被老虎撕碎吞食下的人，又因那隻猛獸胃病而嘔吐出來的食糜殘滓……

所以當時電視新聞SNG上播放的十六只黑垃圾袋，裡頭裝的是那個變態強姦犯的屍塊而不是妳的？妳在失去知覺的狀態下殺了他並突然魔靈上身以神力將他瘋狂亂砍亂剁成一堆大型貓科動物糞便？

不要這樣問話，圖尼克，你弄得我頭好痛，我不記得那些細節了，像一個不貞的妻子在多疑丈夫追問下的迷糊與失憶。圖尼克的初戀情人又露出淚眼汪汪楚楚可憐的模樣（雖然這間旅館並沒有將她凍結保鮮在他失去她時的青春形貌）。鼻環女孩也在一旁責備他，姊夫（她不知從何時改了稱謂），你知道我姊費了多大勁才能這樣和你見面，良宵苦短，你別像個探員辦案好嗎？

　　但是爲什麼？圖尼克把臉埋在手掌裡。心裡無比清明地知道時間竄奪了他問任何問題的權利，像他祖父在半世紀後見到他父親，老淚縱橫卻問不出口的疑惑：你怎麼讓自己的這一輩子過得這麼冰冷封閉？在這間旅館裡還有什麼三流俗爛小說不可能自己蔓爬串連，如果你要問的是爲何她從那旅館「上流階層」的內部，淪落到在這邊緣之街打工，哦不，那是她妹妹，她是在街外之街當馬路工，用鐵鍬鑿柏油岩塊賣力氣賺錢。她或會影影綽綽藏閃曖昧透露有一段時光，她爲了寄生在那豪華冰冷、避居神秘老頭的旅館裡，成了「那些女孩」，你不也遇見過嗎？那些出賣靈魂和身體，在不同房間玩著只有自己一人當鬼的捉迷藏遊戲，雙眼被手帕蒙住，按照馬夫給的房號房卡推門進去，我要來了噢，有沒有人躲在裡面？斷裂的，將慘不忍睹時刻截除掉的記憶。當她們像每日批發進旅館的袋裝牙刷牙膏、紙包小香皂、塑膠小罐洗髮精、沐浴乳、捲筒衛生紙、拋棄式刮鬍刀一般，在使用期限後壞損髒汙，自然被旅館清潔工報廢打包驅逐出境。

　　圖尼克想，這些情境，如此相似，醒來時刻，獨自睡在一副屍骸的房間，從此就在這間旅館裡了。他惦念不忘的他房裡妻子的頭顱。或許這是一個死後的顛倒夢幻世界？

　　但是其實不是這麼回事。或者至少有一半時光的她在這旅館裡的境遇不那麼悲慘蒼白。別忘了初戀女友也和圖尼克一樣屬於外來異族。胡人。侵入者。如同報紙上那些緊張兮兮的報導，全島河川被外來魚種徹底攻陷，原生魚種幾乎滅絕。這些外來魚種附攀在遠洋漁船底艙窟窿、橫渡幾大洋，先在港口附近建立生殖週期，然後由河流出海口溯逆而上，憑著驚人的環境適應能力及沒有天敵的好運氣，不出五年即把整條河川占領。有一種俗名垃圾魚學名琵琶鼠的醜怪外來魚種，即使在工廠排放重金屬廢料被汙染得鋥亮發黑的毒水裡，也能迅速繁殖後代。另一種來自南美亞馬遜河的魚虎，可以彈跳上岸在日曝下存活四天，曾有漁業試驗所的員工驚嘆地回憶，他曾在一次將一批魚虎暫飼養在所裡二樓的貯水浴缸裡，第二天發現魚去缸空，遍尋整棟建築發現那些怪物鼓著鰓在一樓標本室裡一尾一尾側躺著喘氣。媽啊，他說，它們不但可以自由彈跳離開水池，還會爬樓梯呢。另一種叫玻璃魚的硬骨魚，把澄清湖中原生種所有的魚、蝦、螺貝全部獵食一空……

女孩告訴圖尼克，她在這旅館遭遇的故事，可能比那些俗爛羅曼史小說還要俗爛，還更像少女漫畫。麻雀變鳳凰。祕密花園。簡愛。長腿叔叔。嘎嘎嗚啦啦。是的沒錯有一段時光她在這旅館裡就像那靈魂蕊心被抽換成玻璃攪拌棒，機械音樂鐘裡的傀偶洋娃娃，每天和那些和她一樣打扮成英國女子寄宿學校清純小公主的淫蕩女孩們，香噴噴地被送進不同房號的房間，是的，客房服務。那些在自己日記日復一日寫下對自己嫖妓醜行懺悔的老將軍；那些有些變態性癖好的特務頭子；那些滿嘴羊騷味和大蔥屁味的伊斯蘭西北軍頭；那些皮膚比女人還細緻白皙的侍衛長；甚至還有穿著馬靴馬褲騎兵冬大氅拿馬鞭的陽剛漢子脫了衣服後卻不折不扣是個女孩身體；基於贖罪或戀屍癖將年輕時炸陵墓從慈禧屍骸孔穴掠奪的白玉蟬栓塞在自己耳洞鼻孔屁眼才能安睡的下野政客；……那段日子教養了我在暗室裡對人們各種千奇百怪的私密趣味和軟弱的醜態無驚駭，反而傾注以最專業的悲憫和溫柔。究竟我身無分文卻要住在這幢幻麗豪華的旅館裡享受和那些名媛夫人小姐們同樣高級的置裝首飾、美食、晚宴。後來或許是我親切待人的名聲以一種迂迴隱祕的方式在旅館的老人間傳了開來，有一天，旅館的經理來敲我的門，他告訴我說我在這間高級飯店裡高張豔幟幹的風流勾當已遭一些正經的紳士和夫人們投訴，現在有兩條路供我選擇：一是現在立刻打包走人，而且把積欠的房費結清；二是從今天起，不准再隨便鑽進孤獨異鄉人的房間了，因爲妳今後將以老頭子私人管家的身分住在這間旅館裡。

那是我第一次聽到「老頭子」這個奇怪的稱謂。後來我當然知道他是這這個西夏旅館眞正的老大，我便這樣迷迷糊糊成了可以進出權力核心密室的女傭。一開始那兩年確實挺苦的，老頭子好像很介意他的意志延伸出去的任何一個小細節，於是我在還沒學會怎樣抹地板洗馬桶之前，整整和不同家教上了一整年的正音國語、英文、標準舞、美姿美儀，甚至還得吊嗓子練崑曲（我現在還會唱杜麗娘〈遊園〉、〈驚夢〉那兩折戲文呢），我每天累得打瞌睡，有時在一種肉體疲疼頭腦發昏的恍惚狀態中，也不禁懷疑他們花這麼大成本訓練我，莫非眞正的目的不是要我去當老頭子的管家，而是更親密曖昧，類似古代宮內選妃的玩意？沒想到一年過去，我眞的去幹管家。跪在地上抹那些豪客和仕女們前晚亂倒的紅酒、菸蒂、食物殘滓，甚至牌桌下男女用腳偷情褪下的玻璃絲襪和女人內褲；我得每天幫老頭子倒尿盆，注射一針胰島素；和旅館大廚討論每晚不同客人的餐宴該準備什麼菜色；盯私人司機有沒有定期保養他那幾輛寶貝如愛駒的法拉利蓮花和賓利；還得像服侍娘娘屈身彎腰對那些每夜輪流進老頭子房間的豔麗女人們陪笑。噢她們全像一隻一隻珍貴的鳥喲，當她們美麗的脖子裹著雪貂或銀狐披肩，她們美麗的細腿踩著比紅酒杯柱還細的高跟鞋，她們長睫毛濃眼影的鬥雞眼盯著你看的時候，眞的像動物園裡那些只吃生肉的禽鳥。

所有人都知道這個神祕空間裡只有她們可以和老頭子發嗲、生氣、跺腳、摔門走人。但她們也像那些珍貴孔雀一樣非常脆弱駭怕傳染病，只要一染上病，很快就報廢消失。我的意思是這些千挑百選，貌美如天女、身材凹凸有致的頂級美女，每晚和至少十個與自己姿色不相上下的美麗同類，翅膀擠翅膀羽毛挨羽毛湊在老頭子面前賣弄風騷煙視媚行搔首弄姿，那種近距離利爪利牙暗中使勁的壓力遠非常人能想像。於是十個美人兒裡有十個最後一定染上吸毒這毛病。老頭子平時疼女孩兒像疼寵物疼花朵似的（我不包含在內），但只要哪個美麗女孩，開始出現恍惚、酗酒、神情陰鬱、說話夾槍帶刺，甚至大吵大鬧，第二天這個女孩就不再會出現在他的VIP包廂裡，並且永遠消失。他的僕人們會像動物園管理員把著了鳥瘟的殘疾之鳥扔進排水溝或攪碎機或火化掩埋之類的。說到底，這老頭子眞是心硬如鐵，眞正的玩家，他只珍愛那燭光之輝焰，一旦有焦味或熔蠟敗象，馬上換新，毫不猶豫。

我的工作總是趴在地毯上，在這些美麗女孩的長腿間鑽來鑽去，接過她們遞來的剔過牙渣的牙籤或沾上唇紅的皺衛生紙。我本來就是管家嘛。女孩中有一些心腸較好同時城府也較深的會來和我攀姊妹交情，塞些唇膏啊眉筆啊香水啊之類的小玩意籠絡我，但我總是謹守分寸，從不敢在她們面前說嘴或透露一絲她們不該知道的、關於老頭子的私事。曾經有一個女孩，是老頭子最鍾愛、姿色身材確實也最出色的，她的嫉妒心最強但又最沒心機。所有其他女孩兒除了聯手暗中對她使絆，從不敢一對一攖其鋒。我印象中也只有她，撒嬌敗光了老頭子極大數目的錢，並且酗酒嗑藥發瘋打人種種醜態盡出後，老頭子還讓她在身邊留了很長一段時間，最後才忍無可忍，將她驅逐出去。有一陣子不知爲何她盯上了我，當著老頭和其他賓客、女孩的面大罵，說我長這麼醜，憑什麼來伺候老頭子。還罵我笨得像豬，轉頭呢噥軟語頭往老頭子褲襠鑽，說乾爹人家不管，她那對吊喪眼瞪著我看，人家心裡就發毛。你明天把她換了，不然我來給您當管家每天伺候您。

但老頭子只是笑而不答，那次我不知是不是自己眼花，在巨大的羞辱憤怒中，看見老頭子微微舉起手中紅酒杯朝我晃了一下，並眨了眨眼。那對我來說是最大的安慰了，似乎在這一堆華服綺裳、女體陳香的醉生夢死陣仗裡，只有他，和我，是唯一的清醒者。他似乎在和我耳語！別理他們，他們全瘋了。

那女孩後來看硬的不成，轉而和我交心，問我要頭髮和指甲，說認識茅山道士，可以幫我改運。我也乖乖剪下交給她。後來聽人說這女孩在養小鬼，我不該把貼身物隨便給她的，也許已被她下降頭了。那一陣我確實變得恍恍惚惚、憂鬱得不得了。但我想，還有什麼比我莫名其妙困在這迷宮般浮華無影子的旅館美酒女人堆裡當女傭更可怕或荒誕的異境嗎？

圖尼克聽著初戀女友如夢如幻地陳述她在這旅館昔日時光的愛麗絲夢遊奇遇，心中卻如因疏於照料被黑藻和螺貝大舉蔓生占領的小水族箱，一團昏暗混濁，燈光再也透不進那些懸浮的爛水草根或發白的玫瑰蝦屍骸。有一瞬間他瞥見一旁鼻環女孩帶著無可奈何的精神病患看護那樣的神情衝著他苦笑。他在悲傷地領悟她正在描述一個妄想症患者內心像超現實畫作某一個她被困在其中之無人火車站或迷宮花園的同時，卻不願有任何眼神或眉毛挑動讓這個不知道吃了多少苦的昔日愛人意識到他已從她的幻夢場景推門離開。那是再一次的遺棄。就像心不在焉的父親既慈悲又殘忍堆著笑忍耐著說謊症小女兒坐在他膝上毫不節制的那些胡說八道。

有一個關鍵詞早早浮現：小潘潘。當然她說的那些全非她的真實經歷。到底她那一些汗臭結滿石灰渣的舊汗衫印記了她眞正在這旅館裡遭遇了哪些事?他有什麼資格追問並證實?畢竟他一直不在場。圖尼克注意到他們一旁桌位坐著一個非常老的老人,包住臉龐顱骨的皮膚像外科手術手套那樣薄而透明,兩眼如駱駝的藍眼睛那樣暴突,桌上除了咖啡杯、菸灰缸和捏皺的菸草袋,還有一頂電影裡葬禮人們戴的深褐色硬絨禮帽。他想起來了,這老男人或許知道一些他妻子的事。他有一模糊印象,在出事之前,他妻子曾像女學生崇拜懷才不遇的老師,和這男人請教、學習了許多關於古瓷、青銅極專業冷僻的知識。

也許他曾摯愛過的女人,都曾較他敏感直觀地看見他們無力撲撈攔阻的,或在他們之前便已發生的文明崩毀壞滅恐怖之景,她們像卡珊德拉無厘頭地想抓住最脆弱的依傍支撐,但他總無法預先從她們的譫妄囈語中聽出端倪。

初戀女孩突然說:「啊,忘了時間,不行了,我們得走了。」像華服盛裝觀賞歌劇的仕女突然發現自己禮服背後被鈎破一道裂口,急著在燈亮前匆匆離場。姊妹倆突兀地拉開椅子站起來。圖尼克想:啊,她還是發現我的分神。他說:「但是我要怎麼樣能再見到妳?」但女孩像受驚的貓,眼神閃爍,只對著她妹妹說:「糟了,沒想到這麼晚了。」兩人向圖尼克輕輕頷首,便匆匆離去。

仙杜瑞拉。玻璃舞鞋。圖尼克想:又一個俗濫的羅曼史情節。整個咖啡屋只剩下他和那鄰桌老人,被即使在室內也能感受,冰冷黑暗的夜色包圍。

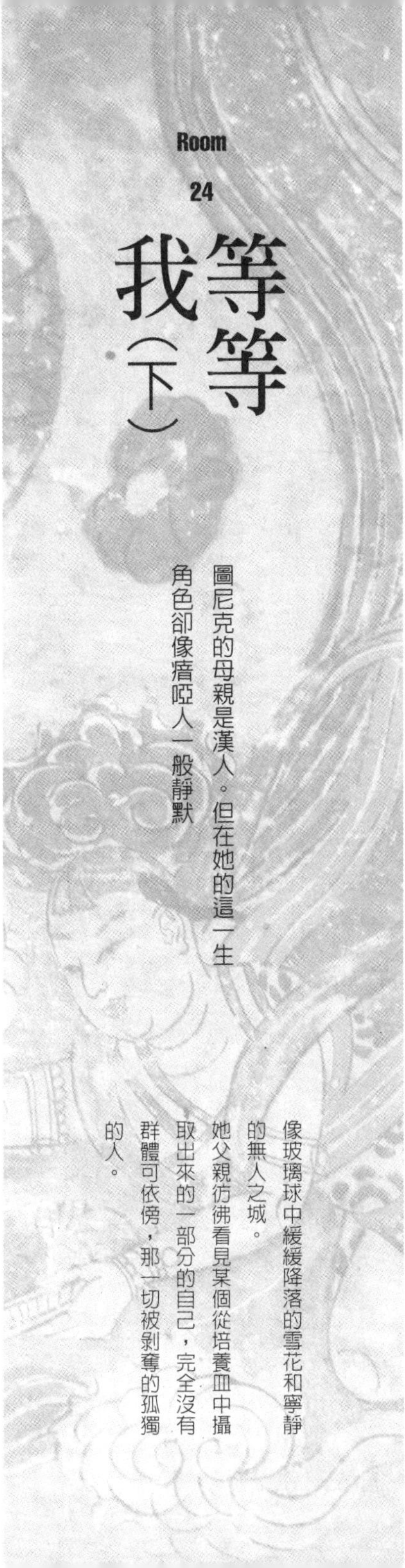

Room 24

等等我（下）

圖尼克的母親是漢人。但在她的這一生
角色卻像瘖啞人一般靜默

像玻璃球中緩緩降落的雪花和寧靜
的無人之城。
她父親彷彿看見某個從培養皿中攝
取出來的一部分的自己，完全沒有
群體可依傍，那一切被剝奪的孤獨
的人。

圖尼克的母親是漢人。但在這個故事裡，哦，不，是在她的這一生，她的角色像瘖啞人一般靜默。因爲她的身世在那柔腸寸斷卻又縫補綴接的不同家族間漂流移換，確實很像那些縱貫線的大火車站碎石礫堆中錯織混編的鋼軌鐵道，像撒鍋前的整把麵條，似乎除了最初設計之工程師理解這些從不同處遠方蔓走而來在此混編使火車機關車頭可以跳離原本直線而滑移至另一直線，所有人皆看得一頭霧水。在某個超出她理解的歷史壓縮時空，她像在這樣換軌之彎弧鐵軌渠網間行駛的某列火車，近距離從窗口丟包，再丟到另一列火車，再丟，再丟，突然列車們像從夢中驚醒，各自離開那擠成一團的換軌網，回到原本孤獨、筆直的家族時間。只有她，不知在那樣拋來拋去的某一瞬出了差錯，她被甩出了她本該安插其中的漢人列車（其中任何一輛都好），突梯古怪地被扔在圖尼克父親這個愣站在月台的胡人的懷裡。

圖尼克母親的生父那邊是台中大甲的大姓家族，他該稱之爲外公的那個男人留學東京，回台後在日本人的水利局上班，在地方仕紳中屬於新銳菁英。日本戰敗，陳儀的長官公署和進駐台灣的國民黨部隊接收失敗，之後爆發了二二八。或因事件中台中地區有謝雪紅與市民大會、管理委員會的密切牽連，且之後謝的二七部隊在埔里野戰曾予正規軍的二十一師先遣部隊重創，這使得隨後在中台灣之「綏靖」與「清鄉」，逮捕、處決地方仕紳、醫師、校長的恐怖鎮壓，規模較他地慘烈許多。

圖尼克的外公在那種大逮捕的肅殺氣氛中，一種擔憂家族滅絕的恐懼本能使他開始「丟包」。他有兩個妻子，大房這邊跟他姓吳，二房則從母姓姓廖。圖的母親爲二房這邊的么女，便在混亂中被交託給外公水利局一位私交甚篤的同事。這位同事姓李，也在地方仕紳被搜捕、被軍隊帶走即不再回來的風聲鶴唳中，舉家北遷台北板橋，圖尼克的母親便以童養媳的身分變成這養父母家的一分子。

她記得……那個原本等著她靜靜長大就要婚配的大哥，他們之間幾乎沒有交談過，這位未來的丈夫約在高中畢業之前，便因肺炎而病逝。圖的母親這時已是少女，小學畢業後便大門不出在家學女紅，她待在這家裡的身分變得有些異樣，好像光度稀薄一些，她像其他那些弟妹們死去大哥的未亡人。但這短暫的角色騷亂約在喪禮後一兩個月即進入另一個安靜的默契。她被移轉成這一家人二兒子的童養媳。這原該是她弟弟現在變成未婚夫的男孩比她小五歲。

至於，至於在台中生父那邊的家族，圖尼克的外祖父在順利將這個小女兒「丟包」之後，並沒有被捲進之後的白色恐怖，以這個家族大房日後在海線政經實力的盤固，可見他在那四九年潰撤來台充滿「滲透與汙染」恐共強迫症的國民黨軍情特務系統們在地方掀開每一片魚鱗挑吸血蟲，靜默瘋狂的那幾年，非常柔軟聰明且僥倖地躲開被「老頭子」噩夢裡妖魔幻影黏附且設定誅殺的風暴。但幾年後他卻死於一場痢疾。

這個大家長病逝之後，大房（姓吳的）與二房（從母姓廖的）之間可能經歷了一場實力懸殊且年代久遠故難以考證的慘烈鬥爭，因為許多年後兩房同父異母兄弟已形同陌路，第二代互不相識，老一輩當年經歷過那同血緣卻不留情毀滅對方之慘劇的，不是不在人世，便是三緘其口，所以圖尼克並無從重新描繪那異姓兄弟間如海市蜃樓霧中風景的自相殘殺場面。事實上圖的母親是到了十六歲她的親生二哥第一次循線找到板橋養父母家，她才恍然大悟為何全家兄弟姊妹都姓李，只有她一人姓廖。或是，她作為女兒在這家中被養大，為何總像活在一有一天要被剝去的新娘衣裳裡。總之，那場奪嫡，不，奪家產「百日之變」，最終以二房長子（也就是圖尼克母親的親生大哥）率領二房從寡母以降，舉家遷至台東。這在民國四十幾年的台灣，是像〈出埃及記〉或美國西部片到蠻荒之地開墾一般悲壯絕望。且從此他們成為與父系完全無關之冠母姓一族。

這位長子（圖尼克的親生大舅）到了台東很奇幻地跨海去當了綠島的鄉長。這一段歷史圖尼克描述起來也是撲朔迷離，感覺上這位冒險家像被什麼魅幻之物吸引，不斷朝遠離文明之邊陲而去。從台灣西部繁華邑阜毅然決然帶領這廖姓一房遷至人煙稀薄，當時尚無兩層樓以上房舍的台東小鎮，這還不夠，他還繼續找人弄船，往肉眼可見的那座海上霧影之島繼續溶進那讓自己愈來愈透明模糊的邊境。

大舅在率領這一支被棄偏房之族東遷的「軌道偏離」家族史任務完成後，便莫名其妙掉進他們父親生前恐懼不已卻終沒成眞的噩夢。他和當時台東市一掛在地財主協商一個資金規模頗大、技術引進極機密的在綠島養殖蘭花計畫，在某個環節談判破裂，對方便向警方糾舉誣告他是共產黨。在一個我們現在難以理解的那個年代卓別林式的荒謬、古怪、機械故障的逮捕、偵訊、刑求、情治人員衝業績的公文定讞之後，圖尼克的大舅竟然被判以匪諜罪而槍斃。

圖尼克的二舅日後眞的變成一個共產黨員，但那時他還不是。這位二舅師範學校畢業並通過中學教員檢定考之後，恰成爲圖尼克父親遠離台北跑去台東任教那所小漁村國中的同事。這位二舅是圖尼克聽他父親口中一生唯一充滿敬意羨慕之情稱讚之人。你二舅是天才。這個傳奇親人據說會八國語言。就是在這個時候，這位二哥想起那位父親生前當作家族之大船將沉而投入茫茫怒海中之救生艇或瓶中信的，那個小妹。

爲什麼是她而不是自己或那個在髒汙監獄被槍斃的大哥？他們的父親是否在他們完全無知的狀況下，早已啓動了他們（二房）這一家脫離主要鐵軌幹道而駛向滅亡的機制？一個瘋狂的人種學實驗？他讓他其中一支子裔，成爲和執政者馴順合作、權力資源勾掛的地方家族勢力；卻讓另外一支子裔，具備思索人類正義公理靈魂之神鬼戰士，哦，不，對不起，是地下共產黨員。但又將無家族記憶的這個女兒，當作偷渡他和他們廖姓母親結合之基因模型容器，抛向未可知的陌生之境？

圖尼克的母親回憶起她二哥跑到板橋養父母家來找她那個午後，天正下著滂沱大雨，簷下水杜垂墜著像一柄一柄銀色的槍槊。她聽見這個未曾謀面的外鄉年輕男子和父親操著相同口音，雙方都壓低聲音但可聽出各自極憤怒地爭辯著。她隱約聽見那年輕人對著父親說，你們沒有資格讓她將來變無主孤魂，連自己的親人在這世上哪個所在攏不知；父親咆哮說我是伊老爸她是伊老母，她將來是要進我們李家祖祠的，什麼無主孤魂？她的家人全在這幢房子裡。而那年輕人竟對父親陰沉沉說了一句：你這樣對得起我父親嗎？

第二天圖尼克母親帶著花包袱，跟著這位憑空冒出的哥哥，搭了一整天公路局（她感覺那漫長無盡頭的路程像那車子不斷在打陀螺，不斷天旋地轉，浸在強光下的樹影像列隊包圍他們的幽靈一直在車窗外繞圈圈）往台東去「看妳的家人」（她記得出門前她養母流著眼淚用一種冰冷、煩躁但亦是她們之間從未曾有的依戀情感，抓著她的手對她說）。二舅對他們保證，只要回台東讓他母親、其他兄姊們大家看看這位多年失去聯絡的小妹，至多兩個禮拜就帶她回來了。

那兩個禮拜，也許後來更長，一個月，或是兩個月，圖尼克的母親住在她二哥那棟蓋在學校後面的教職員宿舍。在圖尼克父親和二舅寡言故構圖元素稀薄的回憶裡，那是一所小漁港裡的國中，圖尼克三歲以前的記憶，亦是包括岸邊挨擠的破爛小漁船、黑油覆蓋的彩色海面上漂著一些滑稽笑臉的翻車魚或幼鯊不全浮屍、輪胎或是繩網纏絞在一起的浮球，岸上一戶戶像公墓那樣小小的磚造矮房，牆上、溝邊、門階全曬著灰黃色的柴魚，那使得空氣中永遠充滿一種屍體內臟腐敗的強烈腥臭味……這一切，全絕望地浸在那沸白滾燙的烈日強光裡，所有的人、魚、狗、任何移動的東西，體內包括靈魂在內所有可能流動的，全被蒸乾殆盡所以以乾枯緩慢的形式困在那畫框限住的小世界。

但圖尼克的母親卻回憶當時那宿舍後面即是一條鐵道通過，也許是林班運送木材的窄軌鐵道。但那是不可能的。圖尼克後來翻查了最專業的台灣鐵道迷關於各地廢礦、金礦區、林業鐵道、軍事鐵道的書籍，皆沒有任何記載有這樣一條鐵軌經過他父母初次邂逅的那個台東小漁村。

鐵道每隔一兩小時便像一個忍不住哼著歌撒尿的男孩那樣，發出哐噹、哐噹、哐噹既歡樂卻又像嗚咽的好聽脆響。那是整排小鐵輪如骨節突出的手指在愛撫琴鍵般輪番軋壓鐵軌接縫處鉚釘的顫音。那讓一個從小被送至一家異姓之人中困惑靜默長大的少女，彷彿腔體、骨骼、年輕如剛刷漆的提琴音箱的子宮、鮮少使用發聲的喉頭，皆被搖晃輕敲地共鳴著。她並無能理解那造成她寄生家庭養父母如在稠膠中生活，用眼神臉色表情達意而寡言罕語的緘默習慣，是因畏懼可能賈禍背後那難以言喻的戒嚴與肅殺。那造成她被生父「丟包」到養父母家，且養父母一家舉族從台中遷移到台北的「當心！匪諜就在你身邊」噩夢。只有一個聲音輕快歡唱：自由眞好！眞好，哐噹，哐噹，自由眞好，哐噹哐噹……

那兩個禮拜，或那兩個月，圖尼克的年輕母親和比較不那麼年輕的父親，如何在那憑空而降的「二哥」的單身宿舍裡相遇，看對眼，一見鍾情或私訂終身，這兩個終其一生皆沉默如鐵的人，很難讓人重建當時的現場。當然圖尼克的父親恰是母親那二哥宿舍隔壁的室友。也許他們會在天黑後各自點菸聽著電台收音機裡匪區電台的廣播節目。也許他們眞的是年輕激情的馬克思信徒。他們是這孤島一隅小漁村唯二的祕密組織成員？也許經過一種奇怪的差異比對，圖尼克母親靠著這從天而降二哥身上的某些冒險瘋狂氣質，確定了自己和養父母那一家拘謹閉俗男女老少絕非血親。但卻在這遙遠漁村的中學教員宿舍，在和口若懸河滔滔不絕的二哥相比永遠沉默寡言的這男人身上，看見了自己靈魂的倒影？圖尼克說，我很難加入讓他倆啓動感情的靈光一閃時刻：他母親端著一盆浸水的二哥的換洗衣褲，穿洋裝赤著腳踝走到陽台，將那些滴水的男人衣服披掛上晾衣竿時的連續動作？或是公用洗面槽旁，父親那柄從印度一路帶著的剃鬚刀刃上黏沾在白色泡沫上斑斑點點的黑色鬍渣？或是某個虛構的場景，他們恰好同時站在宿舍陽台，望著沒有夕陽驟然就被暗影侵奪的海面，二哥不在旁，年輕陌生的這一對男女正各自苦於找不到台詞禮貌地和對方說兩句話（圖尼克說：匪夷所思的是，我父親一輩子不會說也聽不懂台語，我母親則是不會說國語）。當他們被這如東海岸黑夜降臨逐漸擴大且漸深漸濃的絕望靜默困陷包圍時，在他們眼前，隔著斷垣磚牆的學校操場跑道，他們不約而同看見一奇怪的景觀：

一群孩子，圍著一架墜毀的直升機，從那猶冒著黑煙、尾部折斷、鋼骨扭曲像扭癟捲起的牙膏空管的一攤廢物中，拖出一具（他們的回憶皆不確定那飛行員死了沒）橘色螢光制服的身軀。那件事不知是眞實還是夢境，因爲接下來發生的場面讓他倆懷疑那不是一架直升機墜落現場，反而像港邊擱淺一隻巨鯨，村民們奔相走告帶著砍刀斧鋸，用竹梯架在那落難神靈身上，各自切割牠身上的新鮮生肉。那些孩子們將那橘色身軀（究竟是一具屍體或是待作CPU急救的重度灼傷加粉碎性骨折之待急救者？）抬放至一旁跑道上，把他擺放成一大字。然後，印象中沒有一個大人，且所有小孩無人手持工具，他們便像覆滿甲蟲屍骸的螞蟻，在那逐漸暗下的光影中，把那架直升機殘骸一人拆解一部分，然後拖著離開，那樣像卓別林默劇地勤奮工作，巨大的鯨骸、象骸，或古老恐龍骨骸愈來愈小，不知過了幾小時之後，那偌大校園操場，空蕩蕩完全不見任何曾有物體墜落的零碎殘件，只剩下非常乖異的，那具仍保持大字形的身體變成的黑影，孤單地躺在那裡。

圖尼克說，或許就是那刻，語言不通的這對男女，手和手牽握在一起。

但事實並不是那樣的。圖尼克說。

圖尼克說，大約從我五、六歲有意識起，我父親即對我們兄弟執行著斯巴達式教育——那不是形容詞，而像是他曾經眞正翻書查資料按著最古典嚴謹的定義按表操課。每天，一天被切割成許多小單位，我的印象是每天都設計了許多「淬煉體格、靈魂、意志」的課程：跑步、搬石塊、糊水泥、交互蹲跳、練書法、一種不知他從哪學來的二十一點撲克算牌祕技——那時我以為全國的小朋友全是按著這種設計而艱辛的成長。事實上在這些切割的課程間，他頻繁地用暴力加諸我的身體：拳頭重擊、抽皮帶、木頭武士刀劈砍臀部、呼耳光，乃至那漫長時光他的身體在這種東凸西凹的劇痛中散潰成如深海中水母群的透明柔軟款款搖擺的非現實事物，但他內心最裡面卻聚成一堅硬的內核。像所有的受創者畸零人受虐兒在長大後，總想有一天抓著他們的父親問：那時候爲何要這樣對我？直到有一天（通常是國二國三的階段），他會在父親如夢遊預備揮拳擊打時，擺出拳擊防禦並隨時揮拳還擊的腳步、架式。「你試試看啊？」他父親會在幾十秒對峙的評估後，頹然放棄，永遠不再侵犯他的身體。

圖尼克說，如果當年我母親是因把父親當作天涯淪落同路人，而決定和他在一起，那她眞是大錯特錯。因爲在我父親眼中，除了他自己，其他所有人都是一注定交織連結的整體，我母親也包含在那群體之中。只有他自己是唯一那隻孤狼。

他從心底相信，他父親會選擇那個年輕女孩作爲自己傳宗接代之對象，是因爲，噢，他父親相信的優生學，噢，那個年代翻譯的《物種源始》，是的，達爾文先生。這個完全不會說國語甚至不識字的女孩，究竟哪些點符合這落單於孤島海隅的沙漠胡人的優生學標準呢？一、或許年輕的圖尼克母親，瘦則瘦矣，身體比例卻十分健康、結實，屬於不易生病的那種體格，二、他旁觀多日，這女孩非常勤奮，住在這男教員宿舍裡，幾乎不停地打掃、洗衣、煮三餐的給她二哥吃（後來他們皆邀請他一塊用餐）、縫紉。三、這女孩雖然因造化機運沒受教育，但根據遺傳學的道理，她的二哥那麼聰明，想必她擁有的智商基因也不會太差……如此這般。

這事不是那麼簡單的一件暴力。像玻璃球中緩緩降落的雪花和寧靜的無人之城。他看見躺在操場中央被洗劫一空只剩孤自一人的瀕死飛行員，彷彿看見某個被乳頭滴管從培養皿中攝取出來的一部分的自己。如何讓完全沒有一個群體依傍的孱弱的自己在他人的地盤像打不死的蟑螂，腦漿都被打爆了，內臟被踩得稀爛汪出汁液，四肢觸鬚還能抽動。那神祕的一刻他幾乎從黑暗中遠遠看見那一切被剝奪的孤獨的人，用粉碎性骨折的手肘把自己拗斷的頸椎像轉緊鬆脫螺絲那樣喀喇喀喇扶正，把斷裂的髖骨像替遠古人類化石一一排對位置，把脫窗的眼球放回眼眶，散在各處的肝臟、腸肚、胃和睪丸哆嗦捧著塞回那破漏的腹腔。他想起很多年前那隻藍眼睛白河馬近距離貼著他的臉溫柔對他說的話——雖然他弄混了牠說的是恰好相反的其中哪一版本？「你不可能獨自一人而活下去」或是「到頭來你只能靠獨自一人」。那一刻，並非基於愛，而是最深濃的恐懼。像體悟到只有繁衍後代才能對抗那無論他如何強悍總會在時光中被無法逆料之災難擊垮吞噬的事實，他伸出冰冷僵硬的爪指，求援地緊握住身旁這女人的手。

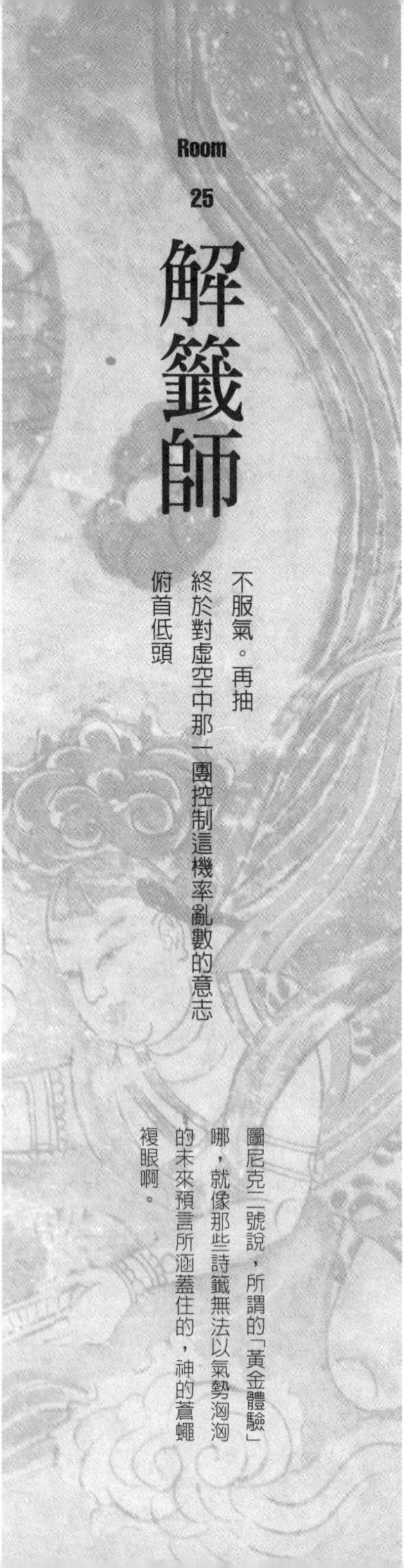

Room 25 解籤師

不服氣。再抽
終於對虛空中那一團控制這機率亂數的意志
俯首低頭

圖尼克二號說，所謂的「黃金體驗」
哪，就像那些詩籤無法以氣勢洶洶
的未來預言所涵蓋住的，神的蒼蠅
複眼啊。

第三七籤　李靖歸山

詩曰：

欲待身安動泰時　風中燈燭不相宜
不如收拾深堂坐　庶免光搖靜處明。

再抽。

第二籤　蘇秦不第

詩曰：

鯨魚未變守江河　不可昇騰更望高
異日崢嶸身變化　許君一躍跳龍門。

不服氣。再抽。

第一佰六十籤　薛剛踢死太子驚崩聖駕

詩曰：

月出光輝本清吉　浮雲總是蔽陰色
户内用心再作福　當官分理便有益。

再抽。

第一佰十六籤　李世民遊地府

不須作福不須求　用盡心機總未休
陽世不知陰世事　法官如爐不自由。

他嘆口氣。終於對虛空中那一團控制這機率亂數的意志俯首低頭。一問再問三問四問，口氣愈來愈壞，後來竟像是那個守籤守著上萬人世命運預言的神靈在發牢騷了。陽世不知陰世事。莫再問了。一句謎底，你不懂嚒？

時候未到。

圖尼克二號說他的父親後來變成一間小廟裡的解籤師。雷雨師一百籤。六十甲子籤。觀音一百籤。觀音廿四籤。觀音廿八籤。東京淺草觀音寺一百籤。有一次他去那日光燈管下繚繞著一綑一綑白煙的籤櫃小間找他父親，聽到他父親正在對著一位婦人描述著籤詩的神妙：

「MSN聽過嘸？這就是阮和天上神明的MSN啦，天上觀音有上千萬個童子做伊的分身，祂們用天眼看著我們一世人分分秒秒的運勢，那就像現在的少年郎歸工盯著電腦螢幕同款。汝想看嘍，每天有這麼多的香客在對祂們祈禱，他們那麼虔誠地搖著籤筒，嘩啦嘩啦，嘩啦嘩啦，上百支籤吔。一分一秒攏不能出錯，就是要掉出對的那一支，擱還不是那個人那一生的命，是彼時彼刻伊心內懸掛在意的事：愛情成不成？姻緣有還是無？阮叨媳婦會不會有身孕？痼疾會不會好？汝想嘛，那若是一台電腦，該有幾千幾百萬條線路？一點嘛差錯都袂當出……」

胡說八道。他在說的是德勒茲嗎？就像每個清晨在廟埕青苔磚上胡比亂舞一種自創的「蛤蟆拳」，居然有一群老頭信以爲眞，跟在後頭學那可能第二十招以後連他父親自己也記不牢形勢而得即興亂編的「蟾蜍吞月」、「癩蛤蟆想吃天鵝肉」……

圖尼克二號說：也許最後總要變成這樣用家族遺傳或命運詛咒的方式講故事，百年孤寂，一系列變奏的基因組曲，像一條神祕河流，被某顆崩石或雷擊之木斷阻了河道，他祖父，他父親，還有他，便把他們生命裡那種豐沛野性的河流，逆勢攀上，或滲成水窪，或展開成微血管網絡的小細流，蜿蜒在根本不能走水的泥灘上。他們的前半生總是稱頭風光，突然就偏離了生命的河道，在人們的眼前消失。你以爲他們從此就掛了，他們卻有辦法混跡在這個社會的底層，以他們神祕主義的才華，以一種天生流浪漢的慵懶氣質，完全變成另一種人……

他父親在上半生，是中部地區所有中小學裡福利社賣的文具的大盤商，他在巴黎讀書的時候，有一天接到電話，他父親被朋友倒了四千多萬，連夜「跑路」躲到台東。

他說他回台灣那年，曾回去那幢荒棄了兩年被查封的空屋。所有的燈管燈泡都燒掉了，可以想見他父親倉皇離家時，是在怎樣的一種複雜心境下把全部的燈都點亮著。

他在那滿地碎玻璃的空屋裡待了一整下午，不可思議地看著地板水漥上浮著一層色彩斑爛的油膜，以及在那其中上百隻歡欣扭動身軀的孑孓。離開時他帶走他爺爺房間兩件物事充當紀念品：一只相當沉手的檜木文書櫃，還有一只現在可算是骨董的，旅行用的鬧鐘。

圖尼克二號說：我爺爺晚年幾乎是瘋了。他會把任何他盤據的空間變成一個，讓闖入者以爲自己置身於一「多重影分身幻術」的超現實界面。他曾在我家浴缸裡養了上百隻烏龜。我少年時光對黑夜的恐懼竟是那闃靜中尖銳清晰的，那上百隻冷血怪物挪身時用牠們的硬殼互相敲碰的喀喀聲響……

那種當年在嘉義南門圓環賣的，一只兩、三百塊的德國製鬧鐘也是，他的房裡疊了上百個，亮黃色鑲面、粗黑體數字，闔起是一個盒子的冰冷機械，他爺爺是活在一幅達利的畫裡嗎？當那些發條全旋緊的時候？

他拿走的那一只鐘跟了他幾年（對了，當時那空屋的那房間只剩下那一只了），從他拿回住處時便發現是壞的。

直到一兩個月前，那時他已從嘉義搬到高雄，有一天早晨他逛到一處清晨跳蚤市場，在一間小店看到一個清癯枯瘦、戴著一只獨眼精密放大鏡、長得像卡卡西老師的鐘錶修理師傅，他心念一動，第二天清晨拿著那只怪鐘去原處找，那師傅撥了一下簧心，說一個禮拜後來拿，三百塊。

那一天他七點半便在那些堆著爛皮箱爛木頭茶几舊唱片老人呢帽老花眼鏡的跳蚤市場裡踅繞，他的心裡浮躁不已，等到九點，幾乎所有的攤子的貨都鋪開了，那間鐘錶鋪才打開。

那個卡卡西一臉茫然，聽他描述著那只鐘的形貌細節，在一個皮袋裡撈翻許久，才找出那只他爺爺的鐘（許多個其中的一個）。

回到家，他把鐘放在桌上，發條上滿，那鐘非常有力，像一顆心臟卜篤卜篤地響著。

兩個小時後，他母親打電話來，說：「阿公死了。」

原來我瘋了。圖尼克二號說，後來他多次在生命的某一時刻，感覺自己飄浮離開原來的地表、原來正在進行的時間，無比清晰地看見事情的全貌，像蒼蠅的複眼，他以爲他喪失記憶，其實是另一個他站在一個可以理解未來的穹頂俯瞰位置，迷惘中弄散了事物的順序。譬如說，他高三時曾有近一年的時間得了憂鬱症，他完全不記得自己在那一年內所有發生的事、平行視角所有遭遇的人。他常陷入迷迷糊糊的昏睡中，直到有一天，他在閣樓上午睡，睡得滿身大汗。那次他作了個夢，夢中是他父親騎著野狼機車，載著猶是少年的他，在嘉義市區的馬路上疾駛，夢中烈日曝曬，他正奇怪在這強光中爲何看不見任何——包括路邊芒果樹椰子樹，還有他和父親和機車——的影子，突然機車經過一間他們嘉義的城隍廟，那廟門朝著馬路大開，他在機車後座摟著他父親的腰，突然就機伶伶打了個冷顫。

夢裡他這麼想：原來我已經死了。抱著他父親身體隨著機車避震器一顛一盪的這個少年身體，根本是具死屍。

後來他就醒了過來。那之後他的憂鬱症便莫名其妙地好了。

圖尼克說，就像那部日本漫畫：《JoJo 冒險野郎》。裡頭的黑道老大迪普羅，他的替身使者克里姆王，那無人能對抗無人能打敗的替身能力是可預測眼前空間人事物的未來動線，他可以在時間沼澤蛙跳至未來的某一時點，中間過程一律省略。這種可以削去時間，讓眾人如蠟像靜置而不覺的能力，在那時間之外的空間，只有他的克里姆王可以在其中自由遊走，像一幢空曠孤寂的殿堂。

他說他在這套漫畫中看見，老大口中說出這樣援引《聖經》的裝腔作勢的句子：

「我實實在在地告訴你們，你們將要看見天開了，神的使者上去下來在人子身上。」

「我們都是命運選擇出來的士兵。」

那樣的話語，像他爺爺在他身旁打著呼嚕，空氣裡瀰漫著老人特有之青草茶或痱子粉香味，突然有人自嗡嗡轟轟眾人顛倒迷離渾然不覺的上空，一字一句清晰地在他耳邊宣告。

圖尼克二號說：這個故事該從我爺爺的叛教開始說起。

圖尼克二號說：我爺爺本是「紅卍字會」的信徒，我小時候最早學會寫的六個字，便是臨摹他桌上一本《太乙北極眞經》的封皮。這是道教的一支，我們那個鄉大部分的老人都是拜這個「一玄眞宗三元始紀至聖先天老祖」，他們最愛傳頌的一件神蹟，便是一九二三年，老祖忽然降乩要各地紅卍字會屯買大批白米、衣物、醫藥，要他們裝船運往日本。大家莫名其妙，也只得遵旨奉行，等這批貨船到達日本後，幾乎同時，東京發生了史上傷亡最慘重的大地震，死傷遍野。於是這個「預知死亡紀事」的神通，自然震動中外媒體，讓許多日本人也加入了紅卍字會咯……

大約在他小學畢業那年，他爺爺鬱憤自己在「紅卐字會」的位置始終爬不上，升不高，也許是和會中老輩起了衝突，一怒改信了幾條街外的「眞耶穌教會」。據說這個教會是當年洪秀全一手創立之「拜上帝教」的嫡系，太平天國亡覆之後，這個教會避遷至台灣、南洋。當他爺爺一入教後，當天就把他媽在透天厝頂樓供奉的關公雕像丟掉，並以一種法西斯式的純潔熱情強迫全家人和家中傭人一起入教。

圖尼克二號說，他出生那年他奶奶中風一直在床上躺到他十七歲那年死去，葬禮當然是用基督教儀式，但他常迷惑，他奶奶的靈魂究竟會走去基督教的天國？或是道教的天界？那是一個極愛搞「聖靈降臨」的團體，他小時候被他爺爺牽去教會，裡頭的人全互相稱呼兄弟啊姊妹啊，眾人入座後，牧師便開始起乩，然後一屋子的人便像集體嗑藥一樣陷入一種上百人的歇斯底里。牧師在壇上用台語講道，底下有一個人用國語應答。

他爺爺總會像個虔敬的學生，從口袋掏出一本很小的筆記本，戴上老花眼鏡，用極小的字在上頭寫著：「民國幾年幾月幾號」、「聖經第幾章幾節」，他想伸過頭去看看寫些什麼，卻發現他幾乎總在寫完這兩行小字後，便關掉電源頭垂下開始ㄉㄨˋㄍㄨ。這時會有人輪流上去台前證道，輪到我爺爺時，他會像之前這段打瞌睡的時光完全不存在一般，精神奕奕地上台，說了一堆什麼我阿嬤從信教後，病全好了可以下床行走的神祕證道詞。

只有我知道：他全在說謊。

之後便是牧師帶領大家祈禱。我爺爺這時電源會完全打開，跟著周遭人一起發出哇啦哇啦的大喊。他們既像哭嚎，又像壞掉的發條玩偶。那就是「聖靈降臨」的時刻嘍。我那麼小的時候，便會在一旁偷看著我爺爺，心裡充滿恐懼和憤怒。我知道他沒有。他沒有聖靈降臨。我知道他在假裝。

主要是，在那場儀式裡，圖尼克二號說，我爺爺的葬禮，我無法清楚描述儀式的每一處細節，像高轉速播放的影片：加長型的凱迪拉克運靈車；基督教的習俗是人一死馬上火化，沒有頭七二七三七四七五七六七七七出殯誦經那些佛道教的玩意；我去看了我爺爺的遺體，他的頭枕在一片緞面白布中，整張臉的中心變成一個化妝師修補過度變得滑稽不已的鷹勾鼻，嘴凹陷消失在鼻翼和下巴之間，可能因爲假牙塞不進去，頭的一旁放著一只鼓起的信封，上面用麥克筆寫著「牙齒」兩個大字……在那個野狗如夢遊者四處遊走的火葬場，爺爺的棺木一推進去燒了，因爲沒有過火燒符或灑榕樹葉浸水這些民間驅除陰穢的小收尾動作，大家心裡都慌慌的。有一個二姑姑還建議大家，不要直接回去，先驅車去百貨公司，在各層樓逛逛走走，人多陽氣重，可以把身上帶的喪葬氣散一散……

圖尼克二號說，他帶了照相機，在火葬場，說：「大家拍個合照吧。」喪禮結束後的家族合照，一共拍了四張，那天的天光非常明亮，四張照片拍攝的間隔常在哄勸那嘰嘰呱呱的鬆散婦人們湊近一點看著鏡頭……照片沖出來之後，他發現一個古怪的傢伙，那是一個表姊幾年前嫁的一位警察，這四張照片，每一張裡的眾人頭總有人低頭或側臉跟旁邊人說話，連續比對細看下來像慢速特寫一團即將四散炸飛的鴉群。只有那個警察、那個表姊夫、那張霧白如死神的臉，從頭到尾動都沒動，完全四個像印花一樣相同的表情，他的臉成爲一個定位點。

那像是，他又重提那本漫畫，《JoJo冒險野郎》，其中一個男主角喬魯諾·喬巴拿的替身使者「黃金體驗」（Gold Experience）：那個能力是可以讓無生命的物體，轉化成任何生物或部分的器官活體。所以他可以在對戰中，瞬間將遭對手摧毀的器官、肢體甚至撕成四分五裂的肉體，用吸塵器、花盆、刀刃或炸毀的直升機殘骸變魔術轉換而修補黏貼上去。這種能力完全是機器人或人造人故事的逆轉，從前我們的故事是人死了只要留下大腦便可組裝成金屬軀殼晶片感官或線路神經的機器人。「黃金體驗」則是賦予無生物、礦石、植物以生命，卻讓本來即有生命的個體，加深、擴大、像鏡廊或蔓鬚延展其強烈的感官經驗。疼痛感、死亡之恐懼、孤獨、首身異地的絕望、愛的渴求……像吸毒者感覺整個宇宙的爆炸即發生在自己嘔吐的馬桶漩流中，像達利的夢境，像追憶似水年華……

圖尼克二號說，我就是在那場葬禮之後，發現自己具備了「黃金體驗」的能力（或詛咒）。

圖尼克二號說，他大學時曾遺棄一個女孩。那是一個透過那時流行的「筆友遊戲」（在沒有網路的年代，許多紙質粗糙，封面保守、內容乏善可陳的小開本雜誌，後頁總附有一整欄一整欄的徵友啓事：姓名、地址、年齡、興趣、專長）結交的南部女生，他說他在陽明山潮濕狹仄的出租宿舍裡，也許只爲了對抗那險險將自己吞噬的孤寂，像眼前長滿壁癌的牆面一樣空洞的青春，還有可憎的，他白日到學校無論如何皆打不進人群的怪脾氣，他每天寫一封像複葉森林塞滿囈語、心理分析、壓抑的欲望和熱情、混亂的悲觀詩句……那樣的長信給那女孩。他說他每天寫完那樣一封信，一天的精力就全燒光了。如此持續了三、四個月。那女孩偶爾回一封信，總是讓他失望的寥寥幾句，內容不痛不癢。他那時並不理解其實那女孩根本不知如何回應他的那些艱澀、激烈、充滿靈魂高速運轉燒焦氣味的情書。她有些擔憂又虛榮地等著他每天的來信。有一次他約那女孩上台北，帶她上山到他的宿舍房間（「我就是在這個陰暗潮濕的小房間裡寫那些信給妳。」），並且笨拙地強吻了她。女孩回去後，來了一封信，仍是語意不清簡短幾句（她實在不擅長描述自己），大意是她覺得他們還不到那一層關係的時候，她並不了解他，她覺得他也不了解她……

年輕時的圖尼克二號決絕地把這段感情（或瘋狂寫信這件事）切掉，像從一場高燒熱病中痊癒，他恢復了一個大學生該有的生活，重回教室上課，積極準備轉學考。女孩零星來了幾次信，他拆都沒拆就扔進字紙簍。後來他甚至「眞正地」交了一個正常定義的女友……

一年之後，他收到一大疊筆記本，是那女孩，每天一篇，寫了一整年的日記，內容全環繞著「他爲何會將她遺棄」這件事，分析、疑惑、自問自答、笨拙而努力地描述自己是怎樣一個女孩……事情倒轉過來了。他心裡浮過這個想法，像拙劣的模仿，女孩用他從前寫給她那些情書的語氣腔調，密密麻麻地寫了一整本日記。

第二年，他又收到那樣一大疊筆記，一整年，每天至少一千字，密覆迴繞著「那件事」。日記裡的他從第二人稱變成第三人稱。加入了各種虛構的人物和猜臆的情節。「他爲什麼會把我切掉？」似乎從時間按停的零點，自顧自長出完全不同版本的故事……

第三年、第四年……他都在生日那天收到一份這樣的像年鑑報告的厚厚日記，故事的版本已變成她爲了另一個男孩將他遺棄的懺情自白。

「她瘋了。」他想。

那時他已不知換過第幾個女友。第五年，這個「寄日記」的行動停止了，女孩才正式離開他的人生。

圖尼克二號說，我對你回憶那段時光，並不是……並不是像那些傢伙充滿追逝感傷口吻地炫耀年輕時某一段淫蕩狂歡的荒唐歲月。像昆德拉筆下的「奧運體操時期」那樣無聲、詩意的肉體森林性冒險。而如今卻像海獅，慢速、忠實，無有好奇心地守候在現在的妻子或小女朋友身旁。這些故事通常會附贈一個曾被負棄、傷害的、面容枯萎的昔日女孩圖像。不，我只是想從一口乾枯的井裡，懸縋繩桶下去，從那個無有感性能力，無有同情心，因之也恍惚如爬蟲類無有記憶，像活在一張幻燈片的霧中風景裡的那段時光。

那時，他常常騎著機車在馬路上，瞪著前方的小貨車尾巴，想或許就這樣催油加速撞上去死了算了。他每週皆坐火車下中壢去和一位女精神醫師會談。他被診斷爲中度憂鬱症，像那些病歷報告上寫的：能量過低且長期疲倦；失眠或睡眠過多或昏昏欲睡；社會孤立；注意力、記憶力和思考能力渙散瓦解；體重降低；失去對所有活動的興趣和樂趣；針對自我的憤怒和譴責……所有的病徵都具備噢，簡直像一具供精神醫學科實習醫生們準備會考而全身貼滿提示小標籤的活體標本。

世界的光度被調暗了，他甚至懷疑是否有人在他不知覺的狀況下，把他腦前額葉某一小塊腦質給切除了。那個女醫師要他每天記錄三件自己覺得最不愉快的事，然後再就這三件事各自提出一段（強迫自己去想）較正面的想法……

他無法記起自己在那段時光，每天寫給那女孩的那些信的內容，是否就像個機器人的日誌，每一封信先列下三件今天讓我不開心的事……然後再自說自話對這三件事進行分析闡述？

克里姆王說，除了我之外的所有時間，都飛逝吧!!在那個近乎瑜伽的神祕靜觀時刻，只有他可以在慢速中預測到所有人在未來的運動軌跡。所有將會發生的事對他而言都是已發生過了。他說：「眞實的頂點，就在我的能力中！」

但是「黃金體驗鎮魂曲」卻將之放逐在時間之外的，永遠的漂泊流浪。他對克里姆王說：

「你已經哪裡都去不得了……而且……你絕對永遠無法達到『眞實』。」

像那些傳說中自殺者的鬼魂，永遠被禁錮在死亡一刻的無數次重播。在那夢中之夢的恐怖顚倒世界裡，他一次又一次的死去，一次又一次感受到內臟爆裂、肌肉被冰冷割開、骨頭折斷、血漿滴流的劇烈痛楚。但時間鐘面上的秒針始終顫抖著未往下一格跳。在那時間的無重力世界裡，他像迷失在一條掛滿超現實畫的走廊，或是走進以死亡爲魔術的馬戲團，在他的那一瞬感受裡，他得永劫回歸地體驗著人類亙古以來，各式各樣的死法：磔刑、上吊、凌遲、火燒、在河畔下水道被不良少年刺死。在醫院急診室被手術刀切開解剖，被車輪輾斃，在恐懼中活活被拳頭打死，中毒時喉頭灼燒緊束，溺斃前肺囊裡漲滿汙水爆炸而噴出鼻血的那一刻……像反覆重奏的賦格曲，他「永遠無法達到眞實」，甚至永遠無法讓時間推進一格，眞正的死去（把那無間地獄般的痛苦結束吧）。

圖尼克二號說，另一個關於他年輕時傷害過的女孩的故事：那時他初到法國，語言不通，住在巴黎郊區一個小鎭，之前在台灣的一切恍如煙雲幻夢：女友、工作、家人、租在台北某一條街道巷弄裡的宿舍和那房東老太太（圖尼克二號說，他出國前一天，才匆匆忙忙到那宿舍將所有的書、衣服、棉被裝箱打包，託運回南部老家，老太太送他出來，在陽光燦爛的馬路邊，用北方口音說：「某先生，我們這輩子，不會再見面了。」）……他心裡充滿被拋擲到極遠異鄉的孤寂、恐懼、自憐，和一種說不清楚的、年輕小獸被丟進水池，泅回岸上，將一身濕毛上水珠甩灑的自由歡快。

圖尼克二號是個擅說故事之人。有時圖尼克以爲他在說一個色情故事（我很習於聆聽同輩友人訴說他們無法讓身邊人知道，卻像長程轟炸機懸掛於機腹、無法拋卸，「發生在當年」，一段光怪陸離、充滿眷念懷想的色情故事），但之後的談話氣氛會不知不覺被他帶引至一懺情追憶，逝去年代的物件、街道、光影、周邊人等，以及那個被傷害而臉孔塗上炭筆陰影線條的女孩，全像在外太空流浪的小隕石群和宇宙垃圾，被他敘述時的封閉於「現在時刻」的太空艙之重力吸引，從四面八方飄浮，包圍而來……

圖尼克二號說，女孩極美，也是從台灣赴法，但只是在那讀語言學校。那個年代有一些這樣的女孩，遠赴歐洲遊學，從一開始便不打算拿學位。一開始也沒作好語言準備，只是爲了，「生活在他方」；爲了逃避小島原來沉悶，無有變化可能的家族角色；或是爲了治癒一段傷痛的愛情……但是她們到了異國，卻又拋卻不了從那島國養成了保守、缺乏好奇之性格，生活的動線單純地縮限在出租公寓和語言學校之間，朋友圈也賴在那四、五個同樣是台灣去的女孩，沒有交往法國朋友，所以語言的進步極慢。性生活也像教會學校女中學生一般保持在零度……

圖尼克二號說，啊，那女孩眞的很美，像……像麗芙泰勒，穿著牛仔褲的麗芙泰勒。一開始，是他報名參加一個干邑小鎭酒窖參觀團，女孩和另一個高個兒女孩挨在一起，試喝時拿著酒杯吃吃傻笑低聲竊語，那時他就想把她了。在那些粗壯肥大的美國觀光客和法國歐吉桑之間，一個身軀、臉孔皆纖細柔美的台灣尤物！他抓了個空檔湊過去，裝腔作勢地用法文問她們從哪來的，女孩們也緊張又拼湊地用法文回答（圖尼克二號說：「雙方的法文都非常破。」），沒兩三下，便露餡乾脆用國語哈啦起來……

他邀請她們一道去書上介紹的餐廳「品嘗法式美食」（「非常貴！我忍痛刷老爸的信用

卡。」），大約兩、三次之後，他（其實也許是她）便技巧地將那作陪的高個女孩摒除在外了。圖尼克二號說，如今回想起來，即使在我和她單獨約會吃著那些昂貴美食的時光，我也完全不記得我們之間到底聊了些什麼。在她的眼中，我或許是一個家境尚可、正在攻讀博士的上進青年，但是我根本處在一個「精蟲灌腦」的著魔狀態。女孩關心的事物，她談論事情的方式，說實話皆讓我焦躁不已。那眞是乏味到極點。但我仍舊是儘量擺出一副優雅且對所有話題深感興趣的模樣（「天哪，我在那個畫面裡，眞像個惡魔。」）。

女孩第一次約他去她的賃租公寓時，有一個情景令他印象深刻，當他依約走進她房間時，女孩躺在床上像欲罷不能地讀一本書。她說：「你等我一下，我看完這段。」（是什麼書呢？羅曼史？武俠小說？少女漫畫？）然後女孩起身，在一旁的炊具開始料理晚餐，他便坐在那張雙人床上看著女孩美麗的側臉，以及她將長髮挽成髻那露出的耳垂和後頸（圖尼克二號說：「像雷諾瓦畫裡的少女。」）。他順手翻起攤開在床上的那本書。「哦，妳在看書啊？」女孩不當一回事地說：「是啊，我無聊的時候喜歡讀點書。」什麼書呢？他一看：是卡夫卡的《城堡》。圖尼克二號說，他當時差點抱著肚子大笑（「那和她平時談話的內容，和她牆邊書架上少得可憐的一些烹飪書或仕女雜誌，都……都太不搭軋了。」）。女孩一定聽到他按門鈴時，匆忙把燈調暗，抓起那本不管是特意去買或向女伴借來的卡夫卡，翻跳上床，假裝入迷地看著……

那時，他便從心底知道這女孩他上定了。

事實上，對於那一個黃昏的記憶，他奇異地停留在女孩專注用一把菜刀切著芹菜的「恰，恰，恰，」的脆響（那頓晚餐，有一道菜，便是在那異國極難買到、吃到的台灣風味「沙茶芹菜炒透抽」)。後來他在餐桌旁抱住女孩，手探進她的牛仔褲間縫，在那女孩柔軟的小腹和絲滑的內褲間，突然像被截斷的、傷害的預兆，摸到了一叢觸感突兀的，粗硬的陰毛。

另一次，是在他的車上(他在法國買了一輛破爛二手車)，女孩突然訴說起她在台灣的一段感情。或許是他仍處在一被她華麗容貌迷惑，乃至喑啞、無法集中意識聽她的內容，或許是女孩抽抽噎噎口齒不清，他竟然記不得她說的所有內容。似乎是她在台灣時，有一個交往多年的男友，那似乎是個小開，因為記憶中似乎她曾描述陪那男友去高級俱樂部打高爾夫球之印象。而她和那男友始終沒越過肉體關係的最後防線(她是在表明自己是個乖女孩?)。但後來男友劈腿了，兩人談判之後，男友允諾兩人儘快結婚，交換的條件是她答應「給他」(天哪!多蠢的情節)，結果那個傢伙上了她之後，仍繼續劈腿，且慢慢疏遠她，更別提那水中倒影的婚事了……

(圖尼克二號說:「我那時完全不懂，她這番告白，竟就是日後我同樣重複之於她身上的，一個預言。」)

那個往事對女孩的傷害似乎很深。她在車上斷斷續續哭了半個小時，這過程他不知該說些什麼或做些什麼，他想不出停止她這樣哭泣的方法，而她也像上癮了那樣哭著，後來他提議帶她回住處，一進了房，女孩躺在那張雙人床上，仍是專注於傷害往事地哭泣，圖尼克二號說:那是一種極純淨形式的哭泣，幾乎已沒有精神層面的東西，而像是停不下來的打嗝或咀嚼東西。女孩就這樣又哭了四、五個小時。

「四、五個小時?」圖尼克匪夷所思地大喊:「那這四、五個小時你在做什麼?」

圖尼克二號說，你別罵我禽獸，我在那個像夢遊般的過程裡，一直想著如何把她的衣服剝光。事實上我也把她的襯衫鈕釦解開了，她也沒理會，我且把她的乳罩往上翻，然後著迷地啜吮著她那對隨著抽泣而優美顫動的乳蒂。她會在許久之後才發現，說：「你在做什麼?」把我推開，把乳罩調回，釦子扣上，然後繼續哭。我則在蟄伏了一會之後，再繼續一粒粒剝開她的鈕釦……

圖尼克被圖尼克二號描述的這個荒誕、滑稽又悲慘的畫面逗得哈哈大笑，說：「你這個禽獸。」

圖尼克二號說，不，眞正讓我難過的，是我後來確實成功地上了她，而也如她預言地遺棄了她。這幾天我想起那一幕，難過的是，是怎樣的傷害可以讓一個身體那樣不間歇地流淚並顫抖四、五個小時。而我竟在之後複製了一次那傷害。

圖尼克二號說，他對他爺爺的死亡只有一個心得：「總算死了。」

像貝托魯奇《末代皇帝》裡慈禧駕崩那一幕，太監探她的鼻息，無有哀慟與恐懼，只是確定慈禧眞的死了。這個權力老人終於被死神拔走了。他的心神整個盪下來。他記得他的外祖母在死亡前許久，變得像個小孩，連離開床都不想。他爺爺的死，卻以一種非形容上的痿縮或崩壞，反而像他父親籤詩櫃裡那些極簡、時光壓縮的濛曖詩句。他爺爺的死同時啓動了他某部分的死亡。

從那四張以那位表姊夫不動之臉爲定位點的照片開始，他的血裔親屬們，他的姑姑們、堂哥堂姊表哥表姊們、他祖父的女兒們和她們的兒女們，有兩個從台北趕下來奔喪的女兒，棺木前哭得近乎暈厥，那道教式的誇張演出，使他爺爺冷面笑匠般一手替自己安排的極簡基督教葬禮變得像載歌載舞的歌舞劇。感傷喜劇。《修女也瘋狂》之類的。

葬禮結束後，那個哭得暈厥的姑姑說：「十幾年前，阿爸有一份遺囑在阿兄那，說有一筆錢要留給我。」

圖尼克二號說，像普魯斯特的一個小說，男主角進入一個上流社會的酒宴，最後，見到一群人，發現他們都變形成怪物的模樣。鼻子上長了一個瘤，眼珠從眼眶暴突而出，或是嘴裂開至下頷可以看見喉嚨的深洞。但他們觥籌交錯，嗡嗡談笑，互相對彼此臉上的醜怪變貌視而不見。

他說他大學時曾想殺他爺爺。

他爺爺總愛對那些不在身邊的女兒們說，我有一塊地在哪裡，是將來要留給妳的。我有一份遺囑在妳阿兄那，裡頭有一筆錢，像他在那個洪秀全創立的教會裡全身痙攣的聖靈降臨。天國的允諾。他在還是個小男孩的時候就看穿他了。

有一天我死了以後啊……

那個二姑姑那次從台南開車上嘉義，家裡無男人，氣勢洶洶直入後廳，像Z頻道上那些穿螢光緊身衣頭戴面具作戲互毆的美國摔角選手，抓起他母親的頭髮就是一頓死揍。先用拳腳，之後打得興起還抄起一旁的雨傘……

他在台北接到電話，憤怒得在街道疾走。找到一個路邊公用電話亭（他記得把一枚銅幣塞進那投幣孔的手指尾勁），是他爺爺接的，他在一種高燒亢奮的情感下對著電話那頭的老人高聲痛罵著。街道上的行人的臉卻像在一幅黃金光輝而焚燒旋轉的油畫中靜止變黑。

他爺爺在電話中非常安靜。彷彿虔敬地聆聽他口中湧出的那些（聖靈降臨？）穢語和詛咒是《聖經》裡奧義且時間重複必將降臨的預言……

他隨意走進一家體育社買了一支球棒，搭國光號直下台南，那個二姑姑開的委託行（那一路上他腦袋不斷重播著將要發生的畫面：那個婦人的頭顱被他的球棒連續揮擊，打得粉紅色腦漿迸流，且眉眼鼻梁凹屈成像用手捏扁的可樂鋁罐）。但站在店門口，他們卻拉上鐵門，他在外頭氣盛大喊，且繞著那屋子的防火巷巡看黑魅魅的窗內。過了約一個鐘頭，才從店後面走出一個上身赤膊，一臉惶急的年輕男子。

奇怪是他那時亦不知如何對應這個無端冒出的陌生人，便讓他灰溜溜從身邊走過。

圖尼克二號說，所謂的「黃金體驗」哪，就像那些籤詩無法以氣勢洶洶的未來預言所涵蓋住的，神的蒼蠅複眼啊。因爲感受力像穿梭蜿蜒、四下纏繞的藤蔓植物，以強大的穿透意志，擊破那些界面窗框的玻璃，那些敏感且覆上薄薄一層鬚毛的葉片，像綠色的火燄，以肉眼可見的旋轉運動，舔食、呑噬、縛住、榨擠出「別人的禁忌房間」：別人的夢境、別人的恐懼、別人的恨意、別人的回憶、別人的痛或歡愛之瞬……

像他父親面對那一張一張籤詩時的胡說八道，那些遭逢困阨、慌急迷苦者的臉，他們等著幾句無有感性、無有細節的趨吉避凶的詩句。神的語言。月下追韓信。訪舊半爲鬼。孫悟空過火燄山死絕。

第五四籤　馬超追曹

夢中得寶醒來無　自謂南山只是鋤
若問婚姻並問病　別尋來路爲相扶。

（啥？這是啥？再抽！）

第一佰十三籤　三藏被紅孩兒燒

命中正逢羅孛關　用盡心機總未休
作福問神難得過　恰是行舟上高灘。

香煙氤氳中，克里姆王戴著寂寞的戲偶面具臉。模模糊糊。空空洞洞。像他爺爺在電話那頭的沉默。在那與死神對弈的時間祕戲中，即使他不斷換上不同神明的儀仗戲袍，仍難逃那暗影中嚴厲瘦削的神偶寡言的預示。

無喜無憂。淡出鳥味來。

一九八一年六月十一日，在巴黎的日本青年左川以誠，邀請二十五歲的荷蘭女同學哈特韋爾到他的寓所一起朗讀詩歌。當哈特韋爾在客廳大聲朗讀時，左川在背後向她開槍，並在姦屍後吃哈特韋爾的肉。

左川將已被剜去胸部、大腿肉、腹部及部分內臟的殘餘屍骸棄置於巴黎近郊的布隆森林時，被一對晨跑的老夫婦發現，旋即遭到逮捕，警方在他的租賃公寓廚房炊爐上發現一鍋人肉火鍋，並在冰箱裡找到已薄切成沙西米的生人肉片。左川承認已熟食生吃這位美麗少女的部分身體。但法國的法律在一絕對理性的邏輯下，無一法條可以就「食人肉」判處足以相匹之刑責。左川被認定有嚴重精神病，在精神病院被關四年後，法國當局因經費短絀，遂將他引渡回日本。左川一踏上日本領土，即因國內法無效力追究國民於海外之犯罪行為，立即重獲自由。那幾年間，這位食人魔成爲日本低俗綜藝節目上最受歡迎的諧星主持人和美麗的兔女郎們讓他表演吃人肉的虛擬場面，然後拿充氣大鎚子打他的頭，或在那假人肉裡加入大量芥末，讓他表現出被辛辣嗆得一臉痛苦的神情。

從電視畫面看去，那傢伙完全是個內向、表情呆滯、笨拙無幽默感之人。

他且在東京近郊買了一座大房子，院子裡蓋了一座縮小比例的艾菲爾鐵塔，上面蓋一個牌子，用法文寫著：「法蘭西肉販」。

圖尼克二號說：簡直就像把法國人當作他的肉品提供之牲畜。巴黎成了他的食肉天堂。

主要是，布隆森林，那個左川遺棄女孩殘骸的布隆森林。

圖尼克二號說，就是那個塞納河貫穿其中，河流在森林中央拉寬岸弧變成湖泊，湖中且有小島，一如莫內名畫《布隆森林的賽馬場》，或如普魯斯特從斯萬夫人家走出眼見那片像一萬匹雪鬃綠馬在歡騰蹭踢之瞬被仙術凝固，陽光一折射進這座變幻各種繁複色差的葉片迷宮，便困在其內；林間小路或有迷途野馬自眼前疾馳而過；或有巴嘉戴爾花園的玫瑰花季；或可在林間稀薄日光中，看見乳房和臂膀如凍奶酪的裸體婦人；或如那些Dior在森林外圍的高級訂製服發表會，在馬球俱樂部鮮衣怒冠、衣香鬢影像畫中人一樣幻美不實的高級名模、上流名媛們……那樣一座布隆森林。

圖尼克二號說，那樣一座森林，入夜後即是巴黎著名的人妖賣淫祕境。他在巴黎時，曾搭朋友的車慕名前往一睹那豔異又悲慘的「人妖森林」。其實那只是一條穿過夜間森林的公路，車前燈掃過時，一棵樹下站著一抹芳魂的高大女體便在那眾蛾撲飛的強光中，用手遮著藍玻璃眼球那樣浮現。她們總在風衣裡穿著螢光棉質的乳罩和內褲，有時則大衣掀開裡頭一絲不掛。她們低下那彩妝覆蓋不住男子的高顴和大臉，對著車窗裡的人說明不同程序的性服務及各自之價格。圖尼克二號說，那些價錢便宜到令人心碎。這些用賣肉錢根本不夠支付她們整形手術的大女孩們（有時還有毒品之開銷），往往談好價錢便上了陌生人的車，離開其他那些不同樹下的姊妹，離開那座森林。你不知道她們會遭遇到什麼樣的變態（殺人狂？虐待狂？憎恨人妖者？食人魔？），有時她們就這樣消失不見。

圖尼克二號說，巴黎禁娼。主要是，巴黎人的性社交十分成熟且通暢，通常需要花錢找妓女的，都有非常特殊之癖好或要求。娼妓在這樣高度進化、透明化的社會中，變成了一種往難度發展之「性特技專家」，他說巴黎站壁之私娼幾乎無面容姣好者，要麼是雙乳像飛船一般巨大，要麼是胖得身上好幾層肥肉，或是亞裔女孩。圖尼克二號曾和朋友逛去一間情趣商品專賣店，那簡直是一座占地約敦南誠品五、六倍大的豪華色情總部！各層樓品類繁錯讓人目不暇給的各種漂亮的性道具，簡直像在逛汽車零件百貨大賣場。還有像「誠品選書」那樣專櫃特價的熱門產品。

有一層樓，牆壁兩旁盡是一小間一小間垂著簾幕的「投幣A片觀賞亭」，像一整列的自動拍照大頭貼那樣的小隔間，每一間裡頭放了上千片可供挑選的A片。可怕的是他們分類的專業和理性。辦公室、醫院、同性戀、三P、多P、女教師、人獸戀……每一種皆只是一個大類型樹枝分杈上的選項類型。有一個歐巴桑便提著一桶清潔劑，用拖把來回拖那些無人的小間的地板（我心裡想，那拖把上可是裹滿了各種男人的精液呀）。

圖尼克二號說：有一種類型是違法的，卻悄悄在這些A片共和國裡流傳。它們的數量較少：即是，那幾年間，有一些從東歐、土耳其偷渡到法國的女孩，她們原可能打算由巴黎再設法渡海到英國，或進入美國。但她們往往在巴黎近郊便失蹤了。這件事引起歐洲國際間的重視，那些女孩到哪去了呢？事實上，那些女孩被跨國人口販子控制之後，非常魔幻地成爲某一支地下流傳之A片的「一次性」女主角。她們全裸被綁在攝影機前（通常被注射了迷幻藥而一臉茫然），一個戴面罩的劊子手上來，愛撫挑逗著她們的身體，然後當著鏡頭活生生殺了她們。這之後，像某種惡魔美學的展演，他把她的心臟、肝臟、腸子、子宮……一件件舉起，無比眷愛地親吻它們，再一一排列放好。

圖尼克二號原要說的是：法國這個國家的法律精神，完全建立在這樣近乎一台太空船龐大的電腦運算意象上，絕對理性之邏輯，每一件罪行皆有與其榫接嚴縫、相對應之懲罰刑條，絕少自由心證的模糊空間。但是「吃人肉」這件事完全超出了這樣理性邏輯的想像之外。他們不知道該怎麼判罰這樣「非人」的罪行。一如傅柯在《規訓與懲罰》中所說，那個謀刺君王的凶手達米安。大臣們驚惶恐懼，因爲他的罪，已超出了那個建築於「他所刺殺之君王」絕對王權與眞理的法律地表之外了。但不知爲何，他的敘事弄混了，像放涼的咖啡猶將奶油球的白稠汁倒入，攪拌成一杯花糊混濁的不能喝的什麼……。那些變成食材的荷蘭女孩的里脊肉、腿肉、蹄花和嘴邊肉、舌頭；那些注射廉價荷爾蒙所以原該性感妖嬈的胸脯和臀部全長出甲殼般的腫瘤，那些站在夜間森林一株株樹下的大男孩，她們發現那些裝在垃圾袋裡丟進森林的剁砍成碎塊的人骨，花容失色驚聲尖叫；那些錄影帶裡像賣生鮮果菜榨汁機的廣告，變成一粒粒茄子、紅蘿蔔、芹菜、柳橙、木瓜、酪梨……的如煙消逝的保加利亞匈牙利南斯拉夫土耳其女孩……

圖尼克二號說，於是哪，這就是我爺爺的死亡所贈送給我的「黃金體驗」啦。我被永遠、永遠地放逐出那些籤詩們串列成陣的，神的靜穆時光之外啦。他還記得他爺爺混在那群靜穆的枯槁老人身體中間，裝模作樣全身痙攣口吐白涎地「假裝」聖靈降臨。那群老人像神允諾了時間的永生卻忘了停止他們肉身持續壞毀萎縮的捏皺再捏皺的爛番茄脯，他們頭湊著頭，顫危危用少女那樣輕聲甜美的嗓音唸誦著一個半世紀前，洪秀全和他的天兵天將們在煉獄之火裡朗聲唸著的同樣的「聖經」（當然，這裡有粵語與台語的切換）。他這個不肖的後代，卻在一次又一次的原該不屬於他但最後照單全收的，整個世界的體驗中，如潮浪反覆將那周身疽爛血跡斑斑的鯨豚拍打上岸，任岩礁在牠周身劃下大小刀口，再溫柔地將之裹覆住，捲回海洋，他在每一次的潮浪翻弄中，淚光灼灼地感受到那些繁花簇放、刺繡針腳般的痛苦的類型：花剪剪斷手指、泥沙淤塞鼻竇、鐵鎚砸碎腿骨、鐵門拉下用球棒揮擊後腦的眼球脫眶而出的困惑、脾臟被男人的拳骨打爆、腸肚在利刃劃過後失去依托而垂流出來，遍布全身的痛神經還未關機他們便搗爛她們的臉孔、卸下她們的關節、剝下她們的筋肉……

他們的祖先在更早之前便知道了。他們說：「太平又見血花飛，五色章成裡外衣。洪水滔天苗不秀，中原曾見夢全非。」但是他爺爺和那群老人們完全和歷史脫節，他們以一種昆蟲口器囓啃腐木的嗡嗡嗚響，虔誠唸著斷簡殘章，與他們的遷移故事毫無關係的《舊遺詔聖書》，他們不知道一百五十年前，這本書的作者，在人的頭頂用硫磺「點天燈」，用馬匹從四面八方拖纏跑去把人的手足頸項活活扯斷，他在後宮淫殺虐待那些慘叫的天足女孩，他割下那些人的肉，抽他們的腸……。老人們不知這一切發生在他們這個島嶼外的故事，他們戰戰兢兢（偶爾偷瞄身旁人可否像自己一般入戲）如在夢中倒立行走：

有田同耕，有飯同食，有衣同穿，有錢同使，無處不均匀，無人不飽暖……

但是當圖尼克二號在那一團接一團白色棉花糖一般的祖先天國大夢中，持續地往另一個無底的夢境摔落時，他發現事情不僅僅是「一瞬間的疼痛」那麼簡單。事情弄顚倒過來了：並不是疼痛作爲變形的代價，而是，變形作爲疼痛的代價。他的嘴在無數次重複的哀嚎（因爲那實在太痛了）中變得像彈性疲乏的橡皮材質，長長地垂搭在胸前；他的眼珠像兩丸布滿血紅海草的章魚從兩個深海洞窟中鑽出；他的耳朵在一次又一次軟骨碎裂的重生中，慢速進化成一種密覆綠毛的角質；他的頭髮掉光，頭顱上方因曠日廢時的恐懼而朝中央皺縮成一肉瘤；他的皮膚既像泛紫的犀牛皮又像龜裂的古代河床；他的手指甲和腳趾甲像有人炫耀用小刀一次幫蘋果削皮不會斷掉那樣螺旋狀地懸掛著……最可怕的是，在這樣不斷快轉永遠只剪接死亡之瞬（像那些變態節目：《生死一瞬間》、《災難大現場》？剪接人被柵欄裡的黑熊以掌爪拖進去撕爛？或是飛機維修員被吸進噴射機引擎？或是機車特技演員在飛越第三十輛汽車時失足墜落爆炸？），竟然有一個奇怪的陌生人，像他一樣不受時間法則制約，像觀眾一樣站在他身旁好奇地觀察。

譬如說有一次，他和那上千具發白的屍體（那些眉心點硃砂、眼睫毛如許之長的，佛陀的孩子）隨著海嘯摧毀的爛木頭、輪胎、酒瓶、海灘摺椅、拖鞋和大批海鳥屍體一同被沖上發臭的沙灘。奄奄一息的時候，那個男人，和背景那些哭哭啼啼尋親人屍首的家屬形成一種立體與剪影的反差。他全身溶解在一種近乎慈悲的強光裡，低頭湊近他。那一刻他幾乎相信這一次自己終於可以不必再受這樣的永恆之刑了，終於可以眞正死去了。但他立刻想起，上一次，上上次，上上上次，在另一個死亡場景裡，他也是這身裝扮，同樣感性的腔調，一字不變的問題：

「告訴我，眞的很痛嗎？」

他想起來了，上一次是在他被一群荷槍軍人押著，用鐵絲穿過手掌，像毛蟹一樣和另一群鬼殍般的單薄人體串綁在一起，投入油彩斑斕的海港；另一次是在一堆劇震後崩毀而瀰漫瓦斯臭味的塌屋瓦礫底下。他也是這樣，從苦難的殘破背景裡浮出，把臉湊近：眞的很痛嗎？

他衰弱地回答：「是啊，眞是想像不到的痛。」遂在那一個體驗的短暫夢境中暈死過去。

＊　＊　＊

他醒來時發現所有事物朝一他理解或他慣於組序「對事情之全面理解」的反向方式飛散而去。那像是他們那個年代某類好萊塢星際太空科幻片的場面：一架單薄渺小且近乎解體的太空船，在一顆爆炸成巨大火球的行星的外緣，利用那大爆炸外擴的焚風和液態般翻湧的紅色熾燄，加速掙脫那團數億倍大於己身的毀滅球體。他的眼睛告訴他那是不可能的，它應當被吸捲進那個爆炸之中，但最後總是那艘像蜂鳥般的太空船被甩離至一近乎靜止的漂泊狀態、無垠的黑暗、劫後餘生的疲憊、不知身在何方、近乎哲學層次的異鄉感。

他漂流在他的那一團故事之外。時空重新定義。他被甩離那團高燒擴張的崩裂球體。他離開了他那個故事，此刻他待在這間旅館。

這間旅館，是由三棟超高大樓並矗的所謂「渡假村」。即使在這整區以硫磺溫泉爲號召，沿著溪谷兩側山坳密密麻麻簇擠著各式民宿、溫泉旅館、餐飲店……遠遠望去，這個旅館鶴立雞群的意象，仍有一種將存在之境拔離囂鬧地表的超現實氣氛。這或許本是所有豪華大飯店的設計初衷：區隔、難以滲透、自給自足成一眾多樓層、迴廊、主題館、商品街、咖啡屋、酒吧、健身房……的繁複空間，那確實像是將一生閱歷、經驗、記憶全控制成一水族箱般慢速流轉、換氣、維持一種來回曳航但不再擴張冒險的，一個老人內心的神祕夢境。

旅館的內部，則完全不像從外仰視建築體般豪華而未來感，他不曉得這棟大飯店在創建之初的風貌，但如今的模式可以推想可能在某一次不景氣或經濟風暴的衝擊下，管理階層將三大棟建築的豪華飯店，改變成一平價的，像沿著礦道山谷密密鑿挖的蟻穴，一座超高大樓，擁有上千單位房間的，超級湯屋。

事實上，旅館內的管理機制、服務生的配置，乃至一些屬於飯店的有效率的運轉，似乎只在較低幾層樓進行：包括地下四、五層樓的機械升降停車場（像科幻片裡一座無人太空站腹部的機器人墳場）；地下一樓的代幣式賭博電玩和兒童遊樂區；也許是從當地中學找來的少年少女穿著翎毛冠、鮮紅翠綠邊繪百步蛇紋、手掛鈴鐺的原住民服飾，歡樂地在一巨岩假山前表演歌舞；露天酒吧和特產店（不外乎一些米酒、小米𥹉糬、原住民手工藝品或假的玉刀玉手鐲玉菸桿）。再來便是連著整層樓的各式規格溫泉池、那個立體縱深的場景確實很像宮崎駿電影《神隱少女》裡的湯屋：夜間的投影燈把朝上仰望的各層浴堂的天花板皆映出一種淡藍色的波紋；水氣氤氳，煙霧從窗洞冒出，可能從全島各處用遊覽車一輛一輛運來的阿公阿嬤，那麼多赤條條的老人的身體，高密度地倒進那一大池一大池渾濁白色的硫磺熱湯裡，真有一種水煮青蛙的幻覺。男的裹一條白浴巾在突出而灰白的下腹，女的則回到青春期之前的身體比例，過胖或骨架萎縮的大頭顱小女孩，紅通通的臂膀，因為穿著鮮豔泳裝的忸怩自覺，那些浴池裡人聲沸沸，人體的液態變形意象像返祖的猿猴夢境。

但是隨著建築物的樓層愈往上，旅館的管理配置則漸漸稀薄乃至消失。每一棟樓皆有三台極緩慢之電梯，每回上下皆要苦候許久，電梯門打開時則塞滿老弱婦孺再擠進去則嗶嗶超重，後來他亦懷疑這電梯的無效率是飯店刻意之設計，乃在延緩拉長從地表人間進入高樓層夢境的心理時差。

的確他在這個旅館的高層樓待愈多天，就愈感覺到自己像被棄置在一空景之夢境的荒蕪感。樓層通道的地毯仍潮濕發出那種溫泉旅館特有的臭雞蛋味，有時他也會在走廊遇見一兩個赤膊穿泳褲準備下樓去泡湯的老人，或是推著清理車的落單清潔婦，但除此之外，這建築物的高層，實在像是所有有關「旅館」的精神性的什麼，皆像鬆脫的褲襪，一截一截滑落堆甸地下面的樓層。

空山之境。廢墟。空景的夢境。

電話機旁放著一本硬殼皮匣，裡頭夾著一支仿鵝毛筆的便宜塑膠殼原子筆、兩張信封、兩張便箋紙，皆印了飯店紋徽和名稱的燙金字體。另夾著一張溫泉療效的神奇功能之解說。還有一張護貝了一層膠膜的，這整棟旅館各服務部門之分機號碼、大堂請撥1、行李部請撥2、客房服務請撥3、健身中心請撥4、洗衣部請撥5、客房餐飲請撥6……。但是他照指示按了幾個鍵皆無人接聽。

冰箱是空的，有一只插電煮沸水的熱水瓶。他前一晚帶進來沖泡的泡麵空碗猶掀起鋁箔封蓋，露出醬料殘漬地放在桌上。魯賓遜。但他旋即笑著將那一瞬自憐自艾的念頭掩蓋過去，桌上另外放了一只玻璃菸灰缸，盛滿了像關節扭拗之白人手指的，只抽幾口便捺熄的菸蒂。

電視是好的，電視裡正播放著蔣家後人申請將兩蔣移靈遷葬五指山之特別報導，一個女記者用一種攝影機正對著高輻射劑量外星隕石的興奮口吻，描述（畫面呈現的）暫厝在慈湖、頭寮的兩蔣陵寢，因爲「沒有入土，導致家運不好」——此時字幕打出「銅棺、蔭屍、後代男丁死絕」——然後像系列追蹤遭輻射汙染受害者（被浮棺可怕的陰煞之氣弄死的），那些在九〇年代陸續謝世，終於滅絕殆盡之「男丁」：蔣緯國、蔣孝文、蔣孝武、蔣孝勇……死亡時間、死因、遺體、埋葬方式及地點。女記者說，所以決定入土爲安，並選定五指山國軍示範公墓爲遷葬地，但這時又請出一位風水師在背景不知是什麼墓園的外景鏡頭前說，五指山的風水已走光，不再能庇蔭後人。

報導並重播了一段，民國八十五年，蔣緯國將軍仍在世時，接受採訪的VCR畫面。那次似乎是他爆料指出他的哥哥經國先生其實不是蔣公的兒子（這時又出現圖表，介紹蔣介石一生的四個女人。且推算毛夫人在懷經國時，蔣公正在日本留學，不可能受孕等等）。這一段回顧搜祕並交代了蔣緯國其實爲戴季陶之子的傳說。鏡頭前的蔣緯國很奇異地以一張老人的臉露出一種對自己身世祕戲嘲謔調笑的、頑皮少年的表情。他說，有一次他看了英文版某某雜誌寫到他身世之謎，便衝進戴季陶的辦公室，問戴：「義父，究竟我的親生爸爸是誰？」他說戴季陶毫無激動之色，只是在桌上排開三人的照片：蔣公的、戴自己的，還有他蔣緯國的。然後笑笑看他一眼：「你自己看這三張照片，誰像誰？」

螢幕上三張黑白戎裝父子照。那對親生父子的臉像鑄模翻印的一般。

實在也太像了吧。像那些東歐的鐵幕笑話。他忍不住在這間巨大翅翼的罕見彩蛾梭巡飛舞、以及其他各種鞘翅目亮殼如炫彩汽車烤漆的昆蟲停滿壁紙的山中旅館，哈哈大笑起來。

他回房的時候，那個雷公嘴眉眼如怒突河豚的古裝神祇正趴伏在床上熟睡，祂的頭髮炸立，背胛兩側奄頽垂掛的翅翼發出一種動物皮毛燎焦的臭味。旅店白色的床罩上猶散落著一些原先串掛在祂那身肚兜式胄甲上的古制銅錢，那些圓形金屬的孔沿皆泛著一種高溫鍛燒後的五彩光暈。「這傢伙被雷擊中了吧？」他心裡想著。房間的落地窗打開著，薄紗窗帘被高空的風作出水母漂一般的擺動造型，這下可好，像他從小盼想的，從天而降一個遇難的神明，可卻不是緩緩自繁星蒼穹降下的熟睡美少女（如《天空之城》？），或是直接砸破車頂摔跌在你駕駛座旁的幻美天使（如《第五元素》？）……竟是這樣渾身燒焦的醜物。後來他和那怪物混熟稔之後，才知道祂叫做「雷震子」（他學著小時看的章回神怪小說裡的口吻說：請問仙師寶號？啥？雷震子？當下噗哧笑出。管雷的自己被雷打中？）。事實上那傢伙也因自己竟被人識得而露出過氣明星或小牌作家在公共場所有人找簽名時，受寵若驚而靦腆的神情。你……你，你眞的認識我？是啊，是啊，他拿出他這一輩人入陌生境而從容自若的本事，李哪吒嘛（我們這邊不少乩童上身或寺廟供的三太子就是祂嘍）、黃飛虎嘛、姜子牙嘛（祂使的是打神鞭嘍）、土行孫、趙公明……都是熟名字老面孔。曾幾何時，他也變得像沉迷網路電玩的國中生，辨識一組人物全是一排可上下游標移動，面容立體鮮衣怒冠的照片，一旁是戰鬥指數或統御力或魅力值。日本職棒大聯盟。三國志武將。豐臣秀吉、明治光秀或織田家其他的能臣猛將……其實或許不論他遇見了誰，皆可以調出和那人像線串螃蟹一般的同組人名。

不過那都是後話了。

他回房之前，和女人在飯店一樓的大堂酒吧坐了約兩個小時，女人不斷問話，他則不疾不徐地回答。大抵是問他的身世。我的祖父是在民國四十幾年駕米格機來投奔自由，因爲當初在大陸他就是中華民國第一批空軍的教官，所以來到台灣後，那些空軍將領都還是他的學生，眞的？女人誇張驚呼著，搞了半天，你是反共義士之後？那你爺爺不是拿到很多黃金？關於這個，家族裡的長輩流傳兩種說法：一是我爺爺奶奶乃至我爸說的，說是七〇年代他們移居美國，被人騙去投資股票賠光了；另一說則是其實那些金條都還在，只是被我祖父藏在他屋裡的哪個隱密處了。

他做出一副與己無關的嘲弄神情，但聊起自己的身世還是忍不住侃侃而談，我的外公（其實是外叔公）是台灣國總統廖文毅。眞的假的？眞的。我從小就以爲我母親那邊的家族是黑道，我外公是黑道頭子，他們諱深莫測，談起家族事總是壓低聲音，而且我聽說我外公在日本是靠批發販賣「藥品」維持生計和與檯面上人物的社交。一個在美國長大的小孩，聽到「藥品」，想到的不外乎海洛因、LSD、大麻……。其實他賣的全是中藥材，但我那時心想：噢，我外公是個匿居日本、低調行事的華幫老大。直到大概十三、四歲那年暑假，我到日本外婆家，看到客廳桌上有三大本精裝厚厚的書，日本人寫的，我當然看不懂，隨手翻了翻，裡頭有張照片。我說，這不是我外婆的照片嗎？於是，我阿姨她們才告訴我，你外公當年怎麼怎麼樣？什麼二二八啦，家族裡哪些人被誅殺啦，外公搭船潛逃日本啦，他是台灣國如假包換第一位也是唯一一位總統……

總是這樣。他還在說著的時候，女人的臉仍在對面如癡如醉聽著，他卻已經「退駕」了。整個人被一種像領內大臼齒被拔掉，空洞洞血塊未凝結，舌頭忍不住往槽洞內探索的，悠悠慌慌的疼痛感。他說這些幹麼呢？爲了等一下跟著女人回房和她上床嗎？在這樣的空山之夜，在這樣像殖民地之夢的旅店裡，和女人上床不正是他和她一開始就預想到的結局？像排除掉體內浮躁鬱積的疲勞痠痛。但突然之間，他身體裡某個像臼齒那般的硬物被鈍物鉗住，拔掉了。

他站起身，對女人說，對不起，有點不舒服，今天先說到這吧？

所以當他穿過那些飄散著腐爛雞蛋花瓣香味的走廊，和那些穿著孔雀藍色系泳裝泳帽的老頭老婦錯身而過，開門進房時，發現他的床上躺著一個渾身焦黑、脅下垂著兩翅，像鬥敗公雞般的垂死神祇，腦中第一個念頭只是：好髒。這下可好。看我得睡哪？

雷震子。《封神演義》中說祂是，在終南山上偷吃了師父兩顆紅杏，於是變貌面如藍靛，髮若硃砂，眼如銅鈴，光華閃爍，脅下長出兩翅，左邊一風字，右邊一雷字，二翅招展，空中有風雷之聲。祂說祂啊，是西伯侯姬昌的第一百個兒子，曾送父出五關，回西岐後，父親在馬上大叫一聲：「痛殺我也。」便跌下逍遙馬，面如白紙，吐出一塊肉羹，那肉餅就地上一滾，生出四足，長上兩耳，望西跑去了。連吐三次三隻兔兒奔走了……

有詩爲證……

他醒來的時候，彷彿浮浸在金光晃漾的液態房間裡，後來發現那是那個墜落神祇用牙刷刷洗祂胄甲時反射的光暈。那個雷公嘴一直咕咕呱呱說著。楊戩和祂的嘯天犬怎樣斬殺了梅山七聖；張奎日行一千五百里趕在土行孫日行一千里之前截殺了祂，後來是土行孫的師父懼留孫贈了姜子牙「化地爲鋼」符，將遁地的張奎凝固在地底；祂雷震子被打中摔落的那時，雲端上在進行著一場眾神仙催使眾寶貝火併的大規模會戰……

霹靂交加，電光馳驟，火光灼灼，冷氣森森……

那時他心中突然出現一個想法：說不定這個滿口「有詩爲證」的鳥人是在展翅飛行途中，遭藏匿在山後頭飛指部的反飛彈雷達鎖定，被愛國者改良三型給打下來的。他置身的國度，常能在不同界面的平台上置換，處理不同類型的戰爭。譬如他寄宿的這間飯店一樓酒吧，一個禮拜以來，每到深夜，便有一群瘋子群聚在大液晶螢幕電視前收看「奧運棒球實況轉播」。當比賽對手是荷蘭隊時，他們便搬出鄭成功的肖像；對手是日本隊時，他們便搬出蔣公遺照；對手是義大利時他們吃披薩；澳洲隊他們則罵對方「澳客」……他記得他小時候看過一個粉紅豹的卡通，那隻粉紅豹睡在燙衣板上，結果熨斗穿透牠的肚子燒出一個三角形的窗洞，情急之下牠隨手拿了一個三角形的鬧鐘塡塞住那個洞，不想鬧鈴響了整個粉紅豹像斗篩那樣晃啊搖啊……

有詩爲證。有詩爲證啊。那個一頭一臉烏煙瘴氣的雷震子仍在寂寞無比地說著。他突然懷念起他那對從來絕口不提自己家族故事的父母。那時祂正說到一個場面：姜尙元帥站在一汪鮮血前，地上擱著一顆白猿腦袋，元帥自己也不能置信地端詳手中那個斬掉人家腦袋的葫蘆：「……大抵此寶，採日月精華，奪天地秀氣，顚倒五行，結成此寶，如黃芽白雪，名曰飛刀。此物有頭有眼，眼裡兩道白光，能釘人仙妖魅泥丸宮的元神，縱有變化，不能逃走；白光頂上，如風輪轉一般，只一二轉，其頭自然落地……」

但這個想法仍未清晰成形，那個雷公嘴怒意勃勃地看著他，彷彿在喝叱一個毒癮犯或夢遊者：「不對！圖尼克，你全在說謊，那些並不是你的身世。讓我告訴你你的身世該是怎麼樣。」

那是他第一次聽見圖尼克二號提起「身世」二字。

INK PUBLISHING
文學叢書 207

西夏旅館（上）

作　　者　駱以軍
總 編 輯　初安民
責任編輯　丁名慶
美術編輯　黃昶憲
校　　對　吳美滿　丁名慶　王文娟　駱以軍

發 行 人　張書銘
出　　版　INK印刻文學生活雜誌出版股份有限公司
新北市中和區建一路249號8樓
電話：02-22281626
傳眞：02-22281598
e-mail：ink.book@msa.hinet.net
網　　址　舒讀網http：//www.inksudu.com.tw

法律顧問　巨鼎博達法律事務所
施竣中律師
總經銷　成陽出版股份有限公司
電　　話　03-3589000（代表號）
傳　　眞　03-3556521
郵政劃撥　19785090　印刻文學生活雜誌出版股份有限公司
印　　刷　海王印刷事業股份有限公司

港澳總經銷　泛華發行代理有限公司
地　　址　香港新界將軍澳工業邨駿昌街7號2樓
電　　話　852-27982220
傳　　眞　852-27965471
網　　址　www.gccd.com.hk

出版日期　2008年 9月30日 初版
2024年 3月12日 初版十一刷
ISBN　上冊 978-986-6631-28-3
下冊 978-986-6631-29-0
全套 978-986-6631-27-6
定　　價　320元　　套書定價　640元

財團法人|國家文化藝術|基金會 贊助出版

國家圖書館出版品預行編目資料

西夏旅館（上）／駱以軍著. - -初版. - -
新北市中和區：INK印刻文學,
2008.09.30 面； 公分.--（文學叢書；207）
ISBN 上冊 978-986-6631-28-3（平裝）
下冊 978-986-6631-29-0（平裝）
全套 978-986-6631-27-6（平裝）
857.7　　97017303